Ullstein

DAS BUCH

David Howard ist ein junger Mann mit einem alten Gesicht, gealtert beim Konvoidienst im Atlantik. 1942 steht er mit seinem Zerstörer »Gladiator« scheinbar auf verlorenem Posten. In den Konvois nach Murmansk und Liverpool werden mehr Schiffe versenkt, als England und die USA nachbauen können. Das Blatt wendet sich erst 1944, als die U-Boot-Jäger zu einer neuen Taktik übergehen und von Radar und Geleitträgern unterstützt werden. Manfred Kleiber befehligt ein deutsches U-Boot, das in wochenlangem Einsatz mithelfen soll, die Schlacht im Atlantik für Nazi-Deutschland zu entscheiden. Von »Milchkühen« weit draußen auf See versorgt, dezimiert er zusammen mit dem Rudel anderer »grauer Wölfe« die kriegsentscheidenden Konvois der Alliierten. Beide Kommandanten könnten unterschiedlicher nicht sein, auch in ihrem kurzen, leidenschaftlichen Privatleben, und doch kettet ein rätselhaftes Schicksal sie aneinander. Wer diesen Überlebenskampf gewinnt, entscheidet sich erst in einem mörderischen Finale.
Ein spannender Seeroman aus dem Zweiten Weltkrieg, der das Ringen im Atlantik und im Nordmeer aus deutscher wie aus englischer Sicht schildert.

DER AUTOR

Alexander Kent kämpfte im Zweiten Weltkrieg als Marineoffizier im Atlantik und im Mittelmeer und erwarb sich danach einen weltweiten Ruf als Verfasser spannender Seekriegsromane. Seine marinehistorische Romanserie um Richard Bolitho machte ihn zum meistgelesenen Autor dieses Genres neben C. S. Forester. Seit 1958 sein erstes Buch erschien, hat er über vierzig Titel veröffentlicht, von denen die meisten bei Ullstein vorliegen oder vorbereitet werden. Sie erreichten eine Gesamtauflage von 15 Millionen und wurden bisher in 14 Sprachen übersetzt. Alexander Kent, dessen wirklicher Name Douglas Reeman lautet, ist aktiver Segler, Mitglied der Royal Sailing Association und Governor der Fregatte *Foudroyant* in Portsmouth, des ältesten noch schwimmenden britischen Kriegsschiffes.

Alexander Kent

Die U-Boot-Jäger

Roman

Ullstein

Ullstein Buchverlage GmbH,
Berlin
Taschenbuchnummer: 22900
Titel der Originalausgabe:
Killing Ground
von Douglas Reeman, erschienen bei
William Heinemann Ltd., London 1991
Übersetzt von Walter Klemm

4. Auflage Oktober 1997

Umschlagentwurf:
Hansbernd Lindemann
Umschlagillustration:
Geoffrey Huband

Printed in Germany 1997
Druck und Verarbeitung:
Ebner Ulm
ISBN 3 548 22900 X

Gedruckt auf alterungs-
beständigem Papier mit
chlorfrei gebleichtem Zellstoff

Vom selben Autor
in der Reihe der
Ullstein Bücher:

Rendezvous im Südatlantik (20318)
Finale mit Granaten (20423)
Die Ersten an Land, die Letzten zurück (20511)
Aus der Tiefe kommen wir (20574)
Torpedo läuft! (20735)
Freiwillige vor! (20765)
Feindpeilung steht! (20857)
Der Eiserne Pirat (20893)
H.M.S. Saracen (20937)
Feuer aus der See (22043)
Mittelmeerpartisanen (22081)
Atlantikwölfe (22151)
Die Zerstörer (22219)
Insel im Taifun (22297)
Die weißen Kanonen (22403)
In der Stunde der Gefahr (22509)
Das Wasser am Hals (22647)
Das Netz im Meer (22680)
Kanonenboot (23318)

Außerdem 20 marinehistorische
Romane um Richard Bolitho

Die Deutsche Bibliothek –
CIP-Einheitsaufnahme

Kent, Alexander:
Die U-Boot-Jäger: Roman / Alexander
Kent. [Übers. von Walter Klemm]. –
Dt. Erstausg., 4. Aufl. – Berlin:
Ullstein, 1997
(Ullstein-Buch; Nr. 22900: Maritim)
Einheitssacht.: Killing ground <dt.>
ISBN 3-548-22900-X
NE: GT
Vw.: Reeman, Douglas [Wirkl. Name]
→ Kent, Alexander

Inhalt

Für meine Kim –
und das Geschenk unserer Liebe

Prolog

Nur langsam schien die Dämmerung zu kommen, als zögere sie, den großen Ozean sichtbar zu machen, der einmal nichts von seiner sonst üblichen ungestümen Feindlichkeit zeigte. Während der Nacht hatte es Nebel gegeben, der sich nun endlich zerstreute. Die starke Dünung war ungebrochen bis auf gelegentlichen Gischt. Am schiefergrauen Himmel verriet nur ein ganz schwaches Licht den neuen Morgen. Es tauchte die Dünungskämme in einen metallischen Schein, ließ jedoch die Wellentäler in völliger Dunkelheit, so daß sie aussahen wie geschmolzenes schwarzes Glas. Der Ort schien verlassen und einsam; aber das täuschte, denn genau wie im Urwald oder in der Wüste bewegten sich auch hier Lebewesen, die trotz der allgegenwärtigen Jäger zu überleben suchten.

Als das Licht allmählich durch die langsam ziehenden Wolken sickerte, waren ein paar Vögel zu sehen, die über der See ihre Kreise zogen oder auf den Kämmen der steilen, dunklen Wellen ritten. Für sie war die See kein Mysterium, denn ihnen war bekannt, daß die zerklüftete Küste Irlands lediglich hundert Meilen entfernt lag.

Wären erfahrene Hochseefischer oder auch Schiffbrüchige auf einem Floß oder in einem treibenden Rettungsboot dagewesen, hätten sie es wahrscheinlich gespürt. Es war mehr ein Gefühl als ein Geräusch, und es hätte selbst einem Sterbenden noch Angst einjagen können. Aber niemand war da, als sich vierzig Meter unter der Wasseroberfläche das U-Boot so langsam und vorsichtig bewegte, als folge es einer auf der Karte eingezeichneten Straße, während der Kommandant sich über den Kartentisch beugte. Seine hellen Augen blickten ruhig, seine Ohren jedoch lauschten auf jedes Geräusch ringsum, während er wartete. Er war wieder ganz der Jäger, und zwar von dem Augenblick an, als die Alarmglocken durch das Boot geschrillt und ihn aus seinem unruhigen Schlummer gerissen hatten.

Er spürte, daß die Männer seiner Besatzung ihn beobachteten. Es waren Gesichter, die er bereits unter jeder nur möglichen Bedingung erlebt hatte; einst waren sie hell und eifrig gewesen, aber jetzt wurden sie von der ungesunden Blässe Gefangener überzogen; ihre Bewegungen waren so müde wie die alter Männer. Wie das Boot selbst, waren auch sie ausgelaugt durch die Wochen und Monate auf See. Der ständige Gestank nach Diesel, Kohl und feuchten, schmutzigen Kleidungsstücken, die es nicht mehr schafften, ihre Träger vor der Kälte zu schützen, hatte erheblich dazu beigetragen.

Er sah auf die Uhr, die in dem abgedunkelten Licht gerade noch zu erkennen war. Lediglich zwei Torpedos hatte er noch übrig nach seinem letzten Angriff auf den Geleitzug, der beinahe schiefgegangen wäre. Sicherlich fragten sich einige seiner Männer jetzt, warum sie immer noch weitermachen mußten, warum sie nicht schon jetzt nach Hause fahren konnten. Ihm war, als höre er ihre bittenden Stimmen.

Aber es kam jetzt darauf an, daß sie durchhielten. Der Mann am Horchgerät hatte ein schwaches Maschinengeräusch gemeldet. Das konnte ein größeres Schiff in Schwierigkeiten sein. Der Horcher war an Bord, seit er das Kommando übernommen hatte. Der Mann hatte sich noch nie geirrt, und Tausende versenkter Bruttoregistertonnen sprachen für die Genauigkeit seiner Beobachtungen. Der Kommandant lächelte, aber niemand bemerkte es. Möglicherweise lehnten sie ihn und seinen Eifer jetzt ab, während sie ihm vorher dankbar dafür gewesen waren, daß er ihnen das Leben gerettet hatte.

Er gab dem Leitenden Ingenieur, der bei seinen Anzeigegeräten wartete, ein Zeichen; ohne auf dessen Bestätigung zu warten, ging er mit raschen Schritten zum Periskop. Alle Knochen taten ihm weh, er fühlte sich steif, schmutzig und vor allem erschöpft. Doch schob er diese Gedanken beiseite, als die Preßluft in die Satteltanks strömte und die Tiefenanzeiger zum Leben erwachten. Was berührte ihn wirklich? Vielleicht nichts weiter als nur der Augenblick. Die lautlosen Bilder in den Linsen des Sehrohrs, die Detonationen, brennende Schiffe und Menschen – all das erreichte ihn nicht mehr.

Zur Basis zurückkehren . . . Nicht doch. Dort würde er nur zuviel trinken und zu wenig vergessen.

Er wandte sich um, als jemand lachte, ein jugendliches, sorgloses Lachen. Es war der Moses, das jüngste Besatzungsmitglied an Bord. Der Kommandant wandte den Blick wieder den Tiefenanzeigern zu, die sich auf vierzehn Metern stabilisierten. Es war die erste Feindfahrt des Jungen, und offenbar überwog jetzt die Erleichterung über die bevorstehende Heimkehr seine Angst. Er war nur noch glücklich. Aus irgendeinem Grund dachte der Kommandant an seinen kleinen Bruder, sah ihn als jungen Studenten vor sich, die Mütze in keckem Winkel auf dem Kopf. Trotz seiner schwachen Augen hatten sie ihn zur Infanterie eingezogen, und jetzt lag er mit zwei Millionen anderen an der Ostfront.

Er biß die Zähne zusammen. Er durfte jetzt nicht daran denken! Hier im Atlantik lauerte immer Gefahr auf den Unvorsichtigen, der die Wachsamkeit auch nur für einen Augenblick außer acht ließ.

Wieder hob er die Hand, und das vordere Periskop glitt langsam aus seinem Schacht, während er sich beinahe auf die Knie niederließ, um schneller sehen zu können. Seine weiße Mütze, das Symbol des U-Boot-Kommandanten, war verschmutzt und fettig durch hunderte Zusammenstöße mit den Rohren unter Deck und sonstigem Metall; er hatte sie auf den Hinterkopf geschoben, obwohl ihm das niemals bewußt wurde.

Langsam hob sich das Periskop, die Linse näherte sich der Oberfläche, und er sah die ersten Anzeichen eines helleren Grau. Er packte den Doppelgriff fester, wie er es schon unzählige Male getan hatte, und sein Herz schlug ganz normal. Er merkte, daß die Männer ihn noch immer beobachteten. Aber sie waren für ihn genau wie das Boot nur ein Teil seiner Waffe, eine Ergänzung seiner eigenen Augen und seines Gehirns.

Er befeuchtete sich die Oberlippe, spürte die Stoppeln darauf und beobachtete die Oberfläche der See. Er schaltete volle Sehstärke ein und ließ das Sehrohr einen Kreis beschreiben, bevor er zu der angegebenen Peilung zurückkehrte. Alles war leer. Keine Schiffe, keine lauernden Flugzeuge oder Bomber zu sehen.

Er blinzelte, als Gischt gegen das Sehrohr schlug, und bemerkte einen kleinen silbernen Streifen – Sonnenlicht, das ihm in die Augen fiel und ihnen die graue Farbe des Atlantiks verlieh.

Da war es! Langsam trieb es in seine Linse und blieb im Fadenkreuz hängen, als sei es in einem Spinnennetz gefangen, während er dem Ziel folgte und alle Einzelheiten nach hinten weitergab. Das Periskop fuhr wieder nach unten, und er richtete sich auf. Einen Augenblick stand er mit gespreizten Beinen und gleichmütigem Gesicht da, während er überlegte, ob er irgend etwas vergessen hatte. Ein großes Handelsschiff, möglicherweise vor dem Krieg ein Überseefrachter; aber warum hatte es keinen Geleitschutz? Ein Schiff dieser Größe . . . Er blickte auf, als die Lichter blinkten, um ihm mitzuteilen, daß beide Torpedos klar waren zum Abfeuern.

Fast hätte er gelacht. Aber ihm war klar, daß er dann wahrscheinlich nicht mehr hätte aufhören können. Selbst ein blinder Kommandant konnte bei dem Pott nicht vorbeischießen. Was dachten sie sich wohl?

Die ihm zunächst stehenden Männer sahen sein Gesicht und entspannten sich. Jag' die verdammten Aale raus und bring uns dann nach Hause!

Er gab dem Mann am Periskopschalter ein Zeichen und bückte sich wieder, um noch einen letzten Blick auf sein Ziel zu werfen. Nichts hatte sich verändert: Peilung, Abstand, selbst das schwache Licht – alles war wie vorher.

Da gab er den Schießbefehl und spürte, wie das Periskop in seinem Griff bockte, als erst der eine und dann ihr letzter Torpedo aus seinem Rohr sprang.

Plötzlich überlief es ihn eiskalt. Ungläubig starrte er auf das zweite Schiff, das hinter dem fast unbeweglichen Frachter hervorkam. Es mußte verdeckt und mit vorübergehend gestoppter Maschine auf dessen abgekehrter Seite gelegen haben. Jetzt erschien es mit einer rasch vor dem scharfen Steven anwachsenden Bugwelle und drehte um das Vorschiff des Frachters herum, bis es direkt auf das U-Boot zusteuerte. Auf Grund seiner langen Erfahrung erkannte der Kommandant die scharfen Linien sofort: ein Zerstörer.

Es gab nur eine einzige Detonation. Der Torpedo hatte den Zerstörer mitten in seiner Drehung irgendwo vorn erwischt. Der zweite Torpedo war entweder vorbeigegangen oder als Grundgänger außer Kontrolle geraten. Es wäre nicht das erste Mal gewesen, so was kam vor. Vereinzelte Hurrarufe erklangen, als die Druckwelle gegen den U-Boot-Rumpf schlug, verstummten aber sofort, weil der Kommandant herumfuhr und Alarmtauchen befahl.

Kurz drehte er noch einmal das Periskop, als das Wasser schon donnernd in die Tanks schoß, und riß einen Arm wie schützend vor die Augen. Im Rahmen des Objektivs kam ein Paar rasender Propeller auf ihn zu, als der Bomber zielstrebig auf den langen Schatten unter der Oberfläche herabstieß.

Der U-Boot-Kommandant war 27 Jahre alt. An diesem grauen Morgen hatten er und seine Besatzung noch genau zwölf Sekunden zu leben.

Denn dies waren die westlichen Zufahrtswege Englands, der Friedhof der Frachter und U-Boote, der mörderische Atlantik.

ERSTER TEIL: 1942

1 *Keine Gnadenfrist*

Jede Marinewerft mitten im Krieg ist ein verwirrender Ort für einen Fremden, und das schottische Rosyth, das sich unter einem tobenden Märzwind duckte, war keine Ausnahme.

Jedes Trocken- oder Schwimmdock, ja die ganze Werft schien völlig überfüllt. Einige Schiffe wurden repariert, andere waren durch Minen oder Bomben so schwer beschädigt, daß sie nur noch zum Ausschlachten dienten. Bewaffnung und sonstige Ausrüstung waren knapp.

Leutnant Richard Ayres blieb stehen und starrte hinunter in eins dieser Hafenbecken, auf ein ältliches Geleitfahrzeug oder vielmehr auf das, was von ihm übrig war. Einst war es ein lebendiges Schiff gewesen, jetzt jedoch war es ausgeplündert bis hinunter zur Wasserlinie und sogar noch tiefer. Ayres konnte noch abblätternde Farbe erkennen in Räumen, wo früher Menschen gelebt und gehofft hatten. Es war ein Wunder, daß trotz der schweren Beschädigung überhaupt noch jemand am Leben geblieben war, um das Schiff nach Hause zu bringen.

Schatten schwankten über den zerbeulten Bootskörper, als Kräne die Teile heraushoben, die geborgen werden sollten, und den Rest auf Schrotthaufen am Rand des Docks warfen. Das wirkte, als wären sie es, die das Schiff zerstörten, prähistorische Ungetüme an einem verlassenen Kadaver.

Ayres schlug den Kragen seines blauen Regenmantels hoch, denn er fröstelte in dem beißenden Nordwest, der das enge Seegebiet in ein Meer weißer Katzenköpfe verwandelte. Ein trostloser Ort für viele, aber für Leutnant Ayres, der erst neunzehn Jahre alt war und auf seinem ersten Schiff als Offizier einsteigen sollte, brachte er die Erfüllung eines Traums, die er nicht mehr zu erhoffen gewagt hatte.

Die einzige Zeit, die er bisher auf See verbracht hatte, war auf einem uralten Vorpostenboot namens *Sanderling* gewesen, auf dem er die für alle Offiziersanwärter obligatorischen drei Monate dienen mußte, bevor er auf die Marineschule HMS *King Alfred* kommandiert wurde. Dort wurden die hoffnungsvollen Knaben in einem dreimonatigen Schnellkursus zu Offizieren ausgebildet, bevor man sie in den Krieg schickte. Die arme kleine *Sanderling* mit ihrem einzigen Vier-Zoll-Geschütz und ein paar Flawaffen war jedoch derart strapaziert, daß sie zumindest die Hälfte ihrer Zeit beim Kesselreinigen oder an einer Boje verbrachte, während gehetzte Werftarbeiter herauszufinden suchten, warum sie diesmal streikte.

Wieder fröstelte Ayres. Er hatte zwei Tage von Südengland bis hierher gebraucht. Niemals waren die Züge pünktlich in den Umsteigebahnhöfen angekommen, einmal war er mehrere Stunden durch einen Fliegerangriff aufgehalten worden – nichts hatte geklappt.

Er wandte dem alten Schiff den Rücken zu und sah hinüber zu den anderen, die hier vertäut lagen. Jede Art Kriegsschiff war vertreten, vom mächtigen Kreuzer bis zu den kleinen Minensuchern, die einst als Fischdampfer in den britischen Gewässern auf Hering und Kabeljau gefischt hatten. Ein Anstrich mit grauer oder Tarnfarbe hatte von einem Augenblick zum anderen Kriegsschiffe aus ihnen gemacht, genau wie ein Gebäude, das früher ein Schwimmbad und Vergnügungszentrum gewesen war, über Nacht in ein Ausbildungslager für Offiziere umgewandelt wurde.

Ayres hörte Stiefel auf dem Steinpflaster knirschen, und als er sich umwandte, sah er einen großen Oberfeldwebel mit Koppel und weißen Gamaschen, der ihn anstarrte.

»Kann ich Ihnen helfen?« Der Riese räusperte sich und bemerkte in den wenigen Sekunden alles, was es da zu sehen gab: nagelneue Mütze und Regenmantel, ordentlicher kleiner Koffer, vor allem aber das junge, offene Gesicht eines Offiziers. Also fügte er hinzu: »Sir?«

Ayres zog seinen Versetzungsbefehl aus der Tasche. Niemals gab es in der Marine eine Personalbewegung ohne dieses Schriftstück; das war fast die erste Lektion gewesen, die er gelernt hatte, als er sich langsam zu seinem Ziel vortastete.

»Ich soll auf *Gladiator* einsteigen, Oberfeldwebel.« Auch er musterte eingehend den anderen Mann. Sein Eindruck war: alt, wahrscheinlich schon pensioniert, als der Krieg über Europa hereinbrach und ihre Welt bis zur Unkenntlichkeit veränderte.

Gladiator... Schon dieser Name schien ihm von der Zunge zu gleiten wie etwas längst Bekanntes und dennoch Besonderes.

Der Oberfeldwebel sah ihn wieder an. »Sie sind also Mr. Ayres. Man hat Sie bereits gestern erwartet.« Das klang wie eine Anklage.

Ayres wurde rot, was ihm leider leicht passierte. »Ja, aber es hieß, das Schiff läge in Leith, und als ich dort eintraf –«

Der Feldwebel nickte. »Leith ist voll, deshalb hat man Ihr Schiff hierher geschickt, sobald die Überholung beendet war.« Er überlegte. »Ich werde *Gladiator* anrufen und ein Boot für Sie bestellen. Der Zerstörer liegt dort drüben, zusammen mit einem anderen seiner Klasse.« Er sah weg. »Ich glaube, es sind die letzten beiden, die noch übrig sind.«

Als sie hinübergingen zu einer kleinen Bude, die Ayres vorher nicht bemerkt hatte, blieb er stehen und sah den jungen Offizier an, wobei die weißen Gamaschen auf seinen Stiefeln quietschten. Warum sollte es den neugebackenen Leutnant überhaupt interessieren? Jetzt war er noch nett und höflich, aber ein bißchen Gold auf den Ärmeln veränderte einen Mann sofort – und nicht immer zum besseren. Trotzdem fuhr er fort: »Mein Sohn diente auch auf einem Zerstörer, der *Glowworm*, während des gescheiterten Norwegenunternehmens. Es sind schöne Schiffe.«

Ayres starrte ihn an. Ihm war, als spüre er eine kalte Hand auf seiner Schulter. Jeder hatte von der *Glowworm* gehört. Sie war mit glühenden Geschützrohren untergegangen und hatte es doch noch geschafft, den schweren deutschen Kreuzer *Hipper* zu rammen. Es war wie eine dieser Geschichten, die er als Junge gelesen hatte: Zerstörer, Windhunde des Meeres, Augen der Flotte, wie sie jeweils romantisierend genannt und beschrieben wurden.

Zögernd fragte er: »Hat er . . . Ich meine, Ihr Sohn –«

Der Oberfeldwebel wandte den Blick ab und betrachtete den funkensprühenden Niethammer, der auf einem Kreuzer wie wahnsinnig loshämmerte. »Nein. Er ist mit dem Schiff untergegangen.« Dann schritt er von dannen.

Ayres nahm seinen Koffer auf, ging hinüber zu seinem anderen Gepäck und dachte dabei an sein neues Schiff. Ein Zerstörer! Er hatte befürchtet, eventuell auf ein Dickschiff zu kommen oder wieder auf einen abgetakelten Veteran wie *Sanderling.* Als er an die *Glowworm* und ihr Geschick dachte, war er überrascht und erleichtert, daß er trotzdem noch immer dieselbe Begeisterung verspürte.

Es war beinahe Mittag, als das Motorboot des Zerstörers am Steg anlegte und der Bootssteurer, ein dicker Schotte, in glänzendem Ölzeug die Steinstufen heraufrannte und mit ein paar gemurmelten Bemerkungen blitzschnell die Gepäckstücke aufsammelte.

»Mr. Ayres?« Er wartete die Antwort nicht ab. »Sie wurden schon gestern vormittag erwartet, Sir.«

»Ich weiß. Man hatte mich nach Leith geschickt.«

Der Bootssteurer hörte überhaupt nicht zu. »Der Kommandant liebt es nicht, wenn man ihn warten läßt, Sir.« Dann ließ er Ayres an sich vorbei ins Boot steigen und rief: »Setz ab, Nobby! Ich möchte rechtzeitig für meinen Rum an Bord sein!«

Der Bootsgast grinste und verschwand mit der Vorleine unter der Segeltuchhaube. Sekunden später jagten sie über die lebhaften weißen Schaumkronen. Ayres warf einen Blick achteraus und sah den ältlichen Oberfeldwebel ihn von der Tür seiner kleinen Baracke aus beobachten. Über die breiter werdende Lücke schäumenden Wassers hinweg berührte er plötzlich grüßend seine Mütze, denn aus irgendeinem ihm selbst unverständlichen Grund war er zutiefst gerührt. Der Mann erwiderte den Gruß, und Ayres machte sich klar, daß dies das erste Zeichen des Respekts war, welches der alte Portepeeunteroffizier ihm erwiesen hatte.

Das war auch etwas, woran er sich erst gewöhnen mußte. Es gab Seeleute, die bewußt von ihrem Weg abbogen, um den Offizier zum Grüßen zu zwingen, besonders wenn er gerade alle möglichen Sachen trug, und dann gab es die anderen, die unter Umständen sogar in irgendeinen Laden gingen, nur um den Gruß zu vermeiden.

Der Bootssteurer musterte ihn vorsichtig. »Das erste Mal auf einem Zerstörer, Sir?«

Ayres beschattete sich die Augen, um die eindrucksvolle, den Fjord überspannende Brücke zu mustern, die alle Schiffe in ihrer Nähe und unter ihren mächtigen Bögen winzig klein erscheinen ließ. Die Brücke verband das Nordufer mit Queen's Ferry im Süden. Wenn jemals eine einzelne Einrichtung oder ein Bauwerk den Anspruch erheben konnte, einen Teil Schottlands gezähmt zu haben, dann war die Brücke über den Firth of Forth wirklich dazu berechtigt.

Erfolglos hatten die Deutschen versucht, sie zu zerstören. Sie war das erste Ziel auf dem britischen Festland gewesen, das von der Luftwaffe angegriffen wurde, und es hatte Wut und Empörung gegeben wegen der Leichtigkeit, mit der ihr dies gelungen war. Ayres bezweifelte, daß irgend jemand darüber berichtet hätte, wenn es jetzt geschehen wäre. Zu viele Schlachten waren inzwischen verloren gegangen, zu viele Menschen und Schiffe für immer verschwunden.

Ihm fiel ein, daß der Bootssteurer ihn etwas gefragt hatte, und er antwortete: »Auf einem Zerstörer? Ja.«

Der Bootssteurer nickte, und als Ayres den Blick abwandte, blinzelte er dem Bootsgast im Bug zu. So grün wie Gras. Genau wie all die anderen.

Abgesehen von dem bitterkalten Wind und dem Gischt, der gelegentlich über den Steven des kleinen Bootes zischte, war es ein schöner Tag. Ayres fühlte sich an die Zeit erinnert, als er damals auf der kleinen *Sanderling* eingestiegen war, die im schmutzigen Werfthafen von Chatham lag. Nirgends hatte er einen Platz gefunden, um seine Hängematte anzuschlagen, und auch der Empfang durch die Seeleute, die kurze Zeit seine Messekameraden sein sollten, war nicht sehr freundlich gewesen. Ihm war klar, daß man ihn auf Herz und Nieren prüfen würde. Er bekam den üblichen brutalen Humor zu spüren, den man sich für die Offiziersanwärter aufhob. Dazu gehörten die widerwärtige Sprache, die schweinischen Witze, die ihn erröten ließen, und die Sticheleien wegen seines Oberklasssenakzents. Auch die Verachtung für den Amateur. Er ertrug das alles und noch viel mehr.

Dann kam der Luftangriff auf einen Geleitzug, der mit zehn Knoten an der englischen Ostküste nach Norden dampfte. Das Heulen der Bomben, die aufsteigenden Wassersäulen und der Qualm. Die alten Frachtschiffe behielten unerschütterlich ihre Formation bei. Auf ihrer einen Seite lag ein ausgedehntes Minenfeld, auf der anderen das flache Küstengewässer. Für Ausweichmanöver war deshalb kein Platz. Wenn ein Schiff schwer getroffen wurde, erhielt es Befehl, sich auf Strand zu setzen und nicht das Hauptfahrwasser zu blockieren. Entlang der gesamten Küste wimmelte es von Mastspitzen, die anzeigten, wie viele Schiffe im Lauf der Zeit hier schon gesunken waren.

Ayres hatte, so schnell er konnte, Granaten aus dem Munitionsraum zu ihrem Vier-Zoll-Geschütz gebracht, während *Sanderling* und die gemischte Gruppe der Geleitfahrzeuge Schnellfeuer auf die Sturzbomber unterhielten, bis der Himmel übersät war mit den braunen Flecken der detonierenden Granaten.

Eine Bombe war dicht neben ihnen niedergegangen, und als der Kommandant vor der Detonation abdrehen ließ, hatte das Schiff stark gekrängt. Ayres verlor den Halt, war auf den nassen

Stahlplatten ausgerutscht und hingefallen. Als er abwärtsrutschte, war er mit dem Kopf so hart gegen eine Stütze gestoßen, daß er beinahe das Bewußtsein verlor.

Ein stämmiger Seemann, einer seiner schlimmsten Peiniger aus dem Mannschaftsdeck, war hinzugesprungen und hatte ihn aus dem Gefahrenbereich gezogen. Durch den Lärm der Örlikons und der übrigen Flawaffen hatte er gerufen: »Alles in Ordnung, mein Junge? Eine Hand für den König, eine für dich selbst – denk immer dran!« Dann fügte er noch hinzu: »Die Rumausgabe nachher wird deine Kopfschmerzen schon vertreiben!«

Dieser einzige Akt der Freundlichkeit hatte für Ayres alles verändert.

Jetzt hielt er den Atem an und packte mit beiden Händen den Rand des Bootsverdecks. Dort war sein Schiff! Es lag an der Boje neben seinem Schwesterschiff, und seine frische Tarnfarbe glitzerte in dem schwachen Sonnenschein. Es sah genauso aus, wie Ayres erhofft hatte, während er die Geheimnisse der Artillerie, der Navigation, des Signalwesens und der Seetaktik studierte, alles in einer kurzen Zeitspanne, die wie im Flug vergangen war.

Das war sie also, die *Gladiator*! Er erkannte sie an der Nummer des Wimpels – H-38 –, die vorn an der Back aufgemalt war. Sie war wirklich jeder Zoll ein Zerstörer, und zwar einer von dem Typ, der zwischen den Kriegen gebaut wurde, als die Royal Navy noch die Weltmeere beherrschte und die Schiffbauer im Zerstörer den Beschützer der Schlachtschiffe sahen, der er in den vorhergegangenen Kriegen gewesen war. Aber Dünkirchen, Norwegen, Kreta und die blutigen Gefechte vor Nordafrika hatten das alles verändert.

»Unser Schiff liegt dort drüben, Sir.«

»Ja.« Die Antwort kam ein wenig zu scharf. »Danke.« Um nichts in der Welt mochte er dieses erste Treffen mit jemandem teilen. Er kannte die Daten der *Gladiator* genausogut wie seine eigenen: knapp hundert Meter lang, 1936 bei Wickers Armstrong in Barrow gebaut, vier Zwölf-Zentimeter-Geschütze, zwei Torpedorohre und sogar ein Radargerät, dessen Antenne wie eine riesige Marmeladenschüssel über der nüchternen, offenen Brücke thronte. Die beiden Schornsteine gaben ihr ein flottes, verwegenes Aussehen. Ayres hatte ihre Silhouette schon während seiner Schulzeit studiert, als die *Gladiator* noch zu der hervorragenden Ersten Mittelmeerflotte gehörte.

Er versuchte ruhig zu bleiben, als das Motorboot auf das Fallreep zufuhr, wo zwei Seeleute bereits ihr Längsseitkommen beobachteten. Aus der Nähe waren die vielen Schrammen und Narben in der Bordwand zu erkennen. Welche Geschichten sie wohl erzählen konnten – vom Längsseitgehen an einem schwer getroffenen Frachter des Geleitzugs, möglicherweise bei völliger Dunkelheit, oder von Splitterschäden bei einem Gefecht mit feindlichen Angreifern.

»Hak' ein, Nobby!« Die Schraube ging jetzt voll zurück und wühlte das Wasser unter dem Heck auf. Dann kam das Boot trotz des starken Gezeitenstroms an der Fallreeptreppe zur Ruhe.

Seeleute erschienen und holten die Gepäckstücke aus dem Boot. Sie hatten verwitterte Gesichter, alles Leute, die er bald kennen würde.

Der Bootssteurer zog eine Grimasse. »Hier kommt Jimmy der Erste*. Nobby, paß auf!«

Ayres sprang leichtfüßig das Fallreep hinauf. Oben grüßte er stramm die nagelneue Flagge, die steif vom Flaggenstock zwischen den Reihen der Wasserbomben am Heck auswehte. Ein großer Offizier mit ernstem Gesicht, die Hände hinter dem Rücken verschränkt, beugte sich über die Reling und rief: »Warten Sie auf den Postsack, Coxswain**!«

Der riesige Mann in Ölzeug blickte aus dem stampfenden Motorboot nach oben. »Bitte um Erlaubnis, meine Rumration zu holen, Sir!«

* Der Erste Offizier

** Gefechtsrudergänger, im Hafen Bootssteurer

»Später.« Der Erste wandte sich Ayres zu mit einem Blick wie jemand, der soeben etwas Lästiges erledigt hat und bereits das nächste entdeckt. »Ayres, nicht wahr?«

»Bin an Bord kommandiert, Sir.«

Ayres spürte, wie der Offizier ihn von der Mütze bis zu den Schuhen musterte. Er hatte ein unbeteiligtes, strenges Gesicht, das von einer großen Hakennase beherrscht wurde.

»Sie sind überfällig.«

»Überfällig, Sir?«

»Der Kommandant will Sie sprechen. Sofort.«

»Der Kommandant, Sir?« Er hatte bisher nur ein einziges Mal einen Kommandanten gesprochen, auf der *Sanderling*, und das war wohl nur ein Zufall gewesen.

Die riesige Nase fuhr wie ein Geschützrohr herum und richtete sich auf ihn. »Wiederholen Sie immer alles, was Ihnen gesagt wird?« Dann wandte sich der Erste einigen Seeleuten zu, die eine neue Stahltrosse über das Achterdeck zogen. »Paßt gefälligst auf die Farbe auf, ihr Idioten!« Etwas ruhiger widmete er sich dann wieder Ayres. »Mein Name ist Marrack. Ich bin der Erste Offizier hier an Bord.« Völlig unerwartet hielt er Ayres die Hand hin, der zu seiner Verwunderung die beiden wellenförmigen Goldstreifen auf dem Ärmel sah. Ein Reserveoffizier also, genau wie er selbst.

Ayres lächelte. »Danke, Sir.«

»Und nennen Sie mich nicht ›Sir‹, außer wenn ich vor der Front stehe.« Er warf einen kritischen Blick auf die mit der Stahltrosse beschäftigten Seeleute und fügte hinzu: »Number One genügt.« Dabei lächelte er kein bißchen, und Ayres vermutete, daß bei ihm Worte und Lächeln gleichermaßen streng rationiert waren. Ein seltsamer Mann. Was mochte Marrack vor seinem Wiedereintritt in die Marine getan haben? Er war wohl Ende Zwanzig, aber nach der Erfahrung und Autorität, die von ihm ausgingen, wirkte er erheblich älter.

Marrack war noch etwas eingefallen. »Sie müssen mit unserem anderen Leutnant eine Kammer teilen, zumindest vorübergehend. So bald wie möglich werde ich Ihnen eine Liste Ihrer Tätigkeiten und den Wachplan übergeben. Aber jetzt gehen Sie und melden Sie sich beim Alten.« Scharf rief er Ayres zurück, als dieser davoneilen wollte. »Nicht dorthin! Seine Räume liegen achtern, zumindest wenn wir im Hafen sind.« Dann warf er einen Blick hinauf zu der kastenförmigen Brücke. »Auf See allerdings ist er immer dort oben.«

Damit drehte er sich ohne ein weiteres Wort um und ging mit langen Schritten über das Eisendeck nach vorn zur Back, wobei er sich nur einmal kurz dem aus dem Kombüsenschornstein aufsteigenden Rauch zuwandte, als wolle er die Zusammensetzung der Mahlzeit erschnüffeln, die dort vorbereitet wurde.

»Hier entlang, Mr. Ayres.« Ein drahtiger Steward im Unteroffiziersrang beobachtete ihn aus dem Raum des Quartermeisters unter einem Geschütz. »Wir haben Sie schon gestern erwartet.«

Ayres ließ ein müdes Lächeln sehen. »Das höre ich von jedem hier.« Damit stieg er über das hohe Süll und trat in den weißgestrichenen Vorraum mit dem Gestell für die Gewehre, in dem ein Gefreiter saß, offenbar der Quartermeister. Er blätterte in einem Magazin, das auf seinem Schreibtisch lag, und blickte nicht einmal auf, als Ayres vorbeikam und dem Offizierssteward eine steile Leiter hinab folgte.

Bekannte Gerüche schlugen ihm entgegen: frische Farbe, Diesel und die Ausdünstung vieler Menschen.

Er zog seinen Regenmantel aus, den ihm der Steward abnahm und ordentlich gefaltet über seinen Arm legte, während er mit kritischem Blick den neuen Offizier musterte.

Schließlich sagte er: »Ich bin Vallance, Sir, und habe hier unten die Aufsicht. Der Alte steht ganz oben auf meiner Liste, sozusagen.« Er sah, daß Ayres lächelte, und fragte: »Sir?«

Aber Ayres schüttelte den Kopf. »Mir kam nur eben ein Gedanke, Vallance.« Er dachte an die Worte, die Vallance gebraucht hatte: Hier unten. Auf der *Sanderling* hatten sie von den Offizieren immer nur mit den Worten gesprochen: »Die Schweine dort unten.«

Er blieb stehen und starrte auf die geschlossene Tür mit dem kleinen Messingschild *Kommandant.* Nun, jetzt war er also auch eines von diesen Schweinen.

Vallance bemerkte seine Unsicherheit. Ayres schien ein netter Junge zu sein, soweit man das beurteilen konnte. Nach zwei Tagen Eisenbahnfahrt benötigte er noch nicht mal eine Rasur. Mein Gott, wenn der Krieg noch lange dauerte, würden sie wohl bald in ihren Kinderwagen an Bord kommen. Der neue Ärmelstreifen, der Schuljungen-Haarschnitt, die Jugend dieses Offiziers bedrückten Vallance plötzlich.

»Auf ein Wort, Sir.« Er sah Ayres noch einmal an und suchte nach Zeichen von Arroganz, fand aber keine. Ermutigt durch die offensichtliche Unschuld des Jungen, fuhr er fort: »Geben Sie sich beim Alten ganz natürlich, Sir. Er mag weder Kriecherei noch Arroganz, und zwar von niemandem, nicht einmal vom Flottillenchef.«

Ayres merkte, daß er nickte. Nichts war so, wie man es ihm vorausgesagt hatte. Ein Oberfeldwebel, der ihn zuerst nicht einmal grüßte und ihm dann aber anvertraute, daß er seinen Sohn auf See verloren hatte; ein Bootssteurer, der ihn nach seiner bisherigen Erfahrung ausfragte; selbst der Erste war nicht wie diese stahlharten, scharfäugigen Offiziere in den Kriegsfilmen. Und jetzt bot ihm der Steward sogar seinen Rat an ... Oder wollte er nur testen, ob er zu weich war, um ihn anzuschnauzen?

Ein Instinkt warnte Ayres, und er fragte vorsichtig: »Wie ist er denn?«

Vallance entspannte sich. Also ein netter Junge, der bestimmt in der Messe keine Schwierigkeiten machen würde.

»Er hat eine böse Zeit hinter sich, Sir.« Sorgfältig blickte er sich um, bevor er fortfuhr: »Wir mußten verschiedene harte Einsätze fahren, und das alles macht er mit sich allein ab. Aber man kann nur ein gewisses Maß an Belastung ertragen. Benehmen Sie sich also ganz ungezwungen, wenn Sie mir diesen Rat gestatten.« Lächelnd fuhr er fort: »Ich werde ein gutes Essen für Sie warm stellen.«

Ayres zögerte, bevor er an die Tür klopfte.

»Herein!«

Der Leutnant drehte sich um, wollte sich bei dem Steward bedanken, aber der Gang war bereits leer. Da schluckte er trokken und öffnete die Tür.

Anders als auf den meisten schon im Krieg gebauten Zerstörern waren die Kommandantenräume auf der *Gladiator* noch beinahe großzügig. Sie lagen direkt unter dem Achterdeck und waren in Tages- und Schlafkajüte unterteilt. Selbst hier roch es nach frischer Farbe. Die behaglich aussehenden Sessel und der Teppich verrieten die Abnutzung auf zu vielen Atlantik-Geleitzügen, wenn diese Räume zur Unterbringung von Schiffbrüchigen und Verwundeten benutzt wurden, weil das kleine Krankenrevier nicht mehr ausreichte.

Auf der anderen Seite des Ganges lagen die Offizierskammern und die Messe. Dies war der Raum, in dem sie sich alle trafen, in dem sie aßen oder auch gelegentlich eine Party veranstalteten, wo sie darauf warteten, auf Wache zu gehen oder auf das verhaßte Ertönen der Alarmglocke. Weiter vorn lagen die Maschinen- und Kesselräume, das Herz des Schiffes, das etwa ein Drittel des Rumpfes ausfüllte. Noch weiter vorn kamen dann die beiden Mannschaftsdecks, vollgepackt mit Menschen, die nur getrennt waren durch Dienstgrad oder ihre Abteilungszugehörigkeit.

Der Kommandant der *Gladiator* saß am Schreibtisch und schrieb einen Brief. Er legte eine Pause ein und warf einen Blick auf das kleine altmodische Kohlenfeuer, das während der Hafenzeit in seinem Kamin unterhalten wurde. Der Raum wirkte dadurch bewohnter, oder, wie Steward Vallance es ausdrückte, mehr wie zu Hause.

Kapitänleutnant David Howard war 27 Jahre alt und genau

wie sein Vater und sein Großvater als junger Kadett in die Royal Navy eingetreten. Niemals hatte es darüber eine Diskussion gegeben, es war einfach selbstverständlich und wurde vorausgesetzt.

Abgesehen von verschiedenen Ausbildungskursen auf größeren Schiffen hatte er seine Dienstzeit zumeist auf Zerstörern verbracht und konnte sich kaum etwas anderes vorstellen. Bei Kriegsausbruch hatte er in aller Eile das Kommando über einen alten, bei Vickers & Armstrong gebauten Zerstörer übernommen, einen Überlebenden aus dem Ersten Weltkrieg, und war auch sogleich in die Niederlagen in Frankreich und in den bitteren Rückzug bei Dünkirchen verwickelt worden.

Das schien ihm bereits Tausende von Jahren zurückzuliegen. Der Krieg war jetzt ganz anders als damals nach Dünkirchen, wo man ihm das Kommando über den ältlichen Zerstörer *Winsby* gegeben hatte, mit dem er an der Schlacht im Atlantik teilnahm. Seither war er ständig dort eingesetzt gewesen und hatte das Kommando über die *Gladiator* erst vor achtzehn Monaten übernommen. Auch das kam ihm jetzt schon so vor, als läge es Jahre zurück.

Er stand auf und schritt leichtfüßig zu einem der wenigen Bilder, die in seiner Kajüte hingen, von der er nur träumen konnte, wenn das Schiff auf See war. Seine Seekabine auf der Brücke war nur ein stählerner Schrank mit einer schmalen Koje und einem Telefon, ein Versteck vor den besorgten Blicken der Brückenwache, vor der wogenden grauen See, der mitleiderregenden Linie rostiger Frachter und Tanker, die einander folgten wie Schafe. Bitter lächelnd dachte er: auf dem Weg zum Schlachter.

Er streckte den Arm aus und rückte das Bild seines ersten Schiffes gerade. Der Zerstörer hatte im Ersten Weltkrieg gekämpft, über den sein Vater kaum jemals sprach. Die bei Vickers & Armstrong gebauten Schiffe waren hervorragend seetüchtig gewesen und strahlten eine Art kecken Selbstvertrauens aus, das ihre veraltete Maschinenanlage und die zu engen Unterkünfte bei weitem wettmachte. Ohne diesen Zerstörertyp wäre der jetzige Krieg wahrscheinlich verlorengegangen, bevor er ernstlich angefangen hatte. Ja, die *Winsby* war ein glückhaftes Schiff gewesen, obwohl es ihm jetzt immer schwerer fiel, sich an die Gesichter ihrer Besatzung zu erinnern, die größtenteils wie er selbst aus Aktiven bestanden hatte.

Er drehte sich um und blickte durch eins der blankgeputzten Bullaugen hinüber zum Land. Dabei überlegte er, wie sein jetziges Schiff wohl einzustufen war. Bei jedem Einlaufen in den Hafen, aus welchen Gründen auch immer, verlor er mehr und mehr erfahrene Leute. Auch die Offiziere wurden abkommandiert, entweder weil sie befördert wurden oder weil sie an Kursen teilnehmen sollten, um mit den wachsenden Anforderungen Schritt zu halten. Es dauerte einige Zeit, die neuen Leute einzuarbeiten, und wenn es geschafft war, wurden sie ebenfalls abkommandiert.

Aber so ging es jetzt auf allen Schiffen zu. Die Besatzungen bestanden aus Bäckern und Briefträgern, Büroangestellten und Laufburschen. Höchstens die Hälfte seiner 150 Mann war alt genug, um ihren täglichen Schluck Rum zu empfangen. Der Schweiß brach ihm aus, wenn er Muße hatte, darüber nachzudenken.

Mit halbem Ohr lauschte er dem gedämpften Geräusch eines Generators im Maschinenraum und stellte sich den Ingenieuroffizier, Oberleutnant Ing. Evan Price vor, der sich bereits seit der Vorkriegszeit an Bord befand. Was würde passieren, wenn sie auch ihn abkommandierten? Dann fiel das Schiff möglicherweise auseinander. Der Kommandant lächelte und griff nach seiner Pfeife, aber die steckte noch in seiner Jacke, die unordentlich über einer Stuhllehne hing.

Er hatte ein junges Gesicht, nach dem sich manche Frau umdrehte. Sein dunkles, widerborstiges Haar mußte dringend geschnitten werden; sicherlich würde der Flottillenchef das erwähnen, wenn sie sich nächstes Mal begegneten.

Er starrte weiterhin auf das gläserne Bullauge, aber alles, was er sah, war sein eigenes Spiegelbild: braune Augen, scharfe Falten um die Mundwinkel und ein gehetzter Ausdruck, der sein Gesicht nicht verlassen hatte seit diesem letzten Geleitzug von Neufundland her. Auch der kurze Werftaufenthalt in Leith und hier in Rosyth hatten ihn nicht vertreiben können.

Einige Kommandanten wären nach einem solchen Geleit wie dem letzten sofort an Land gegangen. Sie hätten sich in irgendeinem Hotel ein Zimmer gemietet, sich betrunken oder die Gesellschaft einer Nutte gesucht. Aber Howard fand in seiner wenig benutzten Tageskajüte die nötige Zuflucht. Hier konnte er ein heißes Bad nehmen, wann er wollte, konnte allein essen, seine Schallplatten abspielen oder auch auf und ab gehen und noch einmal alle Ereignisse und seine eventuellen Fehler rekapitulieren.

Aus vierzig Schiffen hatte dieser schreckliche Geleitzug bestanden, als er von St. John's in Neufundland ausgelaufen war. Bevor sie noch ein Drittel der Strecke zurückgelegt hatten, waren sie schon von einem U-Boot-Rudel angegriffen worden, und als sie schließlich Liverpool erreichten, waren nur noch dreizehn Schiffe übrig. Er hatte ähnliches schon früher erlebt, aber irgendwie hatte ihn dieser Konvoi stärker beeindruckt als alle vorherigen: ein großer Tanker voll hochwertigem Treibstoff, der zu Hause so dringend benötigt wurde, hatte drei Tage lang gebrannt, und seine gesamte Besatzung war dabei umgekommen. Ein anderes Schiff, vollbeladen mit Panzern und Lastwagen, war von zwei Torpedos getroffen worden, auseinandergebrochen und innerhalb von dreißig Sekunden gesunken. So ging es gnadenlos weiter.

Howard kehrte zu seinem Schreibtisch zurück und tastete in der Jacke nach seiner Pfeife. Halblaut drang durch das Schott das Knacken des Lautsprechers: »Alle Mann backen und banken!« Der Quartermeister würde leiser hinzusetzen: »Offiziere zum Lunch!«

Er setzte sich wieder und fing an, seine Pfeife zu stopfen. Sein Blick ruhte auf der Fotografie seines Vaters, die ihm dieser mitgegeben hatte, als ihre Welt auseinanderbrach. Sie zeigte ihn in Marineuniform, ein junges Gesicht mit spöttischen Augen. Er wollte nicht, daß sein Sohn ein Foto aus jüngerer Zeit mitnahm. Dieses war vor dem berühmten Angriff auf Seebrügge im Jahr 1918 entstanden, als der Krieg nur noch sieben Monate dauerte, was damals natürlich niemand wußte. Howard senior hatte dabei einen Arm und ein Auge verloren und war deshalb aus der Marine entlassen worden, die er mehr als sein Leben geliebt hatte. Aber er schaffte es noch immer, darüber zu scherzen. »Was war schließlich mit Nelson? *Er* hat es auch geschafft!« In ärgerlicheren Augenblicken sagte er jedoch: »Immerhin könnte es mir erheblich schlechter gehen als den Betonköpfen, die jetzt die Marine befehligen!«

Der Kommandant hielt ein Streichholz an seine Pfeife und sah zu, wie der Rauch in den Ventilator trieb. Seine Hand war ganz ruhig, beinahe steif, als hielte er sich an der Pfeife bewußt fest, so wie er es zu tun pflegte, wenn seine Muskeln beim Ertönen der Alarmglocken erstarrten. Wann würde der nächste Alarm kommen?

Er seufzte. Er hatte Spike Colvin, dem Kommandanten ihres längsseit liegenden Schwesterschiffs *Ganymede*, versprochen, für ein paar Drinks an Bord zu kommen, bevor sie ihren nächsten Auslaufbefehl erhielten. Howard blickte auf die Uhr. Bald würden sie mehr wissen. Geleitdienst für einen Konvoi, aber bestimmt nicht wieder im Atlantik, noch nicht ... Heftig stand er auf, wütend über seine Schwäche.

Er hörte sich rufen: »Herein!« und sah, daß sich die Tür öffnete. Ein unbekannter Leutnant stand vor dem Süll.

»Kommen Sie rein. Sie sind Ayres, nicht wahr?« Er hielt ihm die Hand hin. »Fast wären wir ohne Sie ausgelaufen.«

Ayres nahm seine neue Mütze von einer Hand in die andere. »Ich bin erst nach Leith gefahren ...«

Howard zeigte auf einen bequemen Sessel. »Setzen Sie sich, Leutnant. Was möchten Sie trinken?«

Ayres setzte sich, völlig überrascht durch diesen unerwartet freundlichen Empfang. Howard war ganz und gar nicht so, wie er ihn sich vorgestellt hatte. Er schien entspannt und weit jugendlicher als erwartet.

»Vielleicht einen Gin, Sir. Ich bin kein großer –«

Howard öffnete einen Schrank und schenkte zwei Gläser Gin ein. Der neue Leutnant war also kein Trinker. Der Atlantik würde das vielleicht ändern.

»Ich habe angeordnet, daß Sie Ihre Wachen zusammen mit dem Navigationsoffizier gehen. Er ist Reservist, ein guter und erfahrener Navigator. Deshalb fürchte ich, daß ich ihn bald verlieren werde. Der Erste wird Sie über Ihre Gefechtsstationen informieren – haben Sie ihn schon gesehen?«

Ayres erinnerte sich an die große Nase und an die Miene leichter Mißbilligung. Der Erste hatte sich viel mehr wie ein Aktiver mit geraden Ärmelstreifen aufgeführt als der Kommandant. Soweit Ayres feststellen konnte, trug dieser nur einen alten Pullover über seinem Hemd und eine graue Flanellhose. Ayres warf einen Blick auf das Jackett, das über der Lehne des nächsten Stuhls hing, und sah die wie geteert wirkenden, zweieinhalb Goldstreifen. Dann entdeckte er das kleine, blau-weiße Band an der Brust des Jacketts. Es war das DSC*. Auf Zerstörern bekam man diesen Orden nicht gerade nachgeworfen.

»Sie kommen während einer Periode der Umwälzung an Bord, Ayres.« Howard lehnte sich in seinem Sessel zurück und ließ Rauchkringel über seinen Kopf aufsteigen. Er merkte, daß Ayres einen Hustenanfall unterdrückte, als er den ersten Schluck Gin trank, und versuchte seine Enttäuschung zu verbergen. Sein zweiter Leutnant war kurz vor Beginn der Überholung an Bord gekommen, versetzt von den leichten Küstenstreitkräften, nachdem sein Motorkanonenboot vor Huk van Holland durch Granattreffer versenkt worden war. Er war ein zurückhaltender, etwas verkrampfter junger Mann,

* Distinguished Service Cross, hohe britische Tapferkeitsauszeichnung

der diese Versetzung für eine Art Schande zu halten schien. Auch der Artillerieoffizier, ein Oberleutnant der RNVR*, war erst seit vier Monaten auf der *Gladiator*, und der neue Fähnrich zur See, ein Junge mit ständig aufgerissenen, staunenden Kinderaugen, war jetzt in Leith an Bord gekommen.

Der Kommandant fuhr fort: »Ein Drittel der Besatzung ist also neu – viele kamen erst kurz vor der letzten Geleitfahrt an Bord.« Wieder holte ihn die Erinnerung ein. Er sah brennende Schiffe vor sich, Schwimmer, die von der Bugwelle beiseite gefegt und von den rasenden Schrauben verschluckt wurden. Er hörte ihre Schreie, die im Donnern der Wasserbomben untergingen. *Nicht stoppen! Nicht zurückblicken! Die Lücken sofort wieder schließen!* Die entsprechenden Signale des Konvoibefehlshabers hörten niemals auf. Howard fragte sich, was der Kommodore, ein hervorragender Seemann, wohl empfunden hatte, als sein eigenes Schiff torpediert und zum Untergang verurteilt zurückgelassen wurde.

Ayres spürte, wie der Gin in seinem leeren Magen brannte. Was war wohl auf jener Geleitfahrt passiert? Er sah sich in der Kajüte um. Alles ruhig, bis auf gelegentliche schwache Bewegungen, wenn ein anderes Schiff vorüberfuhr. Es erschien ihm unrecht, einen so schönen Zerstörer wie die *Gladiator* im Geleitdienst einzusetzen. Sein Blick blieb auf dem Schiffswappen hängen, das am Schott über dem Schreibtisch angebracht war. Es stellte ein hochgerecktes Schwert in einer gepanzerten Faust dar, mit dem Motto *Manu Forti* darunter. Ayres hatte genug Latein in der Schule gelernt, um zu wissen, was es hieß. *Mit starker Hand*. Der Spruch war richtig für den Zerstörer, aber nicht für das tödliche Einerlei des Geleitdienstes.

Howard konnte die Gedanken auf dem offenen Gesicht des jungen Offiziers deutlich lesen. Er sagte: »Auf diesem Schiff dulden wir keine Passagiere, Sub**. Ich sage Ihnen das lieber

* Royal Navy Voluntary Reserve – freiwilliges Reservecorps der britischen Marine

** Sublieutenant – Leutnant zur See

gleich, Sie sollten also jede Gelegenheit benutzen, um von den erfahrenen Besatzungsmitgliedern zu lernen. Vom Navigationsoffizier, mit dem Sie zusammen Wache gehen werden, vom Ersten und von Männern wie dem Coxswain Bob Sweeney und Mr. Pym, dem Torpedooffizier – sie alle sind alte Zerstörerfahrer, die Ihnen auf einer Mittelwache mehr beibringen können, als Sie in einem Kursus an Land in sechs Monaten lernen würden. Wenn Sie irgendwelche Fragen oder Probleme haben, wenden Sie sich bitte an Number One. Er mag Ihnen ein wenig streng erscheinen, aber er war Rechtsanwalt, bevor er sich freiwillig meldete.« Der Kommandant zwang sich zu einem Lächeln. Was brachte man den Jungen in der Ausbildung eigentlich bei – tapfer zu sterben? Ein Überlebender mit zerrütteten Nerven zu sein wie der andere Leutnant? Er nahm die Pfeife aus dem Mund und blickte in sein leeres Glas. »Sie werden sich zu Anfang ein wenig ungeschickt fühlen – das geht jedem so. Aber halten Sie sich stets vor Augen: Sie tragen jetzt eine Offiziersuniform, und für alle anderen Neulinge sind Sie jemand, an den sie sich wenden können. Ob man das mag oder nicht – mitunter müssen Sie auch bereit sein, Leute anzufahren, daß ihnen Hören und Sehen vergeht. Es genügt nicht, beliebt zu sein.«

Ayres nickte. »Ich habe mir gewünscht, auf einem Zerstörer zu dienen, Sir.«

Howard wurde beinahe weich, aber er sagte nur: »Kühnheit und Mut gehören dazu, das setze ich voraus. Aber Ausdauer und Überlebenswille, das ist es, was am Ende zählt. Sonst würden wir diesen Krieg verlieren. Verstehen Sie?«

Ayres schluckte. Niemand hatte ihm bisher derartige Dinge gesagt. Den Krieg verlieren? Er fühlte sich verwirrt, ja sogar verraten durch die derbe Art des Kommandanten.

Howard bemerkte die Wirkung seiner Worte. Später gab es vielleicht keine Gelegenheit mehr zur Offenheit; meistens war es so.

Er fuhr fort: »Noch versenkt der Feind mehr Schiffe, als wir bauen können.« Er machte eine Pause, zählte die Sekunden und versuchte, sich nicht an Ayres' Vorgänger zu erinnern, an dessen rührenden Eifer, als er hier vor ihm auf demselben abgenutzten Teppich gestanden hatte. »Und der Feind baut mehr Unterseeboote, als wir versenken können, zumindest im Augenblick. Es ist brutal, aber leider die Wahrheit.«

Oben an Deck war ein Ruf zu hören, und man spürte das Längsseitkommen eines Bootes. Marrack würde das erledigen. Er kam allmählich mit allen Situationen zurecht.

Ayres sagte leise und ein wenig kläglich: »Ich werde Sie nicht enttäuschen, Sir.«

»Sie waren auf der *Sanderling*?«

»Jawohl, Sir.«

Howard richtete den Blick auf ihn, seine Augen lagen jedoch in tiefem Schatten. »Sie werden es ohnehin erfahren, später, wenn Ihre Lordschaften es bekanntgeben werden. *Sanderling* wurde letzte Nacht versenkt. Sie lief auf eine Mine.«

Ayres war aufgesprungen, ohne es zu merken. Die Gesichter der Besatzung schwammen vor seinen Augen: der Seemann, der ihm nach dem Flugzeugangriff geholfen hatte, der ältliche Kommandant auf der offenen Brücke, der stets eine nicht angezündete Pfeife im Mund hatte . . .

»Gab es Überlebende, Sir?«

Howard schüttelte den Kopf. »Sie war anscheinend in ziemlich schlechter Verfassung und nicht imstande, die Detonation zu überstehen.« Er stand auf und fügte wütend hinzu: »Es ist Mord, nichts anderes.« Er hielt Ayres die Hand hin. »Tut mir leid, Sub. Aber hier ist der einzige Ort, wo ich Dampf ablassen kann. Wenn Sie wirklichen Kummer haben, kommen Sie zu mir.«

Jemand klopfte, der Erste Offizier blickte herein, und seine scharfen Augen wanderten zwischen ihnen hin und her.

»Entschuldigen Sie die Störung, Sir, aber ich wollte es Ihnen gleich mitteilen. Das Wachboot hat eben den Postbeutel abgegeben.« Er stieg über das Süll und legte einen abgewetzten Lederbeutel auf den Schreibtisch. »Unser Einsatzbefehl.«

Die Tür schloß sich, und Howard stellte fest, daß der Leutnant gegangen war. Er ließ sich schwer in den Sessel fallen. »Am besten wäre es, wenn Sie die Offiziere heute nachmittag zwanglos in der Messe versammeln würden.«

Marrack sah zu, wie Howard den Beutel öffnete und das Siegel aufbrach. Er fügte hinzu: »Nur wir haben Befehle bekommen, Sir. Unsere Kameraden längsseit haben diesmal ein Freilos gezogen.« Er sah, wie die Hände des Kommandanten am offenen Brief zögerten. *Er möchte es noch nicht wissen. Er ist genau wie wir alle.*

Um die Spannung zu zerstreuen, fragte er wie beiläufig: »Was halten Sie von Ayres, Sir?«

Howard blickte auf seine Hände. Noch waren sie ruhig. »Mit ein bißchen Hilfe wird er sich ganz gut machen.« Dann zog er das Papier ans Licht und spürte, wie sein Mund plötzlich trocken wurde.

Marrack bemerkte: »Ich hoffe, man gönnt uns eine Pause vom Atlantik.«

Howard antwortete nicht direkt, sondern stand wieder auf und trat ans Bullauge. Draußen waren Wolken aufgekommen, ganz plötzlich.

Langsam antwortete er: »Nein, diesmal ist es nicht der Nordatlantik, Number One.«

Er wandte sich von dem spiegelnden Glas ab und sah den Ersten an. Später erinnerte sich Marrack daran, daß seine dunklen Augen so starr geblickt hatten wie die eines Toten. »Es ist Nordrußland, fürchte ich.«

Marrack sagte: »Verstehe. Ziemlich heikel.«

Howard hätte am liebsten aufgelacht. *Heikel.* Das war wirklich ein Understatement.

Marrack hatte bereits die Hand am Türgriff. »Wann, Sir?«

»Letzte Postabgabe morgen vormittag. Um dreizehn Uhr gehen wir ankerauf. Den Rest teile ich Ihnen mit, wenn ich alles durchgelesen habe.«

Als der lange Oberleutnant sich zum Gehen wandte, sagte

Howard: »Danke, Number One. Wenn ich jemals den Admiral umbringe, was ich mit Sicherheit eines Tages tun werde, dann hätte ich Sie gern an meiner Seite.«

Marrack hob die Schultern. »So ist das Leben.« Er grinste schwach. »Dies hier ganz besonders.« Dann war er verschwunden.

Howard öffnete das Schränkchen und suchte darin nach etwas stärkerem als Gin.

2 *Im offenen Boot*

Oberleutnant zur See Gordon Treherne, der Navigationsoffizier der *Gladiator*, wischte sein Doppelglas mit einem Baumwollappen aus und steckte es dann in die Innenseite seines Dufflecoats. Unter dem abgewetzten kurzen Mantel trug er ein schaffellgefüttertes Jackett und einen dicken Rollkragenpullover, der früher einmal weiß gewesen war. Aber auch ohne die dicke Kleidung gab Treherne eine imponierende Figur ab, die keineswegs fehl am Platze gewesen wäre im Kampf gegen die spanische Armada oder gegen die Franzosen bei Trafalgar. Unter seiner blauen Balaclava* war sein Haar so schwarz wie sein Bart. Seine blauen Augen hatten tiefe Krähenfüße an den Schläfen. Er leckte sich die Lippen, spürte Salzgeschmack und zog das Handtuch noch enger um seinen Hals. Er hatte erst vor wenigen Minuten die Vormittagswache übernommen, trotzdem war das Handtuch bereits feucht.

Er sah sich auf der schwankenden oberen Brücke um, die dem Wetter voll ausgesetzt war. Sie war ihm zu jeder Tages- oder Nachtzeit so vertraut, daß er es sofort merkte, wenn etwas

* Während des Krimkriegs wurde 1854 bei Balaclava eine britische Reiterbrigade von den Russen aufgerieben. Die von den englischen Damen für die dortige Truppe gestrickten Mützen erhielten daher diesen Namen (Anmerkung des Übersetzers).

nicht stimmte oder anders war als sonst. An Backbord und Steuerbord standen die Ausgucksleute, ebenfalls dick eingehüllt gegen die Kälte, und ließen ihre Gläser über ihre Sektoren schweifen. Der Signalmeister, ohnehin immer ein Frühaufsteher, erklärte seinen beiden jungen Signalgasten dieses oder jenes, wobei er seine Worte mit einer behandschuhten Hand unterstrich. Das Stahldeck rollte wie trunken. Treherne warf einen Blick über die Brückennock und sah den Örlikonschützen unten an seiner Waffe stehen, der versuchte, seine Füße so leise wie möglich durch Stampfen zu erwärmen, ohne dabei jemanden zu stören. Trehernes neuer Gehilfe, Leutnant Ayres, beugte sich mit gespreizten Beinen über den Kartentisch, während er auf den eingezeichneten Kurs starrte und im schwachen Licht die danebenstehenden Ziffern überprüfte.

Treherne lächelte grimmig. Es war kurz nach acht Uhr, wieder einmal auf der Vormittagswache, und die See fing soeben erst an, sich zu zeigen: große, vorübergleitende Hügel aus grauem Glas, gemustert mit bösartig brechenden Kämmen. So war es jetzt ständig, seit die *Gladiator* den Schutz des Landes verlassen und mit Nordwestkurs die Orkneys passiert hatte. Jetzt steuerte sie die Shetlands an. So ging es die ganzen dreieinhalb Tage, seit sie sich in dieser wilden See befanden. Es war kaum erträglich, aber noch viel schlimmer mußte es für ihre beiden kleinen Begleitfahrzeuge sein, die Korvetten *Cynara* und *Physalis.* Sie und ihre zahllosen Schwesterschiffe hatte man allesamt in diesen fürchterlichen Kampf geworfen, der unter dem Namen »Schlacht im Atlantik« bekannt war. Es waren kleine Ein-Schrauben-Schiffe, von denen man behauptete, sie rollten bereits auf einer betauten Wiese. Also hatte die *Gladiator* ihre Fahrt so reduzieren müssen, daß sie sich den elf Knoten, der Marschgeschwindigkeit der Korvetten, anpaßte. Zerstörer waren aber konstruiert für den schneidigen Angriff mit Torpedos und den schnellen Rückzug im Schutz künstlichen Nebels. Ihre jetzige Aufgabe schien nur darin zu liegen, heimkehrende oder ausgehende Konvois zu geleiten und die verhaßten U-Boote zu bekämpfen, so oft sich Gelegenheit dazu bot. Für die Konvois galt nur eine Regel: Geschwindigkeit. Und die richtete sich immer nach dem langsamsten Schiff. So kam es oft, daß neue und schnelle Frachter sich langsam und mühselig dahinschleppten, zusammen mit einigen uralten Trampdampfern, die aussahen, als stammten sie aus dem Ersten Weltkrieg, was meistens auch zutraf.

Die beiden Korvetten fuhren querab an beiden Seiten des Zerstörers und mußten sich so mühsam wie die *Gladiator* ihren Weg durch die schwere, wenn auch ein wenig achterliche See erkämpfen. Der kalte Wind verursachte geradezu Zahnschmerzen, dachte Treherne.

Er sah, daß Ayres auf ihn zutrat. Der Leutnant schien zu steigen und dann wieder zu fallen wie in einem seltsamen Tanz. Als er endlich einen Halt fand, war er ziemlich atemlos.

Treherne betrachtete ihn nachdenklich. Ob er wirklich etwas lernte? Während ihrer ersten gemeinsamen Wache hatte der Navigationsoffizier ihn gefragt, ob er außer seiner Fahrzeit auf der *Sanderling* noch andere seemännische Erfahrung besaß, und Ayres hatte nach einigem Nachdenken ein wenig lahm geantwortet: »Ich war bei den Seepfadfindern, Sir.«

Treherne hatte das für einen Witz gehalten, aber es war keiner. Mit seinen 33 Jahren war er der älteste Offizier an Bord, außer dem Chief Evan Price und Pym, dem Torpedooffizier. Aber schließlich war in der gesamten Navy niemand so alt wie dieser. Er fragte sich, was wohl der brummige Pym von Ayres hielt; sie hatten beim Ein- und Auslaufen ihre gemeinsame Station auf dem Achterdeck, der Veteran und der unschuldige Neuling. Treherne stammte aus Cornwall und war von Kopf bis Fuß ein Berufsseemann, der bis zum Kriegsausbruch bei der Handelsmarine gefahren war, und zwar auf einem der sauberen, schnellen Bananendampfer, die mit ihrer Ladung regelmäßig von den sonnigen Kleinen Antillen nach Liverpool und Cardiff fuhren. Die *Gladiator* war oft in Liverpool gewesen, dem Nervenzentrum des westlichen Kanaleingangs. Das erinnerte ihn immer wieder an diese weit zurückliegenden, heute unvorstellbaren Tage: friedliche Fahrten mit einer Handvoll Passagiere, die einen kaum störten.

Ayres verkündete: »Wir werden heute Island in Sicht bekommen.« Er zögerte ein wenig und wäre wohl errötet, hätte ihn nicht im selben Augenblick ein Strahl eiskalter Gischt im Gesicht getroffen.

Treherne grinste mit seinen starken Zähnen. »Bestimmt werden wir das, Sub. Aber dort ist nichts als Lavastaub und Leute, die uns aus tiefstem Herzen hassen.«

»Ich dachte, sie wären auf unserer Seite?«

Treherne musterte ihn traurig. So naiv! »Wir haben Island besetzt, weil sonst die Krauts* uns zuvorgekommen wären. Die Insel ist keine sehr wertvolle Beute, aber sie hat einen der größten Flugplätze der Welt. Das war für die Deutschen natürlich auch sehr verlockend. Wer Island besitzt, beherrscht die Geleitwege nach Nordrußland.«

Er beugte sich über ein Sprachrohr und rief: »Achten Sie auf Ihr Ruder, Quartermeister!«

»Tut mir leid, Sir.« Die Stimme drang metallisch aus dem Steuerhaus unter ihren Füßen. »Drei-drei-null liegt an, Sir.«

Treherne beobachtete mit zusammengekniffenen Augen den tickenden Tochterkompaß und murmelte: »Du mich auch, Kumpel.« Er wußte genau, was der Quartermeister im Augenblick von ihm dachte.

Ayres wischte sich das nasse Gesicht ab und spähte durch das gläserne Brückenkleid. Die Wogen waren ungeheuerlich, aber nicht sehr gefährlich, zumindest hatte Treherne das gesagt. Bei etwas vorlicherer See wären die Wellen über das Hauptdeck gebrochen und hätten die Brücke vollständig von der Messe abgeschnitten. Es gab keinen Verbindungsweg zwischen vorn und achtern außer über das offene Deck. Selbst Strecktaue konnten einen Mann dann nicht mehr retten. Es hätte bedeutet,

* Sauerkrautesser, also die Deutschen

daß der Kommandant und der glücklose Wachoffizier getrennt worden wären, und er hätte dann Wache um Wache gehen müssen, bis die See wieder ruhiger wurde.

»Ist es jetzt ziemlich sicher, Sir?«

Treherne warf einen Blick auf den Kommandanten, der auf seinem hohen, an Deck festgeschraubten Stuhl saß. Er hatte hinter dem Brückenkleid den Kopf auf die Arme gelegt, sein Körper glich die wilden Bewegungen automatisch aus, und sein Dufflecoat samt Kapuze war schwarz vom fliegenden Gischt. »Sicher?« Treherne überlegte. »Mit einer Korvette an jeder Seite sollten wir es mit unseren vereinigten Asdikgeräten* eigentlich schaffen. Immerhin«, er warf einen Blick achteraus, vorbei an den wild schwankenden Signalrahen und dem Schornsteinqualm, der direkt querab zeigte, »als wir dicht an den Rosengarten kamen, hatte ich doch ein wenig Bammel.«

Als er die Verwirrung des Jungen bemerkte, fuhr er fort: »Die Deutschen nennen das dreihundert Meilen lange Seegebiet zwischen Island und den Farören den Rosengarten. Am Anfang des Krieges mußte jedes U-Boot und natürlich auch jedes Überwasserfahrzeug durch dieses Gebiet. Wir haben dort tiefstehende Minen gelegt, die die U-Boote zwingen sollten, aufgetaucht oder höchstens auf Seerohrtiefe zu fahren, so daß die RAF** sie angreifen konnte. Aber irgendwie haben sie es trotzdem geschafft.« Verbittert fügte er hinzu: »Jetzt brauchen die Deutschen sich nicht mehr durch den Rosengarten zu quälen, es sei denn, die *Tirpitz* läuft aus und sorgt für Unruhe. Seit Frankreich das Handtuch warf und unsere anderen Bundesgenossen wie ein Kartenhaus zusammenfielen, hat Mr. Hitler eine ununterbrochene Küstenlinie von Norwegens Nordkap bis hinunter in die Biskaya.« Er sah die Karte vor seinem inneren Auge. »Das sind ungefähr zweieinhalbtausend Meilen und macht alles für sie sehr viel leichter.«

* U-Boot-Ortungsgerät

** Royal Air Force, britische Luftwaffe

Irgendeiner seufzte: »Endlich fängt es an, hell zu werden!«

Ayres dachte an sein Zusammentreffen mit dem anderen Leutnant, Lionel Bizley. Er war zwar nur ein paar Monate älter als er selbst, wirkte aber im Vergleich zu ihm wie ein Veteran. Sie bewohnten ein und dieselbe Kammer, weil der in Leith an Bord gekommene neue Arzt die andere Kammer erhalten hatte. Der Doktor war so jung, daß er sein Medizinstudium soeben erst beendet haben konnte. Bis dahin hatte sich die *Gladiator*, wie zahlreiche andere kleine Kriegsschiffe, mit einem Sanitätsmaat zufrieden geben müssen. Ayres hatte kaum ein Dutzend Worte mit seinem Kammergenossen gesprochen. Sie trafen sich eigentlich nur, wenn der eine auf Wache ging und der andere von Wache kam oder wenn es Probealarm gab. Seine grausamen Erlebnisse müssen tiefe Narben bei Bizley zurückgelassen haben, dachte Ayres mit einem gewissen Respekt.

Der Signalmeister hob sein Teleskop vors Auge, das er jedem Doppelglas vorzog, und starrte über das graue Wasser, als ein Licht durch den treibenden Gischt blinkte wie ein glänzender Brillant. »Von *Cynara*, Sir: Guten Morgen.«

Treherne lächelte. Endlich geschah wieder etwas. Irgendwie hatte er gewußt, daß Ayres bereits wieder eine Frage über den Geleitzug ausbrütete oder – noch schlimmer –, daß er ihn fragen wollte, wie die Route nach Nordrußland war. »Ich wecke den Kommandanten.«

»Nicht nötig, N. O.« Howard ließ sich mühsam aus dem hohen Stuhl herab und trampelte mit den Stiefeln auf die nasse Holzgräting. »Mein Gott, bin ich steif! Ist irgendwo Tee in Sicht?«

Ein Bootsmannsmaat sprach in eins der Sprachrohre und rief dann: »Hab' der Kombüse Bescheid gesagt, Sir.«

Einige der müden Gesichter reagierten mit einem Grinsen. Tee aus der Kombüse war wenigstens noch heiß, wenn er oben ankam. Tee aus der Messe war stets gemischt mit Salzwasser, wenn ein Steward es überhaupt schaffte, das Deck und die ungeschützten Brückenleitern zu überwinden.

Howard ging hinüber zum Kartentisch und stützte seine Ellbogen auf die schmutzige Karte. Noch vierzig Meilen. Er rief sich die Gesichter der Messemitglieder in Erinnerung, als er ihnen die Mitteilung gemacht hatte: Geleitzug nach Rußland. Die neu an Bord Gekommenen wandten sich an die anderen, fragten hoffnungsvoll nach Erklärungen. Number One machte ein grimmiges Gesicht. Chief Price dachte wahrscheinlich an die besondere Beanspruchung seiner Maschinen. Arthur Pym zog die dünnen Lippen ein wie so oft, wenn er beunruhigt war. Nur Treherne hatte seine übliche, unerschütterliche und gleichmütige Miene beibehalten.

Howard richtete sich auf, als ein junger Seemann in triefendem Ölzeug mit einer dampfenden Teekanne auf die Brücke taumelte. Wie durch Zauber erschienen sofort einige schmutzige Becher, und Ayres hatte Gelegenheit festzustellen, daß der Teebringer der junge Nobby war, sein Bootsgast aus dem Motorboot.

Trotz seiner anfänglichen Befürchtungen merkte Ayres, daß er allmählich doch zurechtkam. Zunächst unbekannte Gesichter hatten jetzt schon Namen, zumindest einige von ihnen. Pym, der Torpedooffizier, schien ihn zu hassen, und der Erste Offizier nahm ihn überhaupt nicht mehr zur Kenntnis.

Er hörte den Kommandant sagen: »Rufen Sie *Physalis*, Signalmaat. Sie soll ihre Position in Kiellinie von *Cynara* einnehmen, wie für das Einlaufen im Hafen vorgesehen.« Er trank von dem stark gesüßten Tee und suchte dabei mit Blicken die querab fahrende Korvette.

Howard beobachtete, wie Treherne dem jungen Ayres etwas erklärte. Treherne wirkte so unerschütterlich wie ein Felsblock. Er wäre bestimmt imstande, das Kommando über eine Korvette zu übernehmen, und hätte längst ein eigenes Kommando verdient. Ein wirklicher Berufsseemann.

Er löste das Handtuch von seinem Hals und sehnte sich nach heißem Wasser zum Waschen. Bis zur Rasur reichte sein Wunsch nicht, nur einmal wieder in der schwankenden Seekabine hinter der Brücke sich ordentlich waschen können. Aber auch das war nur ein Traum.

Zur Brücke im allgemeinen sagte er: »Warnen Sie alle Ausgucksleute, wir könnten ein örtliches Vorpostenboot oder einen Fischer in Sicht bekommen, der seinen Fang gerade an ein U-Boot verkauft.« Für Treherne fügte er hinzu: »Gehen Sie in dreißig Minuten auf den neuen Kurs. Ich werde –«

»Hier Radar ... Brücke!«

Howard beugte sich zum Sprachrohr. »Brücke. Hier spricht der Kommandant.«

Der Radargast zögerte ein wenig, vielleicht fragte er sich noch einmal, ob es richtig war, was er tat. »Ich habe ein Echo, Sir, ganz schwach, recht voraus – Distanz etwa zwei Meilen.« Als Howard nichts sagte, fuhr er fort: »Vielleicht ist es auch ein Echo von der Küste. Ich –«

Howard überlegte rasch, seine Hand lag bereits neben dem roten Alarmknopf. »Wer steht am Radar – McNiven?« Im Geist sah er dessen Gesicht vor sich. »Beobachten Sie es weiterhin, Radar. Ich sehe es jetzt auch auf meinem Monitor.« Er fuhr zusammen, als ihm eiskaltes Wasser aus der Segeltuchhaube über dem Schirm in den Nacken floß. »Aber ich bekomme nur ein wirres Bild.« Das war auch kaum überraschend bei diesem schweren Seegang und bei der Nähe von Island.

Der Radargast sagte: »Echo steht still, Sir. Sehr klein.« Er war ein guter Mann, kaum schlechter als der Radar-Unteroffizier.

Treherne fragte: »Soll ich die Korvette anrufen, Sir?«

Howard schüttelte den Kopf, noch immer überlegte er. Es war also nicht nur ein Widerschein der Küstenlinie, sondern befand sich an der Oberfläche, aber unbeweglich. Wieder beugte er sich über das Sprachrohr. »Irgendeine Veränderung?«

»Nein, Sir.«

Howard sprach mehr zu sich selbst. »Kein U-Boot. Zu dicht unter Land, als daß es die Batterien laden könnte.« Er sah, daß alle ihm zuhörten, und merkte erst daran, daß er laut gesprochen hatte. »Sie haben hier anderswo genügend tiefes Wasser.«

Eine andere Stimme drang jetzt aus dem Sprachrohr: »Coxswain am Ruder, Sir.«

»Gut.« Howard sah Treherne an und lächelte. Woher wußten die älteren Leute immer sofort, daß etwas los war? Ihretwegen hätte es niemals der Alarmglocke bedurft.

Treherne fragte: »Vielleicht ein Fischer?«

»Bin nicht sicher. Aber dies ist die Zeit, in der meistens was passiert, stimmt's?« Howard wußte, daß Treherne ihn verstand. Wie viele Schiffe waren versenkt worden, wenn die Ausguckposten bereits daran dachten, daß sie bald im sicheren Hafen sein würden, wo sie trockenes Zeug anziehen konnten und wo ihnen das Essen nicht bei Windstärke neun vom Teller wehte? Wie aus dem Nichts kamen dann die Flugzeugbomben oder der U-Boot-Torpedo.

Howard drückte auf den roten Knopf und hörte das Schrillen der Alarmglocken im ganzen Schiff, sofort gefolgt von abgehackten Meldungen aus den Sprachrohren und Handtelefonen, während die Männer auf ihre Gefechtsstationen eilten.

Der Erste Offizier trat neben Howard. »Alle Gefechtsstationen besetzt, Sir. Gibt's Ärger?«

»Bin mir nicht sicher. Radar meldet ein schwaches Echo in drei-drei-null. Unbeweglich, also kein U-Boot-Turm.«

Marrack starrte in den feuchten Dunst. »Kann nicht das geringste sehen.«

»Radar – Brücke!«

»Hier Brücke!«

»Ich glaube, es ist ein Boot, Sir. Es scheint zu treiben.« Das klang beinahe entschuldigend.

»Sie haben gute Arbeit geleistet, McNiven.« Howard sah die anderen auf der Brücke an. »Hier setzt ein nördlicher Strom, stimmt's, N. O.?«

»Stimmt, Sir.« Trehernes bärtiges Gesicht blieb ausdruckslos.

»Lassen Sie von Gefechtsstationen wegtreten und die übliche Seewache wieder aufziehen.« Howard hörte das Getrappel der Füße auf den Leitern und dem Eisendeck, es klang beinahe erleichtert. »Wir wollen's uns mal ansehen. Behalten Sie Kurs und Geschwindigkeit bei, N. O.«

Als Ayres von seiner Gefechtsstation am achteren Geschütz wieder auf die Brücke zurückkehrte, war die See noch heller geworden, und obgleich die Wellen zu hoch gingen, als daß er einen Blick auf den Horizont hätte werfen können, war an Steuerbord die Andeutung von Land zu erkennen, ein rötlicher Schatten, der wie eine herabgefallene Wolke aussah.

»Treibender Gegenstand im Wasser, Sir! Recht voraus!«

»Beide langsame Fahrt voraus.« Howard stieg auf die vordere Gräting und hob sein Glas. Er spürte, wie sich seine Magenmuskeln zusammenzogen. »Rufen Sie den Oberbootsmannsmaat!«

»Ist schon da, Sir.«

Natürlich. Knocker White war auch so einer, der immer zur Stelle war, wenn man ihn brauchte.

Howard drehte sich um und sah Ayres am Signalspind stehen und in das an der Bordwand entlangtreibende Boot hinunterstarren, bis es vom Wurfanker des Oberbootsmannsmaaten eingefangen wurde. Wie lange waren sie wohl getrieben und von welchem Schiff kamen sie? Sie sahen aus wie Vogelscheuchen. Die Gesichter waren zum Teil von den Möwen zerfetzt, einige hatten keine Augen mehr, andere waren quer über die jetzt bewegungslosen Riemen gefallen. Im Heck saß eine zusammengesunkene Gestalt, die Mütze tief übers Gesicht gezogen, mit zwei verblichenen Streifen auf den Ärmeln der durchnäßten Uniformjacke.

Howard rief: »Beide stopp!« Er sah, wie der neue Arzt an die Reling eilte, aber dort anhielt, als sei er gelähmt durch den Anblick, der sich ihm bot.

Marrack schnauzte: »Dort unten sollte ein Offizier dabeisein, Sir.«

Ayres riß den Blick von dem entsetzlichen Rettungsboot los, als ihm klar wurde, daß Marrack ihn meinte. »Ich – ich gehe hinunter, Sir!«

Howard sah ihn an. »Bleiben Sie beim Buffer*und seinen Leuten. Wenn Ihnen schlecht wird, halten Sie sich außer Sicht.«

Ayres wäre beinahe gefallen, als er die erste Leiter hinuntersprang, vorbei an dem grimmig blickenden Schützen der Örlikon; dann kam die zweite Treppe hinunter zum Hauptdeck. Ein paar wachfreie Zuschauer standen am Absatz der Back, andere beugten sich über die Reling, um ja nichts zu verpassen.

Der Buffer, Knocker White, kletterte schon aus dem Boot wieder an Deck und sah Ayres ihn anstarren. Ein guter Junge, dachte er, erstaunt über dessen Anwesenheit. Dann hörte er irgend jemanden sich hilflos übergeben: der neue Schiffsarzt. Gott helfe uns, wenn wir jemals der verdammten *Tirpitz* begegnen sollten, dachte Knocker böse.

»Ich habe alles Wesentliche an mich genommen, Sir.« Er zog etwas Ledernes unter seinem Ölzeug hervor, es war mit Mehltau überzogen. »Der arme Kerl hielt noch das Foto seines Mädchens in der Hand, Sir, wahrscheinlich war es das letzte, was er im Leben sah.« Er winkte hinauf zur Brücke und rief seinem Maaten zu: »Wirf los, Jim!«

Das Deck begann wieder zu vibrieren, die Schrauben warfen weißen Schaum auf. Das längsseit liegende Boot schien noch ein wenig zu zögern, als sei es unwillig, jetzt das Schiff zu verlassen, nachdem sie es endlich gefunden hatten.

Ayres fragte heiser: »Was wird nun aus –«

Der Buffer sah ihn einen Augenblick an, bevor er seine Aufmerksamkeit wieder dem Boot zuwandte, das jetzt einsam und verloren über die Hecksee des Zerstörers hinwegstampfte. »Der Skipper wird ein Küstenwachboot rufen, weil wir dicht unter Land sind. Die können damit besser umgehen als wir.«

* Bootsmann

Ayres starrte dem Boot nach, bis ihm die Augen wehtaten; er spürte nicht die kalte Luft, sah nichts anderes als das Rettungsboot und seine zerlumpten Insassen. Er erwartete noch immer, daß der Offizier an der Pinne aufwachte und sie verfluchte, weil sie ihn zurückließen. Laut sagte er: »Das werde ich niemals vergessen.«

Knocker White sah ihn an. »Am Ende der Vormittagswache, Sir, kommen Sie bitte in unsere Messe. Dort trinken Sie mal einen Schluck mit wirklichen Seeleuten.« Dann drehte er sich um und ging schnell weg, seine Leute mustern, da Ayres ihm offensichtlich überschwenglich danken wollte.

Als Ayres wieder auf der Brücke ankam, sah er, daß der N. O. ihn aufmerksam musterte. »Alles in Ordnung, Sub?«

Howard drehte sich in seinem Stuhl um. »Sie haben sich gut gehalten, Sub. Es wird mit der Zeit leichter.«

Ayres drückte sich in eine Ecke der Brücke und versuchte sich unsichtbar zu machen. Noch immer sah er die Toten im Boot vor sich. Wer war als letzter gestorben? Wer war das Mädchen auf dem Foto? Wußte sie es, hatte irgend jemand bei ihnen zu Hause schon von dem Unglück gehört?

Gegen Ende der Wache drehten sie um den letzten Landvorsprung in die offene Bucht ein; dahinter lag ein großer Fjord, begrenzt von schneebedeckten Bergen.

»Alle Mann auf Einlaufstationen! Steuerbord eins nach vorn, Steuerbord zwei aufs Achterdeck!« Es hagelte nur so Befehle. Lichter blinkten und blitzten aus allen Richtungen, und der Signalmeister hatte alle Hände voll zu tun, mit dem Handscheinwerfer auf Anfragen zu antworten.

»Signal vom Alliierten Oberkommando, Sir: Ankern Sie vor Videy Island.«

Howard sah Treherne an, der eine Grimasse zog. Das bedeutete, daß der eigentliche Ankerplatz bereits überfüllt war. Dort lag der Konvoi. »Also gehen Sie auf Gegenkurs, N. O.« Er warf einen Blick hinunter auf die Back und sah dort Marrack mit seinen Leuten stehen. Der Maschinenmaat fummelte am Spill herum, sein Atem stieg wie Dampf in die eiskalte Luft. In England hofften sie jetzt auf den Frühling, und wenn er kam, würde er ihnen das Gefühl vermitteln, daß der Krieg gar nicht so schlimm sei. Howard blickte nach achtern und auf die Männer, die ihn umstanden Hier würde es lange dauern, bis der Frühling kam, und bestimmt gab es noch viel Treibeis, bevor sie diese Reise beenden konnten. Er sah Ayres' blasses Gesicht, auf dem sich jetzt aber eine jugendliche Entschlossenheit zeigte, die zuvor nicht zu entdecken gewesen war. Möglicherweise dachte er noch immer an das Rettungsboot, die engste Berührung mit dem Krieg, die er bisher erlebt hatte. Howard senkte den Blick und sah auf den schwach erleuchteten Kompaß. »Beide dreimal langsame Fahrt voraus«, befahl er.

»Schiff dreht, Sir.« Trehernes Stimme klang so ruhig und sachlich wie immer.

»Beide stopp! Beide langsame Fahrt zurück!«

Ayres blickte durch sein Glas auf die in der Nähe liegenden Kriegsschiffe. Er sah einen großen Zerstörer der Tribalklasse, und auf der Tafel des Quartermeisters an seinem Fallreep konnte er den Namen lesen: *Beothuk*. Also ein Kanadier. Er spürte einen Schauer wie damals an dem Morgen in Rosyth und wandte sich um, als der Anker fiel und die Kette durch die Klüse polterte.

Lächelnd sah Howard ihn an. »Sagen Sie dem Steuerhaus: Hauptmaschinen abstellen.«

Im selben Augenblick hörte das Vibrieren auf, und Ayres hörte die Bestätigung des Gefechtsrudergängers. Treherne tippte ihm auf den Arm, als die Wachgänger sich anschickten, ihre Stationen zu verlassen.

»Gehen Sie hinunter und holen Sie sich den Rum ab, den Ihnen dieser alte Gauner Knocker White angeboten hat.« Als er die Verwirrung des jungen Offiziers bemerkte, fügte er hinzu: »Sie haben ihn verdient, als Sie unten bei dem Rettungsboot dabei waren. Es ist deren Art und Weise, ihre Anerkennung zum Ausdruck zu bringen.«

Howard legte sein Fernglas ab und fragte sich, ob er noch ein Bad nehmen konnte, bevor er zu irgendeinem der höheren Offiziere an Land gerufen wurde. »Ich brauche nachher das Motorboot, N. O. In etwa einer Stunde.«

Der Signalmeister rief: »Signal, Sir: Kommandant möchte sich beim kommandierenden Admiral im Hauptquartier melden, wenn er soweit ist.«

»Bestätigen Sie.« Howard fuhr sich mit den Fingern durchs Haar. »In etwa einer Stunde«, wiederholte er. Dann polterte er mit seinen schweren Stiefeln die Leiter hinunter und ging nach achtern.

Der Deckslautsprecher erwachte zum Leben. »Alle herhören! Die zum Rapport gestellten Leute auf dem Achterdeck antreten!«

Howard blieb vor der wasserdichten Eingangstür stehen und blickte über das Deck des Zerstörers. *Mein* Schiff! dachte er. In derselben Zeit, die ich gebraucht habe, um von der Brückenleiter bis hierher zu kommen, sind anderswo Männer gestorben und sterben immer noch. Aber Dienst und Krieg gehen weiter und beherrschen unser aller Leben.

Andere Dinge gingen ihm durch den Kopf. Ayres hatte seine erste Prüfung bestanden, der neue Arzt war durchgefallen. Leutnant Bizley machte sich selbst verrückt, wenigstens hatte ihm Marrack das erzählt. Dem mußte man so rasch wie möglich begegnen, bevor er andere dadurch in Gefahr brachte. Midshipman Esmonde war an Deck gestürzt, dann war ihm schlecht geworden. Möglicherweise würde er das überwinden, wenn er etwas mehr Zeit bekam.

Die Tür seiner Kajüte ging auf, bevor er noch die Hand zum Griff gehoben hatte, und er sah seinen Steward Vallance, der ihn anstrahlte. Im Kamin flackerte bereits ein munteres Feuer.

»Ein heißes Bad ist vorbereitet, Sir, und ein frisches Hemd liegt bereit für Ihren Besuch beim Admiral.« Vallance erkannte sofort die Erschöpfung im Gesicht des Kommandanten, die andere kaum bemerkten. Der Alte hatte sie hierhergebracht und würde sie auch weiterbringen, bis der ganze verdammte Krieg vorbei war.

Die *Gladiator* törnte an ihrer Kette ein und lag nun sicher in der wirbelnden Strömung. Aber Vallance war klar, daß sie das alles ihrem jungen Kommandanten zu verdanken hatten.

Der Ort für die Einsatzbesprechung lag innerhalb des eingezäunten Bereichs des Vereinigten Hauptquartiers, wo Navy und Royal Air Force gemeinsam das Geschick jedes einzelnen alliierten Schiffes unter ihrer Kontrolle bestimmten. Hauptquartier war ein anspruchsvoller Name für die Ansammlung verstreuter Nissenhütten, in deren Mitte ein riesiger Sendemast aufragte. Howard, mit Treherne neben sich, warf einen Blick auf die anderen Marineoffiziere, die wie Schüler in Reihen hintereinander auf harten Holzstühlen saßen.

Er vermutete, daß ihre Barracke, die größer war als alle anderen, normalerweise als Kinosaal für die vielen Soldaten benutzt wurde, die auf dieser ungastlichen Insel mehr oder weniger eingekerkert waren. Die Leinwand war unter der Decke festgezurrt, und an ihrer Stelle befand sich jetzt ein langer, auf Böcken improvisierter Tisch, den Zuhörern gegenüber.

Es war vier Tage her, seit die *Gladiator* in Reykjavik eingelaufen war, und abgesehen vom Dieselbunkern aus einem Tanker hatte sich nicht viel ereignet. *Ganymede*, ihr Schwesterschiff, war ebenfalls eingetroffen und hatte zwei weitere Korvetten nach Island begleitet. Im ganzen saßen etwa zwanzig Kommandanten und ihre Ersten Offiziere im Versammlungsraum, vielleicht auch ein paar mehr. Die Besprechung mußte also sehr wichtig sein.

Der Kommandant der *Ganymede*, Kapitänleutnant Spike Colvin, stieß Howard mit dem Ellbogen an. »Einige Burschen hier sehen aus, als hätten sie gerade erst die Schule verlassen.«

Howard nickte, aber durch den dichten Qualm des Pfeifen- und Zigarettenrauchs sah er auch einige erfahrene Gesichter, die zum Teil wie Treherne die verschlungenen Goldstreifen des

Reserveoffiziers trugen. Auch mehrere ältere Aktive wie Colvin und ihn selbst entdeckte er. Die Mehrzahl waren jedoch Reservisten und wirklich noch sehr jung.

Howard fragte sich, wie sie wohl alle die weite Strecke bis nach Murmansk durchstehen würden. Fünfzehnhundert Meilen waren es Luftlinie, aber mit all den Kursänderungen und Umwegen, die sie machen mußten, würden es erheblich mehr sein. Es war wirklich eins der schlimmsten Seegebiete der Welt, selbst ohne Feindeinwirkung.

Die Tür wurde geöffnet, und die kleine Prozession der Stabsoffiziere schritt auf den Tisch zu, während die Versammelten aufstanden, was mit erheblichem Kratzen der Stühle auf dem rauhen Boden verbunden war. Konteradmiral Henry Giffard setzte sich auf den mittleren Platz am Tisch, während auf beiden Seiten sein Stab Platz nahm. Darunter befand sich auch ein aktiver Fregattenkapitän, den Howard bereits kannte. Es war der Kommandant der *Beothuk*, des großen Zerstörers der Tribalklasse, zugleich auch der älteste Offizier ihres Geleits. Er hatte schon mehrere dieser Fahrten unternommen und war ein Mann von mächtiger Statur und gleichmütigen Gesichtszügen. Der ganze Mann vermittelte den Eindruck, daß er keine Zeit hatte für irgendwelche Torheiten.

Der Konteradmiral war das genaue Gegenteil. Verhältnismäßig alt für seinen Dienstgrad, trug er auf der linken Brust ein riesiges Feld von Ordensbändern, von denen Howard den größten Teil nicht kannte. Er machte den Eindruck eines Spießbürgers, war kahl bis auf zwei weiße Haarsträhnen an jeder Schläfe und wirkte wie frisch geschrubbt und poliert, was durch seine kleine, goldgeränderte Brille noch verstärkt wurde.

Giffard musterte sie über seine Brillengläser hinweg und sagte trocken: »Meine Herren, Sie dürfen rauchen.« Bedeutungsvoll blickte er auf die treibenden Qualmwolken und fügte hinzu: »Wenn Sie es denn nicht lassen können.«

Colvin grunzte zustimmend und fischte sofort eine Dose zollfreier Zigaretten aus seiner Tasche. Schließlich hatten sich alle zurechtgesetzt, und die Navigationsoffiziere hielten Schreibblock und Bleistift bereit.

Der Konteradmiral räusperte sich. »Bevor ich Sie den Meteorologen und meinem Operationsoffizier übergebe, möchte ich einige Punkte klarstellen. Natürlich werde ich bei der Konvoibesprechung auch die Kapitäne der Frachter informieren, aber da sind einige Dinge, die sie nicht erfahren müssen, zumindest noch nicht jetzt.« Wiederum glitt sein suchender Blick langsam über ihre Gesichter. »Unseren Bundesgenossen, den Russen, geht es zur Zeit recht schlecht. Sie erleiden fürchterliche Verluste an Mensch und Material, besonders an Flugzeugen. Daraus resultieren ihre Rückzüge an allen Frontabschnitten. Die deutsche Luftwaffe beherrscht die Kampfgebiete, und die Russen haben nicht die Mittel, den Feind aufzuhalten.« Leicht ironisch fügte er hinzu: »Das ist uns aus früheren Zeiten recht vertraut, nicht wahr?«

Howard dachte darüber nach, wie das Kriegsglück auch die englischen Truppen verlassen hatte. Selbst in Nordafrika, wo es vorher so viele Siege gegeben hatte und die Wochenschauen voll gewesen waren von italienischen Soldaten, die sich der Achten Armee ergaben, war die Situation jetzt kritisch. Ein einziger Mann beherrschte nun den Kriegsschauplatz in der westlichen Wüste: Rommel mit seinem berühmten Afrika-Corps. Er griff sogar nach Ägypten und somit nach dem Suezkanal, dem Weg nach Indien. Und niemand anderer als die zusammengeschlagene und demoralisierte Achte Armee konnte das noch verhindern.

Der Admiral fuhr fort: »Dies ist ein schneller Geleitzug. Fast alle Schiffe sind neu, und jedes ist beladen mit schweren Waffen, Flugzeugen und Panzern.«

Howard sah, daß der kanadische Kommandant der Geleitfahrzeuge seufzte. Bestimmt wußte er besser als die meisten, was der Admiral andeuten wollte: Ihr Bestimmungsort Murmansk, ebenso trist wie gefährlich, besaß nur einen einzigen wirklich funktionierenden Kran, und der konnte nur elf Tonnen heben. Das war bedeutend weniger als das Gewicht eines Panzers. Es bedeutete enormen Zeitverlust und viel Ärger bei der Suche nach einigermaßen geeigneten Kais, wo sie ihr Schwergut anlanden konnten.

Das Ganze wurde nicht gerade erleichtert durch die kaum verhehlte Feindseligkeit und den Argwohn, mit dem die Russen ihnen begegneten. Der Ankerplatz war viel zu tief für das erschöpfte Geleit, und trotzdem verweigerten ihnen die »Bundesgenossen« hartnäckig das Einlaufen in den verhältnismäßig sicheren Hafen der russischen Marinebasis.

Die Schiffsbesatzungen waren verbittert über die schlechte Behandlung nach all den Risiken, die sie auf sich genommen hatten, um nach Murmansk zu gelangen. Und dann hatten sie schließlich noch den genauso gefährlichen Heimweg vor sich. Die Geleitzüge waren, zumindest auf dem größten Teil der Strecke, ohne jede alliierte Luftunterstützung, und die Deutschen nützten ihre norwegischen Stützpunkte voll zu ihrem tödlichen Vorteil aus.

Konteradmiral Giffard betupfte sich den Mund mit seinem Taschentuch, und Colvin flüsterte: »Ich wette, er hat soeben ein verdammt gutes Essen verdrückt.«

Giffard nahm die Brille ab und sagte: »Leider meldet unser Nachrichtendienst, daß die Deutschen möglicherweise einen Überwasserangriff durch Kreuzer versuchen werden, die in Tromsø liegen sollen. Der Ort ist abgeriegelt wie mit einem Stahlpanzer, und selbst der norwegische Untergrund schweigt sich aus. Wir werden allerdings Schutz von unserer Home Fleet erhalten, die mit jedem dieser Kreuzer fertig wird.«

Howard wartete. Warum zögerte er noch, es auszusprechen?

Giffard setzte sich die Brille wieder auf, als wolle er sich damit Deckung verschaffen. »Es gibt auch Gerüchte, daß die *Tirpitz* dieses Mal möglicherweise einen Ausfall macht.«

Hätte der kleine Admiral eine schlimme Obszönität in den Raum gerufen, die Wirkung hätte nicht größer sein können.

Colvin sagte leise: »Mein Gott, diese Kampfmaschine könnte unseren Konvoi verschlucken, ohne es zu merken.«

Überall im Saal sahen sich die Offiziere an, suchten nach bekannten Gesichtern und waren sich völlig ihrer Verwundbarkeit bewußt.

Howard spürte, wie Treherne neben ihm sich steif aufrichtete. Bestimmt dachte er an die *Bismarck*, das riesige Schwesterschiff der *Tirpitz*, das durch die Dänemarkstraße entkommen war und die *Hood* versenkt hatte, Britanniens größtes Kriegsschiff, das in Friedenszeiten der Star aller Zeitschriften gewesen war. Außerdem hatte die *Bismarck* das neueste englische Schlachtschiff, die *Prince of Wales*, durch ihre mächtigen Geschütze in die Flucht geschlagen. Auch die unglückliche *Prince of Wales* hatte schließlich das Schicksal der *Hood* ereilt, und zwar sieben Monate später durch japanische Kampfflugzeuge. Am Ende war das deutsche Riesenschiff doch noch versenkt worden, aber es bedurfte der gesamten Home Fleet, um es zu finden.

Solange die *Tirpitz* in ihrem norwegischen Versteck liegen blieb, wurden die Schlachtschiffe und Kreuzer der Home Fleet in Scapa Flow festgehalten – nur für den Fall, daß sie auslief. Die Frage war, ob die deutsche Marine das Risiko eingehen würde, eine derartig wichtige Kampfgruppe auf einen einzigen Konvoi anzusetzen? Noch während sich Howard diese Frage stellte, wußte er bereits die Antwort: Sie würden versuchen, *jeden* Geleitzug zu vernichten, der den Russen helfen konnte, sich zu erholen, sobald Eis und Schnee ihren erbarmungslosen Griff an der Ostfront lockern würden.

Wenn Rußland erst einmal unterworfen war, würde der Feind seine Anstrengung an allen anderen Fronten verdoppeln. Zunächst käme Nordafrika dran, und dann ... Schaudernd dachte Howard an das kleine Haus seines Vaters in Hampshire, an den hübschen Garten, von dem aus man an klaren Sommertagen die alte Windmühle auf dem Hügel von Portsdown sehen konnte. Auch der größte Mut und Opfersinn würde dann den Feind nicht davon abhalten, England zu besetzen.

Howard merkte, daß der Meteorologe der Royal Air Force etwas über Wind und Schneefall erzählte und über die Tatsache, daß die Eisgrenze dieses Jahr erheblich südlicher lag als üblich, weshalb der Konvoi dichter an den deutschen Stützpunkten entlangfahren mußte, als man gehofft hatte. Bei der Einfahrt um die Halbinsel Kola herum nach Murmansk würden ähnliche Eisverhältnisse herrschen, obwohl dieser Hafen in erster Linie deswegen ausgewählt worden war, weil er das ganze Jahr über angeblich eisfrei war. In zweiter Linie war er auch wegen seiner direkten Bahnverbindung mit Leningrad ausgesucht worden.

Als letzter sprach der Operationsoffizier, die Hände in den Taschen seiner Uniformjacke vergraben, wobei die Daumen nach vorn herausragten. Er schloß mit den Worten: »Der Geleitzug wird sich nicht auflösen, meine Herren!« Er sah in ihre gespannten Gesichter. »Er fährt weiter, was auch geschieht.«

Als Howard seinen Kragen hochklappte und über den schmutzigen Schnee zu dem Jeep stapfte, der ihn hierhergebracht hatte, klangen ihm diese Worte noch wie ein Nachruf in den Ohren.

3 *Aufspüren und versenken*

»Vormittagswache ist auf Verteidigungsstationen angetreten, Sir!«

Oberleutnant Neil Finlay nickte und richtete sein Glas auf das nächste Handelsschiff. »Danke.«

Finlay war Schotte und stolz darauf. Außerdem war er stolz auf die Tatsache, daß er der erste Reserveoffizier an Bord dieses in hartem Einsatz stehenden Zerstörers war, den der Kommandant als Artillerieoffizier eingesetzt hatte. Da der Kommandant aktiver Offizier war, war Finlay desto stärker entschlossen, keinerlei Fehler zu machen. Sollte in seiner Abteilung irgend jemand irgendwelchen Mist bauen, so hatte Finlay verkündet, würde er den Tag verfluchen, an dem er geboren war.

Es hatte drei Tage gedauert, den Konvoi zu formieren und aus Reykjavik auszulaufen. Zunächst fuhren sie nach Norden in die Dänemarkstraße. Außer ein paar kleineren und bedeutungslosen Zusammenstößen mit Treibeis hatten sie alles ohne Zwischenfälle geschafft. Jetzt waren sie im offenen Wasser des nördlichen Eismeers, und die Schiffe stiegen und fielen in einer hohen Dünung. Der Konvoi bestand aus dreißig Frachtern, die in fünf Kolonnen fuhren. Die mittlere Reihe wurde vom Kommodore auf einem Frachter namens *Lord Martineau* angeführt. Geschützt wurden die Schiffe auf dem langen Weg nach Nordrußland von sechs Zerstörern, acht Korvetten, zwei mit Ortungsgeräten ausgerüsteten Fischdampfern und einem Hochseeschlepper. In der Mitte des Konvois fuhr ein ehemals holländisches Fährschiff namens *Tromp II*, das in der Liste als Flakschiff aufgeführt war. Die Besatzung bestand aus Marineinfanteristen, und sein Deck war geradezu überladen mit Flawaffen wie Bofors und Örlikons, während direkt hinter seiner eleganten Brücke zwei schwere Zwölfpfünder standen. Oberleutnant Finlay richtete sein Glas auf ein weiteres seltsam aussehendes Schiff am Ende der mittleren Kolonne, über das Ayres ihn gleich nach dem Auslaufen ausgefragt hatte.

Es handelte sich um ein umgebautes Handelsschiff, dessen Aufbauten man bis auf die Brücke und den spindeldürren Schornstein weggeschnitten hatte, während an Oberdeck ein langes Katapult montiert wurde. Darauf stand eine einsame Hurricane, ein Jagdflugzeug, das sich dort ausnahm wie ein riesiger Seevogel, der zu einer kurzen Ruhepause gelandet war.

Der Kommentar des Ersten Offiziers war typisch kurz und vernichtend gewesen: »Es ist ein Katapultschiff. Wenn der Konvoi von einem deutschen Aufklärungsflugzeug gesichtet wird, startet die Hurricane vom Katapult, und unser tapferer Jagdflieger schießt den Deutschen ab, bevor er die U-Boote heranrufen kann.«

Als Marrack die unausgesprochene Frage des jungen Ayres' bemerkte, schloß er mit den Worten: »Danach steigt er aus, und wir fischen ihn auf.«

Als Finlay sich an diese Worte erinnerte, lächelte er grimmig. Sie waren nördlich des Polarkreises, und wenn der Pilot ins eiskalte Wasser fiel, würde er nicht länger als höchstens zwölf Sekunden überleben.

Tucker, der Signalmeister, hob sein Teleskop, und seine Lippen bewegten sich tonlos. Dann meldete er: »Signal vom Kommodore, Sir: *Mersey Bell* bleibt zurück. Stellen Sie den Grund fest.«

Howard stand auf und packte die Lehne seines Stuhls, während der Signalmaat laut klappernd seine Bestätigung morste. Das langsame Schiff fuhr am Ende der Backbordkolonne und hatte schon vom Geleitkommandanten eine Rüge erhalten, weil es zu stark qualmte. Was war jetzt wieder los?

Howard beschattete sich die Augen, um die Reihen stattlicher Schiffe zu betrachten: fünf Kolonnen lebenswichtiger Güter, jeder Laderaum vollgepackt mit Waffen, gepanzerten Fahrzeugen und medizinischen Versorgungsgütern. Die meisten Schiffe trugen zusätzlich Decksladungen: Holzverschläge mit Flugzeugen oder Flugzeugteilen, dazu bestimmt, die Lücken in Stalins Luftwaffe zu füllen. Die anderen fünf Zerstörer fuhren außer Sicht in weit auseinandergezogener Pfeilformation vor dem Konvoi. Die Korvetten hielten sich zu beiden Seiten, ihre verhältnismäßig kleinen Silhouetten sah man in der ungeheuer hohen Dünung auftauchen und wieder verschwinden wie ziehende Wale.

Die *Gladiator* stand zwei Meilen achteraus vom Ende des Konvois, auf der Position des sogenannten »Tail-end-Charly«, der sich bereithalten mußte, alles auszuführen, was vom Kommodore befohlen wurde, wozu auch der Angriff auf U-Boote gehörte, die versuchten, die Frachtschiffe von hinten anzugreifen. Dies war jetzt bei Tageslicht jedoch unwahrscheinlich, denn kein getauchtes U-Boot konnte mit dem Konvoi Schritt halten.

»Beide halbe Fahrt voraus!«

Im Steuerhaus besprach Treherne etwas mit dem Signalmeister, weshalb Finlay ihn für den Augenblick abgelöst hatte. Finlay hatte sogleich den anderen Leutnant und Midshipman Esmonde auf die Brücke beordert, um ihnen das Feuerleitsystem zu erklären.

Als die Umdrehungen heruntergingen, blickte Howard auf das Trio der jungen Offiziere unter der Kompaßplattform. Die beiden Leutnants, die dort nebeneinander standen, waren völlig verschieden voneinander. Esmonde, der bei den Rollbewegungen wie trunken hin und herschwankte, hatte ein Gesicht wie aus grünlichem Pergament.

»Eins-eins-sieben Umdrehungen bestätigt, Sir.«

Wieder hob Howard das Glas. Der Himmel war stark bewölkt, nur hin und wieder sah man kleine blaue Flecken durchschimmern. Von dem angesagten Schneefall war noch nichts zu merken. Die weit entfernte Admiralität hatte bisher keinerlei Funksprüche durchgegeben. Irgendwo im Nordwesten sollte eine ihnen Deckung gebende Gruppe der Home Fleet stehen, bei der sich angeblich sogar ein kleinerer Flugzeugträger befand. Howard warf einen Blick hinüber zum Katapultschiff. Im Augenblick war das alles, was sie an Luftsicherung erwarten konnten, besonders wenn sie die Reichweite der landgestützten Flugzeuge nordöstlich von Jan Mayen überschritten hatten.

Es war einfach zu ruhig. Schlechtes Wetter war ihr bester Bundesgenosse in der Nähe der feindlichen Flugplätze und der tiefen Fjorde, wo die großen Überwasserschiffe sich noch immer aufhalten sollten. Vielleicht würde der Meteorologe am Ende doch noch recht behalten.

»Beide langsame Fahrt voraus!« Howard trat in die Brükkennock und schaltete den Lautsprecher an. »*Mersey Bell!* Erhöhen Sie Fahrt. Sie bleiben zurück!«

Er wartete und trommelte ungeduldig mit den Stiefelspitzen auf die Gräting, bis zwei Köpfe auf der hohen Brücke des Frachters erschienen. Der Eisüberzug ließ sie wie Glas schimmern. Wahrscheinlich sah die *Gladiator* von drüben genauso aus, weil der Gischt sofort gefror. Marrack mußte seine Leute ständig Eis klopfen lassen, denn ein Zerstörer konnte diese schwere Last auf dem Oberdeck nicht aushalten. Schon manches vereiste Geleitfahrzeug war in schwerer See gekentert.

»Ahoi, *Gladiator*! Ich habe einen Schaden an der Schraubenwelle. Ich muß sogar noch weiter mit der Fahrt heruntergehen, während mein Chief daran arbeitet.« Der Mann hatte einen unüberhörbaren Cockney-Akzent.

Howard sagte: »Geben Sie das an den Kommodore durch, Finlay.« Er richtete sein Glas wieder auf den Rumpf des Frachters und beobachtete die See, die einmal bis zu den Deckspforten reichte, dann wieder so weit abfiel, daß das Unterwasserschiff entblößt wurde. Die *Mersey Bell* war so tief weggeladen wie alle anderen auch. Sie hatte Panzer an Deck stehen, selbst auf den Lukendeckeln waren Verschläge mit zusammengeklappten Flugzeugen festgezurrt. Wenn diese Ladung ins Rutschen kam, bestand wenig Aussicht für das Schiff.

Howard wunderte sich oft, wie sie das durchhielten. Schließlich waren sie alle Zivilisten, hatten aber die volle Wucht der feindlichen Angriffe von See und aus der Luft zu ertragen. Er hatte Handelsschiffe erlebt, die Überlebende aufnahmen, nur um kurz danach selbst torpediert zu werden. Mitunter konnten die Überlebenden sich dann auf andere Schiffe retten. Und doch kehrten sie immer wieder zurück. Ihr Konvoikommodore zum Beispiel war selbst schon zweimal versenkt worden. Und doch war er bei diesem Geleitzug wieder dabei.

Finlay rief: »Vom Kommodore, Sir: Konvoi wird Fahrt auf zehn Knoten reduzieren.«

Der Signalmaat senkte seine Lampe und murmelte böse: »Schneller Konvoi, von wegen! Eine verdammte Schnecke könnte uns überholen!«

Howard hörte ihn. Es war ungewöhnlich für Tommy Tucker, daß er seine Gefühle zeigte. Wir sind alle überreizt, dachte er und rief über seine Schulter: »Drehen Sie und gehen Sie wieder auf Position. Warnen Sie vorher die Messen und Decks. Bei einer Drehung in diesem Seegang werden wir uns ganz schön überlegen.«

Der Brückenmaat schaltete den Lautsprecher ein und strich sich über die Unterlippe. »Alle herhören! Wir drehen um neunzig Grad nach Steuerbord!«

Ayres konnte sich die Wirkung ausmalen, als er an die alte *Sanderling* dachte. Er sah vor sich, wie die Männer Teller und Tassen packten, andere hielten ihre halbfertigen Briefe fest, um zu verhindern, daß sie auf den schmutzigen Boden fielen. Sein schweigender Gefährte Bizley packte die Reling und hielt sich daran fest.

Am liebsten hätte Bizley alles ringsum abgeschaltet und wäre irgendwo unter Fremden wieder aufgewacht. Das Schlafen auf Freiwache fiel ihm immer schwerer statt leichter. Noch immer sah er die grellen Blitze des Geschützfeuers über das schwarze Wasser zischen, sah Funken fliegen, als die roten Leuchtspurgeschosse im Boot einschlugen. Mehrere Männer waren gefallen, einige wurden blind durch Splitter vom Holzdeck oder niedergemäht vom tödlich genauen Feuer des deutschen Schnellboots.

Sein Kommandant, ein junger Oberleutnant wie Finlay, war ins Brückenhaus gestürzt, stark blutend, denn seine eine Hand war abgerissen worden. In seinen Träumen sah Bizley kein Feuer, aber er wußte, daß das Vorschiff in Flammen stand, als er . . . Er mußte es akzeptieren, ohne sich etwas vorzulügen. Er hätte nichts anderes tun können. Der Skipper wäre ohnehin gestorben. Ihn überlief es kalt, wenn er ihn wieder vor sich sah, wie er bittend seine verbliebene Hand ausstreckte. Bittend, ohne etwas zu sagen. Zwei andere Männer waren unter Deck eingeschlossen, weil das Maschinengewehr über die Luke gefallen war. Sie schrien noch, als Bizley seine Schwimmweste aufblies und über Bord sprang, wo zwei Überlebende sich bemühten, das Rettungsboot zu klarieren. Sie hatten ihn angestarrt, ihre Augen leuchteten weiß in der Dunkelheit. Aber sie hatten dann ohne Protest vom Boot abgestoßen, als er sie anschrie.

Das Motorkanonenboot hatte noch eine volle Last Wasserbomben an Bord, und jemand hatte versäumt, sie zu sichern, als sich das Heck allmählich hob und der Bug wegtauchte. In sechzehn Meter Wassertiefe waren die Bomben detoniert und hatten den sinkenden Rumpf mit den darin eingeschlossenen Toten und Verwundeten in tausend Stücke zerfetzt.

Das war im letzten Jahr gewesen, aber ihm kam es vor wie gestern. Sie hatten ihn zunächst an Land versetzt und dann hierher auf die *Gladiator* geschickt. Es war vorüber, endgültig! Wer konnte jetzt noch davon wissen? Die beiden anderen Überlebenden würden sich kaum daran erinnern, sie waren zu eifrig damit beschäftigt gewesen, das Boot klar zu machen und zu entkommen.

»Klar zur Drehung!« Howard packte wieder seinen Stuhl. »Steuerbord fünfzehn!«

»Ruder liegt fünfzehn Grad Steuerbord, Sir!«

Sie drehten und drehten, bis die Männer herabhingen von den Handgriffen, die sie gefunden hatten, oder auf dem Stahldeck fluchend abwärtsrutschten. Der Geschützführer der Steuerbord-Örlikon rief: »Jetzt ist es aber genug!«

Die *Gladiator* richtete sich wieder auf, wie man es von dem Vollblutschiff, das sie war, nicht anders erwartete. Sie hob ihren scharfen Steven schier zu den Wolken empor, Wasser strömte aus ihren Klüsen, schoß um das vordere Geschütz und stürzte in einer Woge über die Brücke.

Mit voller Fahrt dampften sie weiter, bis sie ihre zugeteilte Position wieder erreicht hatten.

Howard stieg auf seinen Stuhl und beobachtete durch das salzverkrustete Brückenkleid die Reihen der Handelsschiffe.

Finlay sagte zu Bizley und Midshipman Esmonde: »Sie können verschwinden, Sub, und Sie auch, Snotty.« Dann wandte er sich an Ayres: »Bringen Sie das Schiff wieder auf Kurs, Sub.« Er sah die Freude auf Ayres' Gesicht. Der Junge konnte kein

Gefühl verbergen, selbst wenn er das versucht hätte. Er hörte die anderen die Brückenleiter herunterklappern. Der Midshipman war nicht besser oder schlechter, als er selbst auf seinem ersten Schiff gewesen war. Aber Bizley – der war irgendwie anders. Finlay fragte sich, ob der Kommandant es auch bemerkt hatte. Während Ayres sich aufführte wie ein Kind, das man im Spielwarenladen freigelassen hatte, schien Bizley gegen jeden Rat, jede Anweisung innerlich zu opponieren. Als Leutnant hatte er auf seinem Motorkanonenboot wahrscheinlich eine große Rolle gespielt, wahrscheinlich war er dort Number One gewesen. Hier war er jedoch nichts anderes als ein grüner Subbie.

Es überraschte Finlay, daß Marrack den arroganten Bizley noch nicht zusammengestaucht hatte. Schließlich waren sie in derselben Wache. Aber vielleicht tat ihm der Junge leid, weil er in der Nordsee sein Boot verloren hatte. Finlay lächelte schief. Er konnte sich kaum vorstellen, daß jemand dem Ersten leid tat.

Treherne erschien auf der Brücke, in seinem Bart hing Rauhreif. »Besten Dank, Guns. Ich übernehme wieder.« Er blickte hinüber zu den Sprachrohren, wo Ayres soeben die Meldung des Rudergängers bestätigte. »Er ist ein braver Junge, nicht wahr?«

Finlay nickte. »Hat zumindest das Zeug dazu, N. O.«

»Flugzeug, Sir! Recht achteraus! Höhenwinkel drei-fünf! Fliegt von rechts nach links!«

Howard hob sein Glas übers Brückenkleid, während er gleichzeitig vom Stuhl glitt. Der Signalgast, der die Meldung gemacht hatte, senkte sein eigenes Glas und fügte betreten hinzu: »Es war bestimmt da, Sir.«

Howard beschrieb mit seinem Glas einen Bogen: niedrige Wolken mit einer kleinen Lücke, wo das Flugzeug gewesen sein sollte. Er sah den Signalgasten an; der war zwar noch jung, hatte aber bereits bewiesen, daß mit seiner Sehschärfe alles in Ordnung war.

»Groß oder klein?«

Der junge Mann, dessen Wangen und Hals rot gerieben waren von dem kalten, nassen Handtuch, starrte ihn an und war sich sehr bewußt, daß er mit seinem Kommandanten sprach.

»Groß, Sir. Ich bin ganz sicher.«

Treherne vermutete: »Könnte eine der großen Yankeemaschinen von Island gewesen sein.«

Der Signalgast nickte, zufrieden, daß sie ihm glaubten. »Es hatte vier Motoren und flog genau dort durch die Wolken.«

Der Signalmaat sagte: »Hoffentlich war es wirklich ein Amerikaner.«

Howard trat an den Kartentisch. »Informieren Sie den Kommodore: Flugzeug gesichtet, dazu Kurs und Peilung.« Eine innere Stimme schien ihn zu fragen: Freund oder Feind? Das entschied hier oben zwischen Leben und Tod.

Der Signalmeister meldete: »Konvoi ändert Kurs durch Schwenkung auf null-drei-null. Folget dem Vater!«

Treherne lachte. »Das klingt ja noch ganz munter.«

Howard sah, daß frischer Tee auf die Brücke gebracht wurde, und war froh über die Unterbrechung. In einem Punkt hatte der Kommodore recht: Es war sinnlos, ihr einziges Flugzeug starten zu lassen. Es hätte bei diesem bewölkten Himmel niemals das andere Flugzeug gefunden. Und was, wenn es sich nur um einen Amerikaner oder um ein zur U-Boot-Überwachung eingesetztes RAF-Langstreckenflugzeug handelte? Dann hätten sie unnötigerweise die Hurricane wie den Pilot verloren. Aber die Kursänderung war seiner Ansicht nach nicht klug. Sie würde ihren Weg nur sinnlos verlängern, und die Zerstörer, die mehr Treibstoff verbrauchten als alle anderen Schiffe im Konvoi, mußten dadurch viel früher Diesel vom Flottentanker *Black Watch* übernehmen – vorausgesetzt, das Wetter blieb so ruhig.

Howard nahm den dampfenden Becher. »Befehlen Sie allen Ausguckposten doppelte Wachsamkeit. Das kann nicht schaden.« Mit dem Ärmel wischte er den Tochterkompaß ab und spürte, wie Eis daran kleben blieb. *Der Konvoi wird sich nicht zerstreuen!* Ihm war, als höre er den Meteorologen aus Island sprechen. Wenn sie kämpfen mußten – wie lange würden dann die schweren Einheiten der Home Fleet brauchen, um zu ihnen zu stoßen?

Langsam schlürfte er den kochend heißen Tee und beobachtete die kleinen Gestalten des Katapultschiffs durch sein Glas, das er in der rechten Hand hielt. Sie arbeiteten dort an der Hurricane. Vermutlich wollten sie sicherstellen, daß die Maschine wirklich starten konnte, falls dies nötig wurde.

Er erinnerte sich an den schwarzen Humor in den verzweifelten Tagen der Schlacht um England: Komm zur Marine und sieh die Welt, komm zur Luftwaffe und sieh das Jenseits ...

Die Wache war abgelöst und die eiskalte Luft jetzt geschwängert mit dem Essensgeruch aus der Kombüse. Auf der dunkler werdenden See fuhren die Schiffe, bis die tiefen Schatten der Kolonnen sich zu einem einzigen zu vereinigen schienen wie zu einer gigantischen römischen Phalanx auf dem Marsch.

Howard stellte sich die kleinen Nummern und Flaggen auf den Anzeigetafeln in Island und bei der Admiralität vor. Und wahrscheinlich auch in Kiel: ihre Schiffe.

Als die Dunkelheit sich völlig über der See ausgebreitet hatte, verließ Howard die Brücke und stieg steif hinunter in seine Seekabine. Dies war für ihn allmählich zu einem Ritual geworden: kurz waschen mit warmem Seifenwasser und ein trockenes, sauberes Handtuch um den Hals. Sein Steward dachte an alles. Howard versuchte, nicht sehnsüchtig auf die ungemachte Koje zu blicken, denn ihm war klar, wenn er sich auch nur darauf setzte, würde er sofort einschlafen. Er betrachtete sich im Spiegel und versuchte, das Salz aus seinem widerspenstigen Haar zu kämmen.

Das Telefon am Schott rasselte. »Kommandant.« Er fragte sich, ob der Funkmaat Pots Hyslop sein Herz bis in den Funkraum klopfen hören konnte.

»Von Admiralität, Sir, dringend: Östlich Ihrer Position stehen fünf U-Boote.«

Howard nickte. »Ich gehe nach oben.«

Die anderen warteten bereits auf ihn, und er war froh, daß sie im Dunkeln sein Gesicht nicht sehen konnten.

»Nun, jetzt wissen wir's, Number One. Das Flugzeug war keins von unseren eigenen.«

In der kleinen umschlossenen Welt der Navigationsecke beugten sich Howard und Treherne nebeneinander über die zahllosen Berechnungen, Peilungen und Bleistiftlinien des eingetragenen Kurses. Hinter ihnen auf der offenen Brücke hörte Howard die Wachgänger sich gelegentlich bewegen, um die Blutzirkulation anzuregen oder ihre Spannung zu lockern.

Er nahm den Stechzirkel und wanderte damit über die Karte, während er mit einem Ohr den Schiffsgeräuschen lauschte. Er hörte das eintönige, sich ständig wiederholende »Ping« des Asdik, das Quietschen des Geschützes vor der Brücke, wenn es von Backbord nach Steuerbord und zurück geschwenkt wurde. Obgleich eigentlich jede Waffe vor dem Einfrieren geschützt sein sollte, hatte sich doch erwiesen, daß das Spezialöl, das sie benutzten, manchmal versagte. Howard stellte eine rasche Berechnung auf seinem Block an und blickte auf das trübe Bild des Radarschirms. Er sah den hellen Peilstrahl über die Schiffe des Konvois gleiten, sah die starren Kolonnen und die schwächeren Lichtpunkte der Korvetten zu beiden Seiten.

Es ging einem allmählich auf die Nerven, dachte er. Wieder ein Tag, an dem es nichts zu berichten gab, es sei denn die U-Boot-Warnungen, die vielleicht von der Admiralität falsch verschlüsselt worden waren. Vielleicht waren die U-Boote auch auf einen anderen Geleitzug angesetzt.

Die See war jetzt ruhiger, es ging lediglich eine niedrige Dünung, die ihre Schiffe mit überraschender Leichtigkeit anhob, bevor sie weiterlief. Nichts behinderte sie zwischen dem Konvoi und der norwegischen Küste. Einige Zerstörer hatten es sogar geschafft, ihre Dieselbunker aus dem Flottentanker nachzufüllen, was immer ein kritischer Augenblick für jeden Kommandanten war, wenn die Beweglichkeit seines Schiffes durch die Leinen und Schläuche reduziert war.

Howard sagte: »Sie bewegt sich jetzt leichter, N. O.«

Treherne rieb sich die Augen, sie waren wund von der kalten Salzluft und dem angestrengten Starren auf die nächsten Schiffe, um eine Kollision zu vermeiden. In der vorhergehenden Nacht hatte ein Frachter den Kontakt mit seinem Vordermann verloren und hatte daraufhin seine Fahrt dermaßen erhöht, daß er ihn beinahe versenkt hätte. Deshalb hatte dieser die Sirene betätigt, entweder um die anderen zu warnen oder aus Wut über die Unachtsamkeit seines Hintermanns, und vom Kommodore sofort einen Rüffel erhalten. Marrack hatte dazu nur trocken bemerkt: »Der Feind braucht keine verdammten Sirenen, um uns zu finden!«

Jetzt antwortete Treherne: »Das Eis dämpft, Sir. Hier muß Eis in der Nähe sein.«

»Sie haben recht.« Howard hörte jemanden lachen, es klang völlig fehl am Platz. Er war überrascht, daß jemand noch einen Witz machen konnte, obwohl jede Stunde an ihren Nerven zerrte.

Er malte sich seine Leute aus, wie sie ringsum gedrängt zusammensaßen. Nur die Hälfte der Besatzung war auf Gefechtstationen, aber Howard hatte die unteren Decks räumen lassen, damit die Geschützbedienungen, der Lecksicherungs- und der Feuerlöschtrupp sowie die Heizer sofort zur Stelle waren, falls das nötig wurde. Marrack ging seine Runden im Schiff, warf ein Auge auf alles und stellte sicher, daß die Männer der Wache klar zum Einsatz waren.

»Morgen erreichen wir Jan Mayern, N. O. Der Kommodore wird Kurs ändern müssen, wenn er dem Eis ausweichen will.« Howard fuhr zusammen, weil etwas gegen den Rumpf polterte. »Denn falls wir diesen Kurs beibehalten, werden die Brocken bald erheblich größer als dieser eben.«

Treherne grinste, seine Zähne leuchteten weiß im Dämmerlicht. »Ein Glück, daß es keine Mine war!«

In der Abgeschlossenheit der Navigation nutzte Howard die Gelegenheit und fragte: »N. O., was ist mit Ayres? Warum haben Sie ihn gegen den anderen Subby ausgetauscht?«

Marrack hatte ihm bereits von diesem Tausch berichtet, aber er wollte es von dem großen, bärtigen Navigationsoffizier selbst hören.

Treherne antwortete: »Ayres hat in den wenigen Tagen schon eine Menge gelernt, Sir. Bizley andererseits hatte ja schon Feindberührung, und ich hielt es für besser, wenn er an den achteren Geschützen und bei den Wasserbomben die Aufsicht führt. Ayres wird sich hier oben bei mir besser machen, denke ich. Das habe ich auch dem Ersten gesagt. Ich hoffe, es geht in Ordnung, Sir?«

Howard nickte. »Gute Überlegung.« Er billigte es immer, wenn seine Offiziere in solchen Dingen Eigeninitiative entwikkelten. Es zeigte, daß sie sich Gedanken machten.

Bizley hatte genügend Gefechtserfahrung bei den leichten Küstenstreitkräften gewonnen und sich nach den Berichten gut bewährt, als sein Boot untergegangen war. Er hatte sich um die wenigen Überlebenden gekümmert und sie rechtzeitig ins Boot getrieben, bevor die Wasserbomben hochgingen. Dieser Einsatz hatte gute Nerven und Mut verlangt. Im Bericht wurde sogar angedeutet, daß Bizley für eine Auszeichnung vorgeschlagen worden sei.

Sie knipsten die kleine Lampe aus und traten unter der schützenden Segeltuchhaube hervor, schlossen und öffneten ihre Augen, um sie wieder an die Dunkelheit zu gewöhnen.

Marrack erschien auf der Brücke und sagte: »Volle Bereitschaft hergestellt, Sir. Alle wasserdichten Türen sind geschlossen und überprüft.«

Das Schiff rollte heftig, und ein Emaillebecher fiel klappernd an Deck. Ayres hörte, wie der Signalmeister den Mann, der ihn hatte fallen lassen, grob zurechtwies, und erinnerte sich daran, daß er bei solchen Schimpfworten früher immer rot geworden war. Er sah Treherne mit dem Kommandanten sprechen, mit dem »Alten«, wie sie ihn nannten, obwohl er erst Ende Zwanzig war. Er und der Erste mußten etwa im selben Alter sein, aber Marrack wirkte sehr viel älter.

Im nächsten Augenblick schienen die beiden Offiziere, die bisher nur schwarze Schatten gewesen waren, auf der Brücke plötzlich rot aufzuleuchten wie geschmolzenes Kupfer. Ayres rief: »O Gott!« Ungläubig starrte er auf den sich rasch vergrößernden Feuerball, der die Schiffe des Konvois so beleuchtete, daß sie wie Modelle wirkten. Die Explosion dauerte nur Sekunden, und doch hatte Ayres das Gefühl, als verginge eine Ewigkeit, bevor die Druckwelle über das bewegte Wasser heranrollte und gegen die Stahlflanken der *Gladiator* donnerte, als sei diese selbst getroffen worden.

Die Alarmglocken schrillten wie besessen, und aus jedem Sprachrohr erklang das Geschnatter heiserer Stimmen. Howard hörte die Männer ringsum heftig atmen wie Leute, die schnell gerannt sind. In dem flatternden Glanz sah er ihre Gesichter, grimmig oder schockiert durch die Plötzlichkeit des Ereignisses.

Treherne rief vom Radar-Tochtergerät: »Zwei der Geleitschiffe laufen hin, Sir.«

Howard antwortete nicht, sondern malte sich diese Korvetten aus, Veteranen in dieser Art von Kriegführung. Eine weitere Detonation prallte gegen den Schiffsrumpf, und einen Augenblick lang glaubte er, ein zweiter Torpedo hätte sein Ziel gefunden. Aber die Detonation war an Bord des getroffenen Schiffes, und er sah deutlich das Leuchten der Feuersbrunst rund um dessen Brücke.

Es war unwahrscheinlich, daß die Korvetten den Feind finden würden. Ein U-Boot, möglicherweise Einzelfahrer, war aufgetaucht, um den Konvoi anzugreifen, und hatte einen Torpedo, vielleicht auch mehrere, aus äußerster Reichweite abgefeuert. Der deutsche Kommandant lief jetzt bestimmt mit höchster Fahrt ab, wahrscheinlich noch immer aufgetaucht, um seine Kameraden über Funk herbeizurufen.

Ayres hob den Kopf von einem der Sprachrohre und rief: »Vom Funkraum, Sir: Kommodore befiehlt Fahrterhöhung auf vierzehn Knoten.«

Der Signalmeister sagte schroff: »Langsame Fahrt wie bisher ist auch nicht mehr notwendig. Das war die arme alte *Mersey Bell*, die's erwischt hat.«

Ein plumper Schatten schob sich zwischen sie und die sich ausbreitenden Flammen: *Bruiser*, der große Bergungsschlepper, der den meisten Seeleuten unter der Bezeichnung »der Totengräber« bekannt war. Er würde den Umfang der Beschädigung des getroffenen Schiffes abschätzen und dieses dann entweder in Schlepp nehmen oder die Besatzung abbergen.

Ayres sagte: »Vom Kommodore, Sir: Untersuchen Sie, aber bleiben Sie nicht bei *Mersey Bell*!«

»Bestätigen.« Howard rieb sich das Kinn und spürte die spröden Bartstoppeln. »Zu viele Funksprüche.« Eingehend beobachtete er die Flammen. »Ich habe das Gefühl, dies hier war überflüssig, N. O. Unterrichten Sie den Feuerlöschtrupp und die Leckkontrolle. Der Erste soll die Kletternetze ausbringen.«

Die Flammen schlugen jetzt höher als die aufgerichteten Ladebäume des Frachters. Irgend etwas Höllisches mußte durch die Detonation in Brand gesetzt worden sein.

»Sollen wir Boote aussehen, Sir?« Trehernes Augen glühten wie Kohlen im Widerschein des Infernos. Er nahm das Ganze sehr schwer. Den meisten ehemaligen Handelsschiffern ging es so, wenn sie ein Schiff sterben sahen. Nicht ein Kriegsschiff, das mit rauchenden Geschützen unterging oder noch versuchte, einen feindlichen Kreuzer zu rammen wie die arme kleine *Glowworm*. Sondern Schiffe, die für ihren Lebensunterhalt gearbeitet hatten, während der Depression und in Friedenszeiten. Ohne diese hätte England nicht überlebt. Howard spürte den Schmerz bis hinauf in seinen Arm, als er mit der Faust auf den unnachgiebigen Stahl schlug. Und wir beschützen sie nicht! Nicht weil wir es nicht versuchen, sondern weil der Feind besser dran ist.

Er sah auf dem Hauptdeck das Licht einer abgeblendeten Stablampe, in deren Schein die Männer die Kletternetze bereitlegten. Treherne wiederholte: »Also keine Boote aussetzen, Sir?«

Howard hob das Glas und beobachtete das andere Schiff. Es hatte keine Fahrt mehr und trieb, auf der Seite liegend, in der hohen Dünung. »Nein.« Er merkte, wie scharf er gesprochen hatte. »Ich will nicht mehr Leute riskieren als notwendig.«

»Chef der Geleitfahrzeuge meldet: Kein Kontakt, Sir!«

Howard dachte an die eingezeichneten Kurslinien auf der abgenutzten Karte, über die sich so viele während ihrer Nachtwachen gebeugt hatten.

»Von Admiralität, Sir, dringend: Sechs U-Boote in Ihrer Umgebung.«

Der Brückenmaat murmelte: »Und so betten wir euch zur letzten Ruh'.«

Howard beobachtete, wie Funken von dem hilflosen Frachter aufsprühten und sein Schornstein schrumpfte, als sei er aus Papier, bevor er mit einem gewaltigen Platschen über Bord kippte. Sie versuchten dort, ein Boot abzufieren, während der Schlepper mit rückwärtsgehenden Schrauben zum Beistand bereitlag. Ein Flammenmeer brach jetzt durch das Deck, wo die kleinen Gestalten versuchten, die Taljen des Rettungsbootes vom Eis zu befreien. Plötzlich wurden sie wie trockenes Laub von einem Windstoß erfaßt und ins Feuer geschleudert. Nun waren sie keine Menschen mehr, die geliebt und gehaßt hatten wie alle anderen, sondern lediglich kleine brennende Flocken.

Der Signalmeister sagte: »Von *Bruiser*, Sir: *Mersey Bell* hat Flugzeugbenzin an Bord.«

Howard hörte das kurze Klappern der Lampe, als der Signalmaat bestätigte, und sah die Schrauben des Schleppers die See aufwühlen, als dieser von den Flammen abdrehte. Das war es also. Er merkte, wie seine Finger das Doppelglas so fest umklammerten, daß sie selbst durch die dicken Handschuhe taub wurden. Im Konvoibericht war von Flugzeugbenzin nichts erwähnt. Vielleicht war es eine in letzter Minute getroffene Entscheidung gewesen, um noch verfügbaren Raum auszufüllen.

Er spürte, wie sein Mund trocken wurde, als sich plötzlich in der Bordwand der *Mersey Bell* ein rotes Auge öffnete und eine glühende Masse über das bewegte Wasser schoß, so daß selbst die See zu brennen begann.

»Backbord zehn!« Er brauchte nicht auf die Wiederholung im Sprachrohr zu warten, um zu wissen, daß der Gefechtsrudergänger wie selbstverständlich am Ruder stand, wo er jetzt hingehörte.

»Mitschiffs!« Er hörte die heisere Stimme bestätigen und malte sich die angespannten Gesichter im vibrierenden Steuerhaus aus. Die Männer an den Maschinentelegraphen, Trehernes Signalgast am Koppeltisch mit seinen Lichtern, Midshipman Esmonde, der die notwendigen Karten bereithielt. Gesichter wie geschnitzte Masken, die vom reflektierten Feuerschein durch die stahlgerahmten Fenster beleuchtet wurden.

»Recht so!«

»Recht so, Sir. Kurs drei-fünf-null.«

Howard hob das Glas und sagte: »Nur die Ruhe, Cox'n. Genau wie beim letzten Mal, erinnern Sie sich?«

Er hörte den Rudergänger seufzen. »Das werde ich nicht so leicht vergessen, Sir.«

Howard trat hinüber auf die andere Brückenseite und suchte nach Marracks in Ölzeug gehüllter Gestalt unten an der Reling. »Number One!« Er sah ihn hochblicken. »Das muß schnell gehen!«

Ayres versuchte wegzublicken, aber er konnte nicht. Wie zu sich selbst sagte er: »Sie wollen noch davonschwimmen.« Ihm war, als sei er selbst dort mitten zwischen ihnen. Die hellen Gesichter im Wasser, die von den aufgeblähten Schwimmwesten behinderten Schwimmer, die schreckliche Angst, mit der ihre Arme ins Wasser droschen, während sie verzweifelt versuchten, den langsam fahrenden Zerstörer zu erreichen.

Treherne wischte sich den Mund mit dem Handrücken. Die

Gladiator stand als Silhouette klar vor den Flammen und machte kaum Fahrt durchs Wasser: eine leichte Beute für ein U-Boot. In jedem Augenblick konnte ein Torpedo sie treffen. Mit geradezu physischer Anstrengung versuchte er, seine Angst unter Kontrolle zu bringen. Er hörte einen der Seeleute immer wieder wie ein Gebet vor sich hinmurmeln: »Um Gottes willen, bloß raus hier! Laßt sie zurück!«

Howard fragte scharf: »Wo ist der Arzt?«

Ein Signalgast rief: »Im Krankenrevier, Sir!«

»Er soll herkommen, sofort!«

Er beugte sich zum Sprachrohr hinunter, seine Lunge brannte von dem beißenden Qualm. Sie konnten nicht näher heran, jeden Augenblick mußte das Schiff in die Luft fliegen und die *Gladiator* in sein eigenes Flammenmeer hüllen.

»Dreimal langsame Fahrt voraus, Cox'n.« Er hörte Ayres aufschluchzehn, als das Feuer zwei Schwimmer einholte, und meinte, deren schreckliche Schreie zu hören. Weitere Explosionen zerrissen den Frachter vom Kiel bis zum Oberdeck. Alle Lattenverschläge standen in Flammen, einige Panzer hatten sich losgerissen und hingen jetzt taumelnd über der Verschanzung.

»Sie wollten mich sprechen, Sir?«

Howard wandte seinen Blick nicht von dem untergehenden Schiff. »Ja, Doktor.« Erstaunlich, wie ruhig seine Stimme klang. Vielleicht hatte der Arzt allmählich begriffen, was von ihm erwartet wurde. »Ich möchte, daß Sie mit Ihren Helfern unten an Deck sind, wenn die Überlebenden an Bord gezogen werden. Sie sind halb erfroren, stehen unter Schock oder sind schon halb tot.« Er ließ seine Worte wirken. »Es werden diesmal ohnehin nicht viele sein.«

Das Gesicht des Arztes leuchtete im Feuerschein, seine Lippen waren halb geöffnet, als er jede Einzelheit der Szene in sich aufnahm, der sie sich mit jeder Minute näherten. Howard hörte ihn schließlich schleppend die Leiter hinuntersteigen. Noch eine einzige Sekunde, und ich hätte die Angst aus ihm herausgeprügelt, dachte er und beugte sich vor.

»Beide Maschinen stopp!«

Wieder eilte er hinaus in die Brückennock und merkte, daß einer der Ausguckposten neben ihm stand. Die ersten keuchenden Schwimmer hatten die Kletternetze erreicht, während andere die Hände ausstreckten, um die Leinen zu ergreifen, die man ihnen zuwarf.

Einige rutschten wieder ab, weil die Taue ihren vom Öl des eigenen Schiffes schwarzen Händen entglitten. Schreiend versanken sie. Howard biß die Zähne zusammen, als er sah, daß einige von Marracks Leuten die Netze hinunterkletterten, um ihnen zu helfen. Wurfleinen wurden um die Körper geschlungen, um sie in Sicherheit zu ziehen. Ein paar schienen aufzugeben und trieben an der Bordwand des Zerstörers davon: erfroren, wenige Meter vor der Rettung.

Howard spürte jetzt die Hitze des Feuers im Gesicht und sah aus dem Dufflecoat des Ausgucks Dampf aufsteigen. O Gott, nur noch ein paar Minuten!

Ein Mann hielt sich am Netz fest, schien aber noch zu zögern. Er starrte zurück zu seinem todwunden Schiff, als suche er etwas. Über dem Donnern der Flammen hörte Howard, wie er einem fernen Schwimmer etwas zurief. Ein furchtbarer Schrei kam von der brennenden See, und der Mann im Netz kletterte nach oben, wo sich ihm Hände entgegenstreckten. Der Schrei war die Antwort auf seinen Ruf gewesen.

Marrack blickte hinauf zur Brücke und signalisierte: keine mehr! Oder wenn da noch welche schwammen, dann waren sie ohnehin zum Tode verurteilt.

»Beide langsame Fahrt voraus, Backbord fünfzehn!« Howard fühlte sich entsetzlich müde.

Eine dumpfe Detonation rollte gegen ihre Bordwand, noch mehr brennender Treibstoff schoß aus dem Rumpf und glitt in der Dünung an die Stelle, wo die *Gladiator* eben noch gewesen war. »Beide Maschinen halbe Fahrt voraus.«

Der Signalmeister rief: »Vom Kommodore, Sir: Nehmen Sie Ihre Station wieder ein!«

Howard riß sich die abgetragene Mütze vom Kopf und schüttelte sein Haar im Wind. Die Hitze ließ bereits nach, die Kälte hatte ihn wieder im Griff.

»Drehen Sie ab, N. O. Umdrehungen für zwanzig Knoten.«

Er wandte sich um und sah, daß die *Mersey Bell* sich überlegte und die Panzer aufspritzend von Bord fielen. Jetzt waren sie nur noch Abfall. Zwei Gestalten standen auf dem Heck des Schiffes. Bitte laß sie nicht zu lange leiden! murmelte er wie ein Stoßgebet, als die Flammen allmählich verschwanden und Metall knirschte, als das Schiff auseinanderzubrechen begann. Das Heck verschwand als erstes unter Dampf und Blasen. Die beiden einsamen Gestalten standen dort bis zum Ende. Dann erschütterte eine letzte gewaltige Explosion den schlanken Rumpf des Zerstörers, und danach war die See leer.

Im ersten Tageslicht schlossen sie wieder zum Konvoi auf, und Howard sah, daß die Formation genauso war wie vorher. Als hätte es die *Mersey Bell* nie gegeben. Er sagte: »Lassen Sie von Gefechtsstationen wegtreten und sehen Sie zu, daß die Leute etwas Warmes zu essen bekommen. Es könnte für lange Zeit das letzte Mal sein.«

Treherne fragte leise: »Und was ist mit Ihnen, Sir?«

Howard warf ihm einen Blick zu. »Mit mir? Ich möchte jetzt den größten Brandy trinken, den es auf der Welt gibt. Aber ich würde mich auch mit einem heißen Tee begnügen, wenn Sie das arrangieren können.«

Treherne sah Oberleutnant Finlay an, der von seinem Feuerleitstand herunterkletterte, und blinzelte ihm kurz zu. Noch vor einem Augenblick hatte er sich Sorgen um Howard gemacht, aber jetzt wußte er, der Kommandant war wieder in Ordnung. Natürlich dachte er wie sie alle an die Männer, die dort hinten im Wasser umgekommen waren. Aber das mußten sie verdrängen.

4 *Eis und Feuer*

Gladiators kleiner Kartenraum lag hinter dem Steuerhaus, gegenüber von Howards Seekabine. Das einzige Licht kam vom Kartentisch, wo alles viel klarer und deutlicher zu lesen war als in der abgenutzten Bereitschaftskarte auf der oberen Brücke.

Howard und seine drei Oberleutnants standen um die Karte herum und genossen die Illusion von Wärme nach der beißenden Kälte auf der offenen Brücke.

Howard sah Treherne zu, der den Kurs bis zur nächsten vom Kommodore befohlenen Änderung eintrug, ohne sich um das Kondenswasser zu kümmern, das in dicken Tropfen von den Decksbalken fiel. Marrack und Finlay, der Artillerieoffizier, warteten schweigend, während sie über ihre eigenen Aufgaben nachdachten.

Mittag war vorbei, und die Fahrt des Konvois war auf neun Knoten reduziert worden, weil immer mehr Eisfelder ihren Kurs kreuzten und langsam an den Reihen der Schiffe entlangtrieben. Der schwere Schlepper *Bruiser* hatte sich an die Spitze des Konvois gesetzt, um ihnen den Weg mit seinem starken Eisbrechersteven zu bahnen.

Die Überlebenden der *Mersey Bell* waren achtern in der Messe untergebracht worden. Es waren nur sieben Mann gewesen, und einer war vor einer Stunde an seinen Verbrennungen gestorben.

Howard hatte diese Nachricht schweigend aufgenommen. Es war furchtbar, wie der Krieg sein Urteilsvermögen beeinflußte, dachte er. In den ersten Tagen, als er noch ein Neuling gewesen war, wäre er dankerfüllt, ja sogar stolz gewesen, daß er sechs Männer dem Tod entrissen hatte. Aber jetzt ließ ihn seine Erfahrung Fragen stellen. Waren eine Handvoll Überlebender es wert, das Schiff aufs Spiel zu setzen? Es hatte gestoppt gelegen und sich klar von dem hellerleuchteten Hintergrund abgehoben, ein leichtes Ziel für jedes U-Boot, wäre eins dagewesen. Doch die Überlebenden mußten das wert sein, sonst wären sie nicht besser gewesen als die Männer, die sie gnadenlos niedermähten. Jeder U-Boot-Kommandant wußte, daß seine Waffe kriegsentscheidend sein konnte. Hier oben, in diesem rauhen Seegebiet, waren U-Boote und Bomber nur auf die wesentlichen Ziele angesetzt: Handelsschiffe, Tanker und Flugzeugträger.

Ein älterer Geleitkommandant hatte ihm gesagt: »Wenn die U-Boote anfangen, den Geleitschutz anzugreifen, dann wissen wir, daß wir gewonnen haben!«

Er hörte das Trampeln von Stiefeln über seinem Kopf und fragte sich, wie Leutnant Bizley wohl allein auf Wache zurechtkam, solange Finlay sich hier unten befand. Auf seinem schnittigen Motorkanonenboot hatte er bestimmt schon oft allein Wache gehen müssen. Aber dies hier war ein mächtiger Zerstörer mit einer Besatzung von 145 Mann, außerdem mußte er mit Funksprüchen und Signalen rechnen, die von allen Seiten auf ihn einhageln konnten: vom Konvoikommodore, vom ranghöchsten Geleitkommandanten oder von der fernen Admiralität.

Howard empfand noch immer ein Schuldgefühl, wenn er die obere Brücke verließ, auch wenn er völlig erschöpft war. Im Falle eines Angriffs hätte er eine zusätzliche Leiter gebraucht, um auf die Brücke zu gelangen. Schnelligkeit konnte den entscheidenden Unterschied machen.

Treherne richtete sich auf. »Wir wissen jetzt, daß die Eisgrenze noch immer südöstlich von Jan Mayen verläuft, Sir. Der Konvoi muß also bald Kurs ändern, sonst wird er sich zwischen den Eisschollen auflösen.«

Howard versuchte, aus seinem Becher zu trinken. Der aber war leer, obgleich er sich nicht daran erinnern konnte, den von den Seeleuten so geliebten, klebrig süßen Kakao getrunken zu haben. »Am besten wäre es, den Kurs auf Ostnordost zu ändern, das würde uns zu der endgültigen großen Kursänderung südlich der Bäreninsel bringen.«

Treherne grinste. »Und den ganzen Weg bis zur Kolabucht

und unseren russischen Freunden immer nur geradeaus fahren? Das macht er nicht.«

Es waren keine weiteren U-Boot-Meldungen eingegangen, aber der Feind lauerte irgendwo dort draußen. Es war, als bekämpfe man etwas Unwirkliches, dachte Howard. Vielleicht wissen sie etwas, das wir nicht wissen? Er sah in Marracks scheinbar teilnahmloses Gesicht. »Was denken Sie, Number One?«

»Ich denke«, der Erste stemmte die Hände auf die Karte, »er wird versuchen, den Konvoi so dicht ans Eis heranzuführen wie möglich. Im Sommer hätten wir weiter nördlich fahren können, rund um die Bäreninsel, aber jetzt nicht.«

Howard nickte. »Ich stimme Ihnen zu. Die Deutschen wissen möglicherweise, daß die Home Fleet uns beschattet, und zwar mit einer Kampfgruppe, die stark genug ist, um es mit der *Tirpitz* aufzunehmen, falls die wirklich aus ihrem Fjord auslaufen sollte. Unsere Kreuzer würden allerdings kaum den Kampf mit dem riesigen Schlachtschiff aufnehmen, und auf jeden Fall erhielten sie Befehl, den 25. Längengrad Ost nicht zu überschreiten.« Mit einem bitteren Lächeln fügte er hinzu: »Und gerade dort würden wir sie natürlich am meisten brauchen.«

Marrack zog eine Grimasse. »Die Admiralität scheint mehr darauf bedacht zu sein, ihre Schlachtschiffe unversehrt zu erhalten, als sie für ihre Aufgaben einzusetzen.« Er sprach mit all der Verachtung des Zerstörer- und Kleinbootfahrers für die Mächtigen an den Schreibtischen der Admiralität.

Die Tür öffnete sich einen Spalt, und Morgan, der Navigationsgefreite, blickte herein. »Nebelwarnung, Sir.« Er warf einen Blick auf die von ihm verwalteten Karten, ob jemand etwa einen schmutzigen Becher darauf gestellt hatte. »Der Coxswain sagt, das sei so dicht an der Eisgrenze absolut üblich.«

Treherne klopfte ihm leicht auf den Arm. »Dieser alte Salzbuckel weiß natürlich alles.«

Das Telefon schnarrte, Howard packte es und hob es schnell ans Ohr. »Kommandant!«

»Brücke, Sir.« Bizleys Stimme klang völlig ruhig. »Allgemeines Signal vom Kommodore: Abstände verringern, nicht den Kontakt verlieren. Und an uns, Sir: Bleiben Sie auf Station und halten Sie Kontakt durch Radar.«

»Gut. Ich komme nach oben.« Howard sah die Oberleutnants an, als er den Hörer einhängte. »Wir haben genug Brennstoff. Auch wenn wir ab morgen ohne Luftsicherung sind, so haben wir doch einen Bundesgenossen – den Nebel. Wir werden sie also noch eine Weile abschütteln können.«

Er wickelte sich das Handtuch fester um den Hals und knöpfte seinen Mantel wieder zu.

Finlay stieg rasch nach oben, um seine Wache wieder zu übernehmen, während Howard an der Tür zum Steuerhaus noch einmal stehenblieb und hineinblickte. Es war fast heiß hier drin. Er sah, wie die Männer der Wache sich strafften und dann wieder entspannten, als sie feststellten, daß dies kein offizieller Besuch war.

Der Coxswain Bob Sweeney, einer der beiden Oberbootsmänner der *Gladiator*, stand in der Nähe des Koppeltisches. Sein rotes Gesicht glänzte behaglich, während er sich mit einem der Posten Maschinentelegraph unterhielt. Sweeney hatte Freiwache und sollte eigentlich unter Deck sein, aber offenbar hatte sein Instinkt ihn wieder gewarnt.

Howard nickte ihm zu. »Alles in Ordnung, Swain?«

Sweeney hob die Schultern. »Der Nebel wird hier oben so dick sein wie Erbsensuppe, Sir.« Er hatte einen deutlich erkennbaren Londoner Dialekt. Schließlich war er im East End aufgewachsen, bevor er mit vierzehn Jahren in die Marine eintrat. Er hatte genau zwei Tage, bevor die Deutschen Warschau bombardierten, zur Pensionierung angestanden. Nun war er das Herz des Schiffes. Er ließ die Delinquenten zum Rapport antreten, bearbeitete Urlaubsgesuche und Privatprobleme, wenn beispielsweise eine Frau etwas mit dem Milchmann angefangen hatte, während ihr Mann auf See war. Aber die blutjungen Besatzungsangehörigen hatten kaum Frauen, um die man sich Sorgen machen mußte. Beim Ein- oder Auslaufen, beim Längsseitgehen an der Pier oder bei einem anderen Schiff und ebenso beim Antreten auf Gefechtsstationen stand der Coxswain immer am Ruder. Das war gut zu wissen, wenn wieder einmal die Hölle losbrach.

Der jetzige Rudergänger war der älteste Quartermeister Bully Bishop, ein dunkelgesichtiger Gefreiter, der diesen Spitznamen erhalten hatte wegen seines wilden Temperaments sobald er an Land betrunken war, was häufig vorkam. Wie er es geschafft hatte, den Anker auf seinem Ärmel zu behalten, war ein wahres Wunder. All seine Abzeichen für gute Führung war er längst los.

Bully sagte: »Ich war schon einmal hier oben im Nebel, Sir.« Auch beim Sprechen wandte er die Augen keinen Moment vom Kompaß. »Viel schlimmer als dieser hier –«

Der Coxswain musterte ihn verächtlich. »Der schlimmste Nebel, in dem du jemals gewesen bist, war bestimmt immer dann, wenn die Militärpolizei dich an Bord trug.«

Howard hörte sie noch lachen, als er wieder hinaustrat in die eisige Kälte und zur oberen Brücke hinaufstieg. Er trat an die achtere Reling und blickte hinunter zum Deck. Aber es war bereits unter dem weißen, langsam ziehenden Nebel verschwunden. Er schritt wieder zu seinem Stuhl und spürte, wie die kalte Luft seine kurze Erwärmung im Kartenhaus vertrieb.

Zu der Brücke im allgemeinen sagte er: »Halten Sie nach allen Seiten gut Ausguck.« Er beobachtete durch das gläserne Brückenkleid, wie der Steven in die Nebelbank eintauchte. »Sonst rammen wir möglicherweise einen Nachzügler.«

Jede Kollision auf See war schlimm genug, hier oben im hohen Norden jedoch war sie ein Alptraum. Das Eis polterte und kratzte gegen den Rumpf, und Howard bedauerte die kleinen Korvetten. Sie hatten es besonders schwer, zumal sie nur eine einzige Schraube besaßen.

Bald würde es wieder dunkel werden. Die Tage waren kurz.

Im Sommer jedoch würde es umgekehrt sein, so daß die feindliche Luftwaffe den ganzen Tag über Ziele angreifen konnte.

Leutnant Bizley richtete sein Glas übers Brückenkleid und spürte den Nebel in der Lunge. Oft genug war er in den Nebelgebieten des Kanals gewesen, aber auf dieser verhältnismäßig hohen Brücke hatte er ein Gefühl, als habe das Schiff den Kontakt mit der See verloren, als bewege sich lediglich der dicke Nebel um ihn herum. Er straffte sich, als Midshipman Esmonde neben ihn trat. Immer hatte er dümmliche Fragen, dachte Bizley ungeduldig. Er benahm sich mehr wie ein kleines Mädchen als wie ein angehender Marineoffizier.

Esmonde fragte ängstlich: »Macht dieser Nebel viel aus?«

Bizley erinnerte sich an den Widerwillen, den er empfunden hatte, als dem Jungen schlecht geworden war. Auch Ayres war dicht davor gewesen. Jetzt schienen beide ihn als eine Art Held zu verehren.

»Wieso, hast du Angst?«

Esmonde schien sich zu ducken. »Ich habe keine Angst, jetzt nicht mehr.«

Der Donner einer Detonation schien von allen Seiten zugleich auf das Schiff einzuschlagen. Aber die Nähe des Eises und die treibenden Nebelbänke machten die wilden Meldungen, die jetzt aus allen Sprachrohren drangen, zu einer vergeblichen Bemühung.

Howard drückte den Alarmknopf. »Auf Gefechtsstationen!«

Er umklammerte seine Armlehnen, als der Nebel vor dem Bug seine Farbe änderte, als habe ein verrückter Maler sich entschlossen, die Gegenstände auf seiner Leinwand anders zu tönen: einen Augenblick orange, im nächsten dunkelrot.

Stimmen erklangen ringsum, als seine Leute mit klopfendem Herzen auf ihre Gefechtsstationen rannten, die Kehlen plötzlich staubtrocken.

»Gefechtsstationen alle besetzt, Sir.«

»Sagen Sie dem Coxswain Becheid, N. O. Er soll sich bereithalten für plötzliche Kurs- und Fahrtänderungen.« Howard streckte die Hand aus und berührte Marracks nassen Ärmel. »Bleiben Sie zunächst hier, Number One.« Er hörte Treherne etwas ins Sprachrohr rufen, obwohl ihm klar war, daß der Coxswain ohnehin bereitgestanden hatte.

Marrack putzte sein Glas. »Könnte einer hier auf uns zutreiben, Sir?«

»Bin nicht sicher.« Howard lauschte nach vorn und bemühte sich, mehr herauszuhören. Da war ein flackerndes Licht, aber keine weitere Detonation. »Seltsam. Ich dachte, ich hätte einen doppelten Knall gehört.«

Marrack hob sein Glas. »Ich auch, aber zu dicht aufeinander für zwei Torpedos. Es sei denn, daß noch ein U-Boot hier draußen ist.«

»Funkspruch vom Kommodore, Sir: Behalten Sie Kurs und Geschwindigkeit bei, nicht den Kontakt verlieren!«

Howard rutschte unruhig auf seinem Stuhl hin und her. Wahrscheinlich war es ein Weitschuß gewesen. Es bestand immer Aussicht auf einen Treffer, besonders wenn die U-Boote den zielsuchenden Torpedo benutzten, von dem jetzt so viel gesprochen wurde. Mein Gott, diese armen Teufel hatten wenig Aussicht auf Rettung. Er fragte sich, wo wohl die Lücke sein würde, wenn der Nebel aufriß.

»Radar – Brücke!«

»Brücke!« Marrack hielt ein Ohr ans Sprachrohr, während seine Augen in der wilden Glut des Feuers flackerten. Ruhig sagte er dann: »Radar meldet ein starkes Echo in eins-vier-null, Entfernung drei Meilen.«

Treherne rief: »Warum, zum Teufel, hat er das nicht früher gesehen?« Aber niemand antwortete ihm.

Howard stand so vorsichtig auf, als fürchte er, ein böses Ungeheuer zu stören. Dann beugte er sich zum Sprachrohr. »Hier Kommandant. Wer ist am Radar?«

»Whiting, Sir.« Gefreiter Whiting war der leitende Radarspezialist. Ein guter Mann, der eine Auszeichnung erhalten hatte für Tapferkeit im Feuer von Dünkirchen. »Was halten Sie davon?«

Whiting holte tief Luft. »Ohne Zweifel ein aufgetauchtes U-Boot. Aus irgendwelchem Grund liegt es gestoppt.«

Howard wandte sich an Marrack. »Gehen Sie und unterstützen Sie Radar, Number One. Es kann falscher Alarm sein, ein Wrack oder sonstiges Treibgut, aber dann hätten wir es schon vorher bei der Kursänderung bemerkt.«

Er sah Marrack nach, als dieser davoneilte. Das mußte es sein: auftauchen und sofort den Konvoi angreifen, aus Sorge, sonst im Nebel die Chance auf einen Schuß zu verlieren.

»Artillerieoffizier, Sir!«

Howard beugte sich so tief übers Sprachrohr, daß niemand hier draußen ihn verstehen konnte. »Ja?«

Finlays Stimme klang so klar, als stünde er direkt neben ihm. »Ich habe eine Idee, Sir. Es war doch eine doppelte Detonation.« Er sprach so frisch und lebendig, als hielte er eine Vorlesung vor Unteroffiziersanwärtern auf Whale Island. Es war immer schwierig, sich Finlay als den jungen Bibliothekar vorzustellen, der er einmal gewesen war. »Ich glaube, daß der deutsche U-Boot-Kommandant zwei Aale abgefeuert hat und daß der eine vorzeitig detoniert ist. Vielleicht hat er eine Eisscholle berührt.«

Howard starrte auf das Sprachrohr, das jetzt in der Dunkelheit kaum noch zu sehen war. Der getroffene Frachter brannte noch: ein weiteres sterbendes Schiff. Es war, als seien alle übrigen vom Nebel verschluckt worden. »Möglich, A. O.«, sagte er und ging wieder zurück zu seinem Stuhl. »Geben Sie an den Kommodore: aufgetauchtes U-Boot drei Meilen südöstlich meiner Position.«

Treherne flüsterte böse: »Und wenn er befiehlt, unsere Position beizubehalten?«

Howard dachte plötzlich an seinen Vater, und das war ihm seltsamerweise ein Trost. Der Funker hatte den Spruch auf seinen Block geschrieben. »Noch was, Sir?«

Howard warf einen Blick zum Himmel und versuchte, das schreckliche Geräusch zerreißenden Metalls zu überhören, als das Schiff auseinanderzubrechen begann. »Ja: Ich greife an! Ende.«

Er wandte sich um.

»Hart Steuerbord! Beide Maschinen äußerste Kraft voraus! Geschütze klar zum Feuern, Wasserbomben klar zum Werfen!« Er hörte das Scheppern der Maschinentelegraphen und malte sich die plötzliche Aktivität im Steuerhaus aus.

»Ruder liegt hart Steuerbord, Sir!«

»Komm auf! Kurs eins-vier-null!«

Er warf einen Blick über die Schulter, als er sah, daß ein Schatten zur Signalrah hinaufhuschte. Selbst in der Dunkelheit hatte der Signalgast den schwarzen Wimpel gesetzt: *Ich greife an!*

Leutnant Lionel Bizley klammerte sich an eine Relingstütze unterhalb des Geschützes und starrte achteraus ins steigende Kielwasser der *Gladiator.* Als die Umdrehungen zunahmen, schien das Schiff sein schmales Heck immer tiefer ins Wasser zu pressen, bis der eisglitzernde Stahl fast überspült wurde. Mit übelkeiterregenden Bewegungen hob der Zerstörer sein Vorschiff an und sprang über die Seen hinweg, als sei er erst jetzt in seinem wahren Element. Der Rumpf bebte wie ein angreifendes Raubtier.

Obergefreiter Fernie, ein Bär, der noch mächtiger wirkte durch das Ölzeug, das er über seiner sonstigen Kleidung trug, kam übers Deck und trat neben Bizley. Er hatte die Wasserbomben überprüft und sich überzeugt, daß die Einstellungen richtig waren. Fernie kannte jeden Draht, jeden Schäkel und jeden Bolzen selbst in pechdunkler Nacht.

Über den Lärm rief er: »Der Hund wird bald wegtauchen, Sir!«

Bizley sah ihn an und dachte dabei an sein Motorkanonenboot. Die *Gladiator* mußte jetzt an die dreißig Knoten laufen, trotz der glitzernden Eisschollen, die in der Dunkelheit vorbeirasten. Es gab nichts, was der wilden Erregung der Geschwindigkeit gleichkam.

»Das U-Boot wartet vielleicht auf uns – haben Sie auch daran gedacht?«

Er hörte Fernies Antwort nicht, sie interessierte ihn auch nicht. Auf seinem kleinen Boot hatte es nur ihn und den Skipper gegeben und eine Besatzung von zwölf Mann. Aber hier mußte er auf jeden Befehl warten und konnte bis dahin höchstens Trödler aufscheuchen.

Die geduckte Gestalt mit dem Kopfhörer unter der Kapuze schrie: »Mit leichten Panzergranaten! Beide achteren Geschütze auf Peilung Grün vier-fünf schwenken!«

Bizley beobachtete, wie die beiden 12-cm-Geschütze in die befohlene Richtung herumschwangen, während die Verschlußstücke geöffnet und knallend wieder geschlossen wurden.

Der Befehlsübermittler rief: »U-Boot noch aufgetaucht, Sir! Wir ändern Kurs und greifen mit Steuerbordseite an!«

Bizley dachte, das ist bei dieser Feindpeilung ja wohl selbstverständlich! Dann schnauzte er: »Sagen Sie den Geschützführern, sie sollen ihre Optik überprüfen, solange sie noch Zeit dazu haben!«

Fernie beobachtete ihn im Dämmerlicht mit vom Salz brennenden Augen. Dieser junge Offizier war schwer zu durchschauen. Er schien genau zu wissen, was er tat, würde sich aber wahrscheinlich als schlimmer Leuteschinder entpuppen, wenn er glaubte, die Macht zu haben. Nicht wie der arme Mr. Ayres, der ein netter Junge war. Hier achtern beim Ein- oder Auslaufen mit den älteren Seeleuten zwischen den Stahltrossen zu arbeiten, war bestimmt nicht sein Fall. Besonders nicht, solange der alte Torpedooffizier schimpfend und fluchend das Kommando führte.

Bizley starrte auf die Wasserbomben am Heck und erinnerte sich daran, wie sie beim Sinken seines Bootes detoniert waren. Hätte er nicht den Leuten im Schlauchboot befohlen, so schnell wie möglich wegzupaddeln, wären sie mit in die Luft geflogen.

Das war ihm mit jedem Tag, der verging, immer klarer geworden. Was hätte es für einen Zweck gehabt, zu sterben? Das Boot war ohnehin erledigt, und der Skipper hätte auf keinen Fall überlebt.

Selbst der Kommandant der *Gladiator*, ein Aktiver mit geraden Kolbenringen am Ärmel, der jeden Fleck in seinen Personalpapieren bemerkt hätte, schien beeindruckt, zumal er für eine Ordensverleihung vorgeschlagen war. Und die Besatzung brachte ihm Respekt entgegen.

Bizley dachte an seine Eltern. Was sie wohl sagen würden, wenn er sie das nächste Mal besuchte? Sein Vater war Leiter einer Bankfiliale, eine Zukunft, die wahrscheinlich auch Bizley geblüht hätte, wäre nicht der Krieg ausgebrochen. Dann hätte er Geld auszahlen müssen an Leute, die auf ihn herabblickten, aber es nicht einmal wert waren, jetzt seine Schuhe zu putzen.

Ein Telefon surrte in seinem Metallgehäuse wie ein gefangenes Insekt. Bizley riß den Hörer an sich und bedeckte sein freies Ohr mit der Hand. »Achterdeck!«

Es war der Erste Offizier, der einzige, der ihn unsicher gemacht hatte mit seiner Frage: »Aber es hätte doch *irgend jemand* die Wasserbomben entschärfen müssen, als das Boot anfing zu sinken?« Damals war er sich vorgekommen wie auf der Anklagebank oder vor dem Kriegsgericht.

»Das U-Boot taucht. Klar bei Wasserbomben!«

Irgendwo weit entfernt erklang ein Gong, und sofort begann das vordere Geschütz zu feuern. Es fuhr zurück auf seiner Bettung, der mißtönende Krach des Abschusses ließ einige Neulinge erschrocken zusammenfahren.

Fernie rief laut: »Ruhig, Jungs, das ist nur eine Leuchtgranate.« Er starrte Bizleys Rücken an. *Er* hätte es ihnen sagen und nicht alles ihm überlassen sollen.

Die detonierende Leuchtgranate zeigte das Seegebiet mit dem treibenden Nebel und dem Bug des Zerstörers zwischen zwei blendend weißen Schaumflügeln. Bizley spürte, wie das Deck überholte und Wasser einnahm, als hart Ruder gelegt wurde. Er versuchte, sein Glas ruhig zu halten, während er sich mit der freien Hand an die Reling klammerte. Einen Augenblick hatte er das U-Boot im Blickfeld der starken Linse, bevor ihn Gischt übersprühte und von Kopf bis Fuß durchnäßte.

Ihm war nicht ganz klar, welchen Anblick er erwartet hatte. Er hatte Unterseeboote in Portsmouth an der Pier gesehen, hatte sogar eins besichtigt: glänzend und zweckmässig im Inneren und irgendwie harmlos, wie ein Wal, der sich sonnte. Aber was er soeben gesehen hatte, war etwas so unglaublich Böses, daß er über seine plötzliche Furcht geradezu schockiert war. Er hatte sogar das verräterische Aufsprühen des Wassers erkannt, als es seine Tanks flutete, um zu tauchen.

»Ziel peilt Grün vier-null!« rief der Kommandant. »Entfernung null-eins-zwo, bewegt sich von links nach rechts!«

Die schlanken Geschützrohre schwenkten in die geforderte Richtung und standen dann still.

»Einzelfeuer!«

Bizley biß die Zähne zusammen, als die beiden vorderen Geschütze gleichzeitig nach Steuerbord voraus feuerten, wo er den Feind kurz gesehen hatte. Das Boot war jetzt bereits halb getaucht, ob beschädigt oder nicht.

Wieder donnerten die vorderen Geschütze, während von der Brücke und den kleineren Kalibern die Perlenschnüre der roten Leuchtspurgeschosse sich zu der letzten Position des U-Boots schlängelten.

Bizley dachte hoffnungsvoll, daß es nur einen Treffer brauchte, um das Sehrohr zu zerstören, dann mußte das Boot an die Oberfläche kommen. Mit einem Geräusch, das wie ein enttäuschter Seufzer klang, gingen ihre Umdrehungen herunter. Der Kommandant drehte das Schiff in eine günstigere Angriffsposition. Radar würde jetzt die Beobachtung des Ziels dem Asdik überlassen, das mit seinem Echo unter der Meeresoberfläche suchte wie der Stock eines Blinden in einem großen, leeren Raum.

Bizley hörte wieder das knallende Zuschlagen der Verschlußstücke.

»Beide Geschütze klar zum Feuern, Sir!«

Sicherlich konnte der deutsche U-Boot-Kommandant bei dieser geringen Entfernung nicht entkommen? Er mußte wohl geglaubt haben, daß die Geleitfahrzeuge bei diesem Nebel dichter an den Konvoi herangeschlossen hatten. Bizley wandte sich seiner Mannschaft bei den Wasserbomben zu. »Klar zum Werfen!« Es war charakteristisch für ihn, daß er sich niemals die Mühe machte, irgend jemanden mit Namen anzusprechen. Die einzigen, die er kannte, waren die Abschnittsleiter und natürlich irgendwelche Unruhestifter.

Er stellte sich das U-Boot vor, wie es jetzt steil nach unten wegtauchte, während sein Kommandant alles daransetzte, um die Verfolger abzuschütteln, um dem unheimlichen Ping des Asdik zu entkommen.

»Wasserbomben – los!«

Zwei Bomben wurden übers Heck gerollt wie große Mülleimer, während zwei andere vom Werfer querab geschleudert wurden und gleichzeitig die nächste Zweiergruppe vom Heck in die See rollte. Theoretisch sollten die Detonationen ein diamantförmiges Muster bilden, von dem das Ziel eingeschlossen und versenkt oder zum Auftauchen gezwungen wurde.

Eine plötzliche Detonation rollte übers Wasser. War ein weiteres Schiff torpediert worden? Oder das bereits getroffene in die Luft geflogen?

Bizley wußte, daß jede Wasserbombe eine bestimmte Zeit brauchte, um die eingestellte Tiefe zu erreichen. Aber jetzt ... Er fuhr herum. »Was war das?«

Fernie reichte ihm das Telefon. »Artillerieoffizier, Sir!«

Bizley riß ihm das Telefon aus der Hand und meldete sich.

Am Telefon klang Finlays schottischer Akzent sogar noch stärker. »Ihre Leute sollen gut aufpassen, Sub! Wenn das U-Boot auftaucht, muß ich sofort die Peilung wissen, klar?«

Bizley gab dem riesigen Gefreiten den Hörer zurück und

sagte mehr zu sich selbst: »Verdammt, ich bin doch kein Kind!«

Fernie klopfte einem seiner Leute auf den Arm. »Fast hätte ich das geglaubt, mein Junge.« Er deutete achteraus. »Ich gebe dem Boot noch eine halbe Minute.«

Der Befehlsübermittler rief: »Konstantes Echo, Sir!«

»Feuer!«

Bizley rannte an die Reling und sah die Backbord-Wasserbombe träge durch die Luft fliegen und dann aufspritzend im Wasser verschwinden. Ohne sich umzusehen wußte er, daß zwei weitere Bomben vom Heck gerollt und eine vierte an Steuerbord abgefeuert worden war. Wie gebannt starrte er achteraus, wo eine riesige Wassersäule emporschoß. Das Donnern der Detonationen erschütterte das Schiff vom Kiel bis zum Flaggenknopf, als sei die *Gladiator* und nicht der Feind getroffen worden.

Fernie befahl heiser: »Los, Jungs! Ladet die Werfer nach, hopp hopp!«

Wütend rief Bizley: »Haben Sie hier das Kommando übernommen?«

Der riesige Obergefreite packte eine Relingsstütze, weil der Zerstörer wieder stark überholte. Der Kontakt war offenbar abgerissen, und der Kommandant fuhr einen neuen Suchanlauf. Er ließ sich Zeit, Bizleys Wutausbruch zu verdauen, und dachte nur daran, welches Vergnügen es jetzt wäre, ihm die Faust in das dumme, arrogante Gesicht zu schlagen. Aber er war ein guter Obergefreiter und hoffte auf baldige Beförderung zum Unteroffizier. In deren Messe hat man wenigstens mehr Platz, um die Beine auszustrecken.

So erwiderte Fernie nur: »Wir fahren einen neuen Angriff, Sir. Wenn wir über dem Ziel stehen und nichts zum Werfen haben, bin es nicht *ich*, der den Rüffel bekommt.«

Bizley fuhr herum. »Werden Sie nicht unverschämt!«

Die Ladenummer des achteren Geschützes flüsterte Fernie sarkastisch zu: »Er scheint dich richtig zu lieben, Hookey.«

Das Deck richtete sich wieder auf, und die Männer sahen sich an, atemlos von der Anstrengung an den Taljen, mit denen sie die schweren Wasserbomben in Stellung brachten.

»Fertig, Sir!«

»Kontakt weiter konstant, Sir!« Der Mann mit dem Kopfhörer duckte sich und versuchte nicht daran zu denken, daß ihr Ziel ein U-Boot war und seine Besatzung Deutsche, die sie alle umbringen wollten. Einige Minuten vergingen, während der Zerstörer seinen Suchraster durch die See fuhr, als wolle er die Spur des Feindes erschnüffeln.

»Feuer!«

Ein Mann löste sich aus der Gruppe um das Geschütz und rannte zur Reling. »Wir müssen es erwischt haben!« Seine Stimme überschlug sich. »Es kann nicht entkommen sein!«

Fernie packte ihn am Arm, als die riesige Wassersäule wieder zusammensank und bald vom Kielwasser der *Gladiator* verschluckt wurde. »Halt' den Mund, Croft!« Er schüttelte ihn und spürte keinen Widerstand. Der Junge war wirklich noch ein Kind, erst in Leith an Bord gekommen. Was für ein Anfang! Er warf einen Blick auf Bizleys aufmerksame Gestalt und zischte: »Laß dich ja nicht von ihm erwischen! Geh' schnell auf deine Station zurück!«

Bizley rief: »Klar zum nächsten Wurf!« Er starrte nach achtern, aber kein schleimbedeckter Bootsrumpf oder platzende Riesenblasen tauchten auf. Wütend sah er einen seiner Männer an, der hingefallen war, als das Deck bei einer heftigen Drehung stark übergeholt hatte.

Vielleicht war das U-Boot ja doch versenkt worden? An einigen Stellen hier war das Wasser fast viertausend Meter tief. In diesem Augenblick taumelte der Feind möglicherweise wie ein Blatt in die ewige Finsternis hinunter, bis der Rumpf wie eine Blechdose zerdrückt wurde und alles Leben mit ihm.

»Kontakt verloren, Sir!«

Bizley hörte jemanden zu seinem Nebenmann sagen: »Also, auf einen Schluck in der Messe?«

Aber er sah im Geiste immer noch den Schatten des Bootes in der Tiefe versinken.

»Kurs null-sieben-null liegt an, Sir.«

Howard warf einen Blick auf den schwach erleuchteten Tochterkompaß. Jeder Muskel schmerzte ihn, und er hatte das Gefühl, daß er blind würde, wenn er noch länger in die Finsternis und den dünner werdenden Nebel starren mußte. Er empfand das regelmäßige Ping des Asdik lauter als sonst. Es schien ihn zu verhöhnen, während er das Schiff hierher und dorthin führte auf seiner sorgsamen Suche. Aber das Gebiet wurde mit jedem gefahrenen Streifen größer. Das U-Boot konnte inzwischen meilenweit entfernt sein – oder sich unten die Wunden lecken und bereitmachen zu einem weiteren Angriff.

Howard merkte, daß er überhaupt nicht mehr an den Konvoi gedacht hatte, seit er das aufgetauchte U-Boot gesehen hatte – schwarz, klar und deutlich im grellen Licht der Leuchtgranate. Er hatte die Maschinengewehrschützen und die Männer an der Zwei-Zentimeter-Kanone schießen und fluchen gehört, als sie ihre Leuchtspurgeschosse auf das tauchende Ziel feuerten.

Der wilde Kampf hatte ihnen Auftrieb gegeben nach all dem eintönigen Geleitdienst, bei dem sie immer wieder hilflos den Versenkungen zusehen mußten.

Howard senkte den Kopf und spürte, wie die Wirbel in seinem Nacken knackten. »Zehn Grad Steuerbord!«

Sweeneys halberstickte Stimme bestätigte: ein Mann von unglaublicher Geduld. »Null-acht-null liegt an, Sir.«

Howard hörte Trehernes Ölzeug am Kartentisch kratzen, als er die letzte Kursänderung verzeichnete. Was denkt er wohl? Daß ich besessen bin, mich auf nichts anderes konzentrieren kann? Vielleicht dachten sie das alle von ihm.

Ein Schatten löste sich von den Sprachrohren, und er hörte Ayres sagen: »I.W.O. meldet: Kontakt verloren, Sir.«

»Sagen Sie ihm, wir geben noch nicht auf.«

Treherne richtete sich auf und hoffte, daß er nicht vergessen hatte, einige angespitzte Bleistifte in seinen Mantel zu stecken. Er hatte Ayre's Meldung und Howards knappe Antwort gehört. Howard meint, *er* gibt nicht auf, dachte er, beunruhigt und beeindruckt zugleich.

»Sie wissen, N.O., daß wir die verdammten U-Boote jetzt seit zweieinhalb Jahren bekämpfen«, sagte der Kommandant zu ihm.

Treherne entspannte sich ein wenig. »Ja, und ohne viel Erfolg.«

Howard zog die Schultern noch tiefer in seinen Dufflecoat hinein. »Aber dies war das erste Boot, das ich jemals gesehen habe.« Zu sich selbst fügte er bitter hinzu: Und ich habe es verloren. Jeden Augenblick können wir zum Konvoi zurückgerufen werden.

Marrack rief durch das Brückensprachrohr, um Zeit zu sparen: »Wir haben wieder Kontakt, Sir! Peilung eins-fünf-null, Bewegung langsam von rechts nach links.«

Howard glitt von seinem hohen Stuhl. »Der gerissene Halunke! Jetzt kreuzt er unser Kielwasser und fährt einen neuen Anlauf.« Er zögerte keine Sekunde. »Hart Steuerbord! Steuern Sie eins-fünf-null!« Dann wandte er sich an Treherne, während das Ruder hart übergelegt wurde. »Geben Sie Bizley Bescheid!«

Wieder preschten sie durch das unruhige Wasser und warfen ein volles Muster von Wasserbomben. Die *Gladiator* fuhr auf ihrer eigenen Spur zurück, als die letzten Wassersäulen in die See zurückstürzten.

»Beide langsame Fahrt voraus!«

Der Brückenbootsmann rief: »Signal vom Kommodore, Sir: Schließen Sie unverzüglich wieder auf!«

In der Ferne war eine Detonation zu hören. Noch ein Opfer? Oder das bereits torpedierte unbekannte Schiff, das im Nebel in die Luft geflogen war?

Howard fuhr herum. »Was zum Teufel...« Diese Leute schrien hurra, ihre Stimmen klangen heiser und wurden zum

Teil übertönt von den Geräuschen der See und dem lauten Schlagen der Schrauben.

Treherne lief hinaus und packte das Brückenkleid mit seinen behandschuhten Händen. »Öl, Sir!« Er legte den Kopf schräg und schnupperte wie ein Jagdhund. »Sie haben ihn erwischt!«

Howard sah ihn ausdruckslos an. »Vielleicht. Aber wir werden es nie genau wissen. Öl ablassen ist ein alter Trick der U-Boot-Kommandanten.«

»Kontakt abgerissen, Sir!«

Der Brückenmaat hüstelte nervös. »Der Funkraum wartet auf Antwort, Sir!«

»Ja.« Er dachte daran, auf seinen Stuhl zu klettern, aber die Anstrengung war ihm zuviel. »Antworten Sie: Kehre zum Konvoi zurück. Ein U-Boot wahrscheinlich versenkt.« Er hörte Treherne die Änderung von Kurs und Fahrt ins Steuerhaus rufen und sagte: »Wir können die Versenkung nicht zweifelsfrei behaupten, aber es gibt den anderen ein wenig Trost.«

Das U-Boot würde möglicherweise entkommen, dachte er. Aber es war bestimmt stark beschädigt und würde nur mit Mühe einen Hafen in Norwegen erreichen.

Endlich schlagen wir zurück, statt immer nur einzustecken. Und darauf kam es schließlich an.

Er merkte, daß er bereits wieder auf seinem Stuhl saß.

Treherne sagte: »Ich sorge dafür, daß heißer Kakao an die Geschützbedienungen und Wachgänger ausgegeben wird.« Dann wandte er sich kopfschüttelnd ab. Der Kommandant schlief tief und fest.

5 *Das Gesicht der Gefahr*

»Die Nachmittagswache hat abgelöst, Gefechtsstationen sind besetzt, Sir.«

Oberleutnant Finlay nickte. »Gut.« Die neuen Wachgänger

bewegten sich ruhelos oder suchten einander mit Blicken, als wollten sie sich beruhigen.

Der Signalmeister zeigte über das Brückenkleid und sagte zu seinem jüngsten Signalgast: »Sie beobachten die ganze Zeit nur das Schiff des Kommodore, klar?« Als er die Besorgnis im Gesicht des Jungen bemerkte, fügte er beruhigend hinzu: »Ich gehe nur kurz nach unten etwas essen, rufen Sie mich, wenn Sie mich brauchen.«

Howard auf der Gräting der Backbordbrücke hob alle Augenblicke sein Glas vor die Augen und beobachtete den Konvoi, sein Schiff und die Gesichter um sich herum. Sie hatten den Konvoi beim ersten Morgengrauen wiedergefunden, und der vom Meteorologen vorausgesagte Schneefall hatte die Brücke und die Geschützbettungen inzwischen weiß überzogen.

Wieder hob er das Glas und beobachtete die fernen Kolonnen der Schiffe, die zum Teil durch die Schneeböen verdeckt wurden. Er hatte die Veränderung in der Aufstellung sofort auf dem Radarschirm bemerkt, als sie nahe genug heran waren: Zwei weitere Schiffe waren verschwunden. Das eine war durch den Torpedotreffer in Flammen aufgegangen und steuerlos mit dem amerikanischen Tanker *John L. Morgan* kollidiert. Es mußte eine schmerzliche Entscheidung für den Kommodore gewesen sein, weiterzufahren und die ineinander verstrickten, brennenden Schiffe zurückzulassen bis zu jener letzten Detonation, die sie bei der U-Boot-Jagd gehört hatten. Was für eine schreckliche Art zu sterben ... Eine der Korvetten war heldenhaft zur Rettung geeilt und hatte tatsächlich siebzehn Überlebende aus der brennenden See geborgen. Nicht viel für zwei so große Schiffe.

Irgend jemand reichte Howard einen Becher heißen, süßen Tee. Er beugte sich über den unordentlichen Kartentisch und rieb sich die müden Augen, bis er wieder richtig sehen konnte.

Was war mit den angeblich sechs U-Booten? War dieses eine, das sie beschädigt und dann durch den konzentrierten Wasserbombenangriff in die Tiefe getrieben hatten, das einzige dicht am Geleitzug gewesen? Hatte es weitere Boote an die begehrten Ziele heranrufen können?

Er versuchte so zu denken, wie ein U-Boot-Kommandant, merkte aber nicht zum ersten Mal, daß er dazu nicht in der Lage war. Aber auch er hätte möglicherweise alle Vorsicht beiseite gelassen, als der Nebel sich schützend über die Reihen der Handelsschiffe senkte, und gefürchtet, die Chance auf einen Schuß zu verpassen.

Der Kommodore hatte den Kurs viel früher als erwartet auf Ostsüdost geändert. Das würde ihre Fahrt um einen vollen Tag verkürzen, und wenn die U-Boote weiter entfernt standen, kamen dadurch vielleicht noch ein paar Punkte zugunsten des Geleitzugs hinzu.

Howard richtete sich auf, blickte zum Himmel und merkte, daß der junge Signalgast ihn beobachtete und nicht das Schiff des Kommodore, wie ihm der Signalmeister befohlen hatte. Es war ein seltsamer Tag. Der Himmel war voll tiefhängender Wolken, und der Schnee wirbelte noch immer über die Brücke, so daß die nächsten Schiffe nur schwer erkennbar waren. Das war gut. Zwischen den Wolken sah er aber einige hellere, leuchtende Flecken, als wolle die Sonne durchbrechen. Er lächelte grimmig. Das war schlecht.

Was für ein ödes Seegebiet, unmöglich mit irgendeiner anderen Front zu vergleichen. Hier waren sie völlig allein und isoliert. Weiter ging es und immer weiter, und die vorhergehenden Geleitzüge nach dem Norden Rußlands konnten ihnen kaum Erfahrungen beisteuern.

Er fragte sich, wie es wohl seinem Vater in dem kleinen Haus in Hampshire ging. Obwohl er einen Wagen besaß, würde er bestimmt keine Benzinzuteilung bekommen. Natürlich gab es örtliche Läden, und wenn er seinen Stolz herunterschluckte, konnte er auch eine der zahlreichen Marineversorgungsstellen aufsuchen. Eine war sogar ganz in seiner Nähe, eben außerhalb des von Bombern heimgesuchten Portsmouth, aber er war nicht der Typ, sich dort einzudecken.

Howards Mutter war kurz nach dem Ersten Weltkrieg bei der verheerenden Grippeepedemie gestorben, und er konnte sich nur noch dunkel an sie erinnern. Sein Bruder Robert, drei Jahre älter als er, hatte oft versucht, sie ihm zu beschreiben; aber dadurch war sie ihm eigentlich nur noch fremder geworden.

Robert war jetzt Fregattenkapitän, zur Zeit auf einem Kursus in Portland, bevor er einen der neuen Geleitzerstörer übernehmen sollte. Er hätte bestimmt leicht eine Wohnung für seine Frau Lilian in der Nähe ihres Vaters finden können, damit er nicht mehr so allein war. Aber der Alte wollte nicht. Da war eine andere Frau nach dem Tode ihrer Mutter gewesen, möglicherweise mehr als eine. Im Geiste sah er ihn vor sich. Der Frühling mußte bereits in den vielen Dörfern um Portsmouth eingezogen sein, wo die Seeleute seit Jahrhunderten ihre Häuser gebaut hatten. Der Governor, wie sie ihn nannten, hatte sich ganz der Gartenarbeit gewidmet und dem Motto »Graben für den Sieg«, so daß er sich beinahe selbst versorgen konnte. Was er nicht brauchte, teilte er mit seinem alten Freund Mr. Mills, einem Heeresveteran aus dem Ersten Weltkrieg, der einmal beinahe einen Aufruhr verursacht hätte, als er in ihrem ruhigen Dorf am Waffenstillstandstag den Motor seines kleinen Lieferwagens anließ, während alle anderen mit entblößten Köpfen und traurigen Gesichtern in respektvollem Schweigen vor dem Ehrenmal standen.

Als ihn jemand beschuldigte, die Toten zu mißachten, hatte Mr. Mills, ein verhältnismäßig kleiner Mann, ihn an den Aufschlägen seiner Jacke gepackt und hatte ihn angeschrien: »Was wissen *Sie* denn davon? Und was wissen all diese scheinheiligen Armleuchter davon? Ich war dabei!« Er hatte in Flandern gekämpft und kannte den Krieg genau. Die beiden Alten bildeten ein seltsames, aber kameradschaftliches Paar, dachte Howard.

Das dünne Pfeifen eines Sprachrohrs war zu hören. Leutnant Bizley rief scharf hinein: »Brücke?«

Howard, der gerade seine leere Pfeife aus der Tasche seines Dufflecoats holen wollte, hielt in der Bewegung inne. Erstaunlich, wie sich Bizley während der letzten Tage verändert hatte. Er war härter und selbstsicherer geworden, und doch . . .

Bizley sah ihn an, Gesicht und Augenbrauen naß vom tauenden Schnee. »Funkspruch von der Admiralität, Sir, dringend: Ein großes feindliches Überwasserschiff hat Tromsö verlassen, mit Kurs West.«

Howard trat wieder an die Karte und bemerkte: »Es hatte auch keine andere Wahl, schätze ich.« Die Bemerkung gab ihm Zeit zum Nachdenken. »Wann ist es ausgelaufen?« Er malte sich den Kommandanten des großen kanadischen Zerstörers *Beothuck* und Spike Colvin aus, den Kommandanten ihres Schwesterschiffs *Ganymede*; bestimmt studierten sie jetzt ebenfalls ihre Karten, schätzten die Distanz und überdachten ihre Chancen.

Bizley kehrte zum Sprachrohr zurück. »Zeitpunkt nicht bekannt, Sir.«

Howard starrte auf die gezackte Küstenlinie von Nordnorwegen. Die großen feindlichen Kriegsschiffe hatten oft die Reede von Tromsö benutzt, *Scharnhorst* und *Hipper* und selbst das größte von allen, die *Bismarck*. Sie hatten auch gute Gründe dazu: die in der Nähe liegenden, stark verteidigten Flugplätze.

Vielleicht war dies der Augenblick, mit dem die Home Fleet gerechnet hatte, und ihre eigenen schweren Einheiten brausten vielleicht schon durch die arktischen Gewässer, um den Feind von seiner Basis abzuschneiden.

Über die Schulter sagte er: »Rufen Sie den N.O. auf die Brücke, Sub.«

Hatten norwegische Partisanen Gefangenschaft und Folter riskiert, um diese Nachricht zu übermitteln? Wo freie Völker unterdrückt wurden, gab es immer ein paar Tapfere, die aus der Menge der Kollaborateure und Schwarzmarkthändler herausragten.

»Sir?« Trehernes schwere Seestiefel stampften über die Brücke, während er sich Krümel aus dem Bart wischte. Er hörte sich Howards Neuigkeit an und sagte: »Ich glaube, wir sind jetzt an den U-Booten vorbei, Sir. Das eine, das wir versenkt haben –«, er grinste, als Howard die Stirn runzelte, »aber nicht beanspruchen können, muß wohl das einzige in der Nähe gewesen sein.« Sein Grinsen verschwand. »Was dieses Signal der Admiralität betrifft – nun, wir haben es ja wohl erwartet.«

Howard hob die Schultern. Treherne scheute sich niemals, seine Meinung zu sagen und auch einmal zuzugeben, wenn er unrecht hatte. Marrack war zwar ein ausgezeichneter Erster, aber man konnte sich nicht vorstellen, daß er einmal zugeben würde, sich geirrt zu haben.

»Die Russen schicken uns angeblich Unterstützung für den letzten Teil des Weges entgegen.« Er sah die Skepsis in Trehernes Blick und fügte hinzu: »Aber wir müssen darauf vorbereitet sein, alles allein auszufechten. Bald sind wir in Reichweite der feindlichen Luftstreitkräfte, und die Home Fleet wird sich morgen zurückziehen.«

Treherne schnitt eine Grimasse. »Die Ärmste, wieder einmal wird gekniffen – wie üblich!« Er blickte hinauf zum Himmel. »Alles, was für uns spricht, ist, daß wir keine Flugzeuge in Sicht haben.«

Howard blickte nach vorn und suchte nach der eleganten Form der *Lord Martineau*, aber das Schiff des Kommodore war noch immer unsichtbar. Langsam sagte er: »Der Boß weiß ein paar Dinge mehr als wir, aber da er schon einmal in die Luft geflogen ist, verhält er sich vorsichtig.«

Der Signalmeister kam auf die Brücke, musterte den jungen Signalgast und knurrte: »Was hab' ich dir gesagt, bevor ich nach unten ging, Rosie?«

Howard sah, daß der junge Mann über das Brückenkleid starrte, als der Steuerbordausguck mit seinem Glas gerade das Ende seines Sektors erreichte. Signalgast Rosie Lee fand keine Worte, vor allem nicht die einer korrekten Sichtmeldung, wie er es auf seinem Kursus gelernt hatte. Er zeigte nur blind mit der Hand und keuchte: *»Dort!«* Dann fuhr er herum und sah seinen Kommandanten an. »Dort, Sir!«

Howard merkte, daß es derselbe Signalgast war, der auch das andere Flugzeug gemeldet hatte, das ihnen die U-Boote auf den Hals gerufen hatte. Schon schwenkte der Steuerbordausguck das starke Glas auf seinem Sockel herum und rief: »Flugzeug, Sir! Peilung acht-null, Sichtwinkel drei-null, Bewegung von rechts nach links!«

Alle starrten jetzt hinauf zu dem kleinen Lichtfleck zwischen den Wolken. Howard entdeckte es sofort, weil es sehr langsam flog, auf parallelem Kurs, ein riesiger, scheinbar uninteressierter Seevogel.

Er sagte: »Signal an Kommodore.« Howard war stets sehr sparsam mit Worten, um keine Verzweiflung hervorzurufen. Schließlich waren sie so weit gekommen und hatten nur drei ihrer Schutzbefohlenen verloren – bisher.

Das Flugzeug war keineswegs uninteressiert. Zu oft hatte er beobachtet, wie diese Aufklärer einen Konvoi im Atlantik umkreisten, dicht genug herankamen, um alles zu erkennen, sich aber außerhalb der Reichweite seiner Geschütze hielten. Dann führten sie die U-Boot-Rudel an ihre Opfer heran. Auch dies hier war ein Focke-Wulf-Condor, ein großer viermotoriger Langstrecken- und Aufklärungsbomber, der in der Zusammenarbeit zwischen Flugzeug und U-Boot Geschichte gemacht hatte.

»Vom Kommodore, Sir: Fahrt erhöhen auf vierzehn Knoten, klar zur Kursänderung.«

Sie wandten sich alle dem Konvoi zu, als von dort ein heiseres Grollen ertönte wie das Geräusch eines im Tiefflug angreifenden Flugzeugs. Es war ihre einzige Hurricane, die auf ihrem Katapult stand und deren Motoren jetzt qualmten, während die Männer ringsum beiseitesprangen und sich duckten. Howard sagte: »Der Kommodore schickt sie wirklich hinauf zur Verfolgung. Um Gottes willen!« Er wandte den Blick ab, damit die anderen nicht seinen plötzlichen Zorn erkannten. Dies hier war doch nicht der Atlantik! Die Focke-Wulf flog innerhalb bequemer Entfernung zu ihrem Flugplatz und konnte somit jede Unterstützung anfordern.

Treherne äußerte leise: »Vielleicht holt er ja diesen Halunken runter, Sir.«

Howard merkte, daß Marrack und Ayres auf die Brücke gekommen waren. »Sagen Sie dem Funkraum, er soll sofort an den Kommodore geben, von *Gladiator*: Erbitte Zurückhaltung des Flugzeugs bis –«

Er fuhr herum, als die Hurricane donnernd auf ihrem Katapult davonraste, einen Moment durchsackte bis fast zu den eifrig nach ihr greifenden Seen und dann rasch emporstieg zu den Wolken.

»Belege das!« Howard sah das Jagdflugzeug kleiner und kleiner werden und schließlich in einem Schneeschauer verschwinden. Der Kommodore hätte vermutlich ohnehin nicht auf seine Bitte gehört. Das Leben eines jungen Mannes, den er nie gesehen oder getroffen hatte, war soeben weggeworfen worden. »Für nichts und wieder nichts!« Er merkte, daß er es laut ausgesprochen hatte, und fügte hinzu: »Machen Sie das Boot klar zum Aussetzen, Number One. Aber es wird bald zu dunkel sein, um noch viel sehen zu können.« Er starrte hinauf zu dem kleinen Fleck blauen Himmels, der jetzt so leer wirkte.

Treherne fragte leise: »Soll ich auf Gefechtsstationen antreten lassen, Sir?«

»Nein, nicht erforderlich. Sie tun jetzt alle so eilig und haben in Wirklichkeit doch noch viel Zeit.«

Der Brückenmaat rief: »Boot ist klar zum Aussetzen, Sir, I.O. und der Bootsmann sind dabei.«

Alle blickten hinauf zu den Wolken, als das ferne Knattern von Maschinengewehren erklang – wie das Hämmern von Spechten an einem Sommernachmittag.

Treherne sah ihn an. »Hat er eine Chance, Sir?«

»Vielleicht.« Er warf dem jungen Signalgast einen Blick zu

und versuchte zu lächeln, aber sein Mund war wie gefroren. »Gut gemacht, Lee!« Wenn der Junge nur aufhören würde, ihn ständig anzustarren. Seine Augen waren so groß, daß sie fast das ganze Gesicht füllten.

Sie warteten, aber es war keinerlei Detonation zu hören, auch sah man den viermotorigen Bomber nicht durch die Wolken fallen. Es war, als habe keins der beiden Flugzeuge jemals existiert. Lediglich das leere Katapult strafte diesen Eindruck Lügen.

Als die Hurricane dann endlich doch aus einer Wolke stieß, erhoben sich Jubelrufe an den Bootsdavits. Die Leute warteten noch an den Taljen, während die Bootsbesatzung in Ölzeug und Schwimmwesten sich darauf vorbereiteten, mit dem Boot abgefiert zu werden. Aber die Jubelrufe erstarben sofort, als die Hurricane das Wasser berührte. Noch einmal zwang sie sich nach oben, das röhrende Husten des Motors erfüllte alle mit neuer Hoffnung. Der Pilot schaffte es noch, sich dem langsam fahrenden Zerstörer zu nähern. Vielleicht konnte er sogar die Männer an den Bootsdavits und das bereits ausgeschwungene Rettungsboot sehen und daraus neue Hoffnung schöpfen.

Stimmengewirr klang auf, als die Maschine plötzlich taumelte, zur Seite kippte und dann ins Wasser stürzte. Sie detonierte in einem grellen Feuerball, während ihre Bruchteile sich in der ganzen Gegend verstreuten. Zuletzt sah man noch ein bißchen treibenden Qualm, dann nichts mehr.

Howard rief an Deck hinunter: »Boot wieder einschwingen und festmachen. N.O., gehen Sie mit der Fahrt hoch und nehmen Sie wieder die alte Position ein.« Er klammerte sich an die Reling und war so dicht davor, sich zu übergeben, wie er es noch niemals gewesen war.

Er hörte, wie seine Befehle weitergeleitet wurden, und spürte das verstärke Vibrieren der Brücke. Als er sprach, war seine Stimme wieder ruhig. »Geben Sie an den Kommodore: Flugzeug abgestürzt, Pilot tot.« Am liebsten hätte er es laut hinausgeschrien, damit der Kommodore und all die anderen Narren es hören könnten. Statt dessen stieg er aus seinem Stuhl und hielt seine Wut zurück. Er rang sich sogar ein bitteres Lächeln ab. Vielleicht hatte der zynische Mr. Mills am Ende doch recht gehabt.

»Vom Kommodore, Sir: Kursänderung auf eins-vier-null Grad.«

Auf der Kompaßplattform stopfte sich Treherne die Pfeife mit zollfreiem Tabak und beobachtete in aller Ruhe die Vorbereitungen ringsum. Auf der *Gladiator* stand alles seit dem ersten Morgengrauen auf Gefechtsstationen. Er sah Ayres an den Sprachrohren, die ihn mit Midshipman Esmonde und Morgan, dem Navigationsgefreiten, verbanden. Die beiden würden den Koppeltisch im Auge behalten und sofort eine neue Karte auflegen, wenn dies erforderlich war. Sie mußten übernehmen, wenn die gesamte Brückenbesatzung hier oben ausgelöscht wurde.

Der Kommandant stand neben seinem Stuhl und hielt die Pfeife in der Hand, die aber durch den Wind in wenigen Minuten ausgebrannt sein würde. Er schien jetzt weniger erschöpft, dachte Treherne, die Aussicht auf Feindberührung wirkte immer belebend auf ihn. Er fragte sich oft, ob der Kommandant wohl irgendwo eine Freundin hatte. Wenn, dann hielt er sie sorgfältig verborgen. Treherne dachte an seine eigene Frau, die ihn soeben nach zweijähriger Ehe verlassen hatte. Er konnte das nicht verstehen, schließlich war sie die Tochter eines Seemanns. Aber vielleicht hatte sie sich für ihr eigenes Leben etwas anderes vorgestellt als eine Ehe in großen Abständen.

Treherne war geboren und aufgewachsen in dem kleinen Hafenort Fowey. Er hatte immer zur See fahren wollen, schon als kleiner Junge. Das lag ihm im Blut; in fast jeder Familie dieser lebhaften kleinen Hafenstadt gab es einen Seemann. Vielleicht hätte er auf einem der lokalen kleinen Dampfer anfangen sollen, die Kaolin hinüber zum Festland transportierten. Aber er hatte sein Herz an die Hochseeschiffe verloren, und die Karibik hatte ihn gelockt.

Während sein damaliges Schiff, bis zum Deck vollgepackt mit Bananen, regelmäßig den Atlantik überquerte, hatte er niemals daran gedacht, daß dieses Seegebiet eines Tages zu einem schrecklichen Feind werden könnte, nicht nur für ihn und seine Gefährten, sondern als größte Bedrohung seines Heimatlandes.

Er fühlte, wie sich das Deck anhob und überholte, als die *Gladiator* auf den neuen Kurs drehte. Er hörte auch Howard mit dem Coxswain im Steuerhaus sprechen; die beiden waren wirklich ein gutes Team. Er hörte auch das Scharren von Stiefeln auf der Leiter und das hochwillkommene Klirren von Bechern, als der langerwartete heiße Tee in seiner verbeulten Kanne heraufgebracht wurde.

Hin und wieder war das Aufflackern von Morselampen im Konvoi zu sehen, oder das Stammeln von Funksprüchen, unterbrochen von atmosphärischen Störungen, drang aus dem Funkraum. Der Kommodore wurde langsam nervös. Er ließ seine Herde von einem der äußeren Geleitfahrzeuge zusammentreiben, das eifrig die Reihe der tiefbeladenen Schiffe entlangfuhr. Dessen Kommandant verlangte von dem einen höhere Fahrt und weniger Qualm, sagte einem anderen, er solle besser Kurs halten, oder wies einen dritten an, die Morse- und Funksprüche ordentlich zu bestätigen.

Treherne war ein hervorragender Navigationsoffizier wie viele Reservisten, die vor dem Krieg auf Handelsschiffen gefahren waren. Er kannte die Gefahren, die durch die Sturheit mancher Kapitäne verursacht wurden, wenn sie es vorzogen, ihren eigenen Weg zu gehen. Trotz allem aber störte ihn die Art und Weise, wie sie von der Navy herumgehetzt wurden. Schließlich waren sie Zivilisten und wußten, daß ihre Schiffe die Hauptziele waren für Bomben, Torpedos oder Minen. All dem boten sie die Stirn und stellten sich immer wieder für derartige Fahrten zur Verfügung.

Er merkte, daß Howard neben ihn getreten war, roch es an dem im Wind rasch dünner werdenden Rauch seiner Pfeife.

»Wie sind die Aussichten, N.O.?« fragte der Kommandant.

Treherne grinste und spürte, wie sich seine Haut an der Stelle kräuselte, wo er sich im Nordatlantik das Gesicht erfroren hatte. Dies war auch einer der Gründe, weshalb er jetzt einen Vollbart trug. »Ich denke, es wird heute passieren, Sir.«

Howard sah sich auf der Brücke um. Die Leute griffen nach den gefüllten Teebechern, aber die Ausguckposten hielten auch dabei stets den Blick auf die ihnen zugeteilten Sektoren gerichtet.

»Das glaube ich auch. Es hat keine weiteren Funksprüche gegeben über das deutsche Schiff, das aus Tromsö ausgelaufen sein soll. Auch sonst keinerlei Neuigkeiten.« Er überlegte und schien zu einem Schluß zu kommen. »Wissen Sie, was ich denke? Sie werden uns aus der Luft angreifen.«

Beide blickten sie hinauf zu den rasch ziehenden Wolken. Der Himmel würde möglicherweise klar und blau sein, wenn es endlich Tag geworden war. Dann gab es keinerlei Dekkung.

Der junge Signalgast Rosie Lee blickte ebenfalls nach oben, als sei dort etwas Fürchterliches zu sehen. Als er aber Treherne lachen hörte und sah, wie er dem Kommandanten seinen Tabaksbeutel reichte, beruhigte er sich wieder.

»Mein Gott, schauen Sie sich die Sonne an!«

Howard drehte sich um und sah ihre beiden Schornsteine langsam erglühen wie poliertes Kupfer, als sie von den ersten flachen Sonnenstrahlen getroffen wurden. Es war, als würde das Tageslicht über sie ausgegossen wie geschmolzenes Metall. Die Gesichter bekamen wieder Individualität, die bereiften Läufe der Flugabwehrgeschütze glitzerten im Sonnenlicht.

Treherne blickte zu der weißen Gefechtsflagge auf, die steif von der Gaffel auswehte. Es war ihre Seeflagge, zerrissen und ausgefranst in vielen Stürmen. Sie würde nicht mehr viel aushalten, aber der Signalmeister hatte ein bestimmtes System: Die besten Flaggen wurden nur im Hafen benutzt oder zur Bedeckung der Toten vor der Bestattung. Erst danach wurden sie oben an der Gaffel verschlissen.

Der Brückenmaat am Sprachrohr rief scharf: »Von Kommodore, Sir: Flugzeug gesichtet in Rot vier-fünf, Abstand vier Meilen!« Angestrengt blinzelte er in die angegebene Richtung, während er das Ohr ans Sprachrohr preßte. »Anscheinend ist es wieder eine Focke-Wulf Condor.«

Treherne dachte an ihre verlorene Hurricane. »Widerlicher Kerl!«

Aber Howards Gedanken gingen in eine andere Richtung. Der Kommodore benutzte sein Funkgerät mehr als üblich, um Zeit zu sparen. Wohl weil er wußte, daß es jetzt doch kein Verstecken mehr gab.

Er hörte das dumpfe Dröhnen fernen Geschützfeuers, das von der Spitze des Konvois zu kommen schien. Dort fuhr der große kanadische Zerstörer *Beothuck*; er hatte acht Zwölf-Zentimeter-Geschütze in Zwillingstürmen. Die meisten Zerstörer, auch die *Gladiator*, hatten nur vier davon. Zwar bestand nicht die geringste Aussicht, den deutschen Bomber zu treffen, aber der Chef der Geleitstreitkräfte ließ wohl schießen, um die Spannung zu mildern. Groß waren Ärger und Enttäuschung, dieses feindliche Flugzeug träge den Konvoi umkreisen zu sehen, außerhalb der Reichweite aller Geschütze, jedoch nahe genug, um die Schiffe zählen und einen Bericht an seinen Stützpunkt funken zu können. Da ein paar Granaten zu riskieren, war schließlich besser als gar nichts.

Howard hörte Signalgast Lee murmeln: »Ich möchte wetten, es ist derselbe, den ich schon gesehen habe!«

Eine Stimme rief: »Dort ist er, in Grün vier-fünf, Höhenwinkel zwei-fünf!« Also genau über dem Kurs des Geleitzugs. Aber die Sonne war so grell, daß man das Flugzeug nur gelegentlich aufblitzen sah.

Howard senkte sein Glas, die Augen taten ihm weh. Der dort oben hat bestimmt eine wunderbare Aussicht, dachte er und versuchte, sich an all die Lektionen im Flugzeugerkennungskursus zu erinnern. Wie viele Besatzungsmitglieder hatte eine Condor? Acht. Möglicherweise saßen sie in der Sonne und schlürften ihren Ersatzkaffee, während sie hofften, rechtzeitig zum Mittagessen zu ihrer Basis zurückzukehren.

Eine Gruppe an Deck lief nach vorn, einem Mann hing eine große Rot-Kreuz-Tasche an der Hüfte: Arbeitsteilung auf dem Schiff, genau wie die Leckwehr, die darauf wartete, Feuer zu löschen, Schotten abzustützen oder Löcher in der Bordwand zu flicken, während ihre Kameraden an den Geschützen kämpften. Die sechs Überlebenden würden ihr Bestes tun, um zu helfen, obgleich der eine so schwer verbrannt war, daß er sich kaum bewegen konnte. Der Sanitätsmaat hatte ihm Verbandspäckchen gegeben, damit er sich selbst versorgen konnte, wenn es nötig wurde. Auf den anderen Schiffen, die ebenfalls Überlebende geborgen hatten, war es wahrscheinlich genauso: dazusitzen und nichts zu tun, ob sie Schmerzen hatten oder nicht, war schlimmer, als beschäftigt zu sein. Arbeit hielt einen davon ab, ständig darüber nachzudenken, ob das Schiff, das einen gerettet hatte, wohl als nächstes versenkt werden würde.

Leutnant Ayres ließ das Glas sinken und wischte sich mit dem Handschuh über die Augen. Sein Atem drang dampfend durch den blau und rot gemusterten Schal, den er um Hals und Mund trug. Kleine Gebilde aus Eis hingen an der Wolle, wo sein Atem gefroren war.

Er hatte die langsam fliegende Maschine gesehen, die jetzt nur noch als winziger Fleck über dem Horizont erkennbar war. »Im Angesicht der Gefahr.« Er sagte es ohne jede Erregung, nahezu beiläufig.

Treherne der ihn ansah, vermutete, daß der Schal noch aus Ayres' Schulzeit stammte. »Was war das, Sub?«

Ayres hob die Schultern. »Etwas, an das ich mich erst gewöhnen muß.«

Howard ging zum Vorderteil der Brücke. Ihm war klar, was der große, bärtige Navigationsoffizier dachte: daß Ayres bei Gefahr möglicherweise durchdrehen würde. Aber man empfand Furcht nur dann, wenn man sich die Hoffnung auf Überleben bewahrt hatte.

»Von Kommodore, Sir: Flugzeug nähert sich aus Grün eins-fünf –« Der Rest verlor sich im Lärm der Kommandos und der harten schottischen Stimme von Oberleutnant Finlay in seiner Feuerleitzentrale.

Howard musterte seine Brückenbesatzung. »Wir wollen näher an den Konvoi heranschließen, um Flakunterstützung geben zu können. Erhöhen Sie auf zwanzig Knoten, N.O.«

Er spürte, wie das Schiff stärker vibrierte, als Chief Evan Price, der Sohn eines Kohlenarbeiters aus Swansea, die Ventile seiner 34000 PS starken Maschine voll aufdrehte wie ein Mann, der die Schleusentore eines überfluteten Flusses öffnet.

»Flugzeug, Sir! Peilung Grün drei-null, Sichtwinkel zwo-null!«

Finlays Stimme drang ruhig und ohne jede Hast aus dem Brückenlautsprecher: »Mehr als zwanzig Feindflugzeuge! Alle Geschütze klar zum Feuern!«

Howard stand hoch oben auf der vorderen Gräting und sah zu, wie die beiden Geschütze herumschwangen und sich auf die Ziele richteten. Er hörte das Knirschen von Metall, das rasche, nervöse Husten eines Mannes wie in der Kirche vor der Predigt.

Wieder Finlays Stimme: »Sperrfeuer!« Er sprach mit einem seiner Männer, hatte aber den Lautsprecher angeschaltet gelassen. »Ju-88 greifen im Tiefflug an!«

Howard hob sein Glas und hatte das Gefühl, als sei die *Gladiator* völlig allein. Er starrte auf die beiden Pfeilspitzen von Flugzeugen. Der Himmel schien voll von ihnen.

»Von Kommodore, Sir: Feuer eröffnen nach eigenem Ermessen.«

Howard ließ das Glas auf seine Brust sinken und holte tief Atem. Hier kommen sie! Er hörte das abgehackte Dröhnen der Geschütze des Konvois, und als Finlay seinen Feuerbefehl gab, wurde die Brücke im nächsten Augenblick vom Donnern ihrer eigenen Geschütze erschüttert.

Howard bemerkte, daß der Konvoi nach beiden Seiten auseinanderstrebte, als wolle er die *Gladiator* in seine Mitte nehmen. Er hörte, daß Treherne seine Befehle weitergab, und sah, wie die Bugwelle langsam anstieg. Unter der Brücke wurden die beiden dortigen Geschütze geladen. Er hörte die Ausrufe: »Geschützführer – Ziel aufgefaßt!« Dann: »Richtschütze – Ziel aufgefaßt!«

»Feuer!«

Am Himmel trieben bereits unzählige Flecken braunen Qualms, als wäre er unauslöschbar beschmutzt und würde niemals wieder seine ursprüngliche Farbe zurückgewinnen.

Howard sah an den geschlossenen Reihen der Handelsschiffe entlang, um die Geleitfahrzeuge schwärmten wie Schäferhunde um die Herde, während die Flugabwehrgeschütze und die automatischen Waffen dem Feind ihre Herausforderung entgegenschleuderten. Leise sagte er vor sich hin: »Nein, wir sind nicht allein.«

Das vorderste Flugzeug donnerte jetzt über ihre Köpfe, seine Tragflächen reflektierten die Perlenschnüre der Leuchtspurgeschosse, die die Maschine eindeckten, während sie auf die Schiffe zuraste. Dann fielen die ersten Bomben.

Oberbootsmann Bob Sweeney, der Coxswain, kam vorsichtig mit dem Ruder auf, als das Steuerhaus sich im eigenen Geschützfeuer rasselnd schüttelte. Obwohl die stählernen Blenden vor den Fenstern geschlossen waren, füllte sich die Luft allmählich mit dem beißenden Qualm der Örlikons auf der Brücke, die fast ununterbrochen ratterten und nur von Zeit zu Zeit eine kurze Pause einlegten, wenn die Ladenummer ein frisches Magazin ansetzte.

Auf beiden Seiten von Sweeneys untersetzter Gestalt standen an den Maschinentelegraphen Bully Bishop, der Quartermeister, und ein Gefreiter namens Melvin. Der Läufer Brücke kauerte an den Sprachrohren, während Midshipman Esmonde und der Navigationsgast sich in einer Ecke hinter dem vibrierenden Koppeltisch zusammendrängten.

Sweeney lauschte den Stimmen, die von der oberen Brücke

durch die Sprachrohre herunterschallten, hörte den Ruf eines Ausguckpostens, dem sofort heftiges Feuer durch die schweren Geschütze folgte, genauso wie von den anderen Schiffen in der Nähe.

Heiser rief er: »Aufgepaßt, Jungs. Hier kommen sie!«

Er konzentrierte sich auf den tickenden Kreiselkompaß und versuchte, nicht an die Bomber zu denken, die jetzt den Konvoi angriffen. Als die *Gladiator* vom Atlantik abgezogen wurde, um eine dringend nötige Überholung ausführen zu lassen, war Sweeney auf Heimaturlaub gefahren. Das war mehr eine Formalität als ein Trost für ihn. Er hatte keine Heimat mehr, denn seine geduldige, schon lange leidende Frau war auf einem der großen öffentlichen Friedhöfe des East End begraben worden. Der ganze Urlaub war eine schreckliche Erfahrung, selbst für ihn, und er hatte schließlich so ziemlich alles erlebt, vom spanischen Bürgerkrieg bis Dünkirchen, vom Atlantik bis zum Nordkap.

Am schlimmsten war, daß er nicht mehr wußte, wo er stand. Die Straßen, in denen er aufgewachsen war und wo die meisten seiner Verwandten gewohnt und gearbeitet hatten, existierten nicht mehr. Es gab dort lediglich eine Wüste aus flachen, geschwärzten Ziegelsteinen, die Straßen selbst erkannte man nur an den stellenweise sichtbaren, zerbrochenen Kantsteinen.

Ein mitleidiger Luftschutzwart hatte ihm die Stelle gezeigt, wo einst sein Wohnhaus gestanden hatte. Nicht einmal Tapete war übrig geblieben.

»Hart Steuerbord!«

»Hart Steuerbord, Sir!« Das Rad schwirrte unter seinen mächtigen Händen. »Ruder liegt hart Steuerbord!«

Man hörte Stiefel auf den Metallplatten des Decks rutschen, als dieses jetzt stark überholte und der kreideweiße Esmonde beinahe gestürzt wäre.

»Mitschiffs!« Sweeney preßte die Zähne zusammen, als die Bomben über ihre Köpfe heulten. Aber die Stimme des Alten klang völlig ruhig und kühl. »Umdrehungen eins-eins-null!«

Eine Reihe dumpfer Detonationen schien Sweeney von den Füßen zu heben; er spürte, daß einige Bomben ihre Ziele getroffen haben mußten.

Bully Bishop rief erregt: »Warum, zum Teufel, fahren wir nicht schneller, Swain?«

Sweeney nickte warnend in Richtung des Sprachrohrs. »Leise! Was ist denn in dich gefahren? Hast du schon die Hose voll?«

Esmonde tippte dem Navigationsgast auf den Arm und spürte, wie dieser zusammenfuhr. »Und warum fahren wir nicht schneller?«

Morgan musterte ihn müde. »Weil wir bei den Handelsschiffen bleiben müssen.«

Sweeney hörte den Befehl des Kommandanten: »Recht so. Steuern Sie eins-sieben-null!«

Irgend jemand flüsterte: »O Gott, da kommen sie schon wieder!«

Sweeney ignorierte ihn und lauschte dem gedämpften Dröhnen der Flugzeugmotoren. Ju-88, hatte der Artillerieoffizier gesagt. Also zweimotorig und schwer bewaffnet. Wieder hörte er das scheußliche Heulen der Bomben, aber über all diesem Lärm auch verrücktes Jubeln durch die Sprachrohre: »Bravo, den Hund hat's erwischt!«

Die Explosion mußte beinahe längsseits gewesen sein. Morgan schraubte gerade rechtzeitig eine Blende auf, um die ungeheure Tragfläche eines Flugzeugs mit dem schwarzen Balkenkreuz an der Brücke vorbeirasen zu sehen.

Sweeney schnauzte: »Mach die Blende zu, Morgan! Ich will keine Splitter in meine Eingeweide kriegen!«

Er hatte keine Ahnung, wie lange das Ganze dauerte. Nicht einmal wandte er den Blick vom Kompaß, um auf die Uhr im Steuerhaus zu sehen. Qualm wogte um sie herum, bis er von den Ventilatoren aufgesaugt wurde; auf ihre schmerzenden Körper rieselte abgebröckelte weiße Deckenfarbe, als wäre es Schnee.

»Beide Maschinen äußerste Fahrt voraus!«

Sweeney verbarg seine Erleichterung, als die Telegraphen den Befehl weitergaben an den Maschinenraum. Mein Gott, dachte er, der Chief und seine Leute haben es dort unten auch bitter. Sie konnten niemals eine Bombe oder einen Torpedo vorher sehen, wußten erst Bescheid, wenn die Bordwand eingedrückt wurde und sie in dem austretenden Dampf gekocht wurden.

Die Umdrehungen stiegen, und Sweeney versuchte sich ein Bild von dem zu machen, was draußen vorging. Ein Gong übertönte den Lärm der Maschinen und Geschütze, und einen Augenblick glaubte er, taub geworden zu sein.

»Feuer einstellen!«

Ungläubig starrten sie einander an, und Morgan sagte heiser: »Das war aber knapp.«

»Umdrehungen sieben-null.« Genauso rasch gingen sie jetzt wieder mit der Geschwindigkeit herunter. Howard mußte direkt neben dem Sprachrohr stehen, dachte Sweeney.

»Boot klar zum Aussetzen, N.O.! Arzt auf die Brücke, aber schnell!« Dann sagte der Kommandant: »Cox'n hier herauf, bitte.«

Sweeney klopfte sich automatisch die Farbflocken von Mütze und Dufflecoat. »Übernimm das Ruder, Bully.«

Nach der Enge im abgeblendeten Steuerhaus kam ihm der Himmel draußen unnatürlich hell und leuchtend vor. Er stieg die Leiter hinauf, an der Steuerbord-Örlikon vorbei, deren Bedienungsmannschaft soeben wieder nachlud, und erreichte die obere Brücke. Entsetzt starrte er auf die Szene vor dem Schiff.

Der Konvoi war in einzelne, ungleichmäßige Kolonnen zerstreut und die ölige Dünung vor ihren Augen bedeckt mit Treibgut. Zerschmetterte Rettungsboote und Kisten, Leichen und Männer, die unbegreiflicherweise noch am Leben waren, während sie auf den Zerstörer zuschwammen, der sich zwischen ihnen hindurchwand. Sweeneys Gesicht wurde hart und ausdruckslos, als er sah, was alles im Wasser trieb: menschliche

Gliedmaßen und Körper, die nichts Menschliches mehr an sich hatten.

Grüßend berührte er die Mütze mit der Hand. »Sir?«

Howard wandte sich um, entdeckte ihn erst jetzt. »Ich möchte, daß Sie unten die Aufsicht übernehmen, Swain. Lassen Sie die Verwundeten in die Messe schaffen.« Er versuchte ein Lächeln, aber es reichte nicht bis zu seinen Augen. »Sie wissen, was zu tun ist.«

Sweeney beschattete die Augen und starrte auf eine dunkle Form in der Ferne. Es war der Kiel eines gekenterten Frachters. Selbst darauf befanden sich noch Menschen, einige standen sogar aufrecht. So waren die Seeleute: Sie wollten ihr Schiff nicht verlassen, selbst wenn es schon gekentert war.

Howard fuhr fort: »Sie haben gute Arbeit geleistet, Swain.« Dann senkte er den Blick. »Wir haben sieben Frachter verloren.«

Ein Drittel des Konvois war also ausgelöscht, seit sie Island verlassen hatten. Gott allein mochte wissen, wie viele Seeleute dabei umgekommen waren. Sweeney fragte: »Haben wir Flugzeuge abgeschossen, Sir?«

Howard starrte in den treibenden Qualm. »Zwei, möglicherweise ein drittes.« Dann blickte er dem Coxswain ins Gesicht. »Der Feind hat dabei besser abgeschnitten, sollte man meinen.«

Marrack kam klappernd die Leiter zur Brücke herauf, seine Nase schien in alle Richtungen zu sondieren. »Boot klar zum Aussetzen, Sir.«

Signalmaat Tucker ließ sein Teleskop auf das leicht vibrierende Brückenkleid sinken. »Von Kommodore, Sir . . .«

Treherne sagte schnell: »Ich dachte, der wäre auch erledigt.« Seine Stimme klang so benommen, als sei ihm schlecht von dem Gemetzel.

Tucker fuhr fort: »Gebe mein Schiff auf.«

Howard hob das Glas und sah die elegante *Lord Martineau* in einer Qualmwolke dahintreiben. Flammen schimmerten durch den Rauch. Sie war mehrmals von Bomben getroffen worden, und mit ihrer schweren Ladung Panzer würde sie sehr rasch sinken.

»*Beothuck* soll die Überlebenden bergen.«

Howard sah drüben Fockmast und Ladebäume über Bord kippen. Damit waren es acht Schiffe, verloren bei einem Angriff, der höchstens zwei Stunden gedauert hatte.

Er schritt hinüber zur anderen Seite der Brücke und blickte hinunter, wo das große Boot bereits über der See schwebte. Seine Besatzung sah grimmig drein, sie schien nicht willens, ihr eigenes Schiff zu verlassen.

»Fier weg!« Marrack stand, die Hände in die Hüften gestemmt, auf einem Spind, seine lange Nase war auf die Leute an den Bootsdavits gerichtet.

Howard sagte: »Dreimal langsame Fahrt voraus.«

»Boot klar zum Slippen!« Marrack beobachtete die ölige Dünung, die nach dem Boot griff. *»Slipp!«* Der schlanke Bootskörper klatschte aufs Wasser, und mit Hartruderlage schor es ab, geleitet von der langen Vorleine vorn an der Back.

Howard vergaß das Boot und studierte wieder den auseinandergerissenen Konvoi. Hier und da sah man eine Morselampe durch den Qualm blinken. Der große Bergungsschlepper war damit beschäftigt, einen beschädigten Frachter in Schlepp zu nehmen. Der Bug dieses Schiffes lag so tief im Wasser, daß die Schrauben völlig frei in der Luft standen. Das Schiff des Kommodore schüttelte sich noch einmal, und dann begann sein Heck zu sinken. Der seltsame Rumpf der *Tromp II*, des provisorischen Flugzeug-Abwehrschiffes, dampfte langsam quer durch Howards Blickfeld. Wären dessen Waffen nicht gewesen, hätten die Deutschen mit Leichtigkeit den gesamten Konvoi vernichten können. Als die *Tromp* außer Sicht zog, war das Schiff des Kommodore schon fast gesunken. Obszöne Riesenblasen platzten rings um seinen Rumpf, als die schwere Ladung sich losriß und die Zerstörung vollendete.

Treherne sagte: »Der Chef der Geleitfahrzeuge hat die Korvetten angewiesen, Suchstreifen zu fahren, Sir, solange die Bergungsarbeiten dauern.«

»Eine richtige Entscheidung, N.O., und ein wackerer Mann, der sie getroffen hat.« Howard sagte es mit einer Bitterkeit, die ihn wie ein Schraubstock umfangen hielt. Dieser lange, harte Weg bis hierher – und dann alles umsonst. Es war ein Spiel, bei dem ein einziger Spieler alle Asse in der Hand hatte. Die Unterstützung der Home Fleet war ausgeblieben, sie hatte ihren Flugzeugträger für den eigenen Schutz zurückbehalten. Die große deutsche Überwassereinheit war nicht erschienen, und es war unwahrscheinlich, daß sie jetzt noch, so dicht bei der Kolabucht, auftauchen würde. Wahrscheinlich war sie in den Hafen zurückgekehrt. War das Ganze also nur eine Kriegslist gewesen?

»Beide Maschinen stopp!« Er hörte die grobe Stimme des Buffers die Leute an den Kletternetzen beschimpfen. Die keuchenden, anonymen Gesichter, die längsseits im Wasser trieben, öl- und blutverschmiert, waren fast schon tot.

Ich sollte eigentlich an solche Szenen gewöhnt sein, dachte Howard. Sie sollten mich nicht mehr erschüttern. Aber sie tun es. Er merkte, daß er den kalten Stahl so fest packte, daß seine Finger knackten.

Treherne sagte: »Wollen Sie noch mal mit meinem Tabak stopfen, Sir?« Er hielt dem Kommandanten seinen Beutel hin und fuhr fort: »Ich werde Ihnen dafür beim ersten Drink Gesellschaft leisten, wenn wir zurückkommen.«

Wortlos nahm Howard den Tabaksbeutel. Treherne wußte, daß er jetzt nicht sprechen konnte.

Ayres war lautlos hinzugetreten und flüsterte: »Ich habe noch nie so was Schreckliches gesehen.«

Treherne überzeugte sich, daß Howard außer Hörweite war, ehe er antwortete: »Tja, mein Junge, Winston Churchill hat eben unseren wundervollen Bundesgenossen, den Russen, versprochen, daß wir alle drei Wochen einen Konvoi nach Murmansk durchbringen.« Er riß den Blick von Howards gebeugten Schultern los. »Können Sie sich so was Blödsinniges vorstellen, Sub? Das ist, als wollten die Deutschen einen Konvoi die Themsemündung hinaufschicken! Diese verdammten Idioten!«

Das ausgesetzte Boot bahnte sich weiter seinen Weg durch das Schlachtfeld und war noch mit dem Bergen Überlebender beschäftigt, als eine Gruppe von sechs russischen Zerstörern und ein Bergungsschlepper zu ihnen stießen, um sie den Rest des Weges zu geleiten.

»Tee, Sir?«

Howard wandte sich in seinem Stuhl um und nahm den verbeulten Becher vorsichtig entgegen. Der Führer der russischen Zerstörer und der Kommandant der *Beothuck* tauschten Signale aus, während der Konvoi sich sammelte.

»Klar zur Weiterfahrt, Sir.« Marrack sprach so ruhig wie immer. »Wir sollten wohl bis zur Dämmerung im Hafen sein.«

Aber Howard antwortete nicht. Er lauschte dem Schützen der Backbord-Örlikon, der unter seinem Rohr hockte und im Takt mit seinen in Handschuhen steckenden Fäusten aufs Metall schlug. Dazu summte er eine Melodie, die Howard erkannte: »Jesus, meine Zuversicht ...«

6 *»Wann mußt du wieder auslaufen?«*

Das Wasser in dem langgestreckten Naturhafen hatte die Farbe von ungeputztem Zinn, so daß die felsigen Berge sich wie leblos darin spiegelten. Das einstmals geschäftige Narvik war zum größten Teil im Nebel verborgen. Kein Horizont war sichtbar, der Land und Himmel getrennt hätte.

Die scheinbare Leblosigkeit des Ortes war jedoch eine Illusion. Selbst jetzt, als ein weiterer Schneeschauer die kleinen Häuser über dem Hafen verhüllte, donnerte ein tieffliegender

Jäger aus dem Nebel und zog eine scharfe Linie über die ruhige Oberfläche der See.

Das einlaufende U-Boot fuhr ganz langsam, seine mächtigen Diesel pochten wie das Herz eines verwundeten Tieres, das in die Zuflucht seiner Höhle zurückkehrte. Das Boot warf kaum eine Bugwelle auf, und die bis zu den Augen in warme Kleidung gehüllten Männer an Deck beobachteten stoisch das Näherkommen des Landes; einige von ihnen betrachteten diese Rückkehr wohl als ein Wunder.

Als der kleine Minensucher, der querab von ihnen fuhr, jetzt seine Sirene aufheulen ließ, erhoben sich auf der Pier keine Hände zum Willkommensgruß. Es gab auch keine Reaktion auf den in der Nähe liegenden Fischkuttern, denn dies war ein besetztes Land, wo man am besten keinerlei Gefühle zeigte. Ein großes Motorboot löste sich von der verschneiten Pier und kam dem einlaufenden U-Boot entgegen. Der Strahl einer Lampe stach durch die Düsternis, und die lange, haiartige Form des Bootes drehte ein wenig nach Steuerbord.

Über dem Turm erschien mit einem Mal die deutsche Seekriegsflagge, rot mit schwarzem Kreuz und in der einen Ecke das Hakenkreuz. Die gleiche Flagge wehte auch vom Flaggenstock des Minensuchers und des Motorboots.

Der neben der Periskopsäule stehende Kommandant wandte den Kopf und blickte zur Flagge auf, teilte die Erleichterung dieses Augenblicks mit seinen Männern. Von Land aus würden jedoch andere Augen diese Szene beobachten, dachte er, Spione und Terroristen. Sie würden mit ihren verbotenen Funkgeräten sofort sein Einlaufen, sein Überleben, nach London melden.

Mit einer trotzigen Bewegung warf der deutsche Offizier seine wasserdichte Kapuze ab und setzte sich die weiße Mütze auf, das Zeichen des U-Boot-Kommandanten. Die Leute an Land sollten ruhig auch den Umfang des Schadens sehen, den das Boot aufwies, dachte er. Er musterte die Seite der Brücke, die verbogenen Platten, die Splitterlöcher. Ein Mann war von

Splittern getroffen worden und nach ihrem Tauchen gestorben. Hätten die Angriffe des Feindes noch angedauert, hätte er wahrscheinlich den Leichnam, zusammen mit mehr Öl, an die Oberfläche steigen lassen. Das hätte überzeugend eine Versenkung vorgetäuscht.

Kapitänleutnant Manfred Kleiber war den größten Teil seiner Dienstzeit bei der Marine auf U-Booten gefahren. Er war jetzt 26 Jahre alt und hatte bis zu diesem letzten Angriff noch nie die Möglichkeit in Betracht gezogen, daß er selbst umkommen könnte. So etwas stieß nur den anderen zu. Aber diesmal war alles schiefgelaufen. Noch immer überlegte er, ob er irgendwelche Fehler gemacht hatte.

Sie waren nach einer kurzen Überholungszeit aus Kiel ausgelaufen und nördlich um die Färöer, durch den »Rosengarten« und dann nach Süden bis zu einem neuen Stützpunkt an der französischen Küste in der Nähe von Lorient gegangen. Das war eine willkommene Abwechslung nach dem Aufenthalt in Norwegen, wo ein U-Boot bei seiner Rückkehr nur von kalten, feindlichen Blicken begrüßt wurde. Aber dann hatte er Befehl erhalten, den Konvoi zu suchen und zu beschatten. Um mit ihm Schritt zu halten, mußte er aufgetaucht fahren, trotz der Eisgefahr.

Er wußte von U-Booten, denen in den arktischen Gewässern die Ventile zugefroren waren, so daß sie nicht mehr tauchen konnten und an der Oberfläche bleiben mußten, bis ein feindlicher Bomber sie schließlich fand.

Er hatte auf großer Distanz gefeuert, weil ihm klar war, daß es die einzige Möglichkeit war, die Geschwindigkeit des Konvois zu reduzieren, Zeit zu gewinnen, um andere Boote heranzurufen. Jetzt wußte er, daß es ganz anders gelaufen war: daß die anderen Boote nämlich zu den schweren britischen Einheiten im Nordwesten geschickt wurden.

Er war mit seinem Boot weggetaucht, ohne zu wissen, ob der Schaden, den seine beiden Torpedos verursacht hatten, tödlich gewesen war. Ihm war lediglich klar, daß er sein Bestes getan hatte. Noch während er den oberen Lukendeckel hinter sich schloß, hatte er im Licht der Leuchtspurgeschosse den Zerstörer durch die See auf sich zurasen gesehen, als wäre es ein persönlicher Kampf bis zum Tod zwischen ihnen beiden.

Als die Tiefenruder endlich reagierten und das Wasser donnernd in die Satteltanks schoß, stand dieses Bild klar vor Kleibers Augen. Und später, nachdem er mit Erfolg alle ihm bekannten Tricks angewandt hatte, um sich und seine Besatzung am Leben zu erhalten, hatte er sich die Nummer dieses Zerstörers eingeprägt, wie sie sich im Licht der Leuchtspurgeschosse zeigte: H 38. Bei erster Gelegenheit hatte er in dem abgewetzten Buch nachgesehen und wußte jetzt, wer sein Feind war, der ihn fast zum letzten Mal in die tödlichen Tiefen hinabgeschickt hätte: HMS *Gladiator.*

Wären die Beschädigungen nicht gewesen, hätte er bestimmt einen weiteren Versuch unternommen, den Konvoi wiederzufinden und auch H 38.

Stiefelsohlen knirschten an Deck, als Seeleute Eis von den Stahltrossen klopften. Kleiber warf einen Blick über den Ankerplatz. Hier konnten sie nicht liegen bleiben, sie mußten zurück nach Kiel, für die Reparaturen. Wenn sie danach in ihrem neuen französischen Stützpunkt eintreffen würden, war es bestimmt schon Sommer. Es hieß, in Frankreich gab es frische Butter, Wein und jede Menge gutes Essen. Wahrscheinlich auch Frauen, und das würde vermutlich Unannehmlichkeiten mit der Besatzung bringen.

Er dachte an sein Zuhause in Hamburg. Alle würden ihn fragen: »Wieder zurück? Wann mußt du wieder auslaufen?« Wahrscheinlich war es so bei jeder Kriegsmarine. Doch die Zeit für die Briten wurde knapp. Sie hatten nicht genügend Geleitfahrzeuge und konnten ihren Konvois nicht die Luftsicherung bieten, die sie brauchten, während Deutschland mehr U-Boote baute, schnellere und größere als je zuvor. Die Amerikaner konnten nicht viel Hilfe leisten, sie waren zu sehr in den Pazifikkrieg mit den Japanern verwickelt und spürten, daß der Feind immer dichter an ihr Heimatland herankam, das noch niemals die Zerstörungen des Krieges erfahren hatte.

Die Russen waren auf ganzer Front zurückgeschlagen, nur die Konvois nach Murmansk mußten jetzt so rasch wie möglich unterbunden werden. Selbst die Briten, die mit dem Rükken an der Wand kämpften, mußten die Niederlage in Rußland genauso zugeben wie die ihrer Armee in der Wüste. Er riß sich aus seinen Gedanken und rief ein paar kurze Kommandos hinunter in die Zentrale. Die ersten Wurfleinen schlängelten sich durch den dünner werdenden Schneefall, und bald folgte ihnen eine Stahltrosse.

Kleiber sah die Mützen und blauen Mäntel der Offiziere, die darauf warteten, an Bord zu kommen und seinen Bericht entgegenzunehmen, damit sie im Hauptquartier mit ihren kleinen Flaggen und farbigen Zahlen auf ihren Karten weiterspielen konnten.

Die Diesel stießen eine letzte Qualmwolke aus und fielen dann in endgültiges Schweigen. Kleiber strich seine ölfleckige Mütze glatt und kletterte hinunter auf den Bootskörper.

»Besatzung – stillgestanden!«

Er grüßte seine Männer auf dem Vordeck, dann erst wandte er sich zu den Besuchern um. Sein Respekt gebührte der Besatzung. Es kam nicht auf die goldenen Ärmelstreifen und das goldene Eichenlaub auf den Mützenschirmen an.

Kapitänleutnant David Howard knipste das grelle Licht in seiner Kajüte aus und tastete sich an ein Bullauge. Es erforderte Anstrengung, die Blende aufzuschrauben und die Scheibe zu öffnen. Die Gewinde waren nach den vielen Wochen, in denen sie geschlossen waren, schwergängig geworden.

Er hielt das Gesicht in die frische Luft und atmete tief. Das alles kam ihm ebenso unwirklich vor wie seine Kajüte. Er spürte noch immer das Würgen beim schrillen Ertönen der Alarmglocken, das ihm fast den Atem nahm; oder wenn er auf seinem Brückenstuhl erwachte und der Himmel hell erleuchtet war durch ein brennendes Handelsschiff ...

Das einzige Licht hier im südöstlichen Schottland war ein goldener Streifen rings um eine einzelne Wolke, und bald würde auch dieses verschwunden sein, wenn die Nacht sich tiefer über den Firth of Clyde senkte.

Nach den bitterkalten Tagen und Nächten auf der oberen Brücke empfand er die Luft hier fast als mild. Er strengte seine Augen an, um die weitläufige Stadt jenseits des Werftgeländes zu sehen, aber sie war nicht zu erkennen. Hin und wieder tuckerte ein Boot durch die Dunkelheit, nur erkennbar an seiner aufleuchtenden Bugwelle oder an einem abgedunkelten Licht, wenn es sich einer Festmachetonne näherte. Nach so vielen Wochen harter Einsätze war die *Gladiator* endlich Mitte Juni nach England zurückgekehrt.

Vorher hatten sie noch einen weiteren Konvoi nach Murmansk geleitet und mehrere U-Boote bekämpft, um den Weg für einen zweiten, heimkehrenden Konvoi freizumachen. An diesen dachte er noch immer, da sie dabei wieder von der Luftwaffe angegriffen wurden. Es hatte ein weiteres Opfer gegeben, bevor die Schiffe zum Löschen ihrer Ladung in den Hafen einliefen. Der Frachter *Empire Viceroy*, der mit hoch aus dem Wasser ragendem Heck geschleppt wurde, war plötzlich in Sichtweite des Landes gesunken. Somit waren die Verluste dieser Fahrt auf zwölf gestiegen. Es war eine Ironie des Schicksals, daß keins der Geleitfahrzeuge auch nur einen einzigen Mann verloren hatte.

Zögernd schloß Howard wieder die Blende, schraubte sie fest und knipste alle Lichter an. Selbst dieser Raum hier kam ihm jetzt anders vor, dachte er, feucht und unbewohnt. Aber er spürte ohnehin eine Veränderung im ganzen Schiff, als herrsche Überraschung und nicht Erleichterung, daß sie jetzt hier waren.

Er starrte vor sich auf den Schreibtisch, auf den Stapel von Papieren: viele Gesuche, mit deren Durchsicht und Abzeichnung er den größten Teil des Tages zugebracht hatte. Jetzt konnte Irland, sein Schreiber, sie bündeln und dem nächsten vorbeikommenden Wachboot mitgeben: Beschädigungen, Verluste, Berichte über Maschinenteile, die ersetzt werden mußten, Nachschub an Verpflegung, Munition und Treibstoff. All dies mußte er unterschrieben einreichen, genau wie alle anderen Kommandanten.

Er warf einen Blick hinauf zu dem Schränkchen, in dem er seinen persönlichen Vorrat an Brandy verwahrte. Aber dann entschied er sich dagegen. Noch nicht.

Er trat vor den Spiegel im Schlafabteil seiner Kajüte und massierte sich das Gesicht. Heute hatte er sich zum ersten Mal seit Wochen richtig rasieren können. Nun kam er sich vor wie ein Fremder. Die Linien um seinen Mund, die tiefen Schatten unter den Augen schienen sich allmählich zu glätten. Er war jetzt 27, aber manchmal hatte er sich erheblich älter gefühlt. Dann warf er einen Blick auf die ordentlich gebaute Koje, die Vallance oder einer der Messejungen bald für ihn herunterklappen würde. Auch dies war ein seltenes Ritual, das nur während der Hafentage eingehalten wurde. Konnte er diesmal schlafen?

Schmerzlich zuckte er zusammen, als er wieder sein Gesicht berührte; seine frisch rasierte Haut war wund. Vielleicht hatten Treherne und einige andere recht, daß sie sich Bärte wachsen ließen. Darüber fiel ihm der junge Ayres ein, von dem behauptet wurde, er brauche sich überhaupt noch nicht zu rasieren.

Ein paar der vertrauten Gesichter würden fehlen, wenn die *Gladiator* zu ihrem nächsten Einsatz auslief. Neue würden erscheinen, die er kennenlernen und denen er vertrauen mußte, genau wie sie ihm.

Es klopfte, und Marrack stieg über das Süll, die Mütze unter den Arm geklemmt. Er sah frisch und glatt aus, »poliert« wäre die zutreffendste Beschreibung, dachte Howard. Er hatte alles bestens überstanden und zeigte sich wenig besorgt über die Unbeliebtheit, die ihm als ständigem Antreiber entgegengebracht wurde.

Marrack sah an ihm vorbei in die Kajüte, als suche er etwas. Dann lächelte er. »Die Bar in der Messe ist eröffnet, Sir.«

Überrascht stellte Howard fest, daß es wirklich eine Seltenheit war, alle seine Offiziere in der Messe versammelt zu sehen. Der Raum sah nett und behaglich aus, die häßlichen Schonbezüge waren von den roten Ledersesseln entfernt worden. Porträts des Königs und der Königin prangten zu beiden Seiten des Schiffswappens über dem Kamin, Pistolen hingen hinter einer verschlossenen Glastür in ihrem Schrank neben einem leeren Briefregal; hinter dem Vorhang, der Wohn- und Eßraum teilte, war der Tisch sauber und ordentlich gedeckt. Nichts war mehr zu sehen von zerbeulten Bechern und schmutzigen Tellern, die ihn in der Arktis bedeckt hatten. Die Offiziere standen bei Howards Eintreten auf, und er nickte ihnen zu. Auch hier zeigte sich die Veränderung: Goldknöpfe und schwarze Krawatten statt der schmutzigen Sweater und schlampigen Seestiefel: ein Schiff im Ruhezustand.

Vallance, der Messesteward, reichte Howard ein Glas auf einem Tablett. Es war fast bis zum Rand gefüllt, wie er vermutete, mit Horses' Neck, einer Mischung aus Brandy und Ginger Ale. Treherne sagte, während er sein eigenes Glas hob: »Der erste – erinnern Sie sich, Sir?«

Howard trank langsam, obwohl er sich nicht mehr erinnerte, worauf Treherne anspielte. »Stehen Sie bequem, meine Herren!« Er setzte sich vor den Kamin, während Vallance und ein Gehilfe die Gläser nachfüllten und auf der kleinen Durchreiche zur Pantry die Portionen notierten, um sicherzustellen, daß keiner der Offiziere sein Messekonto vergaß.

Schließlich begann Howard: »Ich kann Ihnen jetzt mitteilen, was auf uns zukommt – soweit ich es selbst weiß.«

Alle grinsten bis auf den alten Arthur Pym, den Torpedooffizier. Im grellen Licht glänzte sein kahler Schädel wie eine Markierungsboje, und sein schmallippiger Mund drückte wie üblich säuerliche Mißbilligung aus. Er sah wirklich uralt aus und hätte gut Ayres' Großvater sein können.

Howard fuhr fort: »Die Asdik- und Radarexperten kommen an Bord, sobald wir morgen vormittag an die Pier gegangen sind, und dann beginnt auch die Kesselreinigung.« Er warf dem Chief einen Blick zu, der ohne weißen Overall und ölverschmierte Mütze kaum zu erkennen war. »Also halten Sie alles bereit.«

Es war wirklich ein Wunder, wie Evan Price und seine Crew es geschafft hatten, daß die Schrauben sich in jedem Seegang und bei jeder Beanspruchung gedreht hatten. Am Morgen, nachdem sie an der Boje festgemacht hatten, war Price auf die Brücke gekommen und hatte hinübergestarrt zum Land, hatte es förmlich in sich eingesogen.

Als Howard ihm für seine Bemühungen danken wollte, hatte Price lediglich die Schultern gehoben und schief gegrinst. »Ich muß verrückt sein, Sir. Mein Alter war ein Bergmann, und ich wollte mich eigentlich verbessern, nicht noch tiefer herabsinken. Das hat er mir auch gesagt.«

Zusammen hatten sie dann den Möwen zugeschaut, die über den Masten kreisten, und den Augenblick der gemeinsamen Freiheit genossen. Dann fuhr Price fort: »Und sehen Sie mich jetzt an: Ich verbringe mehr Zeit unten in der Dunkelheit, als mein Vater es jemals tat.«

Howard sah, daß Vallance ihm das leere Glas abnahm, um es wieder zu füllen. Er hatte kaum gemerkt, daß er es leergetrunken hatte. In der Messe während der Hafenzeit war das immer so.

»Wir haben eine Liste für die Werftleute aufgestellt, mit der sie sich . . .« Er spürte, wie sie erwartungsvoll erstarrten, und fuhr rasch fort: »Drei Wochen Werft. Somit wird es Urlaub für die Backbordwache und für den ersten Teil der Steuerbordwache geben. Number One und der Cox'n stellen bereits die Urlaubslisten zusammen.« Dann begegnete er ihren Blicken. »Wir haben die üblichen Mitteilungen von der Wohlfahrt erhalten: zwei Wohnungen ausgebombt; dabei hat einer, der Heizer Marshall, seine gesamte Familie verloren. Diese Urlauber haben natürlich Vorrang.«

Er warf einen Blick auf das Schiffswappen, um sein Gesicht von ihren forschenden Blicken abzuwenden. Es war fürchterlich. Marshall war einer von den Männern des Chiefs, ein Heizer, der etwas über ein Jahr an Bord gewesen war. Und jetzt das, nachdem er durch die Hölle gegangen war, immer in Erwartung des Todes, der jederzeit in den Maschinenraum einbrechen konnte. Nun kehrte er zurück, um zu erfahren, daß seine gesamte Familie ausgelöscht war.

Und wofür? Er dachte an den vor Wut kochenden kanadischen Chef der Geleitfahrzeuge, der in Murmansk an Bord gekommen war. Der Kommodore war seinen Wunden erlegen, kurz nachdem er sein letztes Signal abgegeben hatte, und der Kommandant der *Beothuck* hatte das Kommando über den Geleitzug übernommen. Er war an Land gegangen, um mit den Russen über Liegeplätze und Dieselergänzung für die Geleitfahrzeuge zu sprechen, aber diese hatten sich kaum interessiert gezeigt. Als er ihre Verluste an Menschen und Schiffen erwähnte, hatte einer der russischen Offiziere nur trocken bemerkt: »Dann sollten Sie eben mehr Schiffe schicken!«

Die Russen hatten sich wiederum geweigert, sie in den Stützpunkt Polynaroje hineinzulassen, aber damit hatte Howard bereits gerechnet. Schlimmer war, daß sie das Ausschiffen einiger Schwerverwundeter nicht gestatteten.

Und so ging es immer weiter. Als nächstes lief ein Konvoi ein, dessen Geschwindigkeit durch einen Orkan auf dreieinhalb Knoten reduziert worden war und dessen Geleitfahrzeuge zur Brennstoffergänzung die Färöer hatte anlaufen müssen. Er war von Flugzeugen und Zerstörern aus Norwegen angegriffen worden, die ein Drittel des Konvois versenkt hatten.

Dann sollten Sie eben mehr Schiffe schicken.

Er zwang sich, nicht mehr an das Heulen der Bomben und an die zum Tode verurteilten Frachter zu denken, die brennend aus der Kolonne ausgeschoren waren.

»Was jetzt kommt, ist streng vertraulich. Wenn die Werftarbeiten beendet, Ausrüstung übernommen und die Ergänzung der Besatzung vollendet ist, werden wir für noch unbestimmte Dauer einer neugebildeten Geleitgruppe zugeteilt.«

Finlay fragte: »Gehen wir wieder zurück in den Atlantik, Sir?« Seine Worte klangen so beiläufig, als frage er nach dem Ergebnis eines Fußballspiels.

Howard lächelte. Finlay hatte vielleicht mehr Glück gehabt als jeder andere bei ihrer Fahrt durch das nördliche Eismeer. Zum ersten Mal hatte seine Abteilung die Möglichkeit zum Feuern gehabt und tatsächlich ein U-Boot getroffen, und auch sein Abwehrfeuer gegen die Flugzeuge war fehlerlos gewesen. Aber jetzt verlor er seinen Artilleriemaat, der auf eine Landstelle kommandiert worden war, und außerdem einen seiner Mechaniker.

Howard erwiderte: »Das nehme ich an.« Diese Neuigkeit würde sich in den nächsten Minuten über das ganze Schiff verbreiten. Ein kurzer Urlaub – und dann wieder zurück in den verdammten Atlantik. Er schüttelte den Kopf, als Vallance sein Glas nachfüllen wollte, und sagte ruhig: »Ich brauche es Ihnen nicht einzuhämmern.« Sein Blick blieb auf dem rosigen Gesicht des Midshipman ruhen. »Und das gilt für jeden von Ihnen. Wenn irgend jemand Sie fragt, was Sie tun, sagen Sie einfach folgendes: ›Wir tun das Unmögliche, weil jeder von uns inzwischen ein Veteran geworden ist, allein schon dadurch, daß wir dabei waren‹!«

Marrack erwiderte: »Danke, Sir. Ich danke Ihnen für alle Messemitglieder. Wir alle erkennen dankbar an, was Sie für uns getan haben, Sir.« Beifälliges Murmeln war zu hören, diesmal sogar vom alten Pym. »Wir haben eine Anzahl guter Schiffe verloren, aber wir haben auch eine ganze Menge vor dem Untergang bewahrt. Wir sind stolz, dazu beigetragen zu haben.«

Niemand lächelte über Marracks pompöse Rede, und für ihn war es geradezu ein Gefühlsausbruch, dachte Howard. Der hochgewachsene Oberleutnant meinte bestimmt jedes Wort seiner Ansprache ernst.

Howard verabschiedete sich und drängte sich zur Tür durch,

wo Oberbootsmannsmaat White darauf wartete, seine Ronden zu gehen. Draußen zögerte er einen Augenblick, dann ging er an seiner Kajüte vorbei und lief die Leiter zum Pult des Quartermeisters hinauf, an dem der Obergefreite Bishop lehnte.

Howard spürte dessen Blick in seinem Rücken, als er hinaustrat an Deck. Die Brise des Firth of Clyde begrüßte ihn wie einen alten Freund. Hatte er sich eingebildet, daß es hoffnungslos war, nur vergeudete Zeit, während man auf das Unvermeidliche wartete? Der Gedanke berührte ihn geradezu körperlich. All die Paraden und die Ausbildung im Frieden, die Regatten und die Mädchen in ihren Abendkleidern bei Bordfesten im Mittelmeer . . . Seitdem hatte er alles von neuem lernen müssen, genauso wie Marrack und Bizley. Was man ihnen in jenen weit zurückliegenden Tagen beigebracht hatte, erwies sich später als völlig nutzlos. Hatte deshalb Mr. Mills die Kontrolle über seine Gefühle verloren, an jenem vergangenen Waffenstillstandstag?

Der Schock über seine Gedanken ernüchterte ihn. Hatte man wirklich nicht begriffen, daß die Männer auf der *Gladiator* und all die Unbekannten, die Angst und Tod entgegensahen, sooft sie ausliefen, zu kostbar waren, um ohne jeden Grund vergeudet zu werden? Er packte die Reling mit aller Kraft und starrte hinüber zu der unsichtbaren Stadt. »Nun, ich will jedenfalls das Meine dazu beitragen, diese Vergeudung von Menschenleben zu verhindern!« sagte er laut.

Vallance, der ihm leise gefolgt war, hielt inne und nickte vor sich hin. Der Alte ließ Dampf ab, Gott sei Dank. Er hatte mehreren Kommandanten gedient, aber bei diesem hier wollte er bis zum Kriegsende bleiben.

Als Vallance wieder in die Messe zurückkam, merkte er, daß Leutnant Bizley in seinem Sessel sich Gin über die Hose gekippt hatte. Die anderen saßen bereits um den Eßtisch in Erwartung des festlichen Dinners.

»Wachen Sie auf, Sir!« Vallance trat zurück, als Bizley ihn aus rotgeränderten Augen anstarrte, während er sich darauf zu besinnen suchte, wo er war.

»Was?« Er hatte von seiner baldigen Ordensverleihung geträumt und überlegt, was seine Eltern und Freunde wohl dazu sagen würden. Mühsam stand er auf, nachdem er Vallance den ihm vorgehaltenen Getränkebon abgezeichnet hatte.

Am Eßtisch sagte Pym gerade: »Natürlich hatten wir damals keine so starken Scheinwerfer, das ist doch klar.«

Finlay starrte zweifelnd in seine Suppe. »Ich nehme an, Sie hatten Petroleumlampen, ja?«

Treherne griff nach dem Brot, das am Nachmittag frisch an Bord gekommen war. Er nahm sich gleich zwei Scheiben, hielt sie an die Nase und seufzte. Wirklich frisches Brot!

Er sah, wie Pym seinen wäßrigen Blick böse auf den Artillerieoffizier richtete, und sagte schnell: »Los, Pym, erzählen Sie uns von der Skagerrakschlacht, als Sie mit Jellicoe zusammen auf der *Iron Duke* waren.«

Pym sah ihn argwöhnisch an, dann blinzelte er hinauf zu den Decksbalken. »Ach, ich glaube, das habe ich schon erzählt. Lord Jellicoe stand direkt neben mir, als die Deutschen Feuer eröffneten . . .«

Vallance beobachtete ihn zufrieden, während sich sein Gehilfe am Tisch zu schaffen machte. Alles war wieder normal, eine große, glückliche Familie.

Der Marine-Lkw hielt mit einem Ruck, nachdem er einem fahrbaren Kran und einem Trupp marschierender Seeleute ausgewichen war. Der Fahrer rief: »Hier liegt sie, mein Junge, die *Gladiator.*«

Nach kurzem Zögern kletterte der Fahrer, ein zäh aussehender Obergefreiter vom Transportkommando, von seinem Sitz und half seinem letzten Passagier mit dessen Gepäck. Hinterher fragte er sich, warum er das getan hatte; er konnte sich nicht erinnern, jemals irgendeinem Passagier geholfen zu haben.

Der junge Seemann schleppte seinen Seesack und seine Hängematte an den Rand der Anlegebrücke und musterte den dort vertäuten Zerstörer vom Bug bis zum Heck. Es war ein starkes Schiff mit schönen, schnittigen Formen und sah genauso aus wie diejenigen in den Illustrierten. Es schien übersät mit Gerät, Stahltrossen und Schläuche schlängelten sich in alle Richtungen, und Gestalten im Overall hantierten an Deck herum und trugen mit ihren Werkzeugen und Farbtöpfen zu der allgemeinen Unordnung bei.

Der Fahrer stand mit verschränkten Armen neben ihm. »Er war mit einem Konvoi zum Iwan unterwegs und ist eben erst zurückgekommen. Er war mitten im dicksten Schlamassel.«

Er sah den Jungen an und wunderte sich. Zierlich gebaut, große Augen und eine Haut wie ein junges Mädchen. Mein Gott, dachte er, der sieht aus wie dreizehn. In Wirklichkeit war Matrose Andrew Milvain gerade achtzehn Jahre alt. Er trug seine beste Uniform, der Kragen hatte noch die neue dunkle Farbe, anders als bei älteren Seeleuten, die den Stoff so lange schrubbten, bis er ausgebleicht war. Alles an dem Jungen war neu, wie gerade vom Fließband gekommen.

Milvain glaubte zu wissen, was der Fahrer dachte, aber daran war er gewohnt. Ein Seemann mit umgeschnalltem Koppel und schwerer Pistole an der Hüfte trat an die Reling und rief: »Einer für uns, Hookey?«

Der Fahrer nickte und sagte zu Milvain: »Also lauf hinüber in dein neues Heim!«

Der junge Mann nahm seinen Seesack auf, während der Posten Fallreep herunterkam und seine Hängematte ergriff. Der Fahrer stieg wieder auf seinen Wagen und drehte sich noch einmal um. Irgend etwas war an dem neuen Seemann besonders. Trotz seiner Jugend wirkte er ernst und gesetzt.

Der Fallreepsposten wartete auf die Rückkehr des Quartermeisters und sagte dann: »Neuer Mann an Bord, Bob.«

Beide musterten Milvain von oben bis unten, und der Quartermeister fragte: »Wo kommst du her?«

»Von der Marinekaserne in Chatham.« Er hatte eine leise Stimme, die in dem Lärm der Hämmer und dem Quietschen der Taljen kaum zu hören war.

Der Quartermeister nahm ihm seinen Marschbefehl ab und studierte ihn sorgfältig. »Und wo warst du vorher?«

»Auf HMS *Ganges*, dem Ausbildungsschiff, in . . .«

Die beiden Seeleute grinsten. »Oh, wir wissen, wo das ist. Wo sie aus Muttersöhnchen in drei Monaten alte Seebären machen, nicht wahr?«

Der Quartermeister blickte nach vorn. »Ich sage dem Cox'n Bescheid. Du bleibst solange beim Gepäck, bis ich zurück bin.«

Der Posten zog eine Grimasse. »Die Unteroffiziere geben dem Artilleriemaat eine Abschiedsfeier. Dabei fließt genug Schnaps, daß die *Gladiator* darin schwimmen könnte!«

Der andere Mann nickte. »Da kannst du Gift drauf nehmen!«

Der Posten sah einer Wren* nach, die auf ihrem Fahrrad über die Pier fuhr, wobei ihr Rock bis fast zur Hüfte hinaufwehte. Er rief den beiden nach: »Laßt euch nicht von Mr. Rotznase Bizley erwischen!« Dann beobachtete er wieder die Wren. Lieber wäre ich mit der zusammen als auf der Mittelwache, dachte er.

Laird, der Quartermeister vom Dienst, führte den Jungen um viele Hindernisse herum nach vorn. »Die Hälfte der Besatzung ist bereits auf Urlaub. Ich fürchte, du bist zu einer schlechten Zeit angekommen.«

Milvain fragte höflich: »Dieser Offizier – Bizley, was ist mit ihm?«

Laird hörte das Gelächter und das Klirren der Gläser aus der Unteroffiziersmesse und leckte sich lüstern die Lippen. Schließlich entsann er sich Milvains Frage. »Oh, mach' dir seinetwegen keine Gedanken. Er ist verhältnismäßig neu an Bord, ein richtiger Scheißkerl. Aber wir werden mit ihm fertig.« Verwundert stellte er fest, daß der Junge rot wurde. »Warum fragst du?«

»Mein Bruder hatte einen Offizier dieses Namens auf seinem Motorkanonenboot.«

In Lairds Gedächtnis leuchtete so etwas wie eine Warnlampe

* Women's Royal Naval Service – weiblicher Hilfsdienst

auf. »Dein Bruder war der Skipper?« Er bemerkte, wie der junge Mann plötzlich das Kinn hob und wie seine Augen aufleuchteten. *War,* dachte er. Jetzt ist er tot. Beiläufig fragte er: »Und wie heißt du?«

Milvain dachte an seine Mutter, wie sie neben ihm schluchzend auf dem Bahnhof gewartet hatte, während die anderen Seeleute sie neugierig anstarrten. Er erwiderte: »Meistens nennen sie mich Andy.«

»Nun, Andy, tut mir leid, daß ich 'ne alte Wunde aufgerissen habe. Aber so was kommt vor.«

Des Coxswains massige Gestalt erschien schwitzend im Gang. Strahlend fragte er: »Und wen haben wir hier?«

Der Quartermeister reichte ihm Milvains Marschbefehl und dachte dabei, der stinkt ja wie ein Rumfaß. Die ganze Messe roch so. Abrupt sagte er: »Sein Bruder war Mr. Bizleys Skipper.«

Interessiert musterte der Coxswain den Neuankömmling, als Lairds Bemerkung langsam durch den Nebel in sein Gehirn drang. »Von der *Ganges* kommst du also, Junge?«

»Ja, Sir.«

»Nicht *Sir*, mein Sohn, Cox'n genügt völlig.«

Allmählich kam ihm die Erinnerung zurück: Bizleys tapferes Verhalten, als das Motorboot gesunken war, seine Anstrengungen, die Überlebenden zu retten. Möglicherweise war sogar ein Orden in Aussicht.

»Dein erstes Schiff, Junge?« Er stellte sich die verschiedenen Messen vor, die Gefreiten und Obergefreiten, die dort unten herrschten wie die Barone. »Ich werde dich in Messe neun stekken. Bruce Fernie ist dort der Boß.« Dann sah er sich den Jungen noch einmal genauer an. Wahrscheinlich gutes Offiziersmaterial, dachte er. Nur Augen und Unschuld. Ich möchte wetten, daß er auf der verdammten *Ganges* seine Jungfräulichkeit verteidigen mußte. Schließlich rülpste er. »Ich stelle dir gleich eine Karte aus, warte hier, mein Sohn.« Dem Quartermeister rief er zu: »Du kannst auch ein Glas haben, wenn du willst!«

Milvain stand an der offenen Tür der Messe und sah die Unteroffiziere darin feiern, als gäbe es keinen Krieg auf der Welt. Dann blickte er sich um und bemerkte die Narben unter der neuen Farbe. Ein Murmansk-Konvoi! Ihn schauderte, und er dachte plötzlich an seinen toten Bruder. Der wäre jetzt vielleicht stolz auf ihn gewesen.

Ein jugendlich aussehender Mann in Regenmantel und ohne Mütze kam die Leiter herauf und blieb kurz stehen, um den Jungen anzusehen, der rasch seinen Seesack aus dem Weg zog. »Soeben eingeschifft?«

Milvain nickte und dachte daran, was der stämmige Coxswain ihm gesagt hatte. »Ja, von Chatham.«

»Willkommen an Bord.«

Der Coxswain erschien mit der Karte des Neuankömmlings und erstarrte, als er bemerkte, mit wem der Junge da sprach. Ein wenig gehemmt sagte er: »Hier ist deine Karte.«

In der Messe herrschte Schweigen, als der Mann im Regenmantel hineinging. Milvain hörte ihn sagen: »Also dann . . . Ich will versuchen, noch den Zug nach Süden zu bekommen.«

Milvain fragte leise: »Und was macht der hier an Bord, Cox'n?«

Sweeney atmete laut aus. »Das war der Kommandant, mein Sohn. Mein Gott, was für ein Irrenhaus ist das hier an Bord!«

Er sah Milvain nach, der die Leiter hinunterkletterte und sich unten neugierig umsah, offensichtlich bemüht, sich in seiner neuen Welt zurechtzufinden. Ein Grinsen breitete sich langsam auf dem zerschlagenen Gesicht des Coxswain aus. Wenn ich das den anderen erzähle, die werden Augen machen, dachte er.

Als er zurückkam in die Messe, sah er den Alten mit dem abkommandierten Artilleriemaat sprechen. Sollte er ihm von Bizley und Milvains Bruder erzählen? Er entschied sich dagegen. Abwarten war sicherlich besser.

Howard blickte zu ihm herüber. »Die Neuen werden wohl immer jünger, Swain.«

Aus dem Augenwinkel sah Sweeney, wie der wachhabende

Quartermeister aus der anderen Tür schlüpfte, damit ihn der Alte hier unten nicht sah. Er nickte dem Kommandanten zu. »Sie fahren also nach Hause, Sir?«

Howard fragte sich, wie Sweeney wohl zurechtkommen würde. Wie ihn gab es Hunderte, zum Beispiel auch den Heizer Marshall. Nichts übriggeblieben, nichts, worauf man sich freuen konnte. Er warf einen Blick auf die Messeuhr. »Ich muß los!« Er dachte an Hampshire, an den Garten seines Vaters. Es würde guttun, ihn wiederzusehen. Aber das Schiff schien ihn noch festzuhalten.

Schließlich riß er sich zusammen und sagte: »Ich habe meine Telefonnummer hinterlegt, für den Fall...« Aber er sprach es nicht aus, sondern verließ die Messe und ging nach achtern, um seine Mütze zu holen. Es wurde jetzt wirklich Zeit.

Der Quartermeister war gerade dabei, dem Fallreepsposten von der Abschiedsparty zu erzählen, als Leutnant Bizley nach achtern kam, die Mütze in dem flotten Winkel auf dem Kopf, den er anscheinend bevorzugte.

»Jemand ist gerade an Bord gekommen.« Das war keine Frage, sondern eine Feststellung. »Das hätte mir gemeldet werden müssen. Ich bin Offizier vom Dienst, falls Sie das vergessen haben!« Er deutete auf den Posten und schnauzte: »Schnallen Sie Ihren Pistolengurt fester, Mann! Ich will nicht, daß dieses Schiff Ihretwegen schlampig aussieht.«

Der Quartermeister griff hastig ein. »Es war ein an Bord kommandierter Ersatzmann, Sir. Sein Name ist Milvain.« Vorsichtig beobachtete er den Leutnant, wie eine Katze einen näherkommenden gefährlichen Hund beobachtet. Aber Bizleys Reaktion hatte er nicht vorausgesehen.

»*Wie* war der Name?« Bizley fühlte, daß sich in seinem Kopf alles drehte. Das konnte doch nicht sein! Selbst in der Marine wäre das ein zu unwahrscheinlicher Zufall gewesen.

Der Quartermeister, jetzt seiner Sache sicher, fuhr fort: »Milvain, Sir. Ihr letzter Kommandant war sein Bruder.«

Beide starrten sie verblüfft hinter Bizley her, der wortlos von dannen eilte. Er schien beinahe zu rennen.

»Mein Gott, was haben wir denn da entdeckt?«

Sie grinsten wie Verschwörer, und der Fallreepsposten gab seinen vergeblichen Versuch auf, den angeblich zu losen Pistolengurt enger zu schnallen.

Der Buffer erschien bei den achteren Torpedorohren und schlenderte herbei, das Gesicht gerötet von der Abschiedsfeier in der Messe. »Wo ist der Wachhabende?«

Der Quartermeister erwiderte unschuldig: »Weiß ich nicht, Buffer.«

»Verdammt, der Skipper geht jeden Augenblick von Bord!«

Jetzt erschien Bizley wieder, aber Knocker White, der Buffer, war selbst so voll Rum, daß er dessen Ginfahne nicht spürte. Howard kam an Deck, noch immer in seinem zivilen Regenmantel; einen Augenblick blieb er stehen, musterte das unordentliche Deck und fragte sich, was Marrack wohl morgen dazu sagen würde.

Er trug nur eine kleine Reisetasche, denn zu Hause würde er sich sofort umkleiden und seine ältesten Sachen anziehen. Das Schwerste in seiner Tasche waren die Dosen unverzollter Zigaretten für den Governor. Der kam nämlich mit seiner einen Hand nur schwierig mit einer Pfeife zurecht.

Die drei Gestalten an der Stelling nahmen Haltung an, als der Quartermeister mit der Zunge die silberne Pfeife anfeuchtete, um Seite zu pfeifen. In diesem Augenblick fuhr ein Taxi vor.

Howard rief über die Schulter: »Paßt gut auf das Schiff auf!« Dann tippte er grüßend an den Mützenschirm und eilte hinunter auf die Pier, während das Zwitschern der Pfeife noch in der nebligen Luft hing.

Ein letztes Mal blickte er hinauf zu der hohen offenen Brücke, wo er so viele Stunden und Tage zugebracht hatte. Jetzt lag das alles hinter ihm. Aber vergessen würde er es nie.

7 *Ich sah ihn abstürzen*

Der Sitz auf dem kleinen Transporter war hart wie Eisen, aber Howard merkte es kaum, während er auf die vorüberziehende grüne Landschaft blickte. Neben ihm saß der Fahrer, ein junger Unteroffizier, seinem Dialekt nach aus Yorkshire, der sich eifrig bemühte, soviel Geschwindigkeit aus dem alten Vehikel herauszuholen, wie er konnte.

Howard hatte gar nicht bemerkt, wie müde er war nach der langen Reise von Schottland bis hierher. Nach dem Umsteigen auf dem Londoner Waterloo-Bahnhof war er in tiefen Schlaf gefallen und erst aufgewacht, als der Schaffner ihm mitteilte, daß der Zug die Endstation erreicht hatte. Es war Portsmouth-Hafen, schon seit seiner frühesten Kindheit sein Heimatbahnhof. Alles war noch unverändert, auch der alte hölzerne Bahnsteig, durch den man bei Hochwasser die Flut unter seinen Füßen sehen konnte, und daneben die eindrucksvolle Takelage von Nelsons altem Flaggschiff, der *Victory*. Howard erinnerte sich daran, wie er Anfang 1941 über die Werft gegangen war, unmittelbar nach einem verheerenden Luftangriff auf Stadt und Reede. Er hatte die ganze Nacht gedauert, und als der verqualmte Morgen heraufdämmerte, hatte man die furchtbaren Verheerungen gesehen. Ein Wunder, daß noch etwas heilgeblieben war und jemand überlebt hatte. Über dreitausend Menschen waren in jener Nacht obdachlos geworden, und berühmte Gebäude wie die Guild Hall und das George Inn waren nur noch Ruinen. Hunderte waren umgekommen oder schwer verletzt worden, aber was sich Howards Gedächtnis am stärksten eingeprägt hatte, war der Anblick der stolzen schwarzen *Victory*, die von all der Zerstörung ringsum völlig unberührt geblieben war.

Dann hatte er enttäuscht an der verödeten Haltestelle der Taxis gestanden, bis der Unteroffizier anbot, ihn mitzunehmen. Es war über ein Jahr her, seit Howard zum letzten Mal daheim auf Urlaub gewesen war, und er versuchte noch immer, die Veränderungen zu verarbeiten, die der Krieg angerichtet hatte. Die Hotels, einst bei den Feriengästen von Southsea und der Isle of White so beliebt, waren jetzt Wohnheime für die Soldaten oder Lagerschuppen für Militärgüter. Überall gab es Kontrollpunkte, Stacheldrahtverhaue und Stapel von Sandsäcken. Schlimmer noch waren aber die kleinen Zeitungsbuden und Touristenbüros mit ihren verwaschenen Plakaten und holzverschalten Fenstern. Er hatte angenommen, sie seien vorübergehend geschlossen, bis er sie aus der Nähe gesehen hatte.

Die Buden waren nur Tarnung. Hinter ihrer Holzverkleidung standen solide Betonbunker, von denen aus Maschinengewehre die gesamte Straße bestreichen konnten. Selbst auf dem Lande gab es solche Buden, die entweder mit Tarnfarbe bestrichen waren oder landwirtschaftliche Schuppen vortäuschten. Dazu die starken Pfähle, die überall auf den Feldern eingerammt waren, um das Landen von Flugzeugen oder Gleitern zu verhindern – alles erinnerte an die ständige Bedrohung durch eine Invasion. Schließlich lagen die nächsten feindlichen Flugplätze weniger als neunzig Meilen entfernt.

Howard dachte an die grimmigen Schlagzeilen in den Zeitungen, die von sogenannten strategischen Rückzügen in Nordafrika sprachen. Konnte der Feind wirklich jemals auf die Insel kommen? Er warf einen Blick auf seinen Fahrer in zerknittertem Kampfanzug, bemerkte den jugendlichen Eifer auf dessen Gesicht, als er mit Vollgas um eine enge Kurve raste und dann hart auf die Bremse trat, um nicht in einen Trupp marschierender Soldaten hineinzufahren. Er war ein angenehmer, bescheidener Junge von der Art, wie man sie häufig in der Wochenschau sah, wo sie sich dann optimistisch äußerten, bevor wieder irgendein Unheil geschah. Was würden er und seine Freunde wohl der deutschen Wehrmacht und ihren kampfgehärteten Panzern entgegensetzen?

»Woher kommen Sie?«

Der Junge warf ihm einen kurzen Blick zu. »Aus Bradford,

Sir. Hört man es mir nicht an?« Mit einem fröhlichen Grinsen fuhr er fort: »Die Riviera des Nordens!«

»Und wie lange sind Sie schon dabei?«

Das Grinsen blieb auf seinem Gesicht. »Tja, Sir, das darf ich Ihnen nicht sagen. Sie wissen doch, sorgloses Geschwätz nützt dem Feind!«

Howard lächelte und dachte an das Telefongespräch, das er mit dem Schiff geführt hatte. Marrack, selbstsicher wie immer, schien seine uneingeschränkte Macht zu genießen. »Nichts Besorgniserregendes, Sir, lediglich Chaos, das ist alles. Wenn man nicht alles niet- und nagelfest wegschließt, verschwindet es. Dem armen alten Pym haben sie sogar sein Gebiß gestohlen.«

Howard beugte sich vor. »Hier ist es, dort vorne links.« Sein Mund war trocken geworden, als fürchte er sich vor dem, was er vorfinden würde.

Der Fahrer musterte zweifelnd den schmalen Weg, der von der Hauptstraße abging. »Oh, das wird knapp, Sir.«

»Es genügt, wenn Sie hier halten.« Er sah zwei Gestalten in Kampfanzügen vorbeigehen, die beide ein farbiges rundes Abzeichen auf ihrer Kampfbluse trugen. »Was sind denn das für Leute, um Himmels willen?«

Der Fahrer musterte ihn neugierig. »Italiener, Sir. Kriegsgefangene aus Afrika, übriggeblieben aus der Zeit, als wir noch im Vormarsch waren.« Für ihn war es selbstverständlich, Howard war hier der Fremde. »Die Vertrauenswürdigen arbeiten auf dem Land, Sir, denn wir haben ja nicht genug Landarbeiter. Natürlich sind sie hinter unseren Mädchen her. Ein Kumpel fand einen bei seiner Frau im Bett, als er unerwartet zu Hause auftauchte.«

Howard bemühte sich, die geschilderte Situation zu begreifen. »Und was geschah?«

Wieder das breite Grinsen. »Der Italiener liegt im Hospital, und mein Kumpel sitzt im Knast. Aber das war die Sache wert.«

Howard griff nach seiner Tasche und hörte darin die Zigarettendosen klappern. Er zog eine heraus und gab sie dem Soldaten. »Zollfrei. Besten Dank fürs Mitnehmen.« Dann stieg er aus und ging auf dem schmalen Weg weiter. Ihm war klar, daß der Soldat hinter ihm herstarrte. Es schien eine Ewigkeit zu dauern, bis der Motor wieder ansprang und der Wagen davonfuhr.

Abrupt blieb er stehen und betrachtete das Haus. Es war genauso, wie er es in Erinnerung hatte. Aus dem siebzehnten Jahrhundert – nun ja, zumindest teilweise –, aber alles zusammen sehr alt. Als Kind hatte er sich im Bett immer gefürchtet, wenn der Wind ums Dach heulte, hatte sich die Preßgangs vorgestellt, die durch die Nacht marschierten, oder irgendeinen Verbrecher am Galgen, von dem der Hügel seinen Namen hatte.

Die beiden Kriegsgefangenen standen im Garten und besprachen etwas mit seinem Vater. Natürlich, der Governor sprach ja fließend italienisch. Howard sah ein anderes Bild vor sich: seinen Bruder und sich selbst in den Ferien in Venedig, neben seinem Vater in weißem Anzug mit Panamahut. Die Venezianer hatten den Engländer mit dem einen Auge und dem einen Arm bewundert. *Capitano* hatten sie ihn genannt. Howard spürte, daß wieder Verbitterung in ihm aufstieg. Die Italiener waren damals ihre Bundesgenossen gewesen, in dem Krieg, der seinem Vater das angetan hatte.

In diesem Moment blickte der Governor auf, sein Auge blinzelte in dem grellen Sonnenlicht. Dann eilte er mit ausgestrecktem Arm auf Howard zu. »Willkommen, David! Wie schön, dich zu sehen!« Er drückte ihn fest an sich.

Howard sah an ihm vorbei auf die beiden Italiener. »Was machen die hier?«

»Sie helfen mir natürlich.« Seine Stimme klang genauso überrascht wie die des Fahrers. »Aber kümmere dich nicht darum, mein Junge, komm herein und erzähl mir von deinem Schiff.« Strahlend musterte er ihn und schien nichts zu bemerken. Nicht die scharfen Linien um seinen Mund, nicht die Anspannung in seinem Gesicht oder die für immer daraus verschwundene Jugend.

Dann erst schien er das Fahrrad zu sehen, das vor der Eingangstür stand. »Beinahe hätte ich's vergessen – etwas Ungewöhnliches ist heute passiert. Komm herein und laß dich vorstellen.«

Im Haus war es frisch und kühl nach der staubigen Fahrt auf dem Lkw. Die Möbel waren etwas stärker abgenutzt, die Bilder an der Wand hingen nicht ganz gerade. Aber der Wohnraum mit seinen eichenen Deckenbalken und den frischen Blumen über dem Kamin, vor dem sie als Kinder so oft gesessen und geträumt hatten, war einladend und gemütlich wie immer.

Überrascht stellte Howard fest, daß eine junge Frau neben dem Fenster stand, das Gesicht im Schatten verborgen. Dann drehte sie sich um, kam ihm entgegen und gab ihm die Hand. »Tut mir leid, daß ich störe, Commander Howard. Ich wußte nicht, daß heute Ihr erster Urlaubstag ist.«

Er gab ihre Hand frei und beobachtete sie, als sie sich jetzt an seinen Vater wandte. Sie war jünger, als er zunächst geglaubt hatte, etwa Anfang Zwanzig, mit kurzem braunen Haar und Augen, die sich möglicherweise als grün erweisen würden, wenn er sie deutlicher sehen konnte. Sie trug ein altes, abgewetztes Tweedjacket und eine Kordhose. Ein grünes Kopftuch lag auf dem Sofa. Er bemerkte die RAF-Brosche, geformt wie die Abzeichen der Piloten, auf ihrem Revers, und er sah auch, daß sie einen Ehering trug.

Der Governor murmelte: »Ich will mal Tee aufbrühen, wenn nicht –«, er blinzelte Howard mit seinem einen Auge zu, »etwas Stärkeres angebracht ist?«

Howard zögerte. »Für mich gern etwas Stärkeres.« Er sah die junge Frau an. »Wie ist es mit Ihnen?«

Sie lächelte kurz. »Ich sollte eigentlich nicht bleiben. Aber ja, ich würde gern etwas trinken.« Sie sah seinen Vater an. »Vielleicht einen Sherry?«

Was wollte sie hier? Woher wußte sie überhaupt, daß er Urlaub hatte? Er dachte an den Ausspruch des Unteroffiziers über sorgloses Reden. Irgend jemand schien das hier ganz erheblich zu tun.

Er wartete, bis sie sich auf das Sofa gesetzt hatte, dann zog er Pfeife und Tabaksbeutel aus der Tasche. Sie blickte zu ihm auf, und er bemerkte die Ermüdung in ihren Augen. So sah jemand aus, der unter Druck stand. Sie war sehr zurückhaltend, wollte offensichtlich nur ihre Aufgabe erledigen und dann wieder gehen.

Sie nahm seinem Vater das Glas Sherry ab, wobei ihre Hand leicht zitterte. Das strafte ihre scheinbare Gefaßtheit Lügen.

Sein Vater sah ihn an. »Ich muß den Italienern sagen, wo sie umgraben sollen.« Damit verschwand er, und sie hörten das aufgeregte Italienisch aus dem Garten.

»Ein prächtiger Mann!« Sie nahm ein Schlückchen Sherry und fuhr fort: »Ich glaube, mein Brief ist nicht angekommen, oder Sie wollten mich nicht sehen.«

Er runzelte die Stirn. »Was für ein Brief?«

Sie holte tief Atem. »Ich bin Celia Kirke und wohne drüben in Chichester.«

»Und Sie sind den ganzen Weg hierher geradelt?«

»Wohl kaum. Ich lieh mir das Fahrrad von Bekannten in Pompey.« Sie sah ihm nach, als er zu dem Tisch ging, wo sein Vater die Briefe bereithielt, um sie seinen beiden Söhnen nachzuschicken. Kein Wunder, daß er diesen hier aufgehoben hatte. Er trug einige offizielle Nummern und Stempel, und er hatte den Empfang bestätigen müssen.

Abrupt sagte sie: »Ich war früher bei den Wrens.« Sie blickte in ihr Glas. »Und zwar auf HMS *Daedalus*, der Marinefliegerbasis in Lee-on-Solent. Dort traf ich auch Jamie.«

Howard nickte. Das erklärte ihre Vertrautheit mit Marinedingen, auch die beiläufige Benutzung der Abkürzung Pompey für Portsmouth.

Sie packte den Stiel ihres Glases fester, eine Locke fiel ihr in die Stirn. Gedämpft sagte sie: »Er war Staffelkapitän in der

Royal Air Force und als Instrukteur zu den Marinefliegern kommandiert.« Stolz hob sie das Kinn. »In der Battle of Britain hat er als Jagdflieger gekämpft.«

Howard setzte sich ihr gegenüber und wünschte, die Sonne würde ihm nicht so grell in die Augen scheinen. Ihr Ehemann Jamie war also tot. Es hatte ihn erwischt, wie es burschikos bei allen Waffengattungen hieß.

Verzweifelt sah sie ihn an. »Mein Gefasel ergibt keinen rechten Sinn, nicht wahr?«

Howard studierte seine unangezündete Pfeife. »Und wann komme ich dabei ins Spiel, Mrs. Kirke?«

»Mein Mann war ein guter Pilot, jedenfalls bis –« Sie zögerte. »Bis man ihm mitteilte, er müsse künftig auf dem Boden bleiben, und zwar als Instrukteur.«

»Das muß ihn verbittert haben.«

Sie hörte ihm gar nicht zu. »Dann sah er diesen Aufruf, in dem Freiwillige gesucht wurden, Leute, die verrückt genug waren für diese Einsätze.«

»Wie alt war Ihr Mann?«

Sie sah ihn an. »Einunddreißig, älter als die meisten. Fliegen bedeutete ihm alles. Vielleicht habe ich das vorher nicht so gewußt –« Sie brach ab und hob unsicher die Schultern. »Gesucht wurden Piloten für Katapultflugzeuge auf Handelsschiffen.« Sie sah Begreifen in seinem Gesicht dämmern, und fuhr fort: »Ja, Jamie war der Hurricane-Pilot in Ihrem Rußland-Konvoi.«

Verblüfft starrte Howard sie an. »Wie haben Sie das alles herausgefunden?«

»Jamies Mechaniker kam später zu mir.«

Er sah das Bild vor Augen, wie die Hurricane aufstieg, wieder das Wasser berührte und qualmend die *Gladiator* ansteuerte. Den *Tail-end-Charlie.*

»Der Mechaniker sagte mir, es sei Ihr Schiff gewesen, das Jamie zu erreichen versuchte. Ich wollte Sie besuchen, um Einzelheiten über den Tod meines Mannes zu erfahren.« Sie rieb sich die Wangen, als fürchte sie zusammenzubrechen. »Wir hatten nämlich Krach, als wir letztes Mal zusammenwaren.« Sie sprach jetzt schneller. »Aber ich wollte nicht, daß es so zu Ende ging.«

Howard setzte sich neben sie, ohne sie anzusehen, und spürte ihre Spannung, ihre plötzliche Wachsamkeit. »Ja, ich sah ihn abstürzen, Mrs. Kirke. Er versuchte noch, uns zu erreichen, obwohl ich annehme, daß er schon tot war, als die Maschine explodierte.« Jetzt erst wandte er den Kopf und sah sie an. »Es tut mir sehr leid, aber ich kann Ihnen nur wenig darüber erzählen. Die Hurricane sank sofort, nichts ist von ihr übriggeblieben.«

»Danke. Ich mußte einfach mit dem Mann sprechen, der Jamie gerettet hätte, wenn das noch möglich gewesen wäre.« Sekundenlang starrte sie ihn an. »Jetzt habe ich Sie kennengelernt und weiß, daß nicht die geringste Überlebenschance für ihn bestand.«

Der Governor trat ein mit einem Tablett und Tellern, aber Mrs. Kirke stand auf und schüttelte den Kopf. »Nein, ich muß jetzt gehen. Aber ich danke Ihnen.« Wieder sah sie Howard an. »Ihnen beiden.«

Howard begleitete sie nach draußen und wartete, bis sie die Fahrradklammern an ihren Hosenbeinen befestigt hatte. Selbst die schäbige alte Bekleidung konnte ihre Schönheit nicht verbergen – aber vielleicht war diese Kleidung eine Art Abwehr. Er fragte sich, worum wohl ihr letzter Streit mit Jamie gegangen war.

Sie schob das Fahrrad zum Gartentor. »Was werden Sie jetzt machen?« fragte er.

Sie blickte hinauf zum klaren Himmel. Vielleicht dachte sie an die Zeiten, als derselbe Himmel kreuz und quer voller Kondensstreifen gewesen war und Schuljungen einander abschossen, bis das Glück sie verließ. Wie bei Jamie.

»Ich gehe wieder zurück zu den Wrens.« Aus ihren Worten klang weder Zögern noch Zweifel, aber Howard hatte gesehen, wie ihre Selbstbeherrschung in dem ruhigen, kühlen Raum beinahe zusammengebrochen wäre. Das Leid der Zurückbleibenden war auch eine Seite des Krieges. Er hatte an die Eltern von jungen Männern geschrieben, die auf See gefallen waren. Er hatte sogar mehreren Trauerfeiern beigewohnt, oft als einziger des Schiffes. Aber dies hier kam ihm persönlicher vor, weil er daran Anteil nahm, und vielleicht wegen des unbekannten RAF-Mechanikers, der auch dazugehörte.

»Vielleicht treffen wir uns einmal wieder?«

Sie blickte ihn an. Ihre Augen waren grün, das sah er jetzt deutlich, und sie hielten ihn auf Abstand.

»Klar, Sie wissen ja, wie es in der Marine zugeht. Möglicherweise treffen wir uns.« Sie band ihr Kopftuch um und bestieg ihr Fahrrad. »Passen Sie auf sich auf, Commander Howard«, fügte sie noch hinzu.

Die altmodische Art und Weise, wie sie dies sagte, überraschte ihn. Es klang weniger wie ein junges Mädchen, eher schon wie eine Mutter, die mit ihrem Sohn spricht.

Er rief hinter ihr her: »Wenn Sie jemals Hilfe brauchen ...« Aber sie war schon außer Hörweite.

Der Governor war ihm gefolgt und sagte leise: »Armes Ding! Jetzt bildet sie sich ein, sie habe ihn umgebracht.«

Howard sah ihn überrascht an. »Aber er hatte nicht die geringste Chance!«

»Ich habe schon öfter erlebt, daß Männer auf diese Weise umkamen. Ein schlimmer Brief, vielleicht auch nur ein übles Gerücht, und du siehst den Tod auf ihrem Gesicht. Mr. Mills wird dir dasselbe sagen. In den Schützengräben war es genauso.« Dann legte er ihm den Arm um die Schulter. »Versuch es zu vergessen. Ich möchte jetzt von dir alles über die *Gladiator* und die verdammten Russen hören.«

In der Nacht lag Howard in seinem alten Bett und lauschte dem fernen Dröhnen von Flugzeugen, deutsche oder englische, er wußte es nicht; er fand aber heraus, daß er die junge Frau mit den grünen Augen nicht vergessen konnte.

Gordon Treherne lag schläfrig auf dem zerwühlten Bett und fragte sich, wie spät es war. Er hörte sie im Zimmer nebenan summen und spürte, wie das Verlangen noch einmal in ihm aufstieg. Mit den Fingern fuhr er sich durchs Haar und seufzte tief. So hatten sie es seit einer Stunde nach seiner Ankunft fast den ganzen Tag über getrieben.

Draußen war es ruhig, die Stadt Birkenhead wappnete sich für einen weiteren Luftangriff. Die Werften lagen still, alle Arbeit ruhte bis zum nächsten Tag. So viele schöne Schiffe waren von hier ausgelaufen, dachte er. Auf einigen von ihnen war er gefahren.

Sie kam zurück ins Schlafzimmer, hatte lediglich eine Decke um ihren Körper gewickelt. Ihr Name war Joyce, und Treherne hatte sie kurz nach Kriegsausbruch in Liverpool kennengelernt, wo sie in einem Pub arbeitete, um zusätzlich Geld zu verdienen. Sie war verheiratet, ihr Mann diente zur Zeit irgendwo bei einer Heereseinheit.

Seine Augen verengten sich, als er sich an das erste Mal erinnerte. Es war Lüsternheit gewesen, Begierde, aber keinen Augenblick hatte er damals an etwas Dauerhaftes gedacht. Vielleicht hatte die fürchterliche Narbe auf ihrem Rücken, wo ihr Mann sie geschlagen hatte, das geändert.

Sie blieb neben dem Bett stehen und setzte ein Tablett mit Sandwiches und einem Glas Bier ab. Mit entschuldigendem Lächeln sagte sie: »Leider ist es nur Dosenfleisch, Gordon. Aber ich hoffe, es wird dir trotzdem schmecken«

Sie keuchte, als er sie zu sich herunterzog und die Decke auf den Fußboden warf. »Du siehst entzückend aus, Joyce!« Er streichelte ihre Brüste und spürte sein eigenes, aber auch ihr Verlangen. Sie hatte einen wunderschönen Körper. Als Braut mußte sie bezaubernd ausgesehen haben, dachte er.

Plötzlich lag sie unter ihm und küßte ihn, während sie sich an ihn preßte.

Als es vorüber war, lagen sie sich noch lange erschöpft in den Armen. Er streichelte ihren Rücken und merkte, wie sie beim

Berühren der Narbe zusammenzuckte. »Wenn dieser Schuft dich noch einmal schlägt . . .« Niemals benutzte er den Namen ihres Mannes, als wäre das etwas Widerwärtiges. »Dann nehme ich ihn auseinander.«

Sie nickte wie ein Kind und berührte vorsichtig seinen Bart. »Ich gehe nie mehr zu ihm zurück. Ich komme allein zurecht, das habe ich ja auch früher geschafft.«

»*Wir* werden es schaffen, Joyce!« Er wußte zwar noch nicht wie, war aber fest entschlossen.

Sie sagte: »Ich habe jetzt eine gute Arbeit, ich nähe Dufflecoats für die Marine.«

Lächelnd sah Treherne sie an. »Du bist eine wirkliche Seemannsfrau!« Gott allein mochte wissen, wie es einmal enden würde, aber ihm war klar, daß er sie für sich allein wollte. Mit ihr war es völlig anders als mit Carole und mit den kurzen Liebschaften, die er in der Karibik oder in verschiedenen anderen Häfen gehabt hatte, wo sie ihre Bananen löschten. Es war eine wahre Freude, mit Joyce zusammen zu sein.

Beide sprangen sie auf, als das Telefon neben dem Bett schrillte. Sie wollte schon abnehmen, aber Treherne sagte: »Wenn es dieser Schuft ist, gib ihn mir! Dem werde ich was erzählen!« Voller Bewunderung bemerkte sie seine steigende Wut. Gordon konnte bestimmt mit ihm fertig werden. Doch dann reichte sie ihm das Telefon und flüsterte: »Es ist für dich.« Ihre Worte klangen wie eine Frage.

Treherne biß sich auf die Lippen. »Ich mußte meine Telefonnummer an Bord hinterlegen, Liebes.«

Sie nahm ihre Decke wieder auf und eilte in die kleine Küche. Als sie zurückkam, saß er auf dem Bettrand, in tiefes Nachdenken versunken.

Er sah sie an und streckte ihr die Arme entgegen. »Ich muß zurück, Joyce. Es war der Skipper.« Er starrte das Telefon an, als könne er es noch immer nicht glauben. »Ich dachte, er sei auf Urlaub.«

Sie klammerte sich an ihn und drückte das Gesicht an seine

Brust. »Aber das ist unfair, Gordon! Du bist ja gerade erst angekommen!« Ihre Augen waren rot und voller Tränen. »Ich hab' mich so auf die schöne Zeit mit dir gefreut . . .« Vor Schluchzen konnte sie nicht weitersprechen.

Treherne streichelte ihren Rücken und murmelte in ihr Haar: »Ich mache es beim nächsten Mal wieder gut, Liebste.« Er versuchte, sich an die Worte Howards zu erinnern. »Ich soll als Nummer Eins übernehmen, zumindest für den Augenblick.« Verständnislos sah sie zu ihm auf, und er fügte sanft hinzu: »Als stellvertretender Kommandant.«

Mit einer Ecke des Bettuchs wischte sie sich Gesicht und Augen trocken. »Als stellvertretender Kommandant! Und das auf einem Zerstörer . . .« Ihr Stolz schwand, sie sagte kläglich: »Du wirst mich nicht mehr mögen, wenn du mit all den hohen Offizieren verkehrst.«

Treherne grinste, während er ihr die Zusammensetzung der Messe auf der *Gladiator* beschrieb: den alten Torpedooffizier mit seinem Gebiß, der nach zuviel Gin in einer Ecke schnarchte; Neal Finlay und den braven alten Evan Price, den Chief. »Du bist mein Mädchen, Joyce«, schloß er. »Wenn ich das nächste Mal komme, stecke ich dir einen Ring an den Finger.«

Ungläubig starrte sie ihn an. »Aber ich bin ja noch verheiratet!«

»Das kümmert mich nicht. Du gehörst zu mir, klar? Und alle Welt soll das wissen.«

Ängstlich sah sie ihn an. »Wann mußt du weg?«

»Morgen, Liebste. Aber vielleicht komme ich früher zurück, als du denkst.«

Sie lehnte sich an ihn, und dann legten sie sich zusammen wieder hin, zu erschöpft, um sich noch einmal zu lieben, und zu traurig, um über die Zukunft zu sprechen.

Als die erste Werftsirene den Anbruch des neuen Tages verkündete, hatten sie kaum ein Auge geschlossen.

Oberleutnant Graham Marracks Gesicht blieb ausdruckslos, während er Howard beobachtete, der am offenen Bullauge stand.

Der Kommandant sagte: »Ich sehe nicht ein, was das alles soll, Number One. Natürlich müssen Sie die Chance wahrnehmen. Mein Gott, ein eigenes Kommando – jeder Offizier in Ihrer Situation wäre begeistert.«

Marrack erwiderte dickköpfig: »Ich weiß die Ehre zu schätzen, Sir. Bestimmt gibt es eine Menge Leute, die sich darauf stürzen würden.«

Howard wandte sich vom Bullauge ab, als ein Niethammer mit seinem Lärm die Luft erschütterte. Er war sich nicht klar, was ihn mehr ärgerte: den besten Ersten zu verlieren, den er je gekannt hatte, oder Marracks Eigensinn, mit dem er die Beförderung ablehnte. Er sah Marrack an. »Dieser verdammte Krieg wird noch Jahre dauern. Wenn wir gewinnen, wartet noch immer Ostasien auf uns und danach möglicherweise Rußland, wenn sie sich weiterhin so benehmen. Aber ob wir gewinnen oder verlieren, die Marine braucht gute, erfahrene Kommandanten. Sie haben die grünen Jungs gesehen, die wir jetzt bekommen. Sie sterben, bevor sie etwas lernen können!«

In der kleinen Pantry war kein Laut zu hören. Howard stellte sich vor, wie der Messesteward Vallance jetzt das Ohr gegen die geschlossene Durchreiche preßte und eine reiche Ernte an Geschwätz für die Unteroffiziersmesse einfuhr.

Marrack runzelte die Stirn. »Die *Gladiator* wird wieder in den Atlantik gehen. Niemand hat es uns gesagt, aber wir beide sind uns klar darüber.« Howard nickte und wartete ab. »Sie haben uns bisher im Atlantik geführt. Wenn ich etwas gelernt habe, dann von Ihnen und nicht aus irgendwelchen schlauen Büchern. Nun sagen Sie, daß die Marine erfahrene Kommandanten braucht. Aber Kommandanten brauchen auch erfahrene Untergebene.«

Howard lächelte. »Denken Sie daran, wenn Sie das Kommando übernehmen.«

Wie auf ein Signal hin schüttelten sie einander die Hand, und Marrack sagte: »Natürlich wollte ich befördert werden, Sir, aber nicht auf diese Art. Ich hatte damit gerechnet, noch eine Weile auf *Gladiator* zu bleiben.«

Howard warf einen Blick auf die Ernennungsurkunde, die auf dem Schreibtisch lag. Zu Nelsons Zeit hatte sie wahrscheinlich schon denselben Wortlaut gehabt, dachte er und sagte: »Also *Tacitus*. Eine Korvette der Blumenklasse. Sie ist zur Zeit ebenfalls im Atlantik.«

Marrack nickte langsam. »Wir haben sie dort oft gesehen.« Langsam ging er zur Tür. »Ich habe noch ein paar Dinge zu regeln, Sir. Wen werden Sie als Ersatz bekommen?«

»Nicht wieder einen verdammten Bordanwalt, das ist mal sicher.«

Er sah noch, wie der hochgewachsene Oberleutnant sein seltenes Privatlächeln zeigte, bevor er die Tür hinter sich schloß.

Howard dachte an seinen Vater, an dessen Enttäuschung, als er seinen Besuch nach Marracks Anruf abgebrochen hatte, an sein zerzaustes weißes Haar und die einzige Hand, mit der er aber fast alles machen konnte. Sie war wie eine Fortsetzung seines Auges und seines Gehirns. Ich werde ihn nachher anrufen, dachte er. Es ist unfair, daß der Governor verkrüppelt altern muß.

Am selben Abend noch rief Howard Treherne in Birkenhead an. Dessen Überraschung stand Marracks Dickköpfigkeit in nichts nach, so daß er alle beide, aber auf verschiedene Weise, erst überreden mußte.

Howard ging an Deck, warf einen Blick auf die riesigen Kräne, die sich vom blaßen Sternenhimmel abhoben, und stellte sich die Frau vor, die zuerst am Telefon gewesen war. Treherne steckte wirklich voller Überraschungen.

Der Posten an der Gangway stand in der Dunkelheit stramm, und Howard fragte: »Alles ruhig, Laker?«

»Wie auf dem Friedhof, Sir!« Der Mann grinste erfreut darüber, daß der Kommandant seinen Namen wußte.

Howard schritt über das Eisendeck und dachte weiter an Trehernes Freundin. Es war das erste Mal, daß er so etwas wie Neid verspürte.

Der rotgesichtige Coxswain stand groß und breit neben dem kleinen Tisch und brüllte: »Mütze ab!« Er brauchte nicht auf seiner Tafel nachzusehen. »Obergefreiter Bishop, Sir! Trunkenheit und aufsässiges Benehmen!«

Oberleutnant Finlay sah den Ersten Quartermeister über den Tisch hinweg böse an. »Werden Sie es denn niemals lernen, Bishop?«

Der Mann begegnete seinem Blick mit dem gleichen bösen Gesicht und schwieg.

Der Artillerieoffizier sah den Coxswain an. »Nun?«

Sweeney zog die Mütze ein wenig tiefer ins Gesicht. »Wurde von der Polizeistreife an Bord gebracht, Sir, nachdem man ihn aus einer Kneipe hinausgeworfen hatte, Sir.«

Finlay blickte auf seine Uhr. »Sie sind ein Narr, Bishop, Ihr eigener schlimmster Feind.« Als er keine Antwort erhielt, fügte er böse hinzu: »Also zum Rapport beim Ersten Offizer.«

»Mütze auf, rechts um, marsch!«

»Der nächste!«

Leutnant Bizley wartete ungeduldig draußen vor der Tür. Er haßte es, Finlay oder irgend einem anderen Offizier bei der Arbeit zusehen zu müssen. An Bord des Motorkanonenbootes war er Erster Offizier, Artillerieoffizier und Wachführer, alles in einer Person gewesen.

Der Lautsprecher quäkte: »Decks aufklaren!«

»Das waren alle, Sir.« Sweeny faltete seine Liste der Delinquenten zusammen. Er hatte kein Verständnis für Bishops Benehmen, dachte aber daran, wie oft er Offiziere betrunken in der Messe gesehen hatte. Vielleicht nicht gerade den Artillerieoffizier. Finlay war strenger als jeder aktiver Offizier, den er gekannt hatte, und ließ niemals Gnade walten. Bishop würde diesmal bestimmt seinen Anker am Ärmel loswerden.

Finlay warf einen Blick übers Deck. Es war jetzt schon ordentlicher, nur noch wenige Werftarbeiter drängten sich um die neue Geschützbettung mittschiffs, wo eine mehrläufige, kleinkalibrige Kanone montiert wurde. Zum Teufel mit der Werft, dachte er. Die müssen das verdammte Ding ja nicht abfeuern.

»Ich will das überwachen, Leutnant«, sagte er zu Bizley. »Übernehmen Sie und melden Sie's mir, wenn der Kommandant zurückkommt. Er ist im Werftbüro.«

Mürrisch nickte Bizley und war bereits im Begriff, nach achtern zu gehen, als er den jungen Seemann sah, der, gebeugt unter einer Last von Wurfleinen, an ihm vorbeiging. Er hatte Milvain schon mehrere Male gesehen und bemerkt, daß der junge Mann ihn ebenfalls beobachtete. Jetzt entschloß er sich, ihn anzusprechen. Wenn erst die Urlauber wieder zurück waren, würde es zu viele Zuhörer geben.

»Setzen Sie Ihre Last einen Augenblick ab, Milvain. Es ist ohnehin schon zum Aufklaren gepfiffen worden.«

Der Junge sah ihn schüchtern an, und Bizley spürte, wie es ihn trotz des Sonnenscheins kalt überrieselte.

»Sir?«

Bizley räusperte sich. Mein Gott, dachte er, er sieht genauso aus wie sein Bruder. »Ich wollte Ihnen nur sagen, wie sehr ich den Tod Ihres Bruders bedaure.« Wenn der Junge ihn nur nicht so anstarren würde! »Ich wollte Ihrer Familie einen Besuch abstatten, war aber selbst in schlechter Verfassung.«

Der junge Milvain nickte. »Dafür hatten wir Verständnis, Sir. Es muß äußerst gefährlich gewesen sein, was Sie getan haben. Ich habe alles darüber in der Zeitung gelesen.«

Bizley blinzelte. »Zeitung? Die habe ich nicht gesehen.«

Milvain griff in seinen Overall und zog Soldbuch und Brieftasche hervor. Sorgsam öffnete er sie und nahm einen Zeitungsausschnitt heraus, der offenbar schon oft gelesen worden war. »Hier, Sir.«

Bizley starrte auf den Artikel mit der Fotografie von Milvains Bruder und einer von ihm selbst, von deren Existenz er gar nichts gewußt hatte. Vielleicht hatte man sie in der Artillerieschule gemacht, als er dort seinen Kursus absolvierte.

Der Artikel war sehr ausführlich. Worte wie »Mut« und »selbstloser Einsatz, der weit über die Pflichterfüllung hinausging«, waren fett gedruckt wie bei einer Kinoreklame.

Milvain bot ihm an: »Behalten Sie's, wenn Sie möchten, Sir. Ich habe zu Hause noch eine Ausgabe.«

Bizley konnte kaum noch klar denken. In gewisser Weise stimmte das alles, warum sollte er sich also schuldig fühlen? Er sah ein weiteres Foto in Milvains Brieftasche, und um seine Erregung zu vertuschen, fragte er: »Wer ist denn das? Sind Sie nicht ein bißchen zu jung für eine so hübsche Freundin?«

Milvain reichte ihm das Foto. »Es ist meine Schwester, Sir, Sarah.«

Bizley hielt es in die Sonne. Sie hatte denselben Gesichtsschnitt wie der junge Mann, der ihn fast mit Ehrfurcht anstarrte. »Sehr hübsch!«

»Sie wird begeistert sein, Sir, wenn ich ihr das erzähle. Sarah wollte Sie schon immer kennenlernen, um Ihnen für das zu danken, was Sie für Gregory versucht haben zu tun.«

Bizley hatte bisher noch wenig oder gar keinen Erfolg bei Mädchen gehabt. Ihm war bekannt, daß die Familie Milvain sehr reich war, ganz anders als seine eigene, und daß der Vater als Generalmajor diente.

Wieder quäkte der Deckslautsprecher: »Pfeifen und Lunten aus! An die Arbeit wie zuvor!«

Bizley nickte. »Vielleicht komme ich mal dazu, Ihren Eltern einen Besuch abzustatten, sobald ich Urlaub bekomme. Es wird jetzt leichter sein, ihnen davon zu erzählen, seit ...« Er brach ab, als Finlay mit langen Schritten nach achtern kam.

Ärgerlich rief dieser: »Ich habe Ihnen doch gesagt, Sie sollten es mir rechtzeitig melden, wenn der Kommandant an Bord kommt, Sub!«

Howard näherte sich schon der Stelling, eine Pfeife im Mund, die er nur beim Anbordkommen herausnahm, um die

Flagge zu grüßen. Er spürte die Spannung zwischen den beiden, beschloß aber, sie zu ignorieren. Man war übereingekommen, daß Treherne den Posten des Ersten Offiziers einnehmen sollte, zumindest für den Augenblick. Wahrscheinlich gab es ohnehin keinen Ersatz, also würde er mit Treherne zusammen die Wacheinteilung aufstellen, sobald dieser an Bord kam.

»Bitten Sie Mr. Treherne, in meine Kajüte zu kommen, wenn er eintrifft, Guns*.« Er merkte an Finlays neugierigem Gesicht, daß Marrack niemandem etwas gesagt hatte. Er würde die Offiziere in der Messe informieren, wenn Treherne hier war; die Urlauber würden es nach ihrer Rückkehr erfahren. Er sah Marrack auf sich zukommen und sagte: »Es ist soweit, Number One.«

Lächelnd antwortete Marrack: »Die Sonne steht schon über der Signalrah, Sir. Wollen Sie auf einen Gin zu mir kommen?«

Finlay starrte hinter ihnen her, dann sagte er böse: »Machen Sie das nicht noch mal, Sub, sonst binde ich mir aus Ihrem Gedärm einen Schlips!«

Als Finlay gegangen war, murmelte Bizlay vor sich hin: »Wart's ab, du verdammter Schotte! Bald wirst du deinen Ton mir gegenüber ändern!«

Es war ein so schöner, warmer Abend, daß der Governor es nicht fertigbrachte, schon ins Haus zu gehen. Er kniete am Boden und grub mit der Hand in der weichen Erde wie eine Krabbe, die nach Futter sucht, während ringsum Bienen summten und eine Amsel in der Wasserschale, die er für sie immer bereitstellte, ein spätes Bad nahm.

Er würde so lange wie möglich draußen bleiben und die letzte Sonne genießen; so bestand immer eine Chance, daß jemand vorüberkam und für ein Schwätzchen am Gartenzaun stehenblieb. Sobald er erst im Haus war, kam die Einsamkeit zurück.

* Artillerieoffizier

Vielleicht wurde es ja wieder eine ruhige Nacht. Ihr Gebiet hatte in letzter Zeit Glück gehabt, als konzentriere der Feind jetzt seine Luftangriffe auf London und den Nordosten.

Er dachte an seine beiden Söhne, besonders an David, der vorzeitig an Bord zurückgekehrt war, weil es dort Probleme gab. Die Überholung des Schiffes dauerte länger als erwartet, voraussichtlich würde es Ende Juli werden, bis sie wieder ausliefen. Er grunzte zufrieden und zog ein schönes Bündel Radieschen aus der Erde.

»Nicht schlecht!« Er klopfte sie auf seiner geflickten Gartenhose ab, dann legte er sie in den Korb zu einigen frischen Salatköpfen, die er kurz zuvor geernet hatte. Wenn Mr. Mills vorbeikam, konnten sie Salat essen und gemütlich zusammensitzen.

Mit schmerzverzerrtem Gesicht sprang er plötzlich auf, weil ihm ein Insekt ins Auge geflogen war. Er versuchte, es durch Zwinkern zu entfernen, und wischte mit dem Taschentuch darüber. Es war seine ständige Angst, daß er auch noch sein anderes Auge verlieren würde.

Er hörte gedämpftes Motorengeräusch von der Hauptstraße, dazu singende Stimmen. So regelmäßig wie die Uhr, dachte er. Die fahrbaren Flakbatterien nahmen ihre Position für die Nacht ein. Sorgfältig zündete er sich eine unverzollte Zigarette an und sah zu, wie der Rauch an der Wand des Gewächshauses senkrecht nach oben stieg. Wieder hörte er Räder auf dem mit Schlaglöchern übersäten Weg knirschen: vermutlich Soldaten, die falsch abgebogen waren. Das passierte öfter. Langsam schritt er zur Gartenpforte und blieb dann überrascht stehen. Ein Stabswagen parkte vor der Tür und füllte beinahe den ganzen Weg aus. Ein Seemann saß hinter dem Steuer, und einen Augenblick hielt der Governor den Atem an. Dann ärgerte er sich über sich selbst. Er wurde wohl langsam senil! Wenn etwas passiert war, würden sie nicht den großen Stabswagen schicken sondern ein Telegramm wie all die anderen, die hier seit Monaten abgeliefert wurden.

Seine zweite Überraschung erwartete ihn, als eine Wren-

Offizierin vom Rücksitz des Wagens stieg und ihren Dreispitz gegen die Sonne tiefer über die Augen zog. Sie trug zwei blaue Streifen auf dem Ärmel, war also Zweite. Schlank und adrett sah sie in ihrer Uniform aus, und erst, als sie ein wenig unsicher auf ihn zuschritt, erkannte er sie. Vergessen waren die abgetragene Jacke und die alte Kordhose; Mrs. Kirke wirkte wie eine völlig andere Person.

An der Gartenpforte blieb sie stehen. »Tut mir leid, daß ich Ihnen schon wieder unangemeldet ins Haus falle, Commander Howard.« Spontan streckte sie die Hand aus und klopfte ihm auf den Arm.

Er starrte sie an, spürte ihre Frische und Jugend und kam sich im Vergleich zu ihr alt und schmutzig vor.

»Bitte kommen Sie herein, meine Liebe. Ich fürchte nur, es ist ein bißchen unordentlich bei mir.«

Eine Stimme rief aus dem Wagen: »Bleib nicht zu lang, Celia, wir sind ohnehin spät dran!«

»Höchstens zehn Minuten, Daddy!«

Sie schritt mit ihm über den Gartenweg, nahm ihren Hut ab und schüttelte ihre kurzen Locken.

Der Governor sagte: »Womit kann ich Ihnen helfen? Ich fürchte . . .«

Sie wandte ihm das Gesicht zu, in derselben direkten Art, wie sie David angesehen hatte. »Ich hoffe, Sie mögen Hunde?« Hastig fuhr sie fort: »Freunde von mir wurden ausgebombt, aber ihre Hündin blieb am Leben. Ich würde sie nehmen, muß aber zurück zum Dienst.« Ruhig sah sie ihn an und fügte hinzu: »Sie kamen beide ums Leben, meine Freunde, meine ich.«

Er bemerkte das Beben ihrer Lippen und vermutete, daß es recht nahe Freunde gewesen waren. Ein wenig linkisch antwortete er: »Gut, bringen Sie sie her. Ein Hund wäre bestimmt ein netter Gesellschafter.«

Sie rief: »Laß sie bitte raus, Tom!«

Die Wagentür wurde geöffnet, dann die Gartenpforte, und ein mächtiger Labrador trabte neugierig auf sie zu. Die Wren bückte sich und tätschelte der Hündin den Kopf. »Sie heißt Lucy und ist nicht mehr ganz jung, aber sehr lieb. Sie wird Ihnen die Haare vom Kopf fressen, wenn Sie's zulassen.« Sie klopfte dem Tier den Rücken und schloß: »Ihr könnt beide aufeinander achtgeben. Bald komme ich Sie wieder besuchen.« Als sie sich aufrichtete, standen Tränen in ihren Augen.

Ein wenig heiser sagte der Governor: »Bitte tun Sie das, auf jeden Fall!« Er ging mit ihr zur Gartenpforte und sah zu seiner Überraschung, daß der Hund sich schon auf die Matte vor der Haustür gelegt hatte. »Sehen Sie, Lucy fühlt sich hier schon ganz zu Hause.«

Die junge Frau setzte ihren Dreispitz wieder auf, dann beugte sie sich vor und küßte ihn auf die Wange. »Also, bis bald!« sagte sie. Damit stieg sie in den Wagen, ohne noch einen Blick auf den gelben Labrador zu werfen, der auf der Matte lag und nach Fliegen schnappte. Aber bevor der Wagen abfuhr, konnte der Governor noch die goldenen Streifen auf dem Ärmel ihres Vaters sehen. Ein Konteradmiral also.

Er sah dem großen Stabswagen nach, der vorsichtig zurücksetzte bis zur Hauptstraße und dann in Richtung Portsmouth fuhr. Halblaut murmelte er vor sich hin: »Mach dir keine Vorwürfe, mein Mädchen. Schuld ist der verdammte Krieg, nicht du.«

Dann ging er zurück zum Haus und rief seine neue Gefährtin mit hinein.

8 *Konvoidienst*

David Howard erwiderte den Gruß der Werftposten und zeigte einem bewaffneten Polizisten seinen Ausweis. Ringsum schien es von Seeleuten zu wimmeln, obwohl es eben erst aufgehört hatte zu regnen. Überall spürte man den rauhen Trotz, der für Liverpool typisch war.

Howard verlangsamte seinen Schritt, als er sich dem Gladstone-Dock näherte, wo die *Gladiator* zusammen mit anderen Geleitfahrzeugen lag. Er hatte soeben den neuen Flottillenchef der Zerstörer, einen großen, kräftigen Mann, zum Werfttor geleitet, einen Mann mit dem zerschlagenen Gesicht des Rugbyspielers, der in den weit zurückliegenden Friedenszeiten in Sportkreisen wohlbekannt gewesen war. Das Führungsschiff der Flottille war ausgewechselt worden, während die *Gladiator* auf der nordrussischen Route um ihr Überleben kämpfte. Captain Ernle Vickers, aktiver Offizier und Träger hoher Tapferkeitsauszeichnungen, fuhr auf der *Kinsale*, einem der berühmten Zerstörer der K-Klasse, nahezu die einzigen neuen Zerstörer, die bei Kriegsausbruch existierten. Sie hatten ausfallende Vorsteven und nur einen Schornstein anstelle der vorher üblichen zwei, sowie eine eindrucksvolle Bewaffnung. Sie mußten eigentlich das Herz jedes jungen Seemanns schneller schlagen lassen, dachte Howard. Das Schiff war genauso verwegen wie sein Kommandant, dessen Werdegang er bestens kannte: der richtige Mann für den Atlantik, wo es zur Zeit sehr schlecht aussah.

Alle Kommandanten waren zu seiner Begrüßung versammelt gewesen, und Howard hatte mit Erleichterung festgestellt, daß Spike Colwins *Ganymede* und ein anderer Zerstörer ihrer Gruppe, die *Garnet*, noch immer zur Flottille gehörten. Ihr Kommandant war ein lustiger Kapitänleutnant namens Tom Woodhouse, den Howard bereits seit Jahren kannte. Sie hatten als Leutnants den langen Artilleriekursus auf Whale Island absolviert; die strengen Instrukteure dieser gefürchteten Schule hatten in Woodhouse mit seinen schlagfertigen Witzen ihren Meister gefunden.

Die meisten anderen alten Zerstörer hatten weniger Glück gehabt und waren schon in den ersten zwei Kriegsjahren versenkt worden. Ihre Namen und die Positionen, auf denen sie untergegangen waren, lasen sich wie eine Aufzählung verlorener Feldzüge: Die *Gipsy* war vor Harwich auf eine Mine gelaufen, bereits zwei Monate nach der Kriegserklärung. Die *Glow-*

worm war tapfer kämpfend vor Norwegen untergegangen. *Grenada* und *Grafton* – bombardiert und gesunken vor Dünkirchen. Die *Grenville* – in der Nordsee versenkt. Und das alles schon 1940; die Liste schien endlos.

Captain Vickers hatte ihnen die laufenden Maßnahmen erörtert, von denen er sich eine Verringerung der entsetzlichen Tonnageverluste im Atlantik erhoffte. Wie er weiter ausführte, zog der Feind U-Boote aus den norwegischen Stützpunkten und aus der Ostsee an der Küste der Biskaya zusammen. Auch große Überwassereinheiten seien dort, aber diese würde die Royal Air Force im Auge behalten, wozu sie durchaus in der Lage war, besonders nach dem, was sich im März ereignet hatte.

Howard erinnerte sich noch genau daran. Während sie mit den arktischen Stürmen kämpften, Bomben und Torpedos auswichen und dabei versuchten, ihre Konvois zu schützen, hatte sich ein Ereignis abgespielt, das wie ein Funke der Hoffnung war, wie ein Sonnenstrahl nach einem Sturm im Eismeer. Ein uralter Zerstörer namens *Campletown*, einer von denen, die sie von der US-Navy ziemlich am Ende ihres nützlichen Lebens erhalten hatten, war als gewaltige schwimmende Bombe eingesetzt worden und hatte die Schleusentore von St. Nazaire gerammt und in die Luft gesprengt. Es war die Schleuse des einzigen Docks in Hitlers undurchdringlichem Westwall, das groß genug war, reparaturbedürftige Schlachtschiffe oder sogar die mächtige *Tirpitz* aufzunehmen, wenn diese jemals ihren norwegischen Schlupfwinkel verlassen sollte.

Die Zerstörerbesatzungen fühlten sich immer allen anderen überlegen, und dieser eine Erfolg bestärkte sie wieder darin.

Vickers hatte mit seiner tiefen Stimme angekündigt: »Wir werden jetzt neue Taktiken anwenden. Um den Wolfsrudeln der U-Boote zu begegnen, werden wir kleine U-Boot-Jagdgruppen aufstellen und vermehrt einsetzen. Zu diesem Zweck bauen die Werften jetzt schnellere Fregatten, die speziell zum Aufsuchen und Vernichten von U-Booten konstruiert sind. Wenn diese Schiffe die anderen Zerstörer und Korvetten überall ablösen und wir noch so lange durchhalten können . . .« Vielsagend hatte er die Schultern gehoben. »Ich will hier nicht die Konsequenzen des anderen Falles anführen, meine Herren. Die kennen Sie selbst am besten.«

Howard hatte genickt, war aber im Geiste schon wieder mit anderen Problemen beschäftigt. In diesem Augenblick war eine hübsche Wren eingetreten und hatte Vickers einen Stapel Funksprüche gebracht, worauf er mit ihr hinausging.

Howard hatte oft an die junge Witwe Celia Kirke gedacht, während an Bord die letzten Werftarbeiten ausgeführt wurden. Als sein Vater ihm von seiner neuen Gefährtin Lucy erzählt hatte, fragte er sich, was sie zu diesem Schritt gebracht hatte. Es gab so vieles, was er gern über sie erfahren hätte, wenn er sich auch sagte, daß er sich mit seinem Interesse lächerlich mache. Aber die Gedanken ließen ihn trotzdem nicht los.

Sein Vater hatte ihm auch gesagt, daß die junge Frau nach Portsmouth zurückgekehrt sei. Aber als er mit dem dortigen Marinestandort telefonierte und beiläufig nach ihr fragte, hatte die Wren am Telefon scharf erwidert: »Hier gibt es keinen Zweiten Offizier dieses Namens!«

Vielleicht hatte Celia es absichtlich so eingerichtet, weil sie mit niemandem sprechen wollte, der sie an den schrecklichen Tod ihres Mannes erinnerte.

Es war kein Wunder, daß sie zu den Wrens zurückgekehrt war. Ihr Vater war immerhin Konteradmiral und konnte ihr bestimmt den Weg ebnen. Aber so wie der Krieg jetzt lief, hatte sie wohl ohnehin keine Schwierigkeiten gehabt, in ihre alte Position zurückzukehren.

Howard freute sich über den Labrador; sein Vater hatte kaum über etwas anderes gesprochen. Der Hund war genau das, was der Alte brauchte.

Howard blieb stehen und musterte sein wartendes Schiff, dessen Tarnanstrich im dunstigen Sonnenlicht glänzte. Wenn er jemals nach Portsmouth kam ... Er spürte, daß er lächelte. Dann würde er versuchen, Celia zu finden, auch auf die Gefahr hin, daß er abblitzte. Seit sie Witwe war, waren wohl viele Männer hinter ihr her.

Er stieg über die Gangway und berührte grüßend seine Mütze in Richtung Achterdeck, wo die Fallreepsgäste und Leutnant Ayres stillstanden.

»Hallo, Sub, schon wieder im Dienst? War der Urlaub nicht schön?«

Ayres blickte weg. »Mein Bruder ist vermißt, Sir. In der Wüste.«

Howard bemerkte die Verzweiflung des jungen Mannes. »Tut mir leid.« Wie kümmerlich und unzulänglich das klang. »Man weiß aber noch nichts Bestimmtes, oder?«

Unglücklich schüttelte Ayres den Kopf. »Nein, Sir.«

Impulsiv packte er ihn am Arm. »Kopf hoch, Junge! Dann ist noch Hoffnung. Kommen Sie nachher zu mir und erzählen Sie mir davon, wenn Sie möchten.«

Treherne erschien in der Tür des Vorraums und salutierte. »Unsere Auslaufbefehle sind angekommen, Sir.« Er fiel in Schritt neben ihn und fügte leise hinzu: »Ich versuche, den Jungen zu beschäftigen, damit er abgelenkt wird.«

Sie kamen an die Tür mit dem Schild *Captain* und fanden den Messesteward Vallance in seiner Pantry warten. Howard warf seine Mütze auf einen Stuhl und setzte sich an den Schreibtisch, wo Ireland, sein Schreiber, die eingegangenen Papiere in Reihenfolge ihrer Wichtigkeit bereitgelegt hatte. Zur Pantry rief er hinüber: »Zwei Drinks bitte, Vallance.« Sein Blick flog über die sauber getippten Funksprüche und Befehle und malte sich eine Wren beim Maschineschreiben aus. Vielleicht wurde sie dabei überwacht von einem Zweiten Offizier wie der jungen Frau mit den grünen Augen.

»Also übermorgen, Number One.« Er sah Treherne an. »Übrigens hat der Boß gesagt, er wird alles tun, damit Sie hier an Bord bleiben können, bis –«

Treherne grinste. »Darüber können wir später sprechen, Sir. Auf alle Fälle danke ich Ihnen.«

Howard griff zu einem anderen Papier. »Lassen Sie bitte Leutnant Bizley kommen.« Er wartete, bis Treherne ins Telefon am Schott gesprochen hatte, und sagte dann leise: »Er bekommt tatsächlich seinen Orden.«

Treherne bemühte sich erfreut auszusehen, obwohl er Bizley nicht leiden konnte. Zögernd erwiderte er: »Jetzt gibt es nichts mehr, was ihn aufhalten kann.«

Es klopfte, und Bizley trat ein, das Gesicht gespannt vor Neugierde – oder war es etwas anderes? Vielleicht Schuldbewußtsein?

»Der Befehl ist soeben durchgekommen, Sub. Ihnen wird von Ihren Lordschaften des Distinguished Service Cross verliehen. Wie gefällt Ihnen das?«

Bizley schien außerstande zu sprechen oder es überhaupt in sich aufzunehmen. Sein Blick ruhte stattdessen auf dem blauweißen Ordensband an Howards Jacke.

Howard lächelte. »Genauso eins wie dieses, wollten Sie sagen?«

Bizley stammelte: »Besten Dank, Sir! Ich habe niemals . . .«

Treherne blickte in sein leeres Glas. Nichts hast du getan, du Schwindler, dachte er.

»Noch mehr gute Nachrichten: Ab dem Ersten nächsten Monats werden Sie zum Oberleutnant befördert. Von da ab können Sie also Ihren zweiten Streifen aufnähen. Die schriftliche Beförderung und alles Drum und Dran folgt nach Rückkehr von unserer nächsten Geleitfahrt.«

Bizley hörte ihn nicht einmal. Er murmelte etwas, das keinen rechten Sinn ergab, dann stand er wieder draußen vor der Kajütentür. Er hatte es geschafft! Es war sogar mehr, als er sich erträumt hatte. Geistesabwesend starrte er auf den einzelnen Streifen an seinem Ärmel. *Oberleutnant Lionel Bizley.* Das klang sehr gut. Er fragte sich, noch immer benommen, ob der König ihm wohl persönlich die Auszeichnung überreichen würde. Dann dachte er an Finlay und all die anderen und merkte, daß er lachte, aber es kam kein Ton heraus. Er hatte es geschafft und war auf dem Weg nach oben!

Der Messesteward Vallance beobachtete ihn durch den Vorhang vor dem Pantry-Eingang. Jetzt war es mit dem Frieden in der Messe vorbei, dachte er trübe. Bizley war ein regelrechter Radaubruder und würde alles noch schlimmer machen.

Zwei Tage später erbebte der schlanke Rumpf der *Gladiator* im Rhythmus der Hauptmaschinen. Howard saß am Schreibtisch in seiner Kajüte und dachte an seine Seekabine auf der Brücke, wo er künftig wieder seine Nickerchen machen würde, wann immer sich Gelegenheit dazu bot. Bis dahin war noch eine Menge zu tun. Sie hätten noch mehr Zeit haben müssen für die Flottille, wie die Geleitgruppe jetzt genannt wurde, um sich einfahren zu können. Aber Vickers hatte seine Gedanken allen klargemacht: »Mehr Zeit steht nicht zur Verfügung. Also laßt uns auslaufen und die Sache draußen in die Praxis umsetzen!«

Treherne trat ein. »Seewache klar zum Aufziehen, Sir. Das Postboot ist mit dem letzten Sack an Land gefahren.« Nach einigem Zögern fuhr er fort: »Ein Mann fehlt, Sir.«

»Heizer Marshall?«

Treherne nickte. Es war der Mann, der seine gesamte Familie bei einem Luftangriff verloren hatte. Wo war er wohl? Was tat er jetzt?

Treherne sprach es aus. »Er sollte wirklich besser bei uns sein, Sir. Viele Leute haben ihre Angehörigen verloren.«

»Was ist mit dem jungen Ayres?«

»Er hat nichts weiter gehört, Sir.«

Das Beben aus dem Maschinenraum wurde stärker. Das Biest schüttelte sich, machte sich bereit, seinem alten Feind entgegenzutreten. Aber wenigstens diesmal bei etwas besserem Wetter.

Howard stand auf und klopfte seine Taschen nach all den Dingen ab, die er oben benötigen würde. Er trug einen bequemen grauen Rollkragenpullover, sein ältestes Bordjackett und seine verbeulte Mütze. Nun brauchte er noch sein Glas und ein frisches Handtuch um den Hals. Er sah sich im Spiegel und dachte: kaum das, was man in Dartmouth oder Greenwich erwarten würde.

»Also in fünfzehn Minuten, Number One.«

Treherne lächelte in seinen Bart. »Wieder die alte Firma, Sir.«

Howard nickte. HMS *Gladiator* zog zurück in den Krieg.

Für viele Besatzungsmitglieder der *Gladiator* waren die Tage nach Liverpool anstrengender, als wenn sie sofort in Kämpfe verwickelt worden wären. Tagein, tagaus hetzten die Geleitfahrzeuge um den Konvoi, der aus vierzig Schiffen verschiedener Typen und Größen bestand, und suchten nach dem verräterischen Ping des Asdik, das ein U-Boot oder – wenn die Gerüchte stimmten – ein ganzes Rudel von ihnen verraten sollte.

Außer den ständigen Übungen und dem Erproben der Geschütze gingen die Leute Wache um Wache von jeweils vier Stunden, bis sie in ihrer Freiwache wie die Schlafwandler unter Deck stolperten, rasch ihre fettigen Mahlzeiten verschlangen und sich dann für Augenblicke in die Hängematten warfen. Mitunter schliefen sie auf den Stahldecks, wo die fluchenden Wachgänger in der Dunkelheit über sie hinwegstiegen.

Es war ein langsamer Konvoi, denn die Geschwindigkeit richtete sich immer nach dem schwächsten Schiff, in diesem Fall einem griechischen Frachter, der aussah, als sei er gerade einem Buch über den Ersten Weltkrieg entstiegen.

Die alten Hasen wunderten sich nicht über diese Dinge. Schließlich wurde jede Art Schiff benötigt, und diejenigen, die bereits vor Jahren hätten abgewrackt werden müssen, durchpflügten den Atlantik zusammen mit allen anderen. Dazwischen fuhren große Tanker in Ballast, die hoch aus dem Wasser ragten, und auf der Rückfahrt mit bis zum Rand gefüllten Bunkern Treibstoff nach England bringen würden, den Lebenssaft für jede Kriegspartei.

Es waren Schiffe, die aus dem Firth of Clyde und Firth of Solway, aus Liverpool und Londonderry gekommen waren, um sich diesem riesigen Aufgebot rostiger, salzverkrusteter Silhouetten anzuschließen. Die Geleitfahrzeuge umschwärmten sie wie Hirtenhunde. Die Handelsschiffe konnten sich mit dieser langsamen Fahrt besser abfinden als die schlanken Zerstörer, die fürchterlich rollten. Für die neuen Besatzungsmitglieder war dies eine Einführung in den Atlantik und damit in die Seekrankheit. Das langsame Heben des Bugs, der eine Weile bewegungslos in der Luft zu hängen schien, während die See gegen die Luvseite schlug, um dann schließlich mit dieser schrecklichen Spiralbewegung wieder nach unten zu stampfen, verursachte auch den Widerstandsfähigsten Übelkeit. Manch eine Schüssel rutschte vom Tisch oder blieb unberührt. Persönlicher Besitz klapperte hin und her über die Messedecks, zwischen verschüttetem Tee und Erbrochenem.

Dies also war die Welt, die der junge Seemann Andrew Milvain mit den alten Hasen teilte und mit denen, die genau wie er direkt von der Ausbildung an Bord gekommen war.

Abgesehen von den üblichen Sticheleien wegen seines jugendlichen Aussehens und seines angeblich »eisfeinen« Akzents war er viel besser aufgenommen worden, als er erwartet hatte. Sein beinahe fanatischer Eifer, alles so rasch wie möglich zu lernen, obwohl er unter Seekrankheit litt, sicherte ihm allgemeinen Respekt.

Als die Vormittagswache an diesem Tag abgelöst wurde, kletterte Milvain die Leiter hinunter, um sich in der Messe zu seinen neuen Kameraden zu setzen. Die Messe Nummer neun war wenig mehr als ein sauber geschrubbter Holztisch, der für die Mahlzeiten meist mit Wachstuch bedeckt war. An beiden Seiten des Tisches standen Sitzbänke, und ringsum befanden sich Spinde, in denen die älteren Leute ihre persönlichen Habseligkeiten verstauten.

Obergefreiter Bruce Fernie, der Messeälteste, saß am Tisch und las eine alte Zeitung, während das Essen aus der Kombüse gebracht wurde. Er blickte kurz auf und sagte müde: »Alles wieder aus verdammten Dosen! Ich wette, in den Kasernen an Land bekommen sie besseres Essen.«

Die Teller wurden über den Tisch gereicht, wo Schlingerleisten angebracht waren, um sie aufzuhalten, wenn das Schiff rollte, und das war meist der Fall.

Fernie sah zu, wie der Junge mächtig reinhaute, als habe er ein Jahr lang nichts gegessen. Dosenkartoffeln, Dosenwürstchen und Dosenkarotten und hinterher einen wäßrigen Pudding mit Pflaumenkompott. »Geben sie dir denn zu Hause nichts zu essen?«

Milvain ließ sein scheues Lächeln sehen und dachte an den Brief, den er seiner Mutter geschrieben hatte, bevor das Schiff aus Liverpool auslief. Er hatte ihr geschildert, wie die *Gladiator* aussah und mit welchen Menschen er zusammen war. Meistens wirkten sie zäh und grob, waren aber immer bereit zu einer knurrenden Anerkennung, wenn er etwas gut gemacht hatte. Er hatte ihr auch von Leutnant Bizley geschrieben und dem Gerücht, daß er eine Tapferkeitsauszeichnung erhalten sollte. Das würde seiner Familie Freude machen.

Er fühlte, wie sein Magen revoltierte, als das Deck sich wieder anhob. Wenn die See doch nur zu sehen gewesen wäre! Aber die Blenden waren alle geschlossen und ließen kein Tageslicht herein. Das war kaum verwunderlich, da Messe neun am weitesten vorn lag, direkt unter dem großen Messedeck, das sich in voller Länge über die Back erstreckte. Damit hatten sie ihn auch aufs Glatteis geführt. Sie hatten ihm erzählt, daß einige der größeren Brennstofftanks genau unter ihnen lagen. Ein Witzbold hatte hinzugefügt: »Du wirst nicht das geringste spüren, wenn's knallt, fliegst du direkt in den Himmel.«

Es war Sonntag, und als Läufer Brücke war Milvain ständig mit Tee für die Wachgänger die steilen Leitern auf und ab gestiegen, hatte den richtigen Augenblick abgepaßt, um nicht durch eine überkommende See durchnäßt oder an Deck geschleudert zu werden. Er machte seine Beobachtungen, während er eifrig hin und her eilte und dabei versuchte, den anderen aus dem Wege zu gehen.

Er sah den Kommandanten ohne Mütze im sprühenden Gischt stehen und mit dem Signalmeister sprechen, wobei er seine kalte Pfeife zwischen den Zähnen hielt. Er sah den wachhabenden Offizier, in diesem Fall Oberleutnant Finlay, der seine Ruder- und Maschinenkommandos gab oder auch über Lautsprecher einem Frachter etwas zurief, wenn die *Gladiator* an ihm vorbeibrauste.

Auf der Brücke herrschte immer Sachlichkeit, während überall sonst im Schiff nur Gerüchte zu existieren schienen. Das letzte Geschwätz drehte sich um Bizley und seinen Orden ... Milvain wußte nicht warum, aber niemand schien ihn zu mögen. Selbst der bärenstarke Obergefreite mit seiner Zeitung, normalerweise ein toleranter Mann, hatte knurrig bemerkt: »Das ist genau, was wir noch brauchen – einen Helden! Dieser Scheißkerl läßt dir den Arsch abschießen und erwartet dann noch einen Salut!«

Milvain war erstaunt und überwältigt vom Atlantik. Er war anders als alles, was er bisher gesehen hatte, auch im Kino. An diesem Sommermorgen, als die Wache abgelöst wurde und die müden Ausguckleute und Geschützbedienungen die Leitern heruntergeklappert kamen in ihre Decks, hatte der Ozean besonders mächtig und wild gewirkt. Dunkle Kämme und schwarze Wellentäler, nur hier und da unterbrochen von aufleuchtendem Schaum, alles hob sich scheinbar bis hinauf zur Brücke. Als die Sonne endlich aufgegangen war, hatte er keinerlei Wärme verspürt, lediglich das verkrustete Salz auf Wangen und Lippen. Dann änderte die See ihr Aussehen, nahm eine blaue Färbung an und rollte an den Reihen der Handelsschiffe so verächtlich entlang, als wolle sie ihre verborgene Kraft demonstrieren. Er konnte sich keinen vollen Sturm vorstellen, so wie einer der Bootsmaaten ihn beschrieben hatte.

Fernie hatte dessen Redeschwall verächtlich unterbrochen. »Halt endlich den Mund, klar?« An Milvain gewandt, fügte er hinzu: »Bill redet so verdammt viel, als wäre er mit einer Grammophonnadel geimpft.«

Zuerst war Milvain immer rot geworden, wenn er zuhören mußte, wie einige ihre Erlebnisse an Land in blumenreicher Sprache erzählten. Jetzt aber nicht mehr, zumindest nicht mehr so häufig. Es war wie mit der See und der Gefahr. Sie war immer allgegenwärtig, etwas, das man einfach akzeptieren mußte.

Einer nach dem anderen suchten und fanden die Männer von Messe neun irgendwelche Ecken, in denen sie sich hinlegten. Ihre Schwimmwesten hatten sie lose umgehängt, noch nicht aufgeblasen, nur für alle Fälle bereit.

Wie an Sonntagen üblich, war für den Nachmittag Zeugdienst angesetzt. Um vier Uhr mußten sie dann wieder auf Wache: Routine, Ordnung und – wie viele sagten – Langeweile. Aber Milvain empfand das nicht so.

Er sah zu, wie der riesige Obergefreite seinen Utensilienkasten öffnete und einiges Tauwerk mit schwierigen Knoten herausholte wie den Türkenbund, den er für die Griffe einer Kiste angefertigt hatte. Milvain war fasziniert. Ernies Hände waren wie der ganze Mann riesig und narbenbedeckt, und doch konnte er komplizierte Knoten anfertigen oder Schnitzereien, die den Neid jedes Drechslers erregen mußten.

Fernie sah den Jungen nachdenklich an. »Es macht dir nichts aus, darüber zu sprechen, oder?«

Milvain schreckte ein wenig zurück. Er wußte jetzt, was das bedeutete. »Nein, nicht mehr.«

Fernie blickte hinunter auf seine Arbeit. »Ich habe einen Bruder bei Dünkirchen verloren«, sagte er wie beiläufig. »Er fehlt mir noch immer, seltsamerweise.« Milvain schwieg weiterhin. »Wir haben uns nie so richtig vertragen, mußt zu wissen, jedenfalls nicht so, wie es hätte sein sollen. Trotzdem denke ich noch manchmal an ihn.«

Milvain war erstaunt. Er hätte nie gedacht, daß dieser riesige Mann überhaupt Gefühle haben könnte.

Fernies Finger zerrten an dem Tauwerk. »Ich würde mich nicht soviel mit Mr. Bizley einlassen, wenn ich du wäre. Ich kenne Offiziere seiner Art, habe einige von ihnen erlebt.« Er warf einen Blick in die gegenüberliegende Messe, in der hauptsächlich die Funker, Signalgasten und Verwaltungsleute wohnten. Ein paar Schnarchtöne waren zu hören, aber nichts regte sich.

»Aber der Orden, Bucky? Er bekommt doch denselben Orden, wie der Kommandant einen hat.«

Fernie lächelte. »Ein bißchen Zinn. Unser Schiff hat mal nach erfolgreicher Fahrt insgesamt eine bestimmte Anzahl Orden verliehen bekommen, und die Jungs mußten dazu Namen aus einem Hut ziehen.« Mühsam unterdrückte er ein Lachen. »Unser Kochsmaat zog einen Orden, dabei war er noch betrunken an Land, als wir draußen Feindberührung hatten!« Das schien ihn mächtig zu amüsieren. »Der Alte, das ist was anderes. Er hat seine Auszeichnungen hart verdient, und er verdient sie jedesmal von neuem, wenn er uns heil und ganz nach Hause bringt.« Abrupt änderte er das Thema: »Hat denn irgendjemand Bizley gesehen, als es passierte?« Er sah Milvains plötzlich feuchte Augen und sagte: »Ach, vergiß es, mein Sohn. Es ist nur, daß ich mir Bizley nicht als strahlenden Helden vorstellen kann.«

Milvain dachte noch darüber nach, als er zur Brücke hinaufkletterte, um abzulösen. Als er am Kartentisch vorbeikam, der zum Steuerhaus hin offen war, hörte er das Murmeln bei der Übergabe der verschiedenen Posten. Niemals verfehlten sie ihre Wirkung auf ihn: die Maschinentelegraphen aus blankgeputztem Messing, das Rad und der Kreiselkompaß, der sich tikkend in die eine oder die andere Richtung bewegt, und davor der Quartermeister, ein erheblich gedämpfter Gefreiter Bishop, der das Schiff gerade auf einen neuen Kurs brachte.

»Willst du mal einen Blick hineinwerfen?« Das war Morgan,

der Navigationsgefreite. Er führte Milvain in den Kartenraum und erklärte ihm den eingezeichneten Kurs, ihre Geschwindigkeit und geschätzte Ankunftszeit. Darüber hatte es allerhand Gerüchte unter Deck gegeben, aber jetzt wußte Milvain genau, daß ihr Bestimmungsort Halifax in Kanada war. Sein Herz schlug heftig. Er war noch nie weiter als bis Bournemouth oder Ramsgate gewesen, bevor er bei der Marine eintrat.

Morgan merkte, daß der Junge tief beeindruckt war, und fügte gönnerhaft hinzu: »Ich werde mich bemühen, daß du hierher versetzt wirst. Ich habe ohnehin mehr als genug zu tun. Außerdem«, fügte er beinahe anklagend hinzu, »hoffst du doch, einmal Offizier zu werden, stimmt's?«

»Nun ja, ich dachte, auch du ...«

Morgan grinste. »Bin durchgefallen!«

Milvain verdaute die Neuigkeit. »Wenn wir in Kanada ankommen, was für einen ...«

Morgan warf einen Blick auf die vibrierende Karte. »Einen großen Konvoi. Hab' gehört, wie der Alte mit dem Ersten darüber sprach.«

»Und was ist mit unserem jetzigen Konvoi?«

»Die leeren werden kaum angegriffen.« Morgan dämpfte die Stimme. »Gestern abend erhielten wir einen Funkspruch, daß ein heimkehrender Konvoi südlich von uns ziemlich zusammengeschlagen wurde. Es klang wie ein Bericht vom Schlachthof.« Er starrte Milvain an, aber dieser hatte das Gefühl, daß er durch ihn hindurchsah. »Der Funker sagt, *dreißig U-Boote* waren an dem Angriff beteiligt! Das waren mehr als die verdammten Geleitfahrzeuge!«

Leutnant Ayres kam in den Kartenraum und nahm den Stechzirkel zur Hand. Morgan führte Milvain zur Tür. »Hast du das von seinem Bruder gehört?«

Milvain schüttelte den Kopf.

»Er war in Nordafrika, in der Wüste.« Morgan fuhr sich mit einem Finger über die Kehle. »Ruhe in Frieden!«

Milvain ging hinunter in die dampfende Kombüse, um eine weitere Kanne Tee zu holen. Er lernte stets eine ganze Menge.

Als er am Morgen auf die Brücke kam, sah er, wie das zunehmende Tageslicht eine felsige Küste in der Ferne enthüllte. Kurz danach stießen zwei kanadische Zerstörer und ein Dutzend Korvetten zu ihnen, um den Konvoi zu übernehmen, der ohne jeden Zwischenfall über den Atlantik gekommen war.

Den letzten Tee aus seiner Kanne einschenkend, hörte er den Kommandanten sagen: »Stadturlaub heute nacht für die Freiwache, Number One. Aber zuerst gehen wir am Tanker längsseits.«

Oberleutnant Treherne rief: »Mein Gott, sehen Sie sich diese Massen an!«

Milvain blickte über das salzverkrustete Brückenkleid und sah eine enorme Menge tief weggeladener Schiffe, die bereits in Reihen hintereinander vor Anker lagen. Sofort war ihm klar, daß dies ein Teil ihres nächsten Konvois war.

Treherne hob sein Glas und fügte gleichmütig hinzu: »Wie Schafe vorm Schlachttag.«

Howard sagte: »Ich übernehme, Number One. Wir gehen mit Steuerbordseite längsseits, wenn ich den verdammten Tanker finden kann!«

Sie lachten beide, und Milvain spürte, wie die kalten Finger der Angst ihren Griff um sein Herz lockerten. Er versuchte, sich mit dem Gedanken an einen Landgang in Halifax aufzuheitern.

Über die Brücke hinweg beobachtete ihn Howard und sagte: »Schütteln Sie es ab, Milvain. Sie wissen doch, wie das Sprichwort heißt?«

Milvain nickte. »Wer keinen Spaß vertragen kann, hätte nicht in die Marine eintreten sollen, Sir.«

Howard lächelte. »So ist es. Nun lauf runter und hol' vom Koch noch einen heißen Tee, ja?«

Treherne blieb an der Brückenleiter stehen, einen Fuß bereits im leeren Raum. »Damit haben Sie seinen Tag gerettet, Sir.«

Howard sah an ihm vorbei auf die vor Anker liegenden Handelsschiffe. So hilflos wirkten sie. Leise erwiderte er: »Und die haben meinen gerade ruiniert.«

9 *Die Lücke schließen*

Mit gleichmäßiger Marschfahrt zog das U-Boot aufgetaucht durch das dunkle Wasser; gelegentlich sprühten weiße Gischtfahnen von seinem überhängenden Steven und prasselten auf die Brücke wie Regen. Es war kalt, aber nicht unangenehm, und da sie in dieser Beziehung abgehärtet waren, gab es nur wenig Nörgelei von der Besatzung. Der Proviant, den sie in ihrem neuen französischen Stützpunkt übernommen hatten, war viel reichlicher als gewohnt, und Körbe mit Äpfeln waren überall dazwischengeschoben worden, wo auch nur der geringste Platz blieb.

Auf dem Atlantik herrschte der übliche rauhe Seegang, aber die Ausguckposten auf dem Turm hielten mit Leichtigkeit ihr Gleichgewicht. An der Vorkante Brücke hob der wachhabende Offizier sein Glas und suchte ebenfalls den Horizont ab. Noch eine Stunde bis zum Hellwerden.

Er malte sich die schier endlose Wasserfläche aus, auf der es kein Land gab zwischen dem scharfen Steven ihres Bootes und dem südlichsten Zipfel von Grönland, vierhundert Meilen entfernt. Der Wachhabende war kein Neuling in diesem Seegebiet und dachte öfter daran, wie zutreffend der Name dieses feindlichen Landzipfels war: Kap Farewell. Bestimmt war es oft der letzte Gruß von Land, den manch glückloser Seemann zu sehen bekam.

Der wachhabende Offizier lauschte dem Pochen der mächtigen Dieselmotoren, die den engen Turm vibrieren ließen, solange sie Luft einsaugten, um die Batterien aufzuladen. Bald würden sie tauchen und sich auf die Elektromotoren verlassen müssen, die sie an den Feind heranführen sollten.

Seine Magenmuskeln verkrampften sich, als er an ihren letzten Angriff dachte. Niemand, der dabeigewesen war, würde das jemals vergessen: die unerwartete Detonation des fehlgegangenen Torpedos und das Alarmtauchen, als der Zerstörer sie mit dem grellen Licht seiner Leuchtgranate geradezu entblößte. Und der Wasserbombenangriff, der scheinbar endlos anhielt. Nachher hatten sie einander verwirrt und ungläubig angestarrt. Sie hatten überlebt – wieder einmal war das Glück ihnen treugeblieben. Er dachte an den Kommandanten. Der hatte nicht einmal geblinzelt.

Er merkte, daß der ihm zunächst stehende Seemann sich ein wenig straffte, weil der Mann, in dessen Händen ihrer aller Geschick lag, auf die Brücke kam. Kleiber, der Kommandant, nahm mehrere tiefe Atemzüge, um Kehle und Lunge von dem Gestank nach Diesel, Kohl und Schweiß zu reinigen. Der Gestank hing in seinem Haar, an seinem ganzen Körper: ein Merkmal seines Berufes.

Er hatte die Karte studiert, hatte Berechnungen angestellt und versucht, den genauen Zeitpunkt herauszufinden, wann es soweit sein würde. Ein Konvoi kam von Halifax auf sie zu, falls die Codeknacker im Hauptquartier recht behielten. Mindestens dreißig Schiffe sollten es sein, mehr als die Hälfte davon Tanker: ein Konvoi mit einer Fahrt von zwölf Knoten.

Woher konnten sie das wissen? fragte er sich. Vielleicht von Agenten in Nova Scotia? Oder war diese wichtige Meldung per Funk übermittelt und abgehört worden? Derartige Informationen liefen gewöhnlich über das auf dem Meeresgrund liegende Kabel, an dem sich Unbefugte nicht zu schaffen machen konnten. Aber vielleicht war es im Augenblick überlastet, so daß sich irgendein höherer Offizier entschieden hatte, einen verschlüsselten Funkspruch zu riskieren. Kleiber warf einen Blick zum Himmel und dachte an die Karte. Sie steuerten Nordwest, kreuzten jetzt den vierzigsten Längengrad West. Ab hier bekam der Konvoi keine Luftsicherung mehr von amerikanischen oder kanadischen Stützpunkten an Land. Die Lücke, die östlich bis zur Länge von zwanzig Grad West reichte, war der »Schlachthof«. Nur ein Flugzeugträger hätte dem Konvoi hier Deckung geben können, die Alliierten hielten diese aber zurück, um ihre Großkampfschiffe im Pazifik zu schützen.

Er dachte plötzlich an seine Mutter, die ihn während seines letzten unerwarteten Urlaubs über den Kriegsverlauf ausgefragt hatte. Sie war eine liebe, sanfte Dame und neuerdings erheblich gealtert; vielleicht kam das von den zahlreichen Luftangriffen und der Lebensmittelknappheit, dachte er. Sie liebte und bewunderte ihn, war überaus stolz auf ihn und hielt stets eine große Fotografie von ihm bereit, um sie Nachbarn und Freunden zu zeigen; es war die, auf der ihm der Führer die Hand schüttelte, nachdem er ihn mit dem Ritterkreuz ausgezeichnet hatte.

Allerdings war sie genauso stolz auf seinen jüngeren Bruder Willi, den ersten in der Familie, der auf der Universität studierte. Ein feister Junge mit Brille, der in der Schule sehr gut gewesen war; zumindest hatten das seine Lehrer immer gesagt. Dann, wie aus heiteren Himmel, war er zusammen mit mehreren anderen Studenten zur Wehrmacht eingezogen worden.

Kleiber glaubte den Grund zu wissen, wollte ihn sich aber nicht eingestehen: Willi redete zuviel. Aber das taten doch die meisten Studenten! Sie waren nicht so diszipliniert wie die schon länger dienenden Soldaten. Aber Willi als Soldat? Geradezu lächerlich.

Er zog sein starkes Zeiss-Nachtglas unter der Öljacke hervor und richtete es nach querab. Aber das Aufspritzen war nur ein Fisch gewesen, der auf der Flucht vor einem Räuber aus dem Wasser gesprungen war. Siebenhundert Meilen querab lag die Küste von Neufundland, die Heimat so vieler wagemutiger Fischer. Der Konvoi war wahrscheinlich dicht unter der Küste gefahren, nachdem er Halifax achteraus gelassen hatte. Die Schiffe mußten erst lernen, im Zickzack zu fahren und die Formation zu ändern, bis die Kommandanten der Geleitfahrzeuge einigermaßen zufrieden waren. Ein paar Tage danach würden die wachsamen Flugzeuge in der Ferne zurückbleiben, dann war der Konvoi schutzlos.

Kleiber sah auf seine Uhr. Nicht mehr lange. Er sagte es dem wachhabenden Offizier, der es über das Sprachrohr in die Zentrale unten weitergab.

Der wachhabende Oberleutnant neben ihm roch nach Zigarren; vielleicht hatte er welche in Frankreich bekommen. Der Geruch erinnerte Kleiber an seinen Vater, was nur noch selten vorkam. Er mußte Kopf und Augen völlig freihalten für seine Aufgabe.

Vor dem Krieg war sein Vater einfacher Mechaniker gewesen, aber seine Fähigkeiten wurden bald erkannt, als der Krieg mehr und mehr von Deutschland forderte. Im Lauf der Zeit war seine Stellung ständig erweitert und sein Verdienst verbessert worden. Seine Mutter war hocherfreut darüber, denn vor dem Krieg war niemals genug Geld dagewesen. Jetzt war er technischer Leiter einer ganzen Fabrik, die kompliziertes Zubehör für Panzer und andere Kettenfahrzeuge herstellte. Trotzdem schien er ziemliche Sorgen zu haben.

Schließlich hatte er seinen Sohn beiseitegenommen und ihm erklärt, warum er so unglücklich war über die Art und Weise, wie er jetzt arbeiten sollte. Im Betrieb tauchten ständig Parteifunktionäre auf, mit Forderungen nach längerer Arbeitszeit. Sie hatten sogar einen Dienstplan für vierundzwanzig Stunden aufgestellt. Kleiber hatte versucht, seinen Vater aufzumuntern, und ihm erzählt, daß sie im Atlantik auch keine Pause machen konnten. Aber es nützte nichts. Sein Vater hatte ihn nur besorgt angesehen und von den ausgemergelten Häftlingen erzählt, die als ungelernte Arbeiter im Werk schufteten, ständig überwacht von der SS.

Kleiber kam diese Unterhaltung immer wieder in den Sinn, obwohl er doch nichts anderes wollte, als sich auf den bevorstehenden Kampf vorzubereiten. Diese Leute waren gefangene Zivilisten, Männer wie Frauen, verängstigt und halb verhungert. Er biß sich auf die Lippen. Die Arbeit mußte weitergehen, die Streitkräfte brauchten Nachschub, ohne Rücksicht auf Privatschicksale. Gefangene gingen daheim kein Risiko ein, und bei Kriminellen war es nur richtig, daß sie etwas Nützliches taten.

Der Oberleutnant holte laut Atem, und Kleiber trat rasch neben ihn. Der Himmel war jetzt heller geworden und der Horizont beinahe zu erkennen. Er sah deutlich ihren Bug und den sägeartigen Netzschneider, der sich wie eine Sense darüber erhob. Obwohl das Licht aus dem Osten kam, war der Himmel so klar, daß er die Flecken am westlichen Horizont erkennen konnte: treibender Qualm. Hier auf offener See konnte das nur eines bedeuten: Schiffe, und zwar viele.

Er rief seine Beobachtung ins Sprachrohr und nahm an, daß seine Sichtmeldung die erste der sechzehn U-Boote sein würde. Die Positionen der anderen Boote, bisher noch unsichtbar und unhörbar, lagen querab in beiden Richtungen. Sie konnten zusammen fast hundert Torpedos abfeuern.

Er gab den Befehl zum Tauchen und sah, wie seine Männer durch die ovale Luke hinuntersprangen und ihn allein auf der engen Brücke zurückließen. Das war für ihn immer ein befriedigender Augenblick: hier zu stehen und nichts zu tun, als auf die See zu warten, die gleich den U-Boot-Turm überfluten würde, während er das Boot hinuntertrieb wie ein gepanzertes Monster. Er klappte den Verschluß des Sprachrohrs herunter und schraubte ihn fest, dann drückte er ohne jede Hast den Alarmknopf, ließ sich selbst hinab und schlug den Lukendeckel mit einem Knall über seinem Kopf zu. Das Boot tauchte bereits, das Wasser schoß in die Satteltanks und drückte es tiefer.

Kleiber gab das Zeichen zum Ausfahren des Periskops und kniete dann nieder, um gleich den ersten Blick einzufangen, sobald es die Wasseroberfläche durchbrach.

Da waren sie, dunkle Flecken vor dem hellen Horizont, die sich diagonal vorwärtsbewegten: langsam, müde, bereits zum Untergang verurteilt.

Dann kam der Augenblick der Wahrheit, das Klicken von

Hebeln, die letzte Einstellung an den Torpedos; und die plötzliche Stille. Das Periskop fuhr zischend hinunter in sein Lager.

»Feuererlaubnis!«

»Fächer eins ... Los!«

»Fächer zwei ... Los!«

Es war nicht mehr zu hören als jedesmal ein leichtes Aufschlagen, wenn ein Torpedo aus dem Rohr flog. Kleiber nickte seinem Ingenieuroffizier zu und spürte, wie das Deck sich wieder abwärts neigte.

Der Angriff hatte begonnen. Er würde nicht eher enden, bis alle Rohre leer waren oder das Boot zertrümmert auf dem Grund des Atlantiks lag.

»Von Kommodore, Sir: Schwenkung auf null-fünf-null!«

Howard wandte sich um, als eine weitere Detonation die Morgendämmerung zerriß, und sah die riesigen weißen Wassersäulen, die mit scheinbarer Langsamkeit in sich zusammenfielen. Das getroffene Schiff scherte aus der Formation aus, wobei es Flammen und Qualm aus seiner aufgerissenen Bordwand spie.

Treherne rief: »Steuerbord zehn! Recht so! Steuern Sie null-fünf-null!«

Die *Gladiator* stand am Ende der Steuerbordkolonne und mußte früher andrehen als die anderen, um ihre Schutzposition beim Konvoi beizubehalten.

Howard hatte gewußt, daß es heute dazu kommen würde; es war bisher alles gar zu glatt gegangen. Aber die Schiffe des Konvois waren alle Veteranen des Atlantiks und reagierten blitzschnell auf die Signale des Kommodore oder des Chefs der Geleitfahrzeuge.

Zweiunddreißig Schiffe waren es, über die Hälfte davon tief beladene Tanker. Als Schutz hatten sie vier Zerstörer, sechs Korvetten und ein älteres Patrouillenboot. Aber es gab keine Luftsicherung, nicht einmal für diesen Geleitzug mit seiner wertvollen Ladung. Das erste Opfer war ein Tanker, ein ziemlich neues Schiff, dessen Kapitän beim Kommodore protestiert hatte, als dieser mit der Geschwindigkeit auf acht Knoten herunterging, weil ein Frachter Maschinenschaden hatte. Er hatte hochexplosives Flugzeugbenzin geladen und flog als ungeheurer Feuerball in die Luft, wobei brennende Wrackteile auf die anderen Schiffe herabregneten. Die Hitze war so stark, daß Howard sie auf seinem Gesicht zu spüren glaubte.

Drei der Korvetten gingen sofort mit Höchstfahrt zum Angriff über, dessen Intensität man aus den gewaltigen Wasserbergen ersehen konnte, die von ihren detonierenden Wasserbomben aufgeworfen wurden. Die See war voller Leichen und toter Fische, die in dem ausgelaufenen Öl zwischen zersplitterten Rettungsbooten trieben. Zwei weitere Detonationen auf der gegenüberliegenden Seite des Konvois folgten, und unmittelbar darauf noch mal zwei, bis der Donner über die See dröhnte wie ein Gewitter in den Bergen.

Der Signalmeister sagte heiser: »Dort sinkt noch einer. Die armen Schweine!«

Das Schiff, das er meinte, legte sich bereits langsam auf die Seite. Dampf schoß aus seinem zerfetzten Maschinenraum, in dem das Personal auf die schlimmste bekannte Art umgekommen sein mußte. Kisten und Lattenverschläge sowie Flugzeugteile trieben umher wie unfertiges Spielzeug. Ein noch in den Davits hängendes, vollbesetztes Rettungsboot kippte seine Insassen hinunter in die Flammen, bevor es zu Wasser gelassen werden konnte.

»*Redwing* ruft Kommodore, Sir. Erbitten Erlaubnis, Überlebende aufzunehmen.«

Howard beobachtete einige Männer, die über Bord gesprungen waren und jetzt zur *Gladiator* hinaufstarrten, die an ihnen vorbeirauschte; ihre Schreie gingen unter im Donner der detonierenden Wasserbomben und Dröhnen der Lüfter.

»Erlaubnis verweigert!«

Der Signalmeister sah seinen jungen Signalgasten an. »Starr nicht *mich* an, achte auf den verdammten Kommodore!«

Offensichtlich ging es auch ihm sehr nahe. Tommy Tucker, der hartgesottene Signalmeister, sah und hörte alles, was auf der Brücke geschah, tratschte aber niemals darüber: ein Mann, der Seeleute auf die schrecklichste Weise bei einer Geleitzugschlacht hatte sterben sehen, oder still und ohne jede Würde in den eisigen Gewässern der Arktis. Wieviel konnte ein Mann ertragen und immer noch zusehen, wie hilflose Seeleute in Stücke gerissen wurden oder verbrannten?

»Signal, Sir: Fahrterhöhung auf dreizehn Knoten.«

Das letzte Schiff, das in die Luft flog, war der Frachter mit dem Maschinenschaden gewesen. Der würde nie mehr einen Konvoi aufhalten. Dann endlich trat Stille ein über der von einer leichten Dünung bewegten See. Noch einmal erbat das ältere Patrouillenschiff *Redwing* Erlaubnis zum Bergen Überlebender – mit derselben abweisenden Antwort. Es war wie ein Alptraum. *Nicht stoppen! Die Lücken schließen!*

Howard rieb sich die Augen und richtete sein Glas dann achteraus. Es kam ihm vor, als blute sich der Konvoi in seinem eigenen Kielwasser zu Tode. Zwei Schiffe waren schon gesunken, vier weitere standen in hellen Flammen oder lagen so tief im Wasser, daß ihre Decks bereits überflutet waren. Das Schlachtfeld war gekennzeichnet durch einen brennenden Ölstreifen, der so breit war wie der ganze Konvoi. Zurück blieben Boote, Wrackteile und Menschen, die ungläubig der davonfahrenden Formation nachstarrten.

Howard sagte: »Ein Jammer, daß sie so etwas nicht zu Hause sehen, Number One, die Schwarzmarktgauner, die sich brüsten, daß sie trotz der Rationalisierung immer noch Treibstoff für ihre Wagen bekommen.« Er wandte sich ab. »Gott verdamme sie alle!«

Howard sah Ayres von der Kompaßplattform zu ihm herunterstarren, sah die anderen ringsum, dichter zusammengedrängt wegen des entsetzlichen Erlebnisses der völligen Hilflosigkeit, während so viele um sie herum elend starben. Nachts würden die U-Boote wie Haie an die Oberfläche kommen und unter voller Ausnutzung ihrer Dieselmaschinen die Jagd erneut aufnehmen. Die Admiralität hatte mitgeteilt, daß zehn U-Boote in der Gegend waren. Wie waren sie hergekommen? Woher hatten sie die Information über den Konvoi? Der morgige Tag würde also genauso beginnen wie der heutige. Und der nächste und übernächste auch.

Achteraus war ein dumpfes Donnern zu hören, und vom Asdic kam die Meldung: »Ein Schiff ist zerbrochen, Sir!«

Treherne bestätigte die Meldung, das Gesicht wie aus Stein, während er sein Glas hob und die übrigen sinkenden Schiffe beobachtete, die weiter und weiter achteraus blieben. Die Korvetten schloßen wieder auf zu ihren Schutzbefohlenen, und Howard wußte, daß ihre Besatzungen jetzt fieberhaft die Wasserbombenhalterungen nachluden und sich auf den nächsten Einsatz vorbereiteten.

Zu Treherne sagte er: »Sehen Sie zu, daß Sie was Heißes zu trinken für die Leute auftreiben. Sandwiches liegen bereits fertig in der Kombüse, obwohl das Brot inzwischen sicherlich so trocken ist wie Leder.«

Treherne gab den Auftrag an den Bootsmannsmaat der Wache weiter und fragte: »Sie haben den Angriff erwartet, nicht wahr, Sir?« Es paßte alles zusammen: das Fehlen jeglicher Überraschung bei Howard sowie seine Weisung an die Kombüse, belegte Brote vorzubereiten.

Wieder hob Howard sein Glas, als ein grelles Licht über die See blinkte. Es kam von Captain Vickers' *Kinsale* an der Spitze der Backbordkolonne, von wo aus er die Geleitfahrzeuge kommandierte und die nächsten Maßnahmen des Kommodore überwachte. Er schien die Klarsicht zu besitzen, dessen Manöver vorauszuahnen.

Der Signalmeister sagte: »*Kinsale* hat einen Kontakt, Sir!« Dann schrie er beinahe: »Er setzt den schwarzen Wimpel und ruft *Ganymede* zum Beistand!«

Steif wie alte Männer drängten sich die Geschützbedienungen und die Leute der Leckwehr auf ihren Stationen, um zu beobachten, wie der mächtige Zerstörer mit dem schwarzen Band des Führerschiffs am Schornstein geradezu wegzuspringen schien vom Konvoi. Seine Bugwelle stieg, bis es aussah, als grübe er das Heck tiefer und tiefer in die See, während winzige Gestalten aufs Achterdeck rannten, um die Wasserbomben für das erste Wurfmuster klarzumachen.

Colvin brachte *Gladiators* Schwesterschiff mit Hartruder auf den richtigen Kurs, mit dem er nun im Kielwasser des Führerschiffs vorwärts stürmte, um seine eigenen Wasserbomben zu werfen.

Vereinzelte Jubelrufe waren zu hören, als die ersten Wasserbomben detonierten und die Wasserfläche hochdrückten wie einen festen Hügel. Dann folgte ein weiteres Muster, und als der schwarze Wimpel von der Signalrah des Zerstörers verschwand, erhöhte *Ganymede* die Fahrt, um über das Gebiet hinwegzufahren, wo die See noch immer zu kochen schien.

Der Signalmeister rief: »Von *Kinsale*, Sir: Schließen Sie sich an!«

»Steuerbord fünfzehn! Beide Maschinen äußerste Kraft voraus!«

Howard warf einen Blick auf den Kompaß. »Recht so! Steuern Sie null-acht-null!« Über die Schulter fügte er hinzu: »Sagen Sie Bizley Bescheid, Number One. Volles Muster!« Dann war es wie eine hemmende Hand auf seiner Schulter, wie eine kühle Brise auf der Haut. Überrascht hörte er sich sagen: »Belege das, Number One. An AO: Geschütze klar zum Einsatz!«

Aus dem Augenwinkel sah er den jungen Milvain am Brükkeneingang mit einer riesigen Kanne dampfenden Tees schwanken.

Treherne gab seine Befehle weiter und sah den am Kompaß stehenden Kommandanten erstaunt an. Weitere Wasserbomben detonierten, als *Kinsale* nochmals die Strecke in ihrem eigenen Kielwasser ablief.

Howard bemerkte viele Dinge gleichzeitig: die neue vierrohrige Vier-Zentimeter-Kanone, die sich geräuschlos nach Steuerbord drehte, die großen Kaliber, die ihr folgten, als wollten sie sich auf die anderen Zerstörer richten. Er sah auch, daß die alte *Redwing* Qualm ausstieß, als sie Fahrt vermehrte, um die Lücke, die *Gladiator* hinterlassen hatte, aufzufüllen.

Weitere Wasserbomben wurden geworfen. Er stellte sich ihr langsames Sinken vor, tiefer und immer tiefer, bis sie rings um die verschwommene Form des U-Boots detonierten.

Er dachte kaum an die Leute auf dem U-Boot. Sie waren viel mehr eine Waffe als eine Besatzung. Das Boot hatte seinen eigenen Spürsinn, den des Jägers.

»Von *Kinsale*, Sir: Bleiben Sie auf Station. Ich habe einen weiteren Kontakt in drei-fünf-null!«

Man glaubte, einen Seufzer der Enttäuschung zu hören, als *Ganymede* hart abdrehte, um wieder dem Führerboot zu folgen.

Der Signalmeister knurrte: »Sie haben den Hund verloren!«

Howard rief scharf: »Aufgepaßt!« Er blickte auf die Stelle, wo Blasen und Öl an die Oberfläche stiegen und rasch in einem Wellental verschwanden. Dann tauchte das U-Boot auf, mit dem Bug voran, bis es unter Kontrolle gebrachte wurde und auf ebenem Kiel über dem abströmenden Wasser thronte.

Jetzt erschienen Männer auf dem Turm und sprangen an seinen Seiten hinunter an Deck. Ihre Gesichter waren auf die Entfernung nicht zu unterscheiden.

Der Bootsmannsmaat keuchte: »Die wollen sich ergeben!«

Der Signalmeister krächzte: »Einen Dreck wollen sie!«

Howard rief: »Feuer eröffnen!« Er starrte hinüber zu dem aufgetauchten U-Boot, das jetzt in dem aufgewühlten Wasser leicht stampfte. Es war durch die Wasserbomben stark beschädigt, deutlich konnte man die ausgezackten Löcher im Rumpf erkennen. Aber sein langes Geschützrohr, größer als irgendeins der *Gladiator*, schwenkte bereits herum, bis Howard direkt in die Mündung blickte.

»Hart Backbord!« Das würde Finlay die Möglichkeit geben, all seine Geschütze einzusetzen, obwohl *Gladiator* durch die Drehung ein größeres Ziel bot.

Er sah das Geschütz auf dem U-Boot aufblitzen und hörte die Granate über ihre Köpfe hinwegheulen, bevor sie weit querab detonierte. Dann wurde die Luft zerrissen vom Hämmern ihrer Vier-Zentimeter- und dem Krachen ihrer Zwölf-Zentimeter-Geschütze. Wassersäulen stiegen neben dem Rumpf des U-Boots auf und fielen wieder zusammen. Leuchtspurmunition zog ihre Ketten übers Wasser und schlug Feuer aus Rumpf und Kommandoturm, wo irgendein Verrückter es geschafft hatte, die deutsche Flagge zu setzen.

Das rasche, konzentrierte Feuer des Zerstörers mähte die Geschützbedienung des U-Boots nieder. Aber selbst als schon »Feuer einstellen« befohlen worden war, schoß eine Örlikon noch weiter und beharkte das Deck des feindlichen Schiffes, bis das Magazin leer war und auf dem Boot nur noch Leichen lagen.

Löcher erschienen in den Satteltanks des U-Boots, und Howard bemerkte zum ersten Mal, daß sein Rumpf schleimig bewachsen war. Wahrscheinlich war es schon seit Wochen auf See und hatte in diesen Gewässern nachgetankt, beim Rendezvous mit einem der großen Versorgungs-U-Boote, den sogenannten »Milchkühen«.

Treherne sagte leise: »Ich hätte nie gedacht, daß ich einen solchen Tag erleben würde.«

Howard antwortete nicht, sondern sah aufmerksam zu, wie der algenbedeckte Bootsrumpf sich mit dem Bug in die Luft hob und Qualm aus dem zerfetzten Turm quoll. An seiner Seitenwand erkannte er einige kleine Embleme: Zeichen für versenkte Schiffe, eine Abschußliste des Mörders.

Zwei Gestalten schwammen in der See, obwohl es rätselhaft war, wie sie überlebt hatten.

»Jetzt geht es unter!«

Diesmal hörte man keinen Jubel. Es herrschte lediglich die kalte Genugtuung des Siegers nach so vielen schrecklichen Fehlschlägen.

Das Boot verschwand, und Howard rief: »Bergen Sie die Überlebenden, Number One.«

Er sah Trehernes Überraschung und Zorn. Nach all den Landsleuten, die sie sterbend zurückgelassen hatten, stoppten sie jetzt für zwei ihrer Angreifer? Howard schüttelte den Kopf. »Es sind Trophäen, Beweisstücke für die Versenkung. Nicht viel, aber –«

Er rannte zur Brückennock, als ein Ausguck rief: »Torpedobahn an Steuerbord, Sir!« Für höchstens eine Sekunde sah er die helle Bahn, wie sie durchs Wasser zog und dicht an ihrem Bug vorbeilief. Wäre die *Gladiator* nicht mit der Fahrt heruntergegangen, um auf die beiden Deutschen zu warten, hätte der Torpedo sie mitschiffs getroffen. Er mußte aus weiter Entfernung abgefeuert worden sein. Sie hatten wirklich Glück gehabt.

Er spürte den Druck einer Detonation, wandte sich bestürzt um und sah die kleine *Redwing*, in die bereits durch ein großes Loch in der Bordwand Wasser strömte. Sie hatte genau auf *Gladiators* alter Position gestanden. Wieder spürte er die kühle Brise auf seiner Haut. Dieser Torpedo war für uns bestimmt, dachte er.

»Beide langsame Fahrt voraus. Gehen Sie mit Backbordseite an *Redwing* längsseits. Der Buffer soll Hängematten zwischen den Schiffsrümpfen ausbringen lassen. Signalmeister, rufen Sie *Redwing* an: Sie soll noch eine Weile durchhalten.« Ihm fiel plötzlich das Motto ihres Schiffswappens ein: *Mit starker Hand.* Das war alles, was er jetzt zu bieten hatte.

Er blickte hinunter auf den schmaler werdenden Zwischenraum, sah das Chaos auf *Redwings* Deck und das Blut auf den Stahlplatten, wo Männer zerrissen worden waren. Ein sterbendes Schiff.

»Beide Maschinen stopp.« Durch das Sprachrohr fügte er hinzu: »Gehen Sie vorsichtig längsseits, Cox'n. Wir haben nicht viel Zeit.« Ein weiterer rascher Blick. Vielleicht waren sie jetzt bereits im Fadenkreuz eines U-Boots. Nein, dieser Torpedo war bestimmt von weit hergekommen, sonst hätten *Kinsale* oder *Ganymede* auf ihren Geräten Kontakt gehabt.

»Steuerbord langsam zurück. Stopp.«

Treherne stand hoch oben über das Brückenkleid gebeugt und sah zu, wie der Buffer und seine Männer hinübergriffen und die ersten taumelnden Gestalten von *Redwing* holten. Auch Leutnant Bizely war dabei, und er sah Lawford, den Arzt, mit seinem Gehilfen an der Reling warten.

Treherne rief: »Sie sinkt, Sir!« Ein Schwall Dampf zischte aus dem dünnen Schornstein der *Redwood*, und Howard fragte sich, ob auch nur einer der Heizer es geschafft hatte, an Deck zu kommen.

Der letzte, den sie mit Gewalt von dem bereits schrägliegenden Deck herüberzogen, war der Kommandant der *Redwing*, ein bärtiger Reserveoffizier.

»Loswerfen! Steuerbord langsame Fahrt zurück! Klar bei Fendern!«

Howard spürte die Verzweiflung des Kommandanten fast physisch. Seine unheilbare Wunde. Wie würde er sich wohl fühlen, wenn die *Gladiator* unterging und er übrigblieb? »Lassen Sie ihn bitte auf die Brücke bringen.« Howard blickte wieder auf den Kompaß. »Beide halbe Fahrt voraus.« Als er sich das nächste Mal umsah, war die *Redwing* verschwunden, lediglich der übliche Strudel von Wrackteilen und Öl bezeichnete die Untergangsstelle. Der Kommodore würde ihm wahrscheinlich wegen seines Stoppens eine Rüge erteilen. Aber er sollte sich zum Teufel scheren.

Howard merkte, daß einige Seeleute in der Nähe ihn grinsend ansahen, weil er laut gesprochen hatte. Er empfand plötzlich Freundschaft für diese Männer, die ihm vertrauten und noch immer die Zeit fanden für ein Lächeln, auch wenn andere gerade gestorben waren. Diesmal keine unbekannten Handelsschiffsmatrosen, sondern Männer wie sie selbst, mit der gleichen Uniform.

Treherne meldete: »Kurs null-fünf-null liegt an, Sir. Umdrehungen eins-eins-null.« Er sah Howard an, eine unausgesprochene Frage auf den Lippen.

Da fielen Howard die beiden Deutschen ein, die er hatte bergen wollen, als der Torpedo plötzlich in Sicht gekommen war. Leise sagte er: »Was für Deutsche?« und wandte sich dem Kommandanten der *Redwing* zu, der jetzt zur Brücke geleitet wurde.

Der Mann starrte unsicher auf die verschlungenen Goldstreifen an Trehernes Ärmel, die seinen eigenen glichen, und ließ sich dann von Howard zu dem Stuhl hinter dem Brückenkleid führen, der seinem eigenen glich, den er soeben hatte verlassen müssen.

Howard stand neben ihm und fing an, seine Pfeife zu stopfen. Er wußte nicht, was er zu dem Mann sagen sollte. Da tippte dieser ihm auf den Arm, den Blick nach vorn auf den sich jetzt nähernden Konvoi gerichtet. »Danke«, sagte er.

Vielleicht gab es in dieser Situation gar keine passenden Worte. Jemand rief: »Hier kommt das Essen. Wird auch langsam Zeit!« Die belegten Brote wurden auf die Brücke gebracht.

Die *Gladiator* schien sich zu schütteln. Wieder einmal hatte sie überlebt, der Routinedienst konnte weitergehen.

An einem stürmischen Morgen verabschiedete sich HMS *Gladiator* vom Konvoi und fuhr mit den anderen Geleitfahrzeugen in die Werft.

Howard saß auf seinem Stuhl und blickte durch das salzverkrustete Glas des Brückenkleids, während Treherne ihm einen Becher dampfenden Tees reichte. Hinterher wurde ihm klar, daß er auf seinem Sitz eingeschlafen sein mußte und daß Treherne ihn am Arm geschüttelt hatte, um ihn zu wecken.

Ihn fröstelte. Es war zwar kalt auf der offenen Brücke, aber ihm war klar, daß es nicht nur am Wetter lag. Er fühlte sich völlig ausgelaugt und war nicht imstande, die Erleichterung seiner Leute zu teilen, die ihre Rückkehr nach Liverpool genossen, während so viele andere gefallen waren.

Sie hatten elf Schiffe des Konvois verloren, fünf davon Tanker, die wie treibende Scheiterhaufen zurückgeblieben waren, Fanale ihres hoffnungslosen Kampfes. Wäre nicht ein unerwarteter Weststurm von Stärke neun aufgekommen, der das U-Boot-Rudel zerstreute, wären die Verluste wohl doppelt so hoch gewesen. Von den elf versenkten Schiffen gab es knapp dreißig Überlebende.

Howard schlürfte den heißen Tee und betrachtete die wohlbekannte Silhouette des Crosby-Feuerschiffs, während die *Gladiator* wieder eine Kursänderung vornahm, um der *Kinsale* flußaufwärts zur Werft zu folgen.

Sie hatten bereits Befehl erhalten, direkt zum Gladstone-Dock zu gehen und Treibstoff zu übernehmen. Man würde ihnen dann mitteilen, wann der nächste Konvoi klar war zum Auslaufen nach Kanada. Howard versuchte, die Bilder aus seinen Gedanken zu verdrängen, sie blieben aber vor seinem inneren Auge haften und ließen sich nicht verdrängen: Männer, die im Wasser um Hilfe riefen, brennende und sinkende Schiffe, das Donnern der Torpedotreffer in der Nacht. Er stieg von seinem Stuhl und ergriff sein Glas. »Ich übernehme, Number One. Sie gehen jetzt besser nach vorn auf die Back zum Einlaufen in die Werft.«

Treherne zögerte und sah die anderen an. Ayres beugte sich über den provisorischen Kartentisch, sorgte sich aber wahrscheinlich vor allem um seinen Bruder, über den vielleicht inzwischen weitere Nachrichten eingetroffen waren. Finlay, der Wache hatte, blickte hinüber zur Küste, ob die Signalgasten irgendwelche Licht- oder Flaggensignale übersehen hatten. Tukker, der Signalmeister, paßte ebenfalls auf, damit Finlay seine Leute nicht bei einem solchen Lapsus überraschen konnte.

Treherne sagte zu Howard: »Denken Sie daran, Sir, wir haben ein U-Boot versenkt.« Er zwang sich zu einem Lächeln. »Nachdem unsere Freunde es für uns an die Oberfläche gebombt haben. Das ist doch immerhin etwas, nicht?«

Howard bückte sich zum Sprachrohr. »Steuerbord zehn. Recht so. Steuern Sie die Einfahrt an, Cox'n.« Er hörte Sweeneys Bestätigungen. Wie viele Befehle hatte er wohl schon durch dieses Sprachrohr gegeben? Fahrtänderungen, hartes

Abdrehen vor Gefahren und verzweifelte Zickzack-Kurse, um treibenden, brennenden Handelsschiffen oder Rettungsbooten auszuweichen. Kein Wunder, daß das Steuerhaus im Hafen im Vergleich dazu so friedlich wirkte.

Er erwiderte: »Es war nur ein Tropfen auf den heißen Stein. Aber unsere Leute haben sich gut gehalten, besonders wenn man bedenkt, daß die meisten noch vor kurzem auf der Schule waren.« Er hob sein Glas, um die Möwen auf den Dächern zu betrachten. Liverpool war nicht sein Zuhause, aber in diesem Augenblick hatte er das Gefühl heimzukehren.

Der Signalmeister rief: »Von *Kinsale*, Sir: Bitte Kommandant so bald wie möglich an Bord.«

Howard nickte. »Bestätigen Sie.« Er sah die Frage in Trehernes Augen und sagte müde: »Ich werde wohl meinen Anpfiff kriegen, weil ich bei *Redwing* längsseits gegangen bin.«

»Wenn das der ganze Dank ist?«

Howard sah einem kleinen Schlepper nach, der flußabwärts fuhr, während seine Besatzung sich an Deck räkelte. Als er sich wieder Treherne zuwandte, um ihm zu antworten, war der bereits gegangen; sicherlich kochend vor Wut in Verteidigung seines Kommandanten.

So bald wie möglich bedeutete, daß er rasiert und umgezogen vor Captain Vickers erscheinen sollte. Vielleicht hatte der Konvoi-Kommodore offiziell Beschwerde gegen ihn erhoben. Möglicherweise ging es aber auch nur darum, wer die Versenkung des deutschen U-Boots für sich in Anspruch nehmen konnte.

Wie sich dann aber herausstellte, traf keines von beiden zu.

Gleich nachdem die *Gladiator* im Gladestone-Dock an einem Tanker festgemacht hatte, ging Howard an Bord des großen Zerstörers. Er fühlte sich unbehaglich in seiner besten Uniform, bei der die Goldstreifen so neu aussahen, ganz anders als die abgewetzten, beinahe braunen Streifen auf seinem Seejackett.

Seeleute wuschen die Decks und Aufbauten, um das Salz

und die Spuren des Gefechtes zu beseitigen. Andere trugen Säcke mit leeren Kartuschen, die irgendwo wieder zu neuer Munition verarbeitet werden sollten. Bestimmt würden einige davon im Heizerdeck landen, wo sie zu Aschenbechern oder Briefbeschwerern verarbeitet wurden.

Der Erste Offizier der *Kinsale* grüßte ihn stramm. »Eine schlimme Fahrt war das, Sir.« Er warf einen Blick zum Land. »Selbst diese gottverlassene Stadt kommt mir danach schön vor.«

Howard musterte ihn. Der Erste Offizier des Führerboots wußte alles oder sollte es zumindest wissen. »Worum geht's eigentlich, Number One?«

Er hob die Schultern. »Ob Sie's glauben oder nicht, Sir, ich weiß es wirklich nicht. Aber ein Admiral ist gerade beim Kommandanten.« Er warf einen Blick auf seine Uhr. »Sie sollen gleich nach Eintreffen hinunterkommen.«

Howard spürte, wie er ihm nachblickte und sich möglicherweise fragte, ob dies der nächste Kandidat für ein Kriegsgericht sei.

Ein Steward in weißem Messejackett öffnete ihm die Tür, und Captain Vickers begrüßte ihn mit festem Händedruck. »Gut gemacht, David!« Sein Lächeln reichte jedoch nicht bis zu seinen Augen.

Howard sah einen großen Konteradmiral am offenen Bullauge stehen, eine Kaffeetasse in der Hand. Für seinen Rang wirkte er recht jugendlich, genauso alert und kläräugig wie Vikkers.

Der Kommodore begann: »Dies ist Konteradmiral Lanyon, David. Es ist ein bißchen schwierig –«

Der Admiral setzte seine Tasse ab und sah Howard direkt an. »Der Kapitänleutnant ist ein guter Offizier, deshalb will ich direkt zur Sache kommen. Ich wurde gebeten, es Ihnen selbst zu sagen, und zwar von meiner Tochter. Soviel ich gehört habe, besuchte sie Ihren Vater, um Sie zu sprechen.«

Howard wußte nicht, was er sagen sollte. Er hatte den Namen Lanyon noch nie gehört und konnte sich unter dessen Tochter nichts vorstellen. Der Admiral fuhr fort: »Sie kennen sie als Mrs. Kirke, noch unter dem Namen ihres Mannes.«

Jetzt starrte Howard ihn verwundert an. Das war also der Grund, weshalb niemand in Portsmouth Celia gekannt hatte; sie hatte wieder ihren Mädchennamen angenommen.

»Als ich Ihre Ankunftszeit in Liverpool erfuhr, kam ich gleich hierher.« Lanyon versuchte zu lächeln, genau wie Vikkers, aber es klappte nicht.

»Worum geht es, Sir? Ist etwas passiert?« Howard glaubte, wieder die kalte Hand auf der Schulter zu spüren. Er hätte damit rechnen sollen.

Lanyon sagte leise: »Vor fünf Tagen war ein Bombenangriff auf Portsmouth, und ich fürchte, Ihr Vater kam dabei ums Leben. Das Haus erhielt einen Volltreffer.«

Howard ging zum offenen Bullauge und starrte wie blind hinaus. Das konnte doch nicht wahr sein! Einen Augenblick hatte er geglaubt, etwas wäre mit Celia passiert, hatte dann aber sofort an seinen Bruder gedacht. Aber doch nicht der Governor...

Er hörte sich fragen: »War es – ich meine, hat er...« Er konnte nicht weitersprechen.

Lanyon sagte: »Meine Tochter könnte Ihnen mehr sagen. Sie fuhr gleich hin. Es muß sehr schnell gegangen sein, er kann nichts gespürt haben. Das ist zwar kein Trost, aber immerhin besser, als wenn er hätte leiden müssen.«

Captain Vickers fragte: »Möchten Sie einen Drink, David?« Mitfühlend sah er ihn an. »Es tut mir verdammt leid, wirklich!«

Howard schüttelte den Kopf. Er wollte nichts als alleingelassen werden. »Nein, danke, ich muß zurück an Bord. Wir liegen am Tanker zur Ölübernahme.«

Vickers warf ein: »Lassen Sie Ihre Nummer Eins übernehmen, und fahren Sie nach Hause.«

Der Admiral blickte auf seine Uhr. »Ich muß erst noch zum Oberbefehlshaber. Aber danach kann ich Sie in meinem Wagen nach Hampshire mitnehmen, sobald Sie fertig sind. Paßt Ihnen das?«

Howard nickte. »Aber was wird aus meinem Schiff, Sir?«

»Das regeln wir schon.« Der Admiral ergriff seine mit goldenem Eichenlaub verzierte Mütze. »Es gibt jetzt bestimmt viel für Sie zu tun. Ihr Bruder hat sich bisher als Fels in der Brandung erwiesen.«

»Ich bringe Sie zur Gangway, Sir.« Vickers sah Howard an. »Und Sie bleiben hier, David, solange Sie möchten, klar?«

Die Kajüte war plötzlich ruhig und leer, nur das Murmeln der Generatoren und die gedämpften Schiffsgeräusche erinnerten Howard daran, wo er war.

All diese Meilen und so viele verlorene Schiffe und Männer. Und jetzt dies hier! Der Governor! Er vergrub das Gesicht in Händen, um seine Bewegung zu ersticken. Was für eine Heimkehr! Genau wie einst für den Coxswain und den Heizer Marshall gab es für ihn jetzt kein Zuhause mehr.

Es klopfte leise, und der Kapitänsteward kam herein, auf seinem Tablett ein bis an den Rand gefülltes Glas. Er sagte: »Mein alter Kumpel Percy Vallance hat mir gesagt, wie Sie den mögen. Also hab' ich einen großen Horses' Neck für Sie gemixt.« Er sah zu, wie Howard das Glas ergriff. »Mein Beileid, Sir.«

»Wissen sie es bei mir an Bord schon?« Sie würden mit Neugierde und Sympathie reagieren. Mal sehen, wie der Alte mit solch einer Nachricht fertig wird.

Der Steward hob die Schultern. »Nun, an Bord bleibt nichts lange geheim, Sir. Letztes Jahr ist mir das gleiche passiert. So etwas vergißt man nicht.«

Howard starrte ihn an. Nur ein einfacher Mann, der hier als Steward diente, vielleicht weil er nichts Besseres hatte finden können. Und doch einer, der seinen Kollegen auf der *Gladiator* gefragt hatte, was der Skipper gern trank.

»Auch ausgebombt?«

Der Steward blickte in die Ferne. »Nein, Sir. Mein Vater war

Seemann bei der Handelsmarine. Er starb mit einigen Kameraden im offenen Boot, nachdem sein Schiff im Atlantik torpediert worden war. Ich habe in diesen letzten Wochen oft an ihn denken müssen, das kann ich Ihnen sagen.«

Howard dachte an das treibende Boot mit seinen schweigenden Insassen und an die Fotografie des Mädchens, die ein Toter bei sich gehabt hatte.

»Danke, daß Sie mir das erzählt haben.« Er setzte sein Glas ab und war überrascht, daß es leer war. »Den Drink habe ich gebraucht.«

Der Steward lächelte und begleitete ihn zur Tür. »Nun, Sir, heute kann es jeden treffen«, sagte er zum Abschied.

Der Erste Offizier der *Kinsale* salutierte an der Gangway. »Mein herzliches Beileid, Sir.«

Howard erwiderte den Gruß. Auf Schiffen blieb nichts für längere Zeit geheim.

Treherne erwartete ihn, aber bevor er sprechen konnte, sagte Howard rasch: »Ich fahre für ein paar Tage nach Süden, Number One. Passen Sie gut auf das Schiff auf und stellen Sie sicher, daß die Männer so viel Landurlaub bekommen wie möglich.«

»Ich habe eben von Ihrem Verlust gehört, Sir. Wenn es irgend etwas gibt, das ich für Sie tun kann . . .«

Howard begegnete seinem Blick und dachte daran, wie er fast zusammengebrochen wäre ohne die Freundlichkeit des unbekannten Stewards. »Vielleicht werde ich eines Tages darauf zurückkommen – und ich weiß, daß ich mich immer auf Sie verlassen kann.«

Er blickte über die verlassenen Decks seines Schiffes. Die Leute waren unten und lasen ihre Briefe oder machten sich fertig für den Landgang.

Treherne beobachtete ihn grimmig und wußte genau, was der Kommandant jetzt dachte.

Willkommen daheim!

10 *Trotz allem Hoffnung*

Der Mann, den Howard sein ganzes Leben nur als Mr. Mills gekannt hatte, stellte zwei Becher Tee auf den geschrubbten Tisch und musterte den jungen Offizier eingehend. »Ich habe ihn mit etwas Rum gemischt, David. Das wird dir guttun. Außerdem wird es eine kalte Nacht.«

Howard nickte und wärmte seine Hände an dem Becher. Mr. Mills war älter geworden, schien sich aber sonst überhaupt nicht verändert zu haben. Er trug noch immer dasselbe schäbige Sportjackett und die Baskenmütze, die er sowohl draußen wie drinnen aufbehielt. Auch sein Haus war noch genauso, wie es David im Gedächtnis hatte, angefüllt mit allem möglichen Krimskrams, aber auch mit Möbeln, die Mr. Mills wieder verkaufte, wenn es ihm in den Sinn kam. Einige beschrieben ihn als Trödler, aber bei dieser allgemeinen Verknappung und Rationalisierung kamen die Dinge eben wieder zu Wert. Mr. Mills kaufte Kleinigkeiten und Erinnerungsstücke aus zerbombten Gebäuden, fand Möbel für Leute, die gerade heiraten wollten, und schimpfte Stein und Bein auf den Krieg. Er und sein verbeulter Lieferwagen waren in ganz Hampshire eine bekannte Erscheinung.

Es fröstelte Howard, und er dachte an die lange, schnelle Fahrt von Liverpool hierher. Er hatte sie zum größten Teil schweigend verbracht, weil Konteradmiral Lanyon offenbar damit zufrieden war, ihn seinen Gedanken zu überlassen, während er selbst dicke Bündel von Funksprüchen durchsah.

Über den Krieg hatte der Konteradmiral sehr wenig gesagt, lediglich: »Ihr Kampf im Atlantik ist wohl der wichtigste. Die Dinge müssen sich bald zum Besseren wenden.« Seine Tochter hatte er nur kurz erwähnt und erzählt, wie sie sich wieder gefangen hatte, nachdem ihr Mann, der Pilot, in Howards Konvoi nach Murmansk ums Leben gekommen war. Trotz seines eigenen Kummers hatte Howard gespürt, daß Lanyon nicht allzuviel von Jamie Kirke gehalten hatte. Er hatte ihn zwar einen

Helden genannt, aber das Wort klang in seinem Mund wie eine Mißbilligung.

Howard versuchte, nicht mehr weiter über das Haus nachzudenken, das er soeben verlassen hatte. Der Gestank nach nasser Asche würde wohl so lange in den zerstörten Mauern haften bleiben, bis es wieder aufgebaut wurde. Zwei Wände und der einsame Kaminschornstein standen da wie ein Denkmal, der Rest war nur noch ein Berg aus Ziegeln und Glas. Ein Krater, so groß wie das halbe Grundstück, zeigte die Stelle an, wo die Bombe eingeschlagen war.

Mr. Mills hatte ihm erzählt, wie es passiert war. Ein Tagesangriff, der wieder einmal der Werft gegolten hatte, war durch die geballte Abwehr der Flak in Portsmouth abgeschlagen und die feindlichen Flugzeuge abgedrängt worden. Sie waren außerdem behindert durch die neue Ballonsperre und hatten ihre Bomben nach einer Schwenkung über dem flachen Land abgeladen.

Nachdenklich sah Mr. Mills ihn an. »Ich habe natürlich einige seiner Sachen gerettet. Eines Tages wirst du ja sicher zurückkehren, oder?«

Howard hörte sich ohne jedes Zögern antworten: »Es ist schließlich mein Zuhause.« Der kräftige Schuß Rum im Tee tat ihm gut. »Wo ist sein Grab?«

Mr. Mills warf einen Blick aus dem Fenster. »Am anderen Ende des Dorfes.« Vielleicht sah er seinen toten Freund vor sich, damals bei Seebrügge. »Es war eine sehr schöne Beerdigung. Sechs Menschen sind bei diesem Angriff ums Leben gekommen, David.« Er seufzte. »Das ist eine verdammte Menge für einen so kleinen Ort. Aber der Pub blieb zum Glück verschont.«

»Können Sie mir alle Einzelheiten erzählen, bitte?« Howard sah zu, wie Mr. Mills Tee und Rum nachschenkte, und fragte sich, warum er alles so genau wissen wollte.

»Es gab Fliegeralarm, aber das war selbst am hellen Tage nicht außergewöhnlich. Das Geschützfeuer wurde so laut, daß ich sagte, diesmal gilt es uns. Aber natürlich nahm ich nicht an, daß die Halunken ihre Bomben hier abwerfen würden. So liefen wir alle in den kleinen Schutzbunker hinten an der Straße, aber Lucy war sehr verängstigt.«

Howard nickte und dachte an die Hündin, die er nie zu sehen bekommen hatte. »Kein Wunder. Ihr eigenes Heim war ja kurz zuvor ausgebombt worden.«

»Als wir den Bunker gerade erreicht hatten, riß sich das arme Tier los und rannte zurück zum Haus. Wie der Blitz war dein Vater hinter ihr her. Er rief mir noch zu, ich solle mich hinwerfen.« Mit traurigem Lächeln fuhrt er fort: »Du weißt ja, wie er war.«

Es herrschte Schweigen, Howard hörte nur das Klappern eines Wagens auf der Straße. Mr. Mills hatte das Heulen der Bombe gehört und war ziemlich sicher, daß er sie für den Bruchteil einer Sekunde auch gesehen hatte, bevor sie einschlug.

Er fuhr fort: »Sie kamen beide zusammen ums Leben. Ich selbst wurde von dem Druck bewußtlos. Als ich zu mir kam, beugte sich Tom, der alte Wildhüter, und ein Luftschutzwart über mich. Alles schien in Flammen zu stehen. Ich hätte eine Gehirnerschütterung, sagten sie.« Verächtlich fügte er hinzu: »Aber woher, zum Teufel, wollten sie das wissen?«

Zusammen umgekommen. Er dachte an das Mädchen mit den grünen Augen. Celia würde sich auch hieran die Schuld geben.

Mr. Mills fuhr fort: »Dein Bruder und seine Frau waren zum Begräbnis da, selbst die beiden italienischen Gefangenen sind gekommen.« Dann sah er Howard mit neuem Interesse an. »Die junge Wren war natürlich auch hier. Es hat sie wirklich sehr mitgenommen.«

Die Bomben hatten eine Seite des schmalen Weges völlig verwüstet. Die Opfer waren in einem Gemeinschaftsgrab beigesetzt worden, wie sie ja auch in dieser ruhigen Ecke Englands gemeinsam gelebt hatten.

Mr. Mills reckte den Hals, als ein weiterer Wagen draußen

Gas wegnahm und dann hielt. Konteradmiral Lanyon hatte sogar die Heimfahrt für ihn organisiert. Mr. Mills bot ihm an: »Du kannst natürlich hierbleiben, wenn du möchtest. Es ist aber ein bißchen einsam geworden.«

Howard schüttelte den Kopf. »Ich habe noch allerhand zu tun. Trotzdem besten Dank, auch für alles, was Sie für den Governor getan haben. Das werde ich Ihnen niemals vergessen.«

Mr. Mills schlurfte hinter ihm her zur Gartenpforte, und Howard winkte dem khakifarbenen Stabswagen. »Ich bin in Portsmouth, wenn Sie mich brauchen. Und dann . . .«

Mr. Mills nickte. *Und dann.* Wie oft hatte er in seinem Krieg selbst diese Worte gebraucht? »Und dann wieder im Atlantik, David?«

»Ja.«

Schweigend schüttelten sie einander die Hände, verbunden durch das, was sie beide verloren hatten.

Als der große Stabswagen in die Hauptstraße einbog, wandte Howard sich noch einmal um nach der schäbigen kleinen Gestalt, die hinter ihm herstarrte. Der Fahrer bemerkte: »Mein Gott, hier sieht's ja schlimm aus, Sir.«

Howard erwiderte: »Das war mein Elternhaus.«

Der Wagen schwankte, und der Mann sagte unbeholfen: »Tut mir leid, Sir, das hat mir niemand gesagt.«

Howard blickte auf die vorbeiziehenden Felder und Hecken, die Bäume waren bereits ohne jedes Laub. Der nächste Winter zog herauf. Mehr Konvois – und was dann?

Später, als er in der großen Messe der Kaserne saß, wo der Adjutant des Konteradmirals ein Quartier für ihn bestellt hatte, starrte er in den offenen Kamin und versuchte, sich an alles zu erinnern, was er gesehen und gehört hatte.

Er spielt mit dem Gedanken, Celia anzurufen, und fragte sich, ob ihr Vater sie schon über seine Anwesenheit informiert hatte. Unschlüssig blickte er hinüber zu dem geschäftigen Treiben an der langen Bar und sah etwa ein halbes Dutzend Fliegerleutnants lautstark feiern. Vermutlich hatten sie soeben einen Kursus beendet und waren im Begriff, zu ihren verschiedenen Staffeln zurückzukehren. Wenn sie lange genug am Leben blieben, konnte sie in den nächsten Monaten eine wichtige Rolle spielen.

Mit einem Ohr lauschte er ihren dröhnenden Stimmen, die sich bemühten, mit einem Klavier Takt zu halten. Howard dachte plötzlich an den toten Hurricane-Piloten. Da stand er abrupt auf und schritt zur Tür. Er sah nicht mehr, wie einer der frischgebackenen Leutnants seinen Kameraden anstieß. »Sieh dir den an. Auch so einer, der schon durchgedreht hat!«

Alle drei Telefonzellen waren besetzt, er mußte warten und fragte sich, wie sie wohl reagieren würde. Ob sie sich verleugnen ließ und einer anderen auftrug, ihn abzuwimmeln? Ein untersetzter Zahlmeister kam aus einer der Telefonzellen und schimpfte: »Sie werden ihren Ton verdammt schnell ändern, wenn –«

Howard hörte das Ende des Satzes nicht mehr. In der engen Zelle fühlte er sich behütet und isoliert. Aber es dauerte gut zehn Minuten, bis er die verschiedenen Nummern und Nebenanschlüsse überwunden und die übliche Fragerei der Telefonistinnen ertragen hatte. Und dann, ganz plötzlich, kam er durch.

Vorsichtig fragte er: »Könnte ich bitte den Zweiten Offizier Lanyon sprechen?«

Die erwartete Zurückweisung blieb aus. Ich muß wirklich verrückt sein, sagte er sich, verärgert über das Rasen seines Herzens.

»Ich stelle Sie durch, Sir.«

Celias Stimme klang kühl und distanziert. »Hallo?«

»Hier David Howard, Sie erinnern sich vielleicht –« Er wußte nicht weiter.

Sofort fragte sie: »Wo sind Sie?« Ihre Stimme hatte sich verändert, sie sprach jetzt sehr leise. »Waren Sie schon daheim?«

Er nickte, als könne sie ihn sehen. »Ja. Ich bin jetzt in der Marinekaserne. Nur für einen Tag oder so.« Er stieß die Worte hastig hervor, als fürchte er, sie könnten getrennt werden. »Ihr

Vater hat das für mich geregelt. Ich – ich wußte nichts, bis er es mir sagte.«

Ruhig antwortete sie: »Ich weiß. Es war das wenigste, was wir für Sie tun konnten. Wir wissen von den Angriffen auf den Konvoi und was Sie durchgemacht haben.« Es knackte in der Leitung, aber es war keine Unterbrechung. Vielleicht wurde ein Gespräch nicht unterbrochen, obwohl operative Dinge erwähnt wurden, wenn der eine Teilnehmer die Tochter eines Konteradmirals war. Rasch sagte Celia: »Auf dieser Seite von Gosport ist ein Pub, *The Volunteer.* Es ist ganz ruhig dort und wird fast ausschließlich von unseren Leuten hier benutzt.«

»Ich kann in einer Stunde dort sein.« Er wagte kaum zu glauben, was da geschah. »Ich finde sicher jemanden, der mich hinfährt. Ich wollte Ihnen nur sagen, daß . . .«

Eine Männerstimme unterbrach ihn angeödet: »Sie werden jetzt getrennt, Sir.«

»Aber ich habe doch eben mit . . .«

»Tut mir leid, Sir.« Er hörte ein glucksendes Lachen. »Es ist nämlich Krieg, müssen Sie wissen.«

Howard knallte den Hörer auf und eilte aus der Zelle. Beinahe hätte er dabei einen Oberleutnant umgerannt, der gerade im Begriff war, die Messe zu verlassen. Sie starrten sich einen Augenblick an, dann grinste der Oberleutnant.

»Sinclair, Sir.« Das Grinsen wurde breiter. »Ich war Offiziersanwärter auf Ihrem Schiff, der *Winsby.* Sie werden sich meiner nicht mehr erinnern.«

In Howards Kopf drehte sich zwar noch alles, aber plötzlich sah er in der Erinnerung ein junges, eifriges Gesicht vor sich. Eins von so vielen. Er sagte: »Sie wollten doch zur U-Boot-Waffe, wenn Sie Offizier geworden waren?«

Der Oberleutnant starrte ihn verwundert an. »Das stimmt, Sir. Im Augenblick warte ich gerade auf ein Boot, das mich zu meinem Stützpunkt zurückbringen soll. Wie wär's, wenn Sie mitkommen würden, damit ich Ihnen meine Freunde vorstellen kann, Sir?«

Howards Kopf war plötzlich wieder klar. »Sie sind hier stationiert? Dann kennen Sie vielleicht auch einen Pub namens *The Volunteer*?«

»Ja, natürlich, Sir. Aber für mich ist er ein bißchen zu ruhig.« Dann wurde Sinclair aufmerksam, als er die Dringlichkeit von Howards Frage bemerkte. »Ich kann Sie rasch hinbringen, wenn Sie möchten.«

Dankbar ergriff Howard ihn am Arm. »Gern. Den Besuch bei Ihren Kameraden hole ich später nach, wenn ich darf.«

Er drehte sich um und holte seine Mütze vom Garderobentisch. Der junge Oberleutnant, der auf U-Booten fuhr und früher ein nervöser Offiziersanwärter auf Howards erstem Schiff gewesen war, glaubte nur ein gemurmeltes Wort zu hören: »Schicksal . . .«

Howard öffnete die Tür und schob die schweren Verdunkelungsvorhänge beiseite, die nach Tabak und Staub rochen. Es war wirklich ein gemütliches kleines Lokal. Im Kamin brannte ein Feuer, und zwei Landarbeiter tranken davor ihr Bier, während ein großer Hund zwischen ihnen lag und vor sich hindöste.

In der angrenzenden Bar saßen ein paar Soldaten, aber zum Glück war keiner dabei, den er kannte. Er hatte selten weniger ein Verlangen nach Unterhaltung gespürt als im Augenblick. Das Lokal war wirklich so ruhig, wie der Oberleutnant gesagt hatte. Das war kaum überraschend, dachte er. Seeleute, die nach anstrengender Reise an Land kamen, froh darüber, daß sie alles überstanden hatten, suchten sich lebhaftere Lokale; während diejenigen, die an Land stationiert waren, sich mehr für das bessere Essen in den Restaurants interessierten.

»Guten Abend, Sir.« Der Wirt wischte mit seinem Tuch einen nicht vorhandenen Flecken von seiner glänzenden Bar, während er den Eingetretenen beobachtete. Sein Blick glitt mit professionellem Interesse von Howards zweieinhalb Streifen zu dem Ordensband an seiner Jacke, als er den Regenmantel auszog.

»Einen Horses' Neck bitte.« Er lächelte, um seine Spannung zu verbergen. »Falls Sie das noch haben?«

Der Wirt grinste. »Wenn Sie nach einem Scotch gefragt hätten, wäre das was anderes gewesen. Dann hätte ich die Polizei oder die Küstenwache gerufen, weil Sie ein deutscher Fallschirmspringer sein mußten. Seit über einem Jahr gibt es hier keinen Scotch mehr. Aber Gin haben wir noch.«

Howard trug sein Glas zu einem Tisch in der Ecke, während der Wirt die Neun-Uhr-Nachrichten einschaltete.

Howard hörte kaum hin. Er hatte solche Meldungen so oft gehört, daß sie ihn nicht mehr interessierten: »Nachts haben unsere Bombengeschwader Ziele an der Ruhr angegriffen und auch die U-Boot-Bunker bei Lorient. Sieben unserer Flugzeuge sind nicht zurückgekehrt.« Er sah, daß der Wirt den kleinen Radioapparat grimmig anstarrte. Vielleicht hatte er Angehörige bei der Air Force.

Ein Windzug wehte vom geöffneten Verdunkelungsvorhang herein, und da stand sie. Genau wie er vorher, warf auch sie jetzt einen raschen Blick durch den Raum, dann setzte sich sich ihm gegenüber, nahm ihren Dreispitz ab und schüttelte ihr Haar. Dabei sah sie ihm suchend ins Gesicht. »Ich hoffe, Sie haben nicht zu lange warten müssen?«

Howard winkte dem Wirt, der die junge Frau anstarrte, als sei sie soeben vom Mond gefallen.

Sie sagte: »Einen Gin, bitte.«

Hatte sie um einen Sherry bitten wollen, und war ihr dann eingefallen, daß sie das letzte Mal im Wohnzimmer des Governors einen Sherry getrunken hatte?

»Gern.« Howard horchte plötzlich auf. Der Nachrichtensprecher schloß mit einer kleinen Meldung, die in den Tageszeitungen höchstens ein paar Zeilen beanspruchen würde: »Das Sekretariat der Admiralität bedauert, den Verlust von HMS *Redwing* mitteilen zu müssen. Die nächsten Angehörigen sind benachrichtigt.« Er konnte sich nicht erinnern, ob er den Gin bezahlt hatte oder nicht. Er merkte nur, daß er sein Glas umklammert hielt.

Celia musterte ihn besorgt. »Was ist los?«

»Die *Redwing*. Ich sah sie untergehen. Jetzt bei unserem letzten Konvoi. Wir konnten nur ein paar Besatzungsmitglieder retten.« Er starrte die Wand an, sah aber nur das längsseits liegende kleine Schiff, wie es immer tiefer sank, während benommene, blutende Männer herübergezerrt wurden. Er sah den Kommandanten der *Redwing* auf der Brücke, die Augen starr vor Schock. Dann wandte er sich wieder Celia zu und merkte, daß ihre Hand auf seinem Arm lag; er hatte es nicht gefühlt.

»Erzählen Sie mir davon.«

»Ich muß wohl zu lange dabei sein.« Er sah auf ihre Hand nieder und hätte sie am liebsten festgehalten, aber ihm war klar, daß sie sie dann wegziehen würde. Nur zu gern hätte er ihr alles gesagt, was er auf dem Herzen hatte. »Ich habe das seltsame Gefühl –«, er blickte ihr in die Augen, die so grün waren wie die See, »daß der Torpedo für uns bestimmt war.«

Sie lächelte und zog ihre Hand zurück, als hätte sie eben erst gemerkt, wo sie lag. »Nun, Gott sei Dank hat er Sie verfehlt.« Sie hob ihr Glas. »Ich kann nicht lange bleiben, meine Freundin Jane vertritt mich. Aber ich mußte Sie einfach sehen, Ihnen mein Beileid aussprechen. Es muß ja die Hölle für Sie gewesen sein.«

»Ich habe das Haus gesehen, was noch davon übrig war. Mr. Mills hat sein Bestes getan. Gott segne ihn.«

»Er mag Sie sehr gern, nicht wahr?«

Howard sah sich um, als die Vorhänge aufgerissen wurden und zwei Soldaten mit schweren Stiefeln hereintrampelten, wobei jeder einen raschen Blick auf die junge Frau warf, bevor sie das Brett für Wurfpfeile entdeckten.

Celia fuhr fort: »Ich habe Ihren Bruder und seine Frau kennengelernt.«

»Und was halten Sie von Robert?«

Sie schien überrascht über die Frage, aber ihre Antwort kam in der für sie charakteristischen direkten Art: »Nun, ich kann bereits den künftigen Admiral in ihm sehen. Er ist ganz anders als Sie.«

Howard zog eine Grimasse. »Das nehme ich doch an.« Sie hatte völlig recht, Robert war genauso, wie man sich einen Berufsoffizier vorstellte: sehr korrekt, aber auch steif.

Sie fragte: »Werden Sie das alte Haus behalten?« Als er nickte, fügte sie versonnen hinzu: »Ich habe es direkt liebgewonnen.« Mit einem Mal wurde sie anscheinend ärgerlich darüber, daß sie ihre Bewegung nicht verbergen konnte. »Arme Lucy. Das ist für mich –«

Howard zog ein Taschentuch hervor und reichte es ihr. »Denken Sie nicht mehr daran. Die beiden waren zusammen, jeder brauchte den anderen.«

Ihm war bewußt, daß der Wirt und die beiden Männer am Kamin sie beobachteten, aber es war ihm gleichgültig. Wahrscheinlich nahmen diese Leute an, sie hätten sich hier heimlich getroffen, ein Liebespaar, von dem keiner frei war. Ich wünschte, es wäre so, dachte er, während sie ihre Augen abtupfte und sich dann in einem Taschenspiegel musterte.

Schließlich griff er vorsichtig nach ihrer Hand und hielt sie so, wie ein Mann ein verängstigtes Vögelchen gehalten hätte. »Ich würde Sie gern wiedersehen.«

Sie musterte ihn aufmerksam. »Ich weiß, daß Sie das ernst meinen und nicht aus dem Grund, wie ich sonst solche Angebote bekomme. Aber es geht nicht.« Sie lächelte, als wolle sie seine Enttäuschung lindern. »Wie sollten wir das schaffen? Haben Sie sich das schon gefragt?«

»Andere schaffen das auch.« Seine Stimme klang scharf, denn er dachte an die Männer, die wohl schon versucht hatten, Celias Gunst zu gewinnen. Schließlich war sie eine junge Witwe und verfügbar.

»Möglich.« Noch immer studierte sie sein Gesicht, schien darin etwas zu suchen. »Aber ich könnte es nicht. Nicht schon wieder.« Dann blickte sie auf ihre Uhr. »Jetzt muß ich wirklich gehen.«

Er hielt ihre Hand. »Verstehen Sie nicht? Ich habe an Sie gedacht seit dem Tag, als der Governor – « Er wandte den Blick ab. »Tut mir leid, ich wollte das alles nicht wieder aufwühlen.«

Nun standen sie beide, und in der kleinen Bar konnte man das Ticken der Uhr hören.

»Es ist meine Schuld.« Zart befreite sie ihre Hand. »Jedesmal, wenn wir auf Wiedersehen sagen, bricht es uns das Herz – wußten Sie das nicht? Deshalb bin ich auch wieder bei den Wrens. Ich wollte etwas Nützliches tun, genau wie Sie und all die anderen dort draußen, um diesen furchtbaren Krieg zu gewinnen!« Trotzig sah sie sich nach den neugierigen Gesichtern um. »Vielleicht werden wir uns von Zeit zu Zeit begegnen. Meine Freundin Jane und ich werden demnächst in den Operationsstab versetzt.« Sie zögerte, als sie in seinen Augen das Ersterben aller Hoffnung bemerkte. »Für den westlichen Kanalausgang.«

Überrascht starrte er sie an. »Liverpool!«

Sie setzte ihren Hut auf und wandte sich ihm noch einmal zu. »Nun, das ist ja keine allzu große Stadt, nicht wahr?«

Er wollte sie hinausbegleiten, aber sie sagte: »Ich habe mein Fahrrad draußen. Sie bleiben besser hier und trinken Ihr Glas in Ruhe aus. Sie haben es noch nicht mal angerührt.« Und nach einer Pause: »Ich werde Ihren Vater sehr vermissen und meine – falls Sie das interessiert –, daß Sie genauso sind wie er.« Trotzig hielt sie ihm die Wange hin, und eine unwirkliche Sekunde lang berührte Howard ihre zarte Haut mit den Lippen und roch den Duft ihres Haars.

Dann hörte er das Zuschlagen der Außentür, das ferne Heulen von Luftschutzsirenen und malte sich aus, wie sie jetzt durch die Dunkelheit zu ihrer Unterkunft radelte. Er kippte sein Getränk mit einem einzigen Schluck hinunter und griff nach seiner Mütze.

Der Wirt nickte ihm zu, als er sein Glas auf die Bar stellte.

»Hübsche Dame, Sir.« In seinen Augen stand eine unausgesprochene Frage. »Nicht verheiratet, soviel man sieht?«

Howard wollte allein sein und nachdenken, deshalb erwiderte er nur kurz: »Sie war verheiratet. Er ist gefallen.«

Draußen blickte er zu den Scheinwerferstrahlen auf, die über den Himmel hasteten, und versuchte sich zu orientieren. Als er dann durch die verdunkelten Straßen ging, war er zwischen Verzweiflung und keimender Hoffnung hin- und hergerissen; dazwischen gab es, genau wie zwischen dem Horizont und dem Nachthimmel, keine klare Trennung.

Nach vier Tagen kehrte Howard nach Liverpool zurück. Während dieser Zeit hatte er den Anwalt der Familie besucht und verbrachte einen ganzen Nachmittag damit, irgendwelche Papiere zu unterzeichnen. Selbst in Kriegszeiten war anscheinend eine ganze Menge zu tun, wenn jemand starb.

Er besuchte das Gemeinschaftsgrab, einen traurigen, kleinen Hügel, auf dem noch kein Stein stand. Nur ein paar verwelkte Blumen waren da und ein frischer Strauß Chrysanthemen. Daran hing eine Karte mit Celias Namen. Sie mußte dagewesen sein, ohne ihm etwas zu sagen, bevor sie ein paar Tage Versetzungsurlaub antrat. Mr. Mills hatte versprochen, ständig Blumen aufs Grab zu stellen, bis der Stein gesetzt war.

In Liverpool regnete es, als er ankam. Nach einer Stunde an Bord der *Gladiator* kam es ihm so vor, als sei er überhaupt nicht weggewesen.

Oberleutnant Treherne meldete ihm, daß die Gruppe in drei Tagen auslaufen sollte. Er erzählte ihm auch, daß Bizley mit seinem zweiten Streifen und dem in Aussicht gestellten Orden langsam unerträglich wurde. Ein neuer Navigationsoffizier war an Bord gekommen, Leutnant Brian Rooke, einer dieser seltenen Offiziere aus dem Mannschaftstand, die aufgrund eines Stipendiums befördert worden waren. Die meisten anderen Offiziere aus dem Mannschaftsdeck, wie der alte Arthur Pym, hatten sich jahrelang nach oben gedient, vom Schiffsjungen bis zum Unteroffizier, und schließlich nach langem und hartem Schuften zum Offizier mit einem dünnen Halbstreifen, der sie als Aufsteiger kennzeichnete.

Howard besuchte Rooke in seiner Kammer. Er war ein drahtiger, rundgesichtiger Mann von vierundzwanzig Jahren, mit einem dunkelblauen Kinn, das anscheinend der schärfsten Rasierklinge trotzte. Er hatte eine barsche, geschäftsmäßige Art, und seine Personalpapiere ließen Howard nicht in Zweifel darüber, daß sich Trehernes Ersatz als hervorragender Navigator erweisen würde.

Aber er hatte einen Fehler, den man ihm schon von weitem anmerkte und den Treherne ein wenig spöttisch charakterisiert hatte: »Er bildet sich ein, wir rümpfen alle die Nasen über den ehemaligen Matrosen.«

Es war bereits November, als die Gruppe Liverpool verließ, um einen westgehenden Konvoi zu begleiten, der später von kanadischen Geleitfahrzeugen übernommen werden sollte. Der Konvoi wurde von deutschen Langstreckenbombern angegriffen, später von U-Booten auf dem größten Teil der Strecke; aber Vickers ließ seine Gruppe die U-Boote immer wieder angreifen und übertrug die engere Sicherung den Korvetten. So verloren sie lediglich zwei Schiffe, beschädigten aber eines Nachts im mittleren Atlantik ein U-Boot schwer. Möglicherweise war es sogar eine Versenkung. Während der Rückfahrt von Halifax mit einem schnellen Konvoi moderner Tanker wurden sie südlich von Kap Farewell von einem ganzen Rudel U-Boote angegriffen. Und wieder schickte Captain Vickers seine Zerstörer zum Angriff vor: Treibt die U-Boote unter Wasser und haltet sie unten fest, hieß es, so daß sie die schnellen Tanker nicht überholen können.

Es war eine Rekordfahrt. Als sie die Irische See erreichten, hatten sie nur drei Tanker verloren, und das aus einem Geleit von siebenundzwanzig Schiffen. Vielleicht war es ein Glückszufall, oder vielleicht hatte das deutsche Hauptquartier die Absichten des Konvois falsch interpretiert. Es konnte auch sein, daß man gerade einige U-Boote zur Reparatur und einer gründlichen Überholung zurückgezogen hatte, bevor sie wieder in den winterlichen Atlantik geschickt wurden.

Als die *Gladiator* langsam flußaufwärts zum Gladstone-Dock fuhr, stand Howard auf der Gräting neben seinem Brükkenstuhl und blickte hinüber zu den Werftarbeitern und Marineinfanteristen, die sich auf den Anlegebrücken und vertäuten Schiffen drängten, um ihre Rückkehr zu beobachten. Dann hörte er zu seinem Erstaunen die Jubelrufe, mit denen die Zerstörer begrüßt wurden.

Das Führerschiff, die schnittige *Kinsale* von Captain Vikkers, plärrte über alle Lautsprecher einen bekannten Gassenhauer, den sie als Jagdlied der Flottille übernommen hatten. Howard überließ Treherne die Schiffsführung und sah sich gerührt die herzliche Begrüßung an. Das war bisher noch nie vorgekommen.

Er hörte, wie Rooke meldete: »Zeit zur Kursänderung, Sir.«

Treherne nickte. »Danke.«

Howard blickte kaum hin. Es hatte Zeiten gegeben, in denen er auf See nicht mal ein Nickerchen machen konnte. Stets war er besorgt, daß ein junger, ungenügend ausgebildeter Wachoffizier einen dummen Fehler begehen würde, etwa im Dunkeln ihren Vordermann verlieren oder durch zu hohe Fahrt dessen Heck rammen. Aber irgendwie waren sie inzwischen eine eingefahrene Besatzung geworden. Er fragte nicht mehr danach, was sich beim nächsten oder übernächsten Einsatz ereignen würde, sondern genoß diesen jubelnden Empfang, der ihm nach allem, was sie erlebt und getan hatten, einen ungeheuren Auftrieb gab.

Als die Zerstörer ihre Kursänderung vornahmen, rief eine der Wrens auf der Signalstation: »Sie kommen, Madam!«

Celia Lanyon nahm ihren Hut ab und zog den geliehenen Ölmantel über. Er reichte ihr bis an die Knöchel, aber das störte sie nicht. Auf dem windgepeitschten Balkon klebte ihr der Regen das Haar ins Gesicht, trotzdem spürte sie eine Erregung, die sie noch nie gekannt hatte. Die auf- und absteigenden Signalflaggen, die sich so leuchtend bunt vom grauen Himmel und der trüben Stadt abhoben; das Klappern der Signallampen und die Hurrarufe von dem Zerstörer mit der taktischen Nummer H-38, der sich jetzt in ihr Blickfeld schob; das alles begeisterte sie.

Celia merkte, daß sie genau wie alle anderen winkte und rief, ohne genau zu wissen, warum. Man hatte sie früher eine arrogante Ziege genannt, bevor Jamie in ihr Leben getreten war. Aber so enthemmt wie jetzt hatte sie sich noch nie aufgeführt.

Howard sah seinen Signalmeister an, der gerade wieder mit klapperndem Scheinwerfer eine Bestätigung abgab, während sein hartes Gesicht völlig unbewegt blieb. Er hielt das Ganze wohl für sinnlosen Optimismus. Und vielleicht war es das auch. Howard straffte sich. Aber diesmal gab es Anlaß zur Hoffnung. Er hob sein Glas und richtete es im strömenden Regen auf die Signalstation.

Selbst in dem langen Ölmantel und ohne Hut, mit dem im Gesicht klebenden Haar erkannte er sie sofort. Er zögerte, dann nahm er seine Mütze ab und schwenkte sie hoch über dem Kopf.

Treherne rief: »Klar bei Fender, klar bei Vor- und Achterleinen!« Er warf einen Blick auf seinen Kommandanten und grinste verständnisvoll. Insgeheim wünschte er ihm Glück.

Ayres ließ ein nervöses Husten vernehmen, und Treherne beugte sich wieder über das Sprachrohr. »Backbord stopp! Backbord langsame Fahrt zurück!« Das kam gerade noch rechtzeitig.

Howard starrte hinüber, bis die Signalstation außer Sicht kam. Vielleicht gab es doch noch Hoffnung, auch für sie beide.

Im selben Monat November fanden zwei weitere Ereignisse statt, die zwar nichts miteinander zu tun hatten, die sich aber als wichtiger erweisen sollten, als irgend jemand ahnte.

In Liverpool traf ein neuer Oberbefehlshaber für den westlichen Kanalausgang und den Atlantik ein, ein energischer, dynamischer und unermüdlicher Admiral namens Max Horton. Er war weder ein geduldiger Mann noch einer, der Niederlagen in irgendeiner Form akzeptierte, solange die Konvois unter jeder Bedingung wacker den Atlantik überquerten.

Der andere Vorfall ereignete sich in Nordafrika in der Nähe eines Ortes, dessen Namen bis dahin kaum jemand gehört hatte. Er hieß El Alamein. Dort stellte sich die zerschlagene Achte Armee unmittelbar vor den Toren Ägyptens zum letzten Mal dem Feind entgegen und hielt stand. Es war die dünne rote Linie, so sagten einige, die nicht überschritten werden durfte. Der Rückzug war beendet.

Es war, wie Howard gedacht hatte: Trotz allem bestand noch Hoffnung.

ZWEITER TEIL: 1943

1 *Sieger und Besiegte*

»Steuerbordwache auf Gefechtsstationen angetreten, Sir.« Oberleutnant Finlays Stimme klang schärfer als sonst, ein sicheres Zeichen, daß er wütend war. Kapitänleutnant David Howard leckte sich die Lippen und schmeckte noch die letzte Tasse Kaffee vom Morgen. Es war jetzt Mitternacht und die Mittelwache stand auf ihren verschiedenen Stationen, während der Zerstörer wegen der reduzierten Geschwindigkeit leicht rollte.

Howard blickte nach oben zu der dichten Wolkendecke, die kaum einen Stern durchscheinen ließ. Es war Mitte April, und zögernd erwies ihnen der Atlantik ein wenig Gnade nach der Periode der Winterstürme. Wieder war ein Jahr herum; ein paar Monate waren vergangen, seit sein Vater bei dem überraschenden Bombenangriff umgekommen war, und seitdem war alles anders. Selbst das Schiff hatte sich irgendwie verändert, aber das war zu erwarten gewesen. Er war froh, daß er es geschafft hatte, Treherne als Ersten Offizier zu behalten, und auch das Herz des Schiffes, den Chief Ian Price.

Bald würde er jedoch Finlay, den Artillerieoffizier, verlieren, obwohl dieser noch nicht erwähnt hatte, daß er eine Versetzung anstrebte. Der Grund war wohl die Spannung zwischen ihm und Bizley, der jetzt, nachdem er tatsächlich das Distinguished Service Cross erhalten hatte, jede Gelegenheit nutzte, um sich mit Finlay anzulegen. Treherne hatte schon bei vielen Gelegenheiten zwischen den beiden schlichten müssen. In der Messe herrschte noch immer die Jugend vor. Der alte Pym war endlich ausgestiegen und hatte eine Landstellung an der Torpedoschule in Portsmouth erhalten. Der neue Torpedooffizier, den man erst kürzlich vom Obermaat zum Offizier befördert hatte, war ein völlig anderer Typ. Bill Willis war rundlich, fröhlich und verfügte über eine Kodderschnauze, die sogar Bizley zum Schweigen brachte.

Midshipman Esmonde war abkommandiert worden und sollte zum Leutnant befördert werden, obwohl Howard sich nicht vorstellen konnte, daß er sich in einer Krise bewähren würde. Sein Ersatz war ein Midshipman ganz anderer Art. Er hieß Ross und war ein blasser Jüngling, der sich von allen fernhielt, trotz verstärkter Bemühung, ihn aus seiner Reserve zu lokken. Howard hatte mit ihm gesprochen und war zu dem Schluß gekommen, daß es Monate dauern würde, bis er sich endlich entspannte. Ross schlief kaum jemals unten, und bei Alarm war er gewöhnlich der erste auf seiner Gefechtsstation, der Brücke. Zuvor war er auf einem großen Zerstörer namens *Lithgow* gefahren, ähnlich der *Kinsale* von Captain Vickers. Er war als Geleiter im Mittelmeer eingesetzt gewesen, für Konvois, die sich zu dem belagerten Malta durchschlagen mußten. Ein glückliches Schiff, hatte es geheißen – bis zu dem Tag, an dem es von einem Dutzend Flugzeuge gleichzeitig angegriffen wurde. Als ein anderer Zerstörer zum Beistand herbeieilte, gab es nur noch sieben Überlebende in einem Schlauchboot, umgeben von Öl und Treibgut. Ross war der einzige überlebende Offizier bei einer Besatzung von über zweihundert. Er war tüchtig im Dienst und eifrig darauf bedacht zu lernen; dies diente ihm möglicherweise als Rettungsleine. Aber wie lange der Erfolg auf sich warten lassen würde, konnte nur die Zeit entscheiden.

Die *Gladiator* war auch endlich ihren Arzt losgeworden, sehr zur Erleichterung fast aller Besatzungsmitglieder. Der neu an Bord kommandierte Doktor im Oberleutnantrang, John Moffatt, war in Dorset geboren und aufgewachsen: ein Mann vom Lande mit rosigen Wangen und einem Haarschnitt, den Treherne als »Rübe« bezeichnete. Aber er war sehr beliebt, obwohl viele behaupteten, er sei früher Tierarzt gewesen.

Howard unterdrückte ein Gähnen und dachte an den zweimonatigen Kursus, den sie alle hatten absolvieren müssen und der erst vor wenigen Tagen zu Ende gegangen war. Er hätte niemals geglaubt, daß sie soviel hinzulernen könnten. Es gab taktisches Training in Klassenräumen, dann wieder Ausbildung auf See, die so intensiv war, daß alle den Kriegseinsatz vorzogen.

Admiral Max Horton, der neue Oberbefehlshaber, bestätigte nicht nur alle über ihn umlaufenden Gerüchte, sondern übertraf sie sogar noch. Schon nach ein paar Monaten spürte man überall seinen persönlichen Antrieb und seinen fordernden Enthusiasmus. Er machte keinen Hehl daraus, daß er Wert auf Zusammenarbeit legte, wobei der Einsatz von Langstreckenflugzeugen sowohl der Navy als auch der RAF eine große Rolle spielte. Mit zusätzlichen Treibstofftanks verengten sie die verhängnisvolle Lücke im Atlantik immer mehr, und viele U-Boote waren schon gezwungen worden zu tauchen, wenn sie feindliche Flugzeuge an einem Himmel entdeckten, der vorher frei gewesen war.

Der aktive und aggressive Einsatz von U-Jagd-Gruppen war die Grundlage der gesamten Ausbildung, und die *Gladiator* stak genau wie ihre Kameraden mitten drin. Ein paar ältere U-Boote spielten die Deutschen, und mit deren Hilfe entwikkelte man eine völlig neue Angriffsmethode. Die Zerstörer dienten nicht nur als enge Sicherung für die verzweifelt benötigten Konvois, sondern operierten unabhängig in kleinen Gruppen, versuchten den Feind in den Seegebieten aufzuspüren, die der Konvoi durchfahren sollte, bevor ein U-Boot-Rudel überhaupt zum Angriff kommen und so viele Opfer fordern konnte wie bisher.

In mancher Weise war dieser Kursus, zumindest am Anfang, geradezu erniedrigend gewesen, und Howard ertappte sich dabei, wie sehr er sich über die ständigen Belehrungen ärgerte und besonders über die unbarmherzige Kritik, wenn eine Übung nicht geklappt hatte.

Aber langsam überzeugten ihn ihre Lehrmeister. Die U-Boote hatten schließlich den gesamten Ozean zur Verfügung, um sich darin zu verbergen. Die alte Methode, Wasserbomben zu werfen, die so lange brauchten, um zu sinken und in der eingestellten Tiefe zu detonieren, reichte nicht mehr aus. Der »Squid«* wurde entwickelt, ein Mörser, der gleichzeitig drei Wasserbomben weit nach vorn werfen konnte. Diese Waffe wurde so schnell wie möglich auf allen in Frage kommenden Schiffen installiert. Das neugeschaffene Muster bedeutete, daß die angreifenden Kriegsschiffe ein getauchtes U-Boot weiträumig beschatten konnten und den Kontakt nicht verloren, wenn eine Salve nicht genügt hatte, den Feind einzukreisen. Zerstörer und Fregatten hatten früher wertvolle Minuten verloren, wenn sie ihre Wasserbomben über das Heck rollen ließen und dann so schnell wie möglich kehrtmachen mußten, um erneut anzugreifen.

Bis zum Erscheinen von Max Horton hatte sich die Angriffstaktik auf U-Boote seit der Vorkriegszeit nicht geändert. Die Wirkung der auf alte Weise geworfenen Wasserbomben war völlig falsch eingeschätzt worden. Seit die Druckkörper der deutschen U-Boote aus geschweißtem Stahl bestanden, mußte eine Ladung in einer Entfernung von höchstens zwanzig Metern detonieren, um bleibende Schäden zu verursachen.

Auf der Brücke der *Gladiator* hatte nach einem ergebnislosen Angriff der große, hagere und streng dreinblickende Commander, der bei Howard als Begutachter eingeschifft war, trokken bemerkt: »Sehen Sie, alter Junge, der Deutsche hat noch zweihundert Meter zur Verfügung, sobald er meint, daß es ihm zu heiß wird.«

Langsam hatte Howard sein Schiff wieder auf Angriffskurs gedreht, wobei er sich an all die früheren Situationen erinnerte: die verlorenen Kontakte, die Wasserbomben, die nichts umgebracht hatten außer Fische. Sein Quälgeist hatte hinzugefügt: »Denken Sie daran, ein U-Boot mit einer Geschwindigkeit von nur vier Knoten kann zweihundert Meter zurücklegen in der Zeit, die eine Wasserbombe zum Sinken benötigt.« Über Ho-

* Tintenfisch

wards Ärger hatte er nur gelächelt. »Also, versuchen Sie's noch mal.«

Jetzt glitt Howard von seinem hohen Stuhl und trat zu der auf der oberen Brücke bereitliegenden Karte. Es schien alles so ruhig, der Frühling lag bereits in der Luft. Als er sich über die Karte beugte und die kleine, abgeschirmte Lampe anknipste, glaubte er, Leutnant Ayres am Kompaß ein Lied summen zu hören. Er war jetzt abwechselnd mit Finlay zum Wachegehen eingeteilt, so daß der I. O. ein Auge auf sie alle halten konnte. So war Treherne eine Art Schlichter, der seinem Kommandanten diese Rolle ersparte.

Ayres hatte sich zu seinem Vorteil verändert. Beim Vorrücken der Achten Armee gegen Rommels bisher unbesiegbares Afrikakorps war es gelungen, eins der deutschen Gefangenenlager zu befreien. Dort hatte man Ayres' Bruder gefunden, zwar verwundet und noch unter Schockeinwirkung, aber am Leben. Das Rote Kreuz hatte seine Eltern sofort benachrichtigt.

Howard vergaß Ayres, als er die abgenutzte Karte studierte. Sie standen jetzt hundert Meilen südsüdwestlich der irischen Küste, und in zwei Tagen sollte ein Konvoi in den Georgskanal einlaufen. Soweit, so gut. Durch den Einsatz der neuen Jagdgruppen war es gelungen, die Verluste auf der Atlantikroute zu verringern. Drei andere Zerstörer, alles Veteranen wie die *Gladiator*, fuhren querab von ihm nach der neuen Taktik, mit der ein möglichst großes Seegebiet durch Radar und Asdik überwacht werden sollte. Ein Schiff stand nördlich, die anderen beiden südlich von *Gladiator*.

Howard war selbst überrascht, daß er sich entspannen konnte. Seit Beginn der Ausbildung waren sie das erste Mal wieder im Einsatz und hatten bisher nur einen kleinen Konvoi geleitet, der dann von Geleitfahrzeugen aus Gibraltar übernommen wurde. Jetzt hatten sie ein festes Gebiet zu kontrollieren, ein riesiges Rechteck, bis der nächste Konvoi eintraf, wenn sie nicht von einer anderen Jagdgruppe zu Hilfe gerufen oder der Luftaufklärung beistehen mußten. Ihre Einsatztaktik war äußerst flexibel geworden.

Es wurde viel geredet von den neuen »Pocket«-Flugzeugträgern, die in aller Eile gebaut wurden. Klein im Vergleich zu den riesigen Flugzeugträgern der Flotte, bestanden sie zum größten Teil aus umgebauten Handelsschiffen mit hölzernen Flugdecks, von denen die Piloten unter jeder Bedingung starten und landen sollten. So wurde die verhängnisvolle Lücke im Atlantik vollkommen geschlossen, und die Konvois konnten mit Luftsicherung von der einen Küste bis zur anderen fahren. Kein U-Boot war mehr sicher genug, um aufgetaucht einen Angriff zu wagen. Wenn jetzt die Menschen daheim den Nachrichten lauschten, erfüllten diese sie mit Hoffnung und nicht mehr mit Furcht oder Enttäuschung wie bisher.

Auf dem ganzen Weg von Alexandria her erklangen jetzt die vertrauten nordafrikanischen Namen, die während des Rückzugs der Achten Armee so oft den Besitzer gewechselt hatten, in umgekehrter Reihenfolge: Tobruk, Benghasi, die Syrte und Tripolis, schließlich Tunis und Bone. All dies waren Erinnerungen an schreckliche Niederlagen und Rückschläge vor genau einem Jahr. Howard seufzte. Wie schade, daß der Governor diesen Wechsel des Kriegsglücks nicht mehr erlebt hatte. Er knipste das Licht aus und richtete sich auf. Glück? So konnte man es wohl kaum bezeichnen bei all den gesunkenen Schiffen und gefallenen Männern.

»Gehen Sie auf halbe Fahrt, A. O. Die anderen in der Gruppe werden die Zeit stoppen und uns auf dem Radarschirm beobachten. Wir wollen doch nicht trödeln und etwa schlafende U-Boote aufwecken, bevor wir sie erwischen können, oder?«

Eine schattenhafte Gestalt glitt über die Brücke, in der Hand eine dampfende Kanne mit heißem Tee: Matrose Andrew Milvain. Er blieb ruckartig stehen, als Howard ihn ansprach: »Sie verlassen uns nach dieser Patrouillenfahrt, glaube ich?« Er fragte so freundlich und beiläufig wie möglich, als hätte er nicht längst einen günstigen Bericht über den jungen Seemann geschrieben, der jetzt zur Ausbildung als Offiziersanwärter auf die Marineschule kommen sollte. Dieses Institut, *King Alfred* genannt, hatten alle Reserveoffiziere durchlaufen und dort gebüffelt, um schließlich Midshipman wie Ross oder später Leutnant wie Ayres zu werden.

»Ja, Sir. Ich werde mein Bestes tun, Sir.« In der Dunkelheit sah Milvain sich um und schien seine Schüchternheit plötzlich zu überwinden. »Aber ich werde das Schiff vermissen und alle . . .« Er konnte den Satz nicht vollenden, die Stimme versagte ihm.

Ich würde genauso empfinden, dachte Howard und sagte: »Sie haben an Bord eine Menge Freunde gewonnen. Denken Sie auch dann noch an sie, wenn Sie Ihr bißchen Gold am Ärmel bekommen haben.« Er wandte sich um, als er aus dem Steuerhaus die Bestätigung der neuen Fahrstufe hörte und die Brücke sofort stärker zu vibrieren begann. »Ich gehe in meine Hütte, A. O.«

»Aye, aye, Sir.«

Howard ließ sich die steile Brückenleiter hinunter zum nächsten Deck, überhörte das Gestammel der Morsebuchstaben und die murmelnden Stimmen im Steuerhaus und betrat seine winzige Seekabine. Hier setzte er sich auf den Kojenrand und rieb sich die Augen. Endlich einen Moment allein, um überlegen zu können. Dann griff er zur Thermosflasche mit heißem Tee, die Vallance immer für ihn bereitstellte. Sofort irrten seine Gedanken ab zu der jungen Frau, wie sie das in jeder ruhigen Minute zu tun pflegten.

Nach dem triumphalen Empfang in Liverpool hatte er sie nur ein einziges Mal gesehen. Wieder war das Treffen unbefriedigend verlaufen, wegen der Kürze und auch weil sie ihre Freundin Jane bei sich gehabt hatte. Sie läßt mich zappeln, dachte er. Während er die Anstrengungen und Enttäuschungen des Ausbildungskursus zu ertragen hatte, war sie als Begleiterin einiger höherer Offiziere auf einer Dienstreise gewesen. Zumindest hatte Jane ihm das gesagt, als er sie anrufen wollte. Die Freundin hatte nicht den geringsten Zweifel daran gelassen, daß sie nicht mehr für Celia einspringen würde.

Langsam trank er den süßen Tee und griff zum Telefon. Sofort hörte er Finlays Stimme: »Brücke, Sir?«

»Alles ruhig, A. O.?« Er verließ sich auf die meisten seiner Offiziere in einem Ausmaß, wie er es früher für unmöglich gehalten hätte.

Zum Teil lag das auch an seiner neuen Errungenschaft, einem kleinen Radarschirm am Schott, dessen Lichtstrahl gleichmäßig rotierte und dabei jedesmal die kleinen Lichtpunkte auf beiden Seiten aufleuchten ließ.

Finlay meldete: »Wir haben drei Minensucher im Abstand von zwei Meilen passiert, Sir. Sie fahren offenbar zu ihrer Basis.«

Howard nickte. Minensuchen war die anstrengendste Arbeit von allen. Tagein, tagaus mußte jede Durchfahrt freigeräumt werden, denn dies war eins der Hauptfahrwasser des westlichen Kanalausgangs, durch den die Konvois in den Atlantik ausliefen – oder in den Hafen und damit in Sicherheit bis zum nächsten Mal. Die Männer auf den Minensuchern beklagten sich darüber, daß ihr Dienst eher langweilig als gefährlich sei. Aber die hohe Zahl ihrer Verluste wurde von keiner anderen Waffe erreicht.

»Rufen Sie mich in einer Stunde, A. O. Wenn nicht ...«

Er hörte ein trockenes Lachen. »Aye, Sir. Wenn ich Sie nicht vorher brauche.«

Howard legte sich auf die Koje und beobachtete den rotierenden Radarstrahl, bis er ihn schläfrig machte. Er spürte, wie das Schiff sich unter ihm hob und wieder senkte, und malte sich die Männer aus, die auf ihren Stationen zu schlafen versuchten oder auf das dunkle Wasser hinausblickten.

Die *Gladiator* spürte ebenfalls die Veränderung. Sie war nicht länger ein hilfloses Geleitfahrzeug, das zusah, wie andere umkamen. Sie war wieder ihr eigenes Selbst, ein *Zerstörer.*

Howards Kopf rollte zur Seite, und sofort war er fest eingeschlafen.

Der Traum hatte seinen wahnsinnigen Höhepunkt erreicht, an dem Howard nicht imstande war zu sprechen oder sich irgendwie verständlich zu machen. Sie lag in seinen Armen, blickte auf seinen Mund und wartete darauf, daß er sich erklärte; aber trotz ihrer Nähe, der Berührung ihres Körpers, war sich Howard lediglich der Gefahr bewußt und der Notwendigkeit, sie zu beschützen. Der Raum war leer und blendend hell. Als sie sich in seinen Armen umdrehte, sah er eine fremde Gestalt, die still mit hängenden Armen in der Ecke stand. Sie trug eine lederne Fliegerjacke und Filzstiefel und wollte Celia holen, wie Howard wußte.

Sie lachte und lief mit ausgestreckten Armen hinüber zu der einsamen Gestalt, ohne ihm noch einen Blick zu gönnen. Sie hielt dem Flieger die Hände hin, und er sah sie an. Aber er hatte kein Gesicht, sondern nur verbranntes Fleisch und zwei böse blickende rote Augen. Celias Aufschrei brannte in Howards Gehirn wie Feuer, aber noch immer konnte er sich nicht bewegen.

Er wachte auf, verschwitzt und keuchend, als sich der Schrei in das durchdringende Schnarren des Telefons verwandelte.

Heiser stieß er hervor: »Kommandant?«

»Hier Treherne, Sir.«

Die Gedanken rasten ihm durch den Kopf und beruhigten sich dann so langsam wie das Wasser nach einer detonierten Granate.

Der Erste Offizier stand also auf der Brücke, aber es war noch immer Mittelwache. Howard blickte auf die Uhr am Schott: kaum eine Dreiviertelstunde, seit er sich hingelegt hatte. Im Schiff war alles ruhig bis auf das Pulsieren der Maschine und das gelegentliche Klatschen von Wasser gegen die Bordwand. Kein Alarm, und doch . . .

»Sind Sie in Ordnung, Sir?«

Howard schluckte. »Ja, was ist los?«

Treherne schien sich abzuwenden und in ein anderes Telefon zu sprechen. »Ist Ihr Radar eingeschaltet, Sir?«

»Ja.« Howard wandte den Kopf und blickte auf den Bildschirm, während er Celias Schrei noch zu hören glaubte. Aber es war schließlich nur ein Traum gewesen.

Treherne sagte ruhig: »Vielleicht ist es ja gar nichts, Sir. Aber sehen Sie einmal in Richtung eins-fünf-null, etwa achttausend Meter hinter *Hector.* Könnte das eventuell ein Echo sein?«

Howard starrte auf den Monitor, beobachtete das Aufleuchten der kleinen Punkte und sah sie wieder verblassen, wenn der Radarstrahl über sie weggeglitten war. Alle steuerten Westkurs, alle waren auf Station, fuhren in Dwarslinie. *Hector*, ein Vorkriegszerstörer, der schon viel mitgemacht hatte, sowohl bei Dünkirchen als auch an der norwegischen Küste, war deutlich auf dem Schirm auszumachen. Aber dann spürte Howard, wie sich sein Körper straffte. Es war ein winziges Echo, aber jedes Mal noch da, wenn der Radarstrahl darüber hinwegglitt.

»Warum haben die anderen Schiffe nichts gemeldet?«

Treherne wählte seine Worte mit Sorgfalt. »Die Wetterbedingungen heute nacht sind sehr schwierig, Sir. Ich habe mit Lyons gesprochen. Er hat die Erfahrung gemacht, daß ein Schiff manchmal ein Echo auf größere Entfernung empfängt als andere, näher stehende. Manchmal liegt es am Gerät, aber diesmal sind es die Wolken, glaubt er.«

Howard dachte darüber nach, während er das Tochtergerät weiter beobachtete. Fünf Meilen betrug im Durchschnitt die Reichweite eines Radargeräts, in der es ein aufgetauchtes U-Boot noch erfassen konnte. *Hector* und das nächststehende Geleitboot *Belle Isle* waren näher dran, aber beide hatten nichts gemeldet.

»Ich komme nach oben.«

Es war kalt auf der oberen Brücke nach dem kurzen Aufenthalt in seiner Seekabine. Am Himmel waren keine Sterne zu sehen und die Wolken fast so dunkel wie das Wasser.

»Rufen Sie *Hector*, Number One, und fragen Sie, ob die irgend etwas in der angegebenen Richtung sehen.« Er starrte auf das Brückengerät, während Treherne über Funk das Flügelschiff anrief.

Der kleine Lichtpunkt war noch immer da. Dort draußen standen aber keine Patrouillenschiffe, sonst wären sie gemeldet worden. Wenn es ein kleines irisches Schiff war, hätte es Lichter geführt, aber bei vollem Verstand wäre es behaglich im Hafen geblieben.

»Negativ, Sir. Aber *Hector* will besonders scharf Ausguck halten.«

»Wie ist jetzt die Entfernung?«

»Von uns, Sir?« Es war Finlay, der diese Frage gestellt hatte.

»Natürlich!« Im selben Augenblick bedauerte er die Schärfe seines Tons.

Finlay meldete steif: »Sechzehntausend Meter, Sir.«

Howard nahm Treherne das Mikrophon ab und sprach separat mit jedem der beiden Kommandanten. Aber das Ergebnis blieb dasselbe: *Gladiator* war das einzige Schiff, das Kontakt hatte.

Howard sprach jetzt mit dem Radargast. »Was tut er, Lyons?«

Lyons hatte nicht die geringsten Zweifel. »Seine Geschwindigkeit ist ziemlich genau wie unsere, Sir. Ich glaube, er belauert uns.«

Howard überlegte. »Sagen Sie den anderen Schiffen, sie sollen die Geschwindigkeit auf neun Knoten reduzieren.« Dann dachte er laut: »Wenn der Schuft meint, daß vier starke Zerstörer seinen Arsch für Sauerkraut halten, dann täuscht er sich!« Er nickte nachdrücklich. »Ich glaube, er sieht in uns den Teil eines Konvois. Schließlich wurde die Auslaufzeit des einen Konvois erst vor ein paar Tagen geändert, stimmt's?«

Er merkte, daß ihn alle in der Dunkelheit beobachteten, als sei er plötzlich gefährlich geworden.

»Wir wollen die reduzierte Geschwindigkeit beibehalten und Kurs zwo-fünf-zwo steuern.« Er hörte, wie Treherne seine

Befehle weitergab. Auf seinem ersten Schiff hatte es solchen Luxus wie ein Funksprechgerät, das vom Feind nicht mitgehört werden konnte, noch nicht gegeben. Natürlich auch kein Radar und nur wenige vollautomatische Flakgeschütze. Aber Stabsoffiziere, die gelernt hatten, an ein Empire zu glauben, in dem die Sonne nicht unterging.

Treherne rief: »*Hector* hat Kontakt, Sir. Bittet um Angriffserlaubnis.«

»Abgelehnt.« Howard rief über die Schulter: »Geben Sie Alarm und lassen Sie auf Gefechtsstationen antreten. Der Torpedooffizier soll alle wasserdichten Schotten selbst überprüfen.« Er spürte Trehernes Überraschung und fügte hinzu: »Denken Sie daran, Number One, daß er neu an Bord ist.«

Sie fuhren nahezu parallel mit dem Ziel, denn das war es mittlerweile für sie geworden. Wenn es losging, würden die vier Zerstörer nach Backbord ausscheren und den Feind in Dwarslinie mit Höchstfahrt angreifen.

Zur Brücke im allgemeinen sagte Howard: »Danach werden wir wissen, ob all das Training, die Mühe und der Schweiß sich gelohnt haben.« Es war eine Erleichterung, daß er jemanden lachen hörte. Natürlich war es Richie, der neue Unteroffizier und Signalmeister.

Der arme Tommy Tucker, ihr bisheriger Signalmeister, war seelisch zusammengebrochen. Seine Frau war mit einem Yankee-Flieger durchgebrannt, als die *Gladiator* auf ihrer letzten Konvoifahrt gewesen war, und er mußte wohl während der ganzen Ausbildung darüber gebrütet haben. Dann hatte einer der Instrukteure sich mit ihm auf der Brücke angelegt wegen eines nebensächlichen Signals, aber für Tucker, der wirklich jeden Schrecken des Krieges erlebt hatte, war das zuviel gewesen.

»Was, zum Teufel, wissen Sie schon, Sir?« hatte er gebrüllt. »Der Krieg sieht für Sie wohl sehr interessant aus, wenn Sie auf Ihrem verdammten Arsch sitzen, während andere abgeschossen werden!«

Howard hatte sich für ihn eingesetzt, aber Tucker war unter Bewachung an Land geschickt worden. Danach gab es zwei Möglichkeiten zur Auswahl: eine Unterbringung in der Abteilung für Geistesgestörte des Marinehospitals mit der Möglichkeit der Entlassung – oder ein Kriegsgericht und danach die eventuelle Rückkehr auf den Atlantik.

Tucker hatte jedoch beide Möglichkeiten abgelehnt. Mit seiner gewohnten Entschlußkraft hatte er sich einen Baum gesucht und sich daran erhängt.

Howard fröstelte. »Rufen Sie die Gruppe. Wir greifen an, wenn das Ziel genau südlich von uns ist.«

»Radar – Brücke?«

Treherne war am Hörer. »Brücke?«

»Ziel peilt eins-sechs-fünf, neuntausend Meter!«

Howard richtete sich auf. »Geben Sie an die Gruppe: Ausführung! Fünfzehn Knoten!« Er spürte die Erregung ringsum. »Backbord zwanzig!« Sweeney bestätigte heiser.

»Mitschiffs! Komm auf! Steuern Sie eins-acht-null!«

Ohne einander in der Dunkelheit sehen zu können, lediglich kontrolliert durch ihr Radar, waren die vier Zerstörer herumgeschwenkt und jagten nun in rechtem Winkel auf das Ziel zu. Das Einzelschiff, die *Blackwall* auf *Gladiators* Steuerbordseite, stand am Ende der Dwarslinie wie die Kante einer Tür, während die anderen herumschwangen wie an einem unsichtbaren Scharnier.

»Von *Hector*, Sir: Habe Kontakt verloren!«

Treherne sagte: »Er hat's endlich gemerkt und ist weggetaucht.«

»Von *Blackwall*, Sir: Habe Asdic-Kontakt in eins-sieben-null Grad, neunhundert Meter!«

Howard sagte: »Geben Sie ihm *Tally-Ho!*«*

»Von *Blackwall*, Sir: Ich greife an!«

Während der Zerstörer angriff, nahmen die anderen drei ihre

* Waidruf der Jäger

Stationen für die Suche ein. Aber es war nicht nötig. *Blackwall* war sowohl mit Werfern als auch mit konventionellen Wasserbomben ausgerüstet, und als die *Gladiator* ihre Drehung beendet hatte, stank die See bereits nach Öl.

»Alle langsame Fahrt voraus.«

Da nun alle Zerstörer angriffsbereit in der neuen Formation fuhren, war es unwahrscheinlich, daß ein anderes U-Boot unbemerkt dicht genug herankommen konnte.

»Boot bricht auseinander, Sir.«

Irgendwo achtern waren Hurrarufe zu hören.

Howard beugte sich über das Brückenkleid und starrte hinunter ins schäumende Wasser. Wieder eine Versenkung! Es hatte geklappt wie am Schnürchen, wie ihre Ausbilder versprochen hatten. Der Backbordausguck rief: »Irgend jemand ist noch rausgekommen, Sir.«

Über die Schraubengeräusche hinweg hörte Howard das Husten und Würgen. Gott allein wußte, wie die herausgekommen waren.

»Kontakt verloren, Sir. Ziel liegt auf Grund.«

Howard musterte Trehernes Umriß, der sich vom hellgrauen Anstrich abhob. War es Einbildung, oder wurde es tatsächlich schon heller? »Lassen Sie das Boot aussetzen, Number One, und schicken Sie zwei zusätzliche Leute mit, die beim Bergen eventueller Überlebender helfen können.«

»Aye, aye, Sir.«

In wenigen Minuten war das Boot gefiert, flott schor es an seiner Vorleine von der Bordwand frei.

Der Buffer erschien auf der Brücke und klatschte in die behandschuhten Hände, wie immer, wenn er mit etwas zufrieden war. »Ich habe ihnen gesagt, sie sollen draußen nicht länger als nötig herumhängen, Sir. Ich wette, dieser deutsche U-Boot-Kommandant wußte nicht, wie ihm geschah, als er uns auf sich zukommen sah!«

Alle grinsten wie die Schuljungen.

Howard dachte an die vergangenen drei Jahre und seufzte. Es war ihnen zu gönnen.

Treherne sagte: »Ich habe die Leute von den achteren Geschützen ins Boot geschickt, Sir. Oberleutnant Bizley erbot sich freiwillig.«

Howard ignorierte die Verbitterung in Trehernes Stimme. »Lassen Sie von Gefechtsstationen wegtreten.« Er blickte durch sein Nachtglas und sah das Boot zurückkommen. Noch bevor es eingehakt war und zu den Davits aufgeholt wurde, spürte er, daß etwas schiefgelaufen war. Sie hatten nur zwei Deutsche im Boot.

»Beide langsame Fahrt voraus. Gehen Sie wieder auf Kurs, N. O.« Hinter seinem Stuhl hörte er jetzt Bizley keuchen, als sei er gerannt.

»Es war nicht mein Fehler, Sir!«

»Das werde *ich* entscheiden. Melden Sie mir, was vorgefallen ist!«

»Ich hatte zwei Leute vorn im Bug, Sir. Nachdem wir den ersten Deutschen an Bord geholt hatten, fing der zweite an abzutreiben. Er schrie, halb erstickt vor Öl. Einer meiner Bugleute sprang mit einer Leine ins Wasser und legte sie um den Deutschen. Und dann, dann . . .« Bizleys Stimme klang wie benommen. »Dann verschwand er unter dem Boot. Er tauchte kein einziges Mal mehr auf.«

Eine riesige Gestalt in Ölzeug und Schwimmweste drängte sich auf die Brücke: Obergefreiter Fernie, der das Boot gesteuert hatte. Er sagte heiser: »Es war das Kind, Sir. Der junge Andy Milvain aus meiner Messe.«

Bizley schien seine Haltung zurückzugewinnen. »Gehen Sie nach achtern, Fernie, mit Ihnen rechne ich später ab!« Howard merkte, daß er seine leere Pfeife herausgezogen hatte. Er erinnerte sich an die Worte, die er zu dem Jungen gesagt hatte.

Doch Fernie blieb stehen. »Es interessiert mich nicht, was *Sie* tun, Bizley! Sie haben Andy befohlen, über Bord zu springen, und genau das werde ich aussagen, wenn man mich vernimmt!« Damit machte er kehrt und ging von dannen, als habe er sich hier oben verirrt.

»Eins-vier-fünf liegt an, Sir, eins-eins-null Umdrehungen.« Das klang wie eine Stimme aus einer anderen Welt.

»Stimmt das, Bizley? Haben Sie Milvain befohlen, über Bord zu springen?«

»Bestimmt nicht, Sir. Er war übereifrig, wollte immer beeindrucken . . . Sie wissen das doch, Sir.«

»Ja, vielleicht. Jetzt gehen Sie wieder an Ihre Arbeit. Ich möchte einen ausführlichen Bericht von Ihnen, bevor wir zur Basis zurückkehren.«

Treherne flüsterte, sobald Bizleys Kopf und Schultern über die Brückenleiter verschwunden waren: »Was für eine scheußliche Sache! Wie werden das seine Angehörigen verkraften? Erst den einen Sohn verloren, jetzt den zweiten. Wer soll ihnen das bloß mitteilen?«

»Ich werde das tun, Number One.«

Howard drehte sich um, als eine vermummte Gestalt mit einer Kanne Tee die Brücke betrat. Aber es war nicht der junge Andrew Milvain. Seine Stimme wurde härter. »Also schütteln Sie es ab, Number One. So was passiert eben, und wir können nur die Trümmer aufsammeln.«

Beiden war klar, daß Bizley gelogen hatte. Als Howard aufblickte, hatte Finlay bereits wieder die Wache übernommen, und der I. O. war verschwunden.

Milvains Vater war Generalmajor und somit wahrscheinlich irgendwo an der Front. Für die Mutter mußte es besonders schwer sein. In ein paar Wochen oder Monaten jedoch, wenn der Ersatz sich an Bord eingelebt hatte, würde Andys Name kaum noch erwähnt werden, außer vielleicht vom Obergefreiten Fernie.

Howard blinzelte mit seinen übermüdeten Augen, als die Morgenwache die Leiter heraufklapperte oder hinter die Schilde ihrer Geschütze glitt. Treherne kam herauf, um Finlay abzulösen, und stand eine Weile schweigend neben Howards

Stuhl, während aus den verschiedenen Sprachrohren und Telefonen die Meldungen eingingen, daß die neue Wache übernommen hatte.

Bald danach zeigte sich die *Blackwall*, warf eine hohe Bugsee auf und qualmte nicht schlecht, während sie stampfend die kurzen, steilen Seen durchschnitt. Als es hell genug wurde, betrachtete Howard das andere Schiff eingehend durch sein Glas. Der Sieger! Auf der oberen Brücke sah er nur lachende Gesichter; es war zwar eine Gemeinschaftsleistung gewesen, aber *Blackwall* war diejenige, die den Feind letztlich versenkt und in seinem stählernen Sarg auf den Grund des Meeres geschickt hatte. Howard merkte, daß er seine Pfeife gestopft hatte. Er steckte sie zwischen die Zähne und versuchte, im Schutz des gläsernen Brückenkleides ein Streichholz anzuzünden. Entsetzt starrte er auf seine Hand, die unkontrolliert zitterte.

»Feuer, Sir?« Treherne ergriff Howards Handgelenk und hielt ein Streichholz über die Pfeife, wobei sich ihre Blicke durch den treibenden Qualm begegneten.

Heiser sagte Howard: »Mein Gott, was ist los mit mir?«

»Nichts.« Treherne warf das Streichholz auf der Leeseite über Bord. »Das alles war einfach zuviel für Sie.«

Howard nahm seine verbeulte Mütze ab und schüttelte sein Haar in der feuchten Brise. »Sie wünschen sich bestimmt manchmal zurück auf Ihre früheren Schiffe, Number One, stimmt's?« Er spürte die Stärke dieses Mannes, die sie verband und vielleicht schon immer verbunden hatte. Es war wie das Tauwetter nach einem Frost: die erste Wärme.

Treherne grinste. »Nun, der Umgang mit Bananen war leichter, Sir, das will ich nicht abstreiten.«

Howard beobachtete die anderen Schiffe, die sich allmählich deutlicher von dem endlosen Muster der weißen Schaumkronen abhoben. Die Jagd ging weiter. »Ich setze einen Funkspruch für den Oberbefehlshaber auf, Gordon. Er wird hoch erfreut sein. Schon so bald eine Versenkung – immerhin etwas.«

Hinter seinem Rücken glaubte er, das ironische Lachen von Signalmeister Tommy Tucker zu hören.

Leutnant Brian Rooke stand am Kartentisch und sah zu, wie Treherne seine Berechnungen überprüfte. Es war dunkel und stickig im Kartenraum, weil das Schiff auf seine letzte Nacht auf See vorbereitet wurde. Der Rest der Patrouillenfahrt war ohne Zwischenfall verlaufen. Eine weitere Geleitgruppe hatte in zwei Tagen zwei U-Boote versenkt; wenn also noch ein Beweis benötigt wurde, um die neue Taktik des Admirals zu bestätigen, so hatten sie ihn jetzt erbracht.

Treherne sagte zögernd: »Wir bleiben bis zum Hellwerden hier draußen, N. O.« Es kam ihm noch immer seltsam vor, Rooke so zu nennen. »Ich kann mir nicht vorstellen, daß der Alte noch bei Dunkelheit ins Gladstone-Dock gehen will, bei all diesem Verkehr hier.« Er dachte an die Überanstrengung, die man Howard deutlich anmerkte, wenn er sie auch mit aller Kraft zu verbergen suchte. »Ich werde froh sein, wenn ich mir die Beine mal an Land vertreten kann.« Er dachte an Joyce, die auf ihn wartete. »Das war wirklich eine besondere Patrouillenfahrt!«

Rooke musterte ihn vorsichtig, als befürchte er, daß Treherne seine Arbeit an der Karte bemängeln würde. »Ist es immer so?«

Die Tür des Funkraums wurde aufgeschoben, und Hyslop, der Funkmaat, blickte mit einem Bleistift hinter dem Ohr zu ihnen heraus. »Funkspruch für den Kommandanten, Sir.«

»Worum geht's?«

»Schwerer Luftangriff auf Liverpool, Sir.« Er warf einen Blick auf seinen Schreibblock. »Der Angriff galt den Docks, aber die Flak dort war anscheinend zu stark. Die Staffeln haben abgedreht und dafür ein paar Straßen bombardiert. Alle einlaufenden Geleitfahrzeuge sollen ihre Ärzte an Land schikken.«

Treherne fragte scheinbar ruhig: »Birkenhead?«

Der Funkmaat blickte auf seinen Block, um sich zu vergewissern, daß er nichts übersehen hatte. »Nein, Sir.«

»Ich sage es ihm.«

Er fand Howard an seinem üblichen Platz auf der Brücke, der Riemen des Glases hing ihm lose um den Nacken. Howard reagierte nicht, als Treherne ihm den Funkspruch vorlas. Wahrscheinlich dachte er an seinen Vater, der ja auch in seinem Haus umgekommen war, weil die Flugzeuge durch starkes Flakfeuer zum Abdrehen gezwungen worden waren. Schließlich fragte Howard: »Ist von unseren Leuten jemand betroffen?«

»Ich glaube nicht, Sir. Wir haben auch keine Berichte über Schäden an Schiffen und Docks.«

Howard stand auf und ging auf der Brücke auf und ab. »Wann ist unsere ETA?«*

Treherne erwiderte: »Fünf Uhr morgens, Sir. Aber wie ich dem N. O. gesagt habe, werden Sie wohl nicht bei Dunkelheit . . .«

Howard sagte rasch: »Melden Sie unsere Ankunftszeit als berechnet, Number One. Ist der Angriff noch im Gange?«

»Nein, Sir.« Er blickte zum Himmel auf, als erwarte er dort den Widerschein von Bränden zu sehen.

Howard nickte. »Also klar zum Einlaufen. Ich werde mit den anderen Kommandanten sprechen.«

Treherne stieg rasch die Leiter hinunter. Dachte er noch immer an seinen Vater, ober bedrückten ihn die Gedanken an den ertrunkenen Milvain? Er packte sich immer alles selbst auf die Schultern.

Howard gab das Funksprechgerät an den Brückenmaat zurück und versuchte, klar zu denken. Schließlich gab es jeden Tag Fliegerangriffe, jeden Tag starben dabei Menschen. Es konnte nicht sein, durfte nicht sein. Vielleicht war Celia während des Angriffs gar nicht in Liverpool gewesen?

* Estimated time of arrival – voraussichtliche Ankunftszeit

»Bitte um Erlaubnis, auf die Brücke kommen zu dürfen, Sir!«

Howard drehte sich um. Das war Moffatt, der neue Arzt. Er hatte einen alten Dufflecoat an und die Mütze fest auf den Kopf gedrückt.

»Natürlich, Doc.« Ein Gedanke fuhr Howard durch den Kopf. »Hat Number One Sie gebeten, mich zu begleiten?«

»Nein, Sir. Aber er hat mir von dem Luftangriff erzählt. Ich habe alles Nötige bei mir.«

»Ich gehe sofort an Land. Sie kommen mit.«

Moffatt fragte leise: »Haben Sie dort jemanden, der Ihnen nahesteht, Sir?«

Warum mußten sie ihm nur dauernd Fragen stellen? Er sah, daß sich einer der Ausguckposten umdrehte, packte den Arzt am Arm und führte ihn beiseite. »Ja, da ist jemand, der mir sehr nahesteht, obwohl sie es selbst noch gar nicht weiß.«

Moffatt betrachtete Howards Profil, gerührt von seiner plötzlichen Vertraulichkeit. Er hatte sich immer vorgestellt, ein Kommandant wie Howard hätte keinerlei andere Interessen als seine Aufgabe, weil das die einzige Möglichkeit war, geistig gesund zu bleiben.

Moffatt hatte während seiner kurzen Zeit an Bord schon alle Offiziere und einen großen Teil der Besatzung kennengelernt, aber niemand hatte auch nur eine einzige Bemerkung gemacht über das Privatleben des Kommandanten.

»Können Sie sich nicht noch hinlegen und ein wenig entspannen, Sir? Das täte Ihnen bestimmt gut.«

»Nein. Aber ich bitte Sie um eine Ihrer Pillen, die mich wach halten.«

Bizley, der Wache hatte, sagte: »Zeit für das Signal an die Gruppe, Sir.«

»Dann tun Sie es.«

Moffatt fragte: »Was geschieht jetzt?«

»Wir fahren in Kiellinie in den Hafen ein. Möglicherweise sind dort Minensucher bei der Arbeit, vielleicht begegnen wir auch einem Küstengeleitzug, obwohl wir nichts Entsprechendes gehört haben. Aber der Fliegerangriff hat vielleicht alles verzögert.«

Er hörte Bizleys korrekte Befehlsdurchgabe über Funk. Der Mann war keinesweg bedrückt, eher wirkte er trotzig oder mürrisch. Vielleicht war das mit Milvain wirklich ein Unfall gewesen? Wenn er seinen Bericht einreichte, würde der Chef des Stabes wahrscheinlich eine Vernehmung Bizleys und der Bootsbesatzung verlangen.

Als die *Gladiator* und ihre Gruppe die Nordküste von Anglesey rundeten, wuchs die Besorgnis bei allen, die Verwandte oder Freunde in Liverpool hatten. Treherne und der Coxswain stellten Urlaubsscheine aus für diejenigen, die davon betroffen waren, und zum ersten Mal gab es kein müßiges Geschwätz über die Möglichkeiten, sich an Land zu amüsieren.

Als die Mittelwache langsam zu Ende ging und die Schiffe in die Mündung des Mersey steuerten, spürte man die Nachwirkungen des Fliegerangriffs in der Luft. Zwar waren nur noch wenige Brände zu sehen, aber der Angriff hatte ja den Schiffen und den Docks gegolten. Die Flugzeuge waren also nicht mit Brandbomben, sondern mit hochexplosiven Sprengbomben ausgerüstet gewesen.

Howard dachte an ihre letzte Rückkehr, die noch gar nicht so lange zurücklag: der Begrüßungsjubel, die Menge, die sich auf den Molen und Piers drängte, um ihnen zuzuwinken. . . . Und er sah wieder die junge Frau auf dem Balkon der Signalstation vor sich, wie sie zusammen mit den anderen winkte und sich nicht im geringsten um den Regen kümmerte.

Abgedunkelte Lichter geleiteten sie in die Einfahrt, wo es überall nach verbranntem Holz stank. Die ersten Wurfleinen flogen an Land, gefolgt von einer schweren Stahltrosse.

»Backbord stopp!« Howard beugte sich vor und sah unten einige Männer an der Reling stehen, die in das erste graue Morgenlicht starrten. »Backbord langsame Fahrt zurück!« Weitere Leinen schlängelten sich an Land, und das unwillige Knarren der Fender war zu hören, als der Schiffsrumpf sich an die Kaimauer preßte.

»Backbord stopp!« Mit einem letzten Erzittern verfielen die Maschinen in Schweigen, andere Geräusche drängten sich jetzt in den Vordergrund: die Sirenen von Feuerwehr und Krankenwagen und das Dröhnen einstürzender Ziegelmauern, als ein Bulldozer draußen vor dem Hafen anfing, eine Straße freizuräumen.

Als Howard von der Brücke kletterte, kam gerade der Offizier der Hafenwache an Bord und salutierte. Moffatt lief zu ihm hin und fragte: »Viele Verluste?«

Der Oberleutnant starrte verwundert die beiden Deutschen an, von denen der eine auf einer Bahre getragen wurde. Dann erwiderte er: »Sie kommen noch immer herein. Die genaue Zahl liegt noch nicht fest. Der Hafen jedoch ist sicher, ich habe noch nie soviel Flak auf einem Haufen gesehen.«

Howard hörte den Coxswain mit dröhnender Stimme die Namen der für den Landurlaub vorgesehenen Leute verlesen. »Sind von unseren Marineleuten welche verwundet worden?« fragte er, in Gedanken bei Celia.

»Nur oben im behelfsmässigen Planungsstab einige Wrens. Vier im ganzen, glaube ich.« Er merkte, daß Howard noch wartete, und fuhr fort: »Eine davon im Offiziersrang. Das arme Ding war erst kürzlich aus dem Süden hierher versetzt worden.«

Dr. Moffatt sagte: »Mein Sanitätsmaat wird hier bei den Deutschen warten. Der Erste Offizier hat bereits die Militärpolizei benachrichtigt, damit sie abgeholt werden.« Dann sah er Howards Gesicht: wie ein Mann, der am Fuß des Galgens auf seine Hinrichtung wartete. Rasch fragte er: »Wo hat man sie hingebracht – die Wrens, meine ich?«

»Zu den übrigen Verwundeten. Das Lazarett ist . . .«

Moffatt fiel ihm ins Wort: »Ich weiß, wo es ist.« An Howard gewandt, fügte er hinzu: »Wir gehen hin.«

Howard lief an Quartermeister und Fallreepsposten vorbei

Richtung Lazarett, obwohl die Gangway noch nicht festgezurrt war. Er bemerkte nicht die neugierigen Gesichter und das geschäftige Treiben der Ambulanzen und der Militärpolizei, deren Helme und Uniformen staubbedeckt waren.

»Wo wollen Sie denn hin?« Das war ein Militärarzt, den weißen Kittel noch über den Arm gehängt.

»Ich bin der Kommandant der *Gladiator.*« Er sah den Mann zurückweichen, als habe er ihm einen Fluch entgegengeschleudert. »Ich will wissen, was mit der verwundeten Wren im Offiziersrang ist, also halten Sie mich nicht auf!«

Fragend sah der Arzt Moffatt an, der ihm rasch zunickte, dann sagte er: »Eine war sofort tot. Ihre Freundin erlitt einen schweren Schock, ist aber meiner Meinung nach sonst in Ordnung.«

Howard schob eine weitere Gestalt im weißen Mantel beiseite und öffnete eine Tür. Zwei junge Frauen lagen mit geschlossenen Augen auf den Betten, vielleicht hatten sie Beruhigungsmittel bekommen. Die junge Wren im Offiziersrang saß mit gesenktem Kopf auf einer Holzbank, Haar und Uniform bedeckt mit Flocken von Gips und Farbe.

Als sie hochblickte, hätte Howard beinahe aufgeschrien. Denn ihre Bluse war blutig, ebenfalls ihre Hände und Handgelenke. Als sei sie schwer verwundet . . .

Sie starrte ihn eine ganze Weile an, ihre grünen Augen leuchteten im grellen Licht der Deckenlampen. Dann begann sie zu zittern. Ihr ganzer Körper bebte, aber sie gab keinen Laut von sich. Moffatt beobachtete sie, hielt mit seiner Schulter die Tür auf, als der Kommandant das Mädchen aufrichtete und dann vorsichtig an sich zog.

»Celia, ich bin's. Hab' keine Angst. Alles wird wieder gut.« Sinnlose, nichtssagende Worte!

Wieder sah sie zu ihm auf, und jetzt bahnten sich Tränen durch den Staub auf ihren Wangen. Sie begann zu sprechen, leise und stockend wie ein Kind, das versucht, etwas zu erklären, das es selbst nicht versteht. »Wir saßen nebeneinander, und Jane erzählte mir von dem Funkspruch. Von der Versenkung des U-Bootes durch Ihre Gruppe.« Sie runzelte die Stirn, versuchte sich zu erinnern. »Der Fernschreiber machte großen Lärm. Wir wußten von dem Fliegerangriff, aber der war ja schon abgeflaut.« Sie zitterte wieder stärker. »Ich – ich glaube, wir beide hörten die Bombe kommen. Hinterher war alles totenstill. Ich nehme an, ich war wohl vorübergehend taub. Dann ging die Notbeleuchtung an, und ich versuchte, der armen Jane zu helfen. Sie starrte mich an, aber sie hatte keine Beine mehr. Ich konnte nichts mehr für sie tun, sie war bereits tot.«

»Hier herüber, bitte.« Moffatt wartete, bis Howard Celia zu einem Bett führte, auf dem sie zusammenbrach. Dann saß er neben ihr und hielt ihre blutigen Hände.

Zum ersten Mal sah Celia Moffatt an und entdeckte seine roten Spiegel. »Doktor!«

»Ja, das bin ich.« Zusammen richteten sie sie auf und zogen ihr die Uniformjacke aus. »Halten Sie sie fest!« Moffatt entblößte ihren Arm und gab ihr eine Beruhigungsspritze. Dabei dachte er wieder an die deutschen Überlebenden, die ihm so dankbar gewesen waren, und an die englischen Seeleute, die ihnen Rum und Zigaretten gebracht hatten: dieselben Männer, die kurz vorher noch versucht hatten, einander umzubringen. Es war alles so sinnlos.

»Sie wird jetzt einschlafen«, sagte er und wandte sich um, als zwei Krankenschwestern eintraten.

Beide sahen völlig erschöpft aus, aber die ältere rief: »Gott sei Dank, die Navy ist hier!« Sie wandte sich an Moffatt. »Wir werden uns um sie kümmern und sie erst einmal säubern.«

Alle sahen Howard an, als er fragte: »Weiß ihr Vater schon Bescheid?«

Die ältere Schwester sagte scharf: »Wir hatten hier anderes zu tun!«

Howard nickte. »Wo kann ich telefonieren?«

Die jüngere Schwester führte Howard zur Tür und zeigte den Korridor entlang. »Sagen Sie ihrer Familie, sie käme schon wieder in Ordnung.«

Moffatt erklärte den Schwestern: »Ich bleibe hier und helfe Ihnen. Instrumente habe ich mitgebracht.«

»Was war denn das nun wieder, Doktor?«

Moffatt warf einen Blick auf das schlafende Gesicht Celias. »Ich bin mir nicht sicher, aber wahrscheinlich ein Wunder.«

2 *Ein Augenblick des Friedens*

Nach langsamer Fahrt vom Bahnhof Waterloo erreichte der Zug endlich die Endstation Hampton Court. Howard rief sich noch einmal die Beschreibung des Weges ins Gedächtnis, die er erhalten hatte, als er telefonisch nach Celia Lanyon fragte. Es war ihre Mutter, mit der er sprach, und Howard war nicht sicher, ob ihr Willkommen echt gemeint war oder ob der Frau des Admirals im Augenblick nur kein Grund eingefallen war, um ihn abzuwimmeln. Als er die Endstation verließ und über die Themsebrücke schritt, war er sich seiner Unsicherheit bewußt, die nicht einmal der Anblick des alten Hampton Court Palace vertreiben konnte.

In London hatte er im Naval Club übernachtet, denn der Governor hatte seinerzeit darauf bestanden, daß seine beiden Söhne dort Mitglieder wurden. Man weiß nie, wann man mal ein Bett braucht, hatte er gesagt und damit recht behalten. Die meisten Hotels waren von Amerikanern oder wohlhabenden Geschäftsleuten belegt, die offensichtllich am Krieg gut verdienten.

Mitten auf der Brücke blieb Howard stehen und blickte auf den Fluß hinunter. Die Ausflugsboote waren alle mit Persenningen abgedeckt und stillgelegt; alles, was größer oder stärker war als das kleinste Motorboot, war längst von der Navy beschlagnahmt worden. Aber an den Ufern schwammen Schwäne, und lediglich die Ballonsperren in der Ferne störten das Bild des Friedens. Er lehnte sich gegen den warmen Stein der Brüstung und spürte die Sonne auf seinem Nacken.

In letzter Zeit hatte er viele Briefe an Eltern oder Frauen geschrieben, wenn einer ihrer Angehörigen gefallen oder auf See vermißt war. Aber erst wenn man den Betroffenen persönlich gegenüberstand, begriff man voll die schrecklichen Auswirkungen des Krieges. Tags zuvor hatte er Milvains Familie aufgesucht, in deren Haus am Flußufer. Es lag an einer ruhigen, vornehmen Straße in Mayfair, das wie durch ein Wunder keine schweren Bombenschäden erlitten hatte. Nur eine der großen, eleganten Villen war zerstört worden, aber die Trümmer waren bereits weggeräumt, so daß eine saubere Lücke in der Straße klaffte, fast wie eine Zahnlücke.

In dem Salon mit seiner hohen Decke und den halb zugezogenen Vorhängen hatte Milvains Mutter schweigend zugehört, als er ihr zu beschreiben versuchte, wie ihr Sohn gestorben war. Sie war eine streng blickende Dame, die sich zweifellos noch nicht erholt hatte von dem Verlust ihres älteren Sohnes. Nun mußte sie auch diese bittere Nachricht verkraften. Auf einem polierten Seitentisch aus Mahagoni standen im Silberrahmen die Fotografien der beiden Jungen und sahen Howard an: Andy Milvain als ganz junger Rekrut auf dem Ausbildungsschiff HMS *Ganges* und ein ernst blickender Oberleutnant, der Bizleys Kommandant gewesen war.

Der einzige Lichtblick war Milvains Schwester Sarah, ein lebhaftes junges Mädchen mit strahlenden Augen, die ihm im Vertrauen mitgeteilt hatte, daß sie zu den Wrens wollte. Howard bemerkte den verletzten Gesichtsausdruck ihrer Mutter und die Bitterkeit in ihrem Ton, als sie ihn fragte: »Es ging dabei also um die Rettung einiger Deutscher, Commander Howard?«

In dem großen ruhigen Zimmer, abgeschirmt vom Verkehrslärm Londons durch die schweren Vorhänge und die wie ausgestorben wirkende Straße, glaubte Howard wieder Bizleys

Worte zu hören, als stünde er vor ihm: »*Es war nicht meine Schuld, Sir!*«

Milvains Vater, der Generalmajor, war irgendwo im Norden stationiert. Er erfuhr nicht, was er dort tat oder wie er die schreckliche Nachricht aufgenommen hatte. Howard schämte sich zwar, mußte sich aber eingestehen, daß er froh war, das Haus in Mayfair verlassen zu können, besonders nachdem Milvains Mutter im selben vorwurfsvollen Ton gesagt hatte: »Er war doch noch ein Junge! Auf keinen Fall hätte man diese Aufgabe ihm übertragen dürfen.«

Auf dem Rückweg hatte er sich an einen Signalgast auf der Brücke der *Windsby* erinnert, der von den MG-Garben eines Sturzkampfbombers niedergemäht worden war. Er war vor Howards Füße gerollt, und noch als seine Augen brachen, schrie er: »Warum ich?« Dies waren seine letzten Worte gewesen.

Howard konnte den Schmerz von Milvains Mutter durchaus verstehen. Trotzdem schienen ihre Worte ihn auch noch auf der Straße zu verfolgen. Er blieb stehen und blickte hinüber zum Hampton Court Palace, der im Sonnenlicht vor sich hin zu dösen schien. Das Laufen machte ihn kurzatmig, zu viele Tage und Nächte hatte er auf der offenen Brücke zugebracht, zu viele Alpträume gehabt, wenn sich endlich Gelegenheit zu einem kurzen Schlaf bot.

Zwei Seeleute kamen an ihm vorbei und grüßten stramm. Er bemerkte ihren raschen Blick auf sein Ordensband und spürte wieder die Kameradschaft, die Marineangehörige füreinander empfanden, wenn sie vertraute Uniformen außerhalb der Hafenstädte trafen.

Im Weitergehen versuchte er sich daran zu erinnern, was Celias Mutter über ihr Haus gesagt hatte, das zur Zeit als Erholungsheim für Offiziere diente, die aus dem Lazarett entlassen worden waren. Er fragte sich, ob sie damit hatte andeuten wollen, daß sie ein großes Haus besaßen. Aus irgendeinem Grund erinnerte er sich daran, wie Celia seinen Bruder beschrieben hatte: ein künftiger Admiral ... Er lächelte grimmig. Es fiel ihm ebenso leicht, sich Lilian, seine Schwägerin, als Admiralsgattin vorzustellen.

Er sah einen Passanten im Kampfanzug der Heimatfront durch seine altmodische, stahlgeränderte Brille seine Zeitung studieren. Die Überschrift schien es geradezu herauszuschreien: *Rommel gibt Nordafrika auf! Die Deutschen in voller Flucht!* Es war wirklich kaum zu glauben: Hitler hatte den Wüstenfuchs zurückgerufen und den Rückzug des Afrikakorps dem General von Arnim überlassen. Nichts konnte die Achte Armee jetzt noch aufhalten. Die Deutschen waren in einem Winkel Tunesiens festgenagelt, mit dem Rücken zur See. Ohne Rommel, ohne dessen Erfindungsgeist und Einfallsreichtum, konnte es nur noch eine Frage von Tagen sein, bis sie sich ergaben.

Howard blieb stehen und holte tief Atem, während er auf das eindrucksvolle alte Haus starrte, das hinter einer ebenso alten Mauer aufragte. Es machte kaum den Eindruck eines Erholungsheimes, wie Celias Mutter es dargestellt hatte. Vielleicht sollte er besser wieder gehen und den nächsten Zug nach Waterloo nehmen, bevor er sich zum Narren machte ...

»Sie müssen Commander Howard sein.«

Er sah eine große, schlanke Frau am Tor stehen, die sich mit einem groben Gartenhandschuh die Augen beschattete und in der anderen Hand einen Korb mit verschiedenen Gartengeräten hielt. Jetzt setzte sie den Korb ab und zog mühsam den einen Handschuh aus.

»Ich bin Margaret Lanyon. Wie geht es Ihnen?« Herzlich schüttelte sie ihm die Hand. »Kommen Sie bitte durch den Seiteneingang herein, ja? Wir benutzen den Vordereingang nur selten. Die Amerikaner, die im Park gegenüber ihr Lager aufgeschlagen haben, kamen nämlich ständig zum Tor und fragten, ob das Haus für das Publikum geöffnet sei. Nur die Rücksicht auf Ihre Lordschaften hielt mich davon ab, ein paar von ihnen umzubringen!«

Als sie durch den wunderschönen Garten gingen, blieb Mrs. Lanyon stehen und musterte ihn. Er glaubte, den forschenden Blick ihrer Tochter wiederzuerkennen.

»Ich kann ihnen nicht genug danken für das, was Sie für Celia getan haben«, sagte sie lächelnd. »Darf ich Sie David nennen? Ich habe sonst häufig in Liverpool zu tun, aber an diesem Tag war ich nicht dort.«

»Ich wünschte nur, ich wäre etwas früher eingetroffen.«

Langsam schritten sie zwischen Rosenbeeten hindurch, und sie fuhr fort: »Ihnen hat Celia ihre geistige Gesundheit zu verdanken, glaube ich. Ihre Freundin, die arme Jane – das muß schrecklich für sie gewesen sein, auch für die anderen Mädchen. Janes muntere Art tat meiner Tochter sehr gut. Mein Mann hielt sie zwar für leichtsinnig, aber ich habe ihm gesagt, er solle nicht so stur sein. Schließlich sind sie alle jung, und wir haben Krieg, da kann man nicht erwarten, daß die jungen Leute noch mehr von ihrer Jugend opfern. Celia bestand darauf, zu Janes Beisetzung zu gehen. Ich fuhr mit ihr zusammen hin ... Es war furchtbar. Aber ich nehme an, Sie haben auf diesem Gebiet selbst eine Menge Erfahrung.«

Howard dachte an Milvains Mutter. »O ja, ein bißchen.« Celias Mutter war wirklich ganz anders, als er erwartet hatte.

»Ich möchte Ihnen noch etwas sagen, bevor Celia zu uns stößt: Gehen Sie sanft mit ihr um, sie ist die einzige, die wir haben.« Seufzend fügte sie hinzu: »Ich glaube, George wünschte sich immer so sehr einen Sohn, daß sich Celia nur ihm zu Gefallen für die Wrens meldete.«

Howard sah sie an. »Das verspreche ich Ihnen.« Er glaubte, Schritte auf den Steinkacheln zu hören, und fügte rasch hinzu: »Darf ich Sie etwas fragen?« Als er sie nicken sah, fuhr er fort: »Liebte sie ihren gefallenen Mann sehr?«

Die Mutter antwortete nicht direkt. »Sie hat mir erzählt, daß Sie seinen Absturz auf See beobachtet haben. Ich war ziemlich schockiert, als sie zu Ihnen fuhr, um Sie darüber zu befragen. Und dann ereilte es Ihren armen Vater ...« Sie schien sich zu schütteln, bevor sie fortfuhr: »Jamie war sehr verliebt, am meisten in sich selbst. Das ist alles, was ich Ihnen dazu sagen kann.« Die Schritte kamen näher.

Howard wandte sich rasch um und bemerkte, daß Celia ihn ansah; nicht in der direkten Art, die er von ihr gewohnt war, sondern mit einer gewissen Schüchternheit. Sie trug einen Rock und einen einfachen Pullover, und hinterher konnte sich Howard nicht einmal mehr an deren Farbe erinnern. Ihm war, als sähe er nur ihr Gesicht und ihre Augen.

Er nahm ihre beiden Hände und sagte: »Celia, Sie sehen wunderbar aus.«

Fragend blickte sie ihn an. »Wie lange können Sie bleiben?«

Er lächelte. Die wichtigste Frage zuerst. »Ich habe Ihrer Mutter gerade gesagt . . .« Aber als er sich umblickte, stellte er fest, daß sie den Garten für sich allein hatten. »Wir haben unser Asdic etwas beschädigt und müssen eindocken, damit sich die Werftgrandis damit beschäftigen können.« Ihr Blick wurde trübe, als er hinzufügte: »Ich muß heute abend wieder zurück, fürchte ich.«

Sie schob die Hand unter seinen Arm, als sei es die natürlichste Sache der Welt. »Dieser ganze lange Weg, nur um mich zu sehen? Schade, daß Daddy nicht hier ist. Er war wirklich gerührt, als Sie ihn meinetwegen anriefen.« Er spürte den Druck ihrer Hand. »Ich auch, hinterher. Ich muß ja fürchterlich ausgesehen haben!«

Er merkte, daß sie wieder zitterte. Aber es würde sicher noch schlimmer werden, wenn er versuchte, sie zu trösten.

Schließlich sagte sie: »Die arme Jane! Beim Begräbnis haben mich alle angesehen, als wollten sie fragen: Warum Jane und nicht du?«

Jetzt weinte sie, versuchte aber, ihr Schluchzen zu unterdrükken. »Ich bringe allen Unglück«, stammelte sie. »Sie wissen das auch, nicht wahr?«

»Nein.« Sie hob den Kopf und sah ihn an, aber er hielt den Blick weiterhin auf die Rosen gerichtet und auf den blauen

Himmel über der alten Mauer, die schon dagestanden haben mußte, als England auf Napoleons Invasion wartete. »Nein, das weiß ich nicht.« Er merkte, wie sie ihm innerlich entglitt. Das war es, wovor ihre Mutter ihn hatte warnen wollen.

Nun glitten ihre Finger an seiner Wange hinauf bis zu den Schläfen, und sie flüsterte: »Sie werden ja schon grau, David.« Plötzlich zornig, fügte sie hinzu: »Was tun die Ihnen an?«

Er dachte an Treherne, wie dieser ihm die Pfeife angezündet hatte, als er dazu nicht in der Lage gewesen war. Wie oft schon war er innerlich fast zusammengebrochen? Und wann würde es das nächste Mal sein?

Er erwiderte: »Das macht nichts.« Er hielt sie auf Armeslänge von sich ab und fragte: »Merkst du es denn nicht, Mädchen? Ich liebe dich!«

Er wartete, aber sie blieb völlig bewegungslos, als hätte sie ihn nicht richtig verstanden.

Dann jedoch fragte sie leise: »Trotz des Unglücks, das ich allen bringe? Ohne jeden Rückhalt, einfach so?«

Ihre Mutter erschien oben auf der Steintreppe, die vom Seiteneingang herabführte, und rief: »Ich habe gerade Nachrichten gehört, ihr beiden: Die Deutschen haben sich in Nordafrika ergeben!« Dann schloß sie leise die Tür und verschwand wieder im Haus.

Drinnen döste ein getigerter Kater vor dem sonnenwarmen Glas eines Fenster, und Mrs. Lanyon blieb stehen, um ihn zu streicheln, worauf er anfing zu schnurren. »Die beiden haben mich gar nicht gehört, Jimmy«, sagte sie. »Gott schütze sie!«

Captain Ernle Vickers stand mit mehreren anderen Offizieren im Hafen von Liverpool und musterte eingehend den Neuankömmling. »Er würde wahrscheinlich keine Schönheitskonkurrenz gewinnen, aber mit ihm und den anderen, die noch im Umbau sind, hoffe ich, daß wir die Schlacht im Atlantik nun zu unseren Gunsten wenden können.«

Howard musterte den auf der anderen Seite des Hafenbekkens liegenden Geleitträger. Auf seinem Flugdeck wimmelte es von Gestalten, die sich geschäftig an den sauber ausgerichteten Reihen von Swordfish-Torpedobombern zu schaffen machten. Die Swordfish-Maschinen mit ihren gedrungenen Rümpfen und dem offenen Cockpit sahen aus, als kämen sie soeben von der Westfront; sie waren widerstandsfähige Maschinen und dank ihrer geringen Geschwindigkeit und kurzen Startstrecke bestens geeignet für Angriffe auf U-Boote oder die Aufklärung im Atlantik.

Verglichen mit einem majestätischen Flottenträger war das Schiff klein – etwa halb so groß wie seine größeren Schwestern –, aber im Dock wirkte es wie ein Riese, untersetzt und ein wenig topplastig.

Howard fragte: »Also werden wir und die Amerikaner endgültig die Lücke im Atlantik schließen, Sir?«

Captain Vickers nahm die Pfeife aus dem Mund und rieb sich damit seine gebrochene Nase. Dann sah er Howard suchend an, insgeheim überrascht, daß dieser so frisch aussah. Er war nur kurz unten im Süden gewesen und schon nach drei Tagen wieder zurückgekehrt – überraschend gut erholt. Dabei hatte er gehört, daß Howard stark mitgenommen war nach seinem fast pausenlosen Einsatz im Atlantik. Wenn das stimmte, so schien er es jedenfalls überwunden zu haben.

»Bereits nächste Woche, das steht fest.« Vickers warf einen Blick auf die Geleitfahrzeuge, sah die Roststreifen und Kratzer an ihren Rümpfen. »Die Ladungen der Frachter werden immer wertvoller, David. Sie bringen auch mehr Truppen für die nächste Phase des Krieges. Es kommen Transporter aus Kanada, den USA, Neuseeland und Australien, sogar aus Südafrika.«

»Wo werden die Leute eingesetzt, Sir?«

Vickers stieß ein Lachen aus. »Das können wir nur vermuten. Aber es ist kein Geheimnis, daß wir nirgends ein Patt dulden werden. Die Infanterie muß ihre Stiefel auf Feindesboden setzen, bevor man anfangen kann, über einen Sieg nachzudenken.«

Sie fielen nebeneinander in Schritt. Howard war recht groß, aber neben dem breitschultrigen ehemaligen Rugbyspieler Vikkers kam er sich vor wie ein Halbwüchsiger. In der Seekabine der *Kinsale* mußte wohl eine größere Koje stehen, als man jemals gesehen hatte.

Treherne erwartete sie schon, zusammen mit einem untersetzten Mann mit Mütze und Overall. Er grüßte und sagte: »Ich fürchte, es gibt Ärger, Sir.«

Vickers schien seine Ohren überall zu haben. »Das Asdic, Mr. Robbins?«

Der Kopf mit der Mütze nickte traurig. »Macht uns viel Arbeit, Sir.«

Vickers musterte ihn kalt. »Ich will, daß die *Gladiator* zusammen mit der Gruppe ausläuft. Sie haben also noch vierundzwanzig Stunden Zeit, mehr nicht!«

»Schätze, damit wird die Gewerkschaft nicht einverstanden sein, Sir.«

Vickers grinste. »Nun, die Gewerkschaft soll ja auch nicht auslaufen, oder?«

»Ich werde tun, was ich kann, Captain Vickers.«

Vickers blinzelte Howard zu und führte ihn beiseite. »Da ist noch der Fall dieses Seemanns, der auf Ihrer letzten Fahrt ertrunken ist.« Ruhig sah er Howard an. »Das war Pech, David. Aber verglichen mit dem, was Ihre Gruppe erreicht hat – die Versenkung eines weiteren U-Bootes –, lohnt es sich nicht, Staub aufzuwirbeln. Ihre Gruppe hat einen guten Ruf, ihre Moral ist höher, als sie jemals war. Stauchen Sie den Oberleutnant zusammen und lassen Sie's dabei bewenden. Ich halte mich da raus.«

Howard dachte an den Obergefreiten Fernie, an seine Wut über Milvains Tod und seine Verachtung für Bizley. »Ich werde tun, was ich kann, Sir.«

»Gut. Wir sehen uns also heute abend auf der *Blackwall*, um die Versenkung zu feiern.« Rasch schritt Vickers von dannen.

Howard schüttelte den Kopf. Wenn der Captain jemals beunruhigt war, so zeigte er das zumindest nicht. Wie der Admiral, pflegte auch er zu sagen: »Ich möchte Erfolge, keine Entschuldigungen. Und das fängt gleich bei Ihnen an!«

Howard ging am Hafenbecken entlang, blickte hinunter auf sein Schiff und erinnerte sich an die letzten Tage.

Celia war mit ihm bis zur Bahnstation Hampton Court Road gegangen. Sie hatten sehr wenig gesprochen und waren wieder mitten auf der Brücke stehengeblieben. Sie betrachteten den feurigen Sonnenuntergang, der sich in den historischen Fenstern des Palastes spiegelte: ein Augenblick des Friedens, vielleicht der erste, den sie beide seit langem erlebt hatten.

Schließlich hatte Celia gesagt: »Sei bitte vorsichtig, wenn du durch London kommst. Heute nacht gibt es bestimmt einen Luftangriff.«

Auf dem Bahnsteig hatten sie den Zug angestarrt, dessen Türen noch offenstanden, während die Fahrgäste einstiegen. Zum größten Teil waren es Soldaten in Khaki und Luftwaffenblau. Die meisten der Abfahrenden grinsten fröhlich, während die Zurückbleibenden Tränen vergossen und die Hände rangen. Neben dem Fahrkartenkontrolleur standen zwei aufmerksame Militärpolizisten; stets suchten sie mißtrauisch nach einem Deserteur oder einem Betrunkenen.

Langsam wurde die Menge weniger, die Türen wurden geschlossen, der Bahnhofsvorsteher blickte auf die große Uhr und entrollte seine grüne Flagge.

Es gab noch so vieles zu sagen, aber Celia hatte nur gemeint: »Du steigst jetzt besser ein, David. Es sind nur noch zwei Minuten.« Bittend hatte sie ihn angesehen. »Was du da gefragt und gesagt hast ...« Sie legte ihm die Arme um den Hals, und irgendwo ließ ein Soldat ein schrilles Pfeifen hören.

Howard antwortete: »Ich habe dir gesagt, daß ich dich liebe. Es gibt keine andere für mich.« Sie hatte genickt. »Wir werden uns bald wiedersehen.« Da hatte sie gelächelt, und sie hatten sich geküßt. Es war etwas ganz Natürliches und Selbstverständliches, genauso einfach, wie sie im Garten ihren Arm unter den seinen geschoben hatte.

»Es wird Zeit, Sir.« Das war der Fahrkartenkontrolleur. Er fügte lächelnd hinzu: »Aber wenn ich an Ihrer Stelle wäre, würde ich bleiben.«

Howard rannte zur letzten offenen Tür und stieg ein. Als er sich aus dem Fenster beugte, nahm der Zug bereits Fahrt auf; er winkte, bis sie über die Weichen rollten und der Bahnhof außer Sicht kam.

Jetzt, inmitten des lärmenden Werftbetriebs, konnte er noch immer nicht glauben, daß es sich wirklich so abgespielt hatte. Ob wohl all das Schreckliche wieder auf Celia einstürmte, wenn sie nach Liverpool zurückkam?

Er dachte auch an ihren toten Ehemann und an die Worte ihrer Mutter, daß Jamie am meisten sich selbst geliebt hätte. Aber das war weder eine erschöpfende Antwort auf seine Frage gewesen, noch hatte er erfahren, worum der letzte Streit zwischen ihnen gegangen war.

Treherne erwartete ihn an der Gangway. Auch er hatte die Veränderung bemerkt, die mit dem Kommandanten vorgegangen war. Die scharfen Linien an seinen Mundwinkeln waren verschwunden, ebenso die Ungeduld, wenn etwas schiefging. Dr. Moffatt hatte ihm weiter nichts erzählt, das meiste konnte er sich ohnehin zusammenreimen: Es ging um eine Frau, eine Wren.

Treherne sah, daß Vallance an der Eingangstür zum Gang wartete, ein Tablett in der Hand, was für ihn zumindest ungewöhnlich war. Treherne dachte oft, daß der Steward einen perfekten Kammerdiener abgeben würde, ein Gentleman bei einem Gentleman.

»Gibt's ein Problem, Vallance?« Er sprach absichtlich leise, damit der Kommandant nichts hörte.

»Ja, Sir.« Vallance warf einen Blick über die Schulter. »Es ist zwar nicht meine Sache, Sir, aber . . .«

Also hatte es Unruhe gegeben. Entweder waren Messebons

nicht bezahlt worden oder Silberbesteck war gestohlen worden, um vom Maschinenpersonal in Schmuck umgearbeitet zu werden. »Lassen Sie hören.«

Vallance holte tief Atem und sagte mit einer Stimme, der man den unterdrückten Ärger anhörte: »Der Artillerieoffizier, Mr. Finlay, hat soeben mitgeteilt, daß er sich verlobt hat, Sir.« Er warf einen Blick himmelwärts. »Aber Mr. Bizley gehörte nicht zu den Gratulanten, Sir.«

Treherne nickte. »Fahren Sie fort.«

Vallance sagte: »Doch dann kam Mr. Bizley plötzlich herein und rief lauthals: ›Wer würde *Sie* denn heiraten wollen?‹«

»Mein Gott!«

»Mr. Finlay antwortete: ›Wenigstens laufe ich nicht herum und bringe unsere eigenen Leute um!‹ « Unglücklich fuhr Vallance fort: »Sie schrieen sich noch eine ganze Weile an, dann schlug Mr. Bizley mit der Faust nach dem A. O.. Mr. Finlay warf als Antwort ein Glas Gin nach ihm.«

Treherne versuchte zu lächeln. »Freut mich, daß es keine ganze Flasche war, Vallance.« Aber die Sache war wirklich nicht zum Lachen. »Wer war sonst noch dabei?«

»Alle, Sir, außer dem Torpedooffizier.«

Treherne spürte, wie Ärger in ihm hochkam. Bei der Handelsmarine war es anders gewesen, dort hatte er mehr als einmal erlebt, daß der Bootsmann und ein bulliger Schiffsoffizier eher ihre Fäuste gebrauchten, als lange zu diskutieren. Dies jedoch war nicht die Handelsmarine, und die *Gladiator* brauchte ihre innere Geschlossenheit genauso sehr wie ihre Bewaffnung und ihre Maschinen, wenn sie die Schlacht im Atlantik bestehen wollte.

Finlay war ein sehr guter Artillerieoffizier, aber niemand war unersetzlich. Was den verdammten Bizley betraf, den sogenannten *Helden*, so war Treherne völlig klar, was er am liebsten mit ihm gemacht hätte.

Der Quartermeister flüsterte: »Kommandant kommt an Bord, Sir.«

»Danke, Laird.«

Treherne empfing Howard an der Gangway und salutierte. Dieser blickte über das jetzt leere Deck, auf dem nur noch ein paar Elektriker standen und ein Mann mit einer Teekanne.

»Hat es Krach gegeben?«

Treherne starrte ihn an. »Ich war gerade dabei, die Sache zu erledigen.«

Howard zeigte auf die Landseite des Hafenbeckens. Die Bullaugen der Messe standen offen. »Ich hatte den Eindruck, daß man den Lärm bis Birkenhead hören konnte.« Überraschenderweise klopfte er Treherne auf den Arm. »War nicht ihr Fehler, Number One. Genau wie Sie hatte ich gehofft, daß es sich von selbst erledigen würde.« Dann nickte er Vallance zu. »Bringen Sie mir bitte etwas zu trinken nach achtern.«

»Wie war es in London, Sir?« Vallance war so erleichtert, Howard wiederzusehen, daß er sich nicht zurückhalten konnte. »Halten sie dort noch immer die Stellung, Sir?«

Howard dachte an die großen leeren Flächen vor dem Waterloo-Bahnhof, wo einst viele Straßen mit geschlossenen Häuserfronten gewesen waren und dazwischen ein Marktplatz, wo man selbst noch im Krieg fast alles bekommen hatte, vom Dosenobst bis zu jungen Hunden. Das war alles vorbei und ausgelöscht. Nicht einmal Trümmer waren zurückgeblieben, lediglich die Rinnsteine zeigten noch, wo Menschen einst gelebt, gespielt und ihre Kinder aufgezogen hatten.

»Mehrere Stellungen, würde ich denken.« Howard drehte sich um und sah Treherne an. »Ich werde mir beide kommen lassen, formlos, zumindest im Augenblick. Den A. O. zuerst.«

Es wurden keine angenehmen Minuten für Finlay.

»Ich habe Sie allein kommen lassen, damit ich Ihnen offen meine Meinung sagen kann.« Howard bot dem Oberleutnant keinen Platz an. Betont langsam nahm er einen Schluck aus seinem Spezialglas, das Vallance hereingebracht hatte. »Sie sind hier an Bord ein sehr guter Artillerieoffizier geworden und können stolz sein auf die Erfolge Ihrer Abteilung. Zum größten Teil waren es Amateure, und Sie haben sie zu Artilleristen gemacht. Das ist alles, was ich von Ihnen will, außer Ihrer Loyalität, klar?«

Finlay sagte: »Daran fehlt es nicht, Sir. Aber er hat mich zutiefst beleidigt . . .«

»Und Sie haben vergessen, daß Sie einer meiner dienstälteren Offiziere sind. Ihr kindisches Benehmen fällt auf mich zurück, oder kümmert Sie das nicht mehr?«

»Sir?«

»Nun, Sie haben doch um Ihre Versetzung gebeten, oder?«

Finlays schottischer Akzent wurde plötzlich noch deutlicher. »Es ist noch nicht endgültig, Sir.«

Howard hob die Stimme nicht, das war auch nicht nötig. »Und das nennen Sie Loyalität? Ich würde es nicht so bezeichnen. Der Krieg ist schwer für jeden, nicht nur für Sie – und wird zweifellos noch schwerer werden. Wenn Sie also nicht der Verantwortung gerecht werden, die Sie mit Ihrer Ernennung übernommen haben, dann werde ich dafür sorgen, daß Sie wirklich abgelöst werden. Dann können Sie Ihre Bemühungen einstellen. Ich garantiere Ihnen nämlich, daß Sie danach nie wieder das Deck eines Schiffes betreten, wo Sie Verantwortung mißbrauchen können! Und jetzt verschwinden Sie!«

Treherne trat ein und war beeindruckt. »Ich sah, wie förmlich Dampf unter Ihrer Tür hervorzischte, Sir.«

Howard fuhr sich mit den Fingern durchs Haar. »Ich habe vergessen, ihm zu seiner Verlobung zu gratulieren.« Treherne beobachtete den Kommandanten, der noch immer erstaunlich entspannt wirkte. Er faßte sich ein Herz. »Bevor Bizley kommt, möchte ich Sie fragen – falls Sie gestatten: wie ist sie?«

Howard sah ihn ernst an, dann lächelte er. »Ich liebe sie.«

So einfach war das.

»Und haben Sie es ihr gesagt, Sir?«

»Ja.« Er blickte in sein leeres Glas und seufzte. »Und jetzt schicken Sie mir Mr. Bizley herein. Es wird höchste Zeit, daß ich ihm ein paar Wahrheiten sage.«

Oberleutnant Treherne stieg die Leiter hinauf und spähte oben durch das gischtübersprühte Brückenkleid. Zwei Tage waren sie jetzt von Liverpool entfernt, und der Ozean sah aus wie eine leuchtend blaue Wüste. Kein Land und auch keine Schiffe waren in Sicht. Trotz aller Drohungen und Überredungskünste Vickers' hatten die Werftarbeiter die Reparaturen nicht rechtzeitig vollendet, und auch andere Verzögerungen hatte es gegeben.

Mit einer Verspätung von sechsunddreißig Stunden waren sie dann durch den Georgskanal und nach Westen in den offenen Atlantik gelaufen, bis die irische Küste nur noch ein verschwommener rötlicher Streifen in der Ferne war. Treherne hatte alle Abteilungen überprüft, ebenso die neuen Wachpläne, die er mit dem Coxswain aufgestellt hatte.

Oberleutnant Finlay hatte Wache und stand mit gespreizten Beinen auf der Brücke, die Mütze auf dem Kopf. Treherne mußte insgeheim lächeln, denn er sah aus wie auf dem Paradeplatz. Leutnant Rooke streckte sein Hinterteil heraus, während er sich über den Kartentisch beugte, und der Signalmeister erteilte seinen jungen Gasten Belehrungen.

Finlay sagte: »Zwo-neun-null liegt an, Number One.« Er war noch immer verschnupft nach der einseitigen Unterhaltung mit dem Kommandanten.

Treherne nickte. Bizley würde nachher die Wache übernehmen. Er fragte sich, wie er und Finlay die Übergabe korrekt vornehmen würden, ohne daß sie einander ansehen mußten.

Treherne putzte sein Glas. »Werden Sie bald heiraten, oder wollen Sie bis nach dem Krieg warten, A. O.?«

Finlay griff die Frage auf, wie ein Fisch nach dem Köder schnappt. »Bald, hoffe ich. Der Krieg kann ja noch lange dauern.«

Treherne grinste. »Oder Sie können vorher absaufen.«

Finlay zog eine Grimasse. »Das wäre Pech.« Er warf einen kurzen Blick auf die anderen Wachgänger. »Der Alte . . .«

»Was ist mit ihm?« Treherne wußte genau, was jetzt kommen würde.

»Hat er noch was über meine Versetzung gesagt?«

Treherne musterte ihn. »Zumindest nicht zu mir.«

»Herrgott, hat er mir eine Abreibung verpaßt, Number One!«

Treherne flüsterte böse: »Was haben Sie denn erwartet, Sie Idiot, eine Medaille für gute Führung?«

»Ich sehe keinen Grund . . .«

»Ach, den sehen Sie nicht? Selbst ein dickschädeliger Artillerieoffizier sollte sich daran erinnern, wie dieses Schiff einmal war. Niemand stand eine Wache durch, ohne dem Alten oder Marrack etwas vorzublöken. Er hat uns alle nach oben gebracht – vergessen Sie das nicht! Aber Sie haben Bizley angemotzt, seit er an Bord kam – und jetzt, wo er zusätzliches Gold erhalten hat, versucht er, die Rechnung mit Ihnen auszugleichen. Ganz offen, Neil – ich schätze ihn auch nicht besonders. Aber wenn all die Menschen, die ich nicht leiden kann, sich auf dem Trafalgar Square versammeln würden, dann wäre dort kein Platz mehr für die Tauben!«

»Verstanden, Number One. Ich glaube, wir waren alle ein bißchen gereizt.«

Der Navigationsoffizier kam unter dem Schirm des Kartentischs hervor. »Wir treffen übermorgen bei der Gruppe ein, Sir.«

Also übermorgen würden sie Vickers finden, dachte Treherne, wenn ihn nicht neue Befehle woanders hingerufen hatten, klar zum Angriff auf U-Boote, die auf den nächsten Konvoi warteten. Die Deutschen würden jetzt mehr auf den Hut bekommen. Der neue Geleitträger, den sie in Liverpool gesehen hatten, war schon vor der Gruppe ausgelaufen, und es hieß, ein anderer sei bereits auf Station.

Treherne dachte an Joyce in ihrer kleinen Wohnung in Birkenhead. Er hatte ihr den Verlobungsring angesteckt, genau wie versprochen, und das war das erste Mal, daß er sie wirklich weinen gesehen hatte. Als er versuchte, sie zu beruhigen, hatte sie geschluchzt: »Du bist so fürsorglich, Gordon, wirklich, das bist du!« Weil sie dabei völlig nackt auf dem Bett lag, hatte er ihr leicht auf die Hinterbacken geklopft. »Ich will lediglich eine ehrbare Frau aus dir machen«, hatte er versichert.

Jetzt, als er hinausblickte auf den dunklen Atlantik, war er froh, daß er's getan hatte. Gesetzlich gesehen bedeutete es nichts, denn sie war noch nicht geschieden, aber für sie und für jeden, der versuchen sollte, sich einzumischen, bedeutete es alles.

Ein Bootsmannsmaat in Ölzeug wandte sich vom Sprachrohr ab und sah ihn an. »Funkraum, Sir.«

Treherne beugte sich über das Sprachrohr. »I. O.?«

»Schiff in Seenot, Sir. Funkspruch von der Admiralität.«

»Schicken Sie ihn rauf.« Zu Finlay sagte Treherne: »Schiff in Seenot? Mal was ganz Neues in dieser Gegend, wie?«

Finlay grinste. Trehernes wie selbstverständliche Disziplin und Seemannschaft hatten seine Sorgen vertrieben, zumindest für den Augenblick.

Als er ins Telefon sprach, konnte sich Treherne den Kommandanten in seiner »Hütte«, wie er es nannte, genau vorstellen. Wahrscheinlich hatte er an sein Mädchen gedacht. Treherne war ziemlich sicher, daß er sie kannte. Auf der lärmenden Party an Bord der *Blackwall* hatte er eine junge Wren im Rang eines dritten Offiziers gesehen, die ein bandagiertes Handgelenk hatte. Sie war in dem Gebäude neben demjenigen gewesen, in dem die anderen jungen Mädchen verunglückt waren. Treherne hatte Howards Gesicht beobachtet, als sie etwas über den toten Mann einer anderen Wren erzählte, einen RAF-Piloten, der bei einem Rußland-Konvoi abgestürzt war. Es bedurfte keiner großen Kombinationsgabe, um sich den Rest zusammenzureimen.

Diese Wren hatte ein bißchen zuviel getrunken. Augenrollend hatte sie hervorgestoßen: »Sie waren natürlich wahnsinnig verliebt –«

Danach hatte Howard zu ihm gesagt: »Ich gehe an Bord zurück, Number One.« Ohne ein weiteres Wort war er verschwunden.

»Kommandant?«

»Number One hier, Sir. Funkspruch von der Admiralität: Schiff in Seenot.« Er war erleichtert, ein unterdrücktes Lachen zu hören.

»Ich komme hinauf. Wie sieht's oben aus?«

»Es weht aus Nordost, aber nicht zu stark.« Treherne hängte ein und nickte zufrieden. Er konnte sich nicht erinnern, daß der Kommandant bisher jemals nach dem Wetter gefragt hatte. Er wußte es immer schon vorher, hatte unten auf Wind und Wellen gelauscht. Aber heute nicht.

Howard erschien in einem neuen, sauberen Dufflecoat. Vielleicht war es einer von denen, die Joyce nähte, dachte Treherne.

Der Bootsmannsmaat zog die kleine Messinghülse aus der Rohrpostleitung zum Funkraum und reichte dem Kommandanten den Funkspruch.

Howard warf einen Blick auf das blaue Kinn des Navigators. »Tragen Sie das auf der Karte ein, N. O. Es ist nur eine angenäherte Position, aber durchaus möglich.« Dann nahm er Treherne beiseite. »Das Schiff wurde vom letzten ostwärts fahrenden Konvoi aufgegeben. Nachdem die anderen es zurückgelassen hatten, tauchte ein U-Boot auf und eröffnete das Feuer auf die Rettungsboote.«

»Mein Gott, was für Menschen sind das!«

Howard wartete. Ihm war klar, daß Treherne sich selbst dort draußen sah, hilflos in einem Rettungsboot, ein Zivilist im Krieg. »Es scheint, daß die Leute in einem Boot sich tot stellten und warteten, bis das U-Boot hinter dem Konvoi herjagte. Dann stiegen sie noch einmal an Bord ihres alten Schiffes und schafften es, diesen Funkspruch abzusetzen.«

Treherne ballte die Fäuste. »Man sollte niemals sein Schiff verlassen, außer wenn es hoffnungslos ist.«

Howard erwiderte ruhig: »Da bin ich mir nicht so sicher. Es ist nämlich ein Munitionstransporter, bis unter die Lukendeckel voll jeder Art Sprengstoff, den man sich vorstellen kann. Natürlich könnte es inzwischen untergegangen sein, in welchem Fall ...« Er ging zur Karte und sah sich die eingezeichnete Position an. »Gute Arbeit, N. O.«

Treherne sah die Augen des Navigators freudig aufleuchten. Der Skipper fand für ein Lob immer genügend Zeit, so sehr er selbst auch beansprucht sein mochte.

»Sehen Sie her.« Howard zeigte mit dem Stechzirkel auf die Karte. »Der nächste große Konvoi in diesem Gebiet wird heute nacht erwartet. Keine Sterne, erinnern Sie sich?«

Treherne rieb sich das Kinn. »Es wird für den Konvoi schon mühsam genug, auch ohne daß sie eine riesige Bombe in die Mitte nehmen.«

»Wir werden vorher dort eintreffen. Sagen Sie dem Chief, er kann die wirtschaftlichste Fahrt für den Augenblick vergessen. Ich möchte volle achtzehn Knoten haben. Danach bekommt auch der Torpedooffizier etwas zu tun, wenn wir das Wrack versenken müssen.«

Treherne trat an das andere Telefon, im Geist noch immer bei den Männern, die trotz der drohenden Gefahr auf ihr Schiff zurückgekehrt waren.

»Radar – Brücke.«

Howard bückte sich zum Sprachrohr. »Hier Kommandant. Ist das Whitelaw?«

»Ja, Sir.«

Howard stellte sich das Gesicht vor: Vor 1940 war Whitelaw im Sommer Eisverkäufer in Worthing gewesen und im Winter Platzanweiser im Kino. Jetzt hatte er eine der wichtigsten Waffen der *Gladiator* unter sich.

»Was haben Sie für ein Echo?«

»Das ganze Gerät blinkt, Sir.« Whitelaws Stimme klang wütend und verzweifelt. »Es ist schlimmer als vor der Reparatur!«

Howard bedeckte das Sprachrohr mit der Hand. »Gehen Sie hinunter und sehen Sie nach, Number One. Ich fürchte, wir verlieren unser Radar.«

Treherne und die anderen starrten ihn an. Schließlich sagte Finlay: »Dann müssen wir über Funk unsere Rückkehr nach Liverpool melden.«

Howard dachte an den alten Torpedooffizier, den unbeliebten Arthur Pym, der einmal verächtlich gesagt hatte: »Zu meiner Zeit gab es weder das verdammte Asdic noch das Radar.«

Marrack hatte mit seiner üblichen Schlagfertigkeit geantwortet: »Unglücklicherweise sind jetzt aber Pfeil und Bogen durch das Genfer Abkommen verboten worden.«

Die Erinnerung an diesen kleinen Zwischenfall richtete ihn wieder auf, obwohl er eben noch verdutzt und ungläubig gewesen war. Der Mann mit der Mütze hatte gesagt: »Die Gewerkschaft wird damit nicht zufrieden sein.« Anscheinend war sie das wirklich nicht gewesen.

Ross, der neue Midshipman, war auf der Brücke erschienen, um zu fragen, ob Rooke neue Karten brauche. Er schien alles mitgehört zu haben und starrte jetzt hinaus auf die endlose Wasserfläche, als könne er dort sein Schicksal erkennen.

Howard beobachtete ihn. Im Krieg kamen die Flaschen wirklich in allen Verkleidungen. Entschlossen sagte er: »Wir gehen nicht zurück. Warum nicht, ist ja wohl allen klar.«

Es schien eine Ewigkeit zu dauern, bis Treherne wieder auf der oberen Brücke erschien; tatsächlich waren es nur sieben Minuten gewesen. Er berichtete: »Ich habe mir das Gerät angesehen, und der Chief hat ein paar Mechaniker heraufgeschickt.« Er schüttelte den Kopf. »Es ist völlig ausgefallen, kann uns nicht mal mehr als Blindenstock dienen.« Aber niemand lachte, und Midshipman Ross packte eine Relingstütze, als hole das Schiff heftig über.

»Gut.« Howard blickte auf seine Armbanduhr. »Also achtzehn Knoten, klar? N. O., geben Sie uns den genauen Kurs!« Dann blickte er in Trehernes grimmiges Gesicht. »Gehen Sie noch einmal durchs Schiff und überprüfen Sie besonders die Leckwehr. Nehmen Sie den Buffer und den Torpedooffizier mit – er soll ja ein guter Seemann sein.«

Treherne nickte. Boote, Schotten, wasserdichte Türen, alles. Er kannte sich aus.

Howard wandte sich ab. »Der Funkraum soll den Ausfall unseres Radars und jede halbe Stunde unsere gekoppelte Position melden. Dann weiß der Boss wenigstens, wo wir sind.«

Treherne senkte die Stimme. »Wenn mir irgendwas passiert . . .« Als Howard ihn unterbrechen wollte, schüttelte er eigensinnig den Kopf. »Nein, lassen Sie mich ausreden, Sir. Da ist eine Frau in Birkenhead, für die habe ich ein Päckchen im Stützpunkt hinterlegt. Wenn Sie zurückkehren und ich nicht, wäre ich Ihnen dankbar . . .« Weiter kam er nicht.

Howard dachte an die Stimme der Frau, als er wegen Marrack telefoniert hatte, und war bewegt. Er antwortete: »Sie können das gleiche für mich tun, aber wahrscheinlich wird sie es früher wissen als sonst jemand.« Dann schüttelte er sich. »Wir kommen durch!«

Im nächsten Augenblick wuchs ihre Bugwelle in die Höhe und teilte sich wie ein riesiger Schnurrbart. Seiner Majestät Zerstörer *Gladiator* erhöhte die Fahrt und änderte den Kurs in Richtung auf das kleine Kreuz, das Rooke in die neue Karte gezeichnet hatte.

Howard sah eine kleine Gestalt in Ölzeug, eine Wollmütze über die Ohren gezogen, eine große Kanne Tee auf die Brücke bringen und dachte wieder an das stille Haus in Mayfair: »Er war ja noch ein Junge . . .« Aber das waren sie schließlich alle mal gewesen. Als er wieder aufblickte, war die Gestalt verschwunden. Vielleicht war es wirklich nur Milvains Geist gewesen.

Als Treherne zurückkehrte, hatte Bizley Finlay abgelöst und stand auf der anderen Seite der Brücke. Howard sagte zu ihm: »Bei Dunkelwerden lassen wir Gefechtsstationen besetzen. Die Leute können dort auch essen. Arrangieren Sie das, bitte.«

Treherne betrachtete Bizleys Profil. Er schien innerlich noch immer zu kochen; aber wenigstens war Finlay darüber hinweg. Ein Anpfiff war ein Anpfiff, man mußte ihn hinnehmen und verdauen. Groll war ein unerwünschter Passagier auf jedem Schiff.

Was Howard soeben sichergestellt hatte, brauchte nicht laut ausgesprochen zu werden: Er wollte, daß alle sich an Deck aufhielten, soweit dies möglich war, und daß alle wasserdichten Türen und Schotten geschlossen und gesichert waren – für den Fall, daß das Schlimmste eintrat. Sie hatten kein Radargerät, und ein U-Boot konnte sich an sie heranschleichen.

Auf seinem Weg zur Kombüse traf Treherne Knocker White, den Buffer, der das Bereitlegen eines Kletternetzes auf dem Seitendeck überwachte.

»Wir kehren also nicht um, Sir?«

»Haben Sie das etwa erwartet, Buffer?«

Der kleine Unteroffizier grinste. »Nein, eigentlich nicht, Sir.« Nachdenklich blickte er über die See. »Als ich noch Matrose auf der alten *Revenge* war, hatten wir dort einen Ersten, dessen Sprache einem das Haar zu Berge stehen ließ – aber in Wirklichkeit war er natürlich ein feiner Pinkel, wie damals üblich.«

Treherne lächelte. »Natürlich.«

»Dieser alte Erste pflegte zu sagen: Wie schlimm die Dinge auch stehen, hier kann wenigstens niemand schwanger werden. Was für ein Trost!« Der Buffer lachte noch immer in sich hinein, als Treherne schon verschwunden war.

Trehernes Augenblick der Mutlosigkeit war überwunden, er konnte jetzt sogar lächeln. Mit Männern wie dem Buffer an Bord, was sollte da noch schiefgehen?

3 *Lohnender Einsatz*

Das U-Boot machte kaum drei Knoten Fahrt, während es sich durch die mächtige Dünung des mittleren Atlantik schob. Dampf stieg vom Rumpf und Kommandoturm auf, als die Sonne, die genau senkrecht über ihm stand, wärmer wurde.

Alle Ausguckposten waren auf Station, und der wachhabende Offizier hörte, wie das Suchperiskop sich im Gehäuse bewegte; weitere aufmerksame Augen unter seinen Füßen beobachteten die See.

Es war zwar sicher hier draußen, aber man ging trotzdem kein unnötiges Risiko ein. Gelegentlich beugte sich der Oberleutnant über die Turmreling, um nachzusehen, wie der Matrose unten mit Pinsel und rasch trocknender Farbe vorankan, während er den grauen Stahl mit dem Symbol eines weiteren ihrer Opfer schmückte, eines amerikanischen Schiffes, das eine besonders schwere Ladung gehabt haben mußte. Sein Kiel war gebrochen, und es war sofort nach dem Torpedotreffer untergegangen. Ein amerikanisches Geleitfahrzeug hatte mehrere Angriffe gefahren, aber den Yankees fehlte die Erfahrung der Tommies. So war es dem U-Boot gelungen, auf Tiefe zu gehen und unbeschädigt zu entkommen.

Fünf Besatzungsmitglieder lagen nackt an Deck in der Sonne, was angesichts ihrer blassen Haut und der Schatten unter ihren Augen durchaus angebracht war. Der Kommandant ließ stets fünf Männer gleichzeitig zu, sie konnten rauchen und über die See blicken, statt sich in dem engen Boot aufzuhalten. Einer der fünf unter dem Kommandoturm spielte auf seiner Mundharmonika, während die anderen schweigend lauschten und über die ungeheure Weite des Atlantik blickten, in Gedanken wohl zu Hause.

Der Oberleutnant seufzte, straffte sich aber, als der Kommandant rasch auf die Brücke gestiegen kam. Er bewunderte und respektierte seinen Kommandanten, wie alle es taten. Sie verließen sich auf seine Erfahrung, Geschicklichkeit und Schlauheit, von denen ihr Leben abhing. Aber selbst in der Geschlossenheit des Bootes schien es unmöglich, Kleiber wirklich kennenzulernen. Es war, als sei er ständig anwesend und doch durch eine dicke Glasscheibe von ihnen getrennt. Dabei war er unermüdlich. Jeder Angriff wurde vorbereitet, als sei es der erste, nichts wurde dem Zufall überlassen.

Kleiber wußte genau, was der andere Offizier dachte, aber es kümmerte ihn nicht. Er war müde, ließ sich das jedoch niemals anmerken. Seine Haut war feucht unter dem Seepäckchen.

Wenigstens würde heute, wenn alles klappte, ein Teil ihrer Unbequemlichkeiten zu Ende gehen. Eines der großen Versorgungs-U-Boote sollte sich mit ihnen treffen. Diese sogenannten »Milchkühe« warteten an bestimmten Punkten auf die U-Boote, patrouillierten wie auf einem riesigen Gitter. Wenn man eins verpaßte, dann ergab sich später ein Rendezvous. Diese Taktik hatten die Einsatzzeiten der U-Boote im Atlantik verdreifacht, bedeutete aber längere Anspannung für die Besatzungen. Doch die Hauptsache war, die Boote blieben länger auf See, konnten angreifen und versenken, wie Dönitz befahl.

Ihre Milchkuh war neu, und Kleibers Boot war das erste auf ihrer Liste. Sie konnten also wählen in diesem schwimmenden Garten voll frischer Lebensmittel. Dazu gab es Nachschub an Maschinenteilen, Treibstoff, Frischwasser, an Briefen von zu Hause, Zeitungen ... Selbst der Luxus anständiger Seife erwartete sie statt der Ersatzwürfel, die sich wie Schiefer anfühlten.

Selbstverständlich gab es auch Nachschub an Munition, und vielleicht konnten sie sogar den Torpedo ersetzen, der sich bei einem ihrer Angriffe auf einen kleineren Konvoi als Versager erwiesen hatte. Er verlor Preßluft, so daß Blasen aus dem Kopf aufgestiegen waren – ein wirkliches Geschenk für einen scharfäugigen Beobachter an Bord eines Flugzeugs.

Kleiber würde einen ausführlichen Bericht darüber einreichen müssen, wenn er endlich zu ihrem französischen Schlupfwinkel zurückkehrte. Aber niemand würde es wagen, ihm dafür einen Verweis zu erteilen. Die U-Boot-Flotte hatte in letzter Zeit zu viele unerklärliche Verluste erlitten. Zum größten Teil waren gute, erfahrene Kommandanten gescheitert, nicht solche, die gerade ihre Ausbildung beendet hatten.

Das Boot hatte auch eine Leckage in der Abdichtung des vorderen Sehrohrs, die sie voraussichtlich nicht mit Bordmitteln beheben konnten. Aber noch kamen sie damit zurecht. Wenn es also nicht schlimmer wurde . . .

Er hakte im Geist die einzelnen Punkte ab: Maschinen und Motoren – gut. Versenkte Tonnage – kümmerlich. Aber sie waren eben auf einen Konvoi angesetzt worden, der für seine geringe Größe sehr starken Geleitschutz besaß. So hatten sie nur einen einzigen Treffer landen können.

Wieder warf er einen Blick auf seine Armbanduhr. Gleich war es soweit. Er nickte dem Oberleutnant zu, der daraufhin rasch ins Sprachrohr redete. Hier draußen bestand keine Gefahr durch feindliche Flugzeuge, und für den Atlantik war das Wetter ausgesprochen gut. Zum Glück, denn sie würden die große vordere Luke öffnen müssen, um die Vorräte zu übernehmen.

Kleiber hatte es oft genug getan, um dieses Risiko einschätzen zu können. Er würde auf jeden Fall warten, bis sie den Versorger tatsächlich getroffen hatten. Der Oberleutnant hatte lediglich Weisung erteilt, sich bereitzuhalten.

Kleiber versuchte, sich durch die Nachrichten aus Nordafrika nicht allzusehr deprimieren zu lassen. Man mußte der Realität ins Auge sehen. Natürlich war es ein Rückschlag, aber er würde den Landstreitkräften in Europa und an der russischen Front zugute kommen. Vielleicht brachte die Milchkuh auch einen Brief seiner Eltern mit, aus dem er etwas über Willi erfuhr. In Rußland mußte jetzt schon Tauwetter herrschen; die eisigen Löcher, in denen die Infanterie die Frontlinie verteidigt hatte, würden wieder mit Schlamm gefüllt sein. Der arme Willi! Seine Ideale kamen ihn teuer zu stehen. Kleiber warf einen Blick über das Brückenkleid hinunter an Deck. Willi wäre hier bei ihm besser dran gewesen. Sorgfältig musterte er seine Männer. Sie sahen unterernährt aus, brauchten dringend frische Luft und saubere, trockene Kleidung. Erschöpfte, bärtige Gesichter blickten zu ihm auf, und doch waren nur wenige älter als Mitte Zwanzig.

Was würden die Alliierten als nächstes tun? Einen Angriff

über Griechenland, trotz ihrer verheerenden Lektion auf Kreta? Vielleicht über Frankreich? Den Gedanken verwarf er sofort wieder, denn er kannte die unüberwindlichen Verteidigungsanlagen am Westwall. Also Italien?

Seine Gedanken kehrten zu seinem Bruder zurück. Angenommen, das Oberkommando hatte bereits Waffenstillstandsverhandlungen mit den Alliierten eingeleitet, um gemeinsam das kommunistische Rußland anzugreifen und den Iwan ein- für allemal zu vernichten?

Der Oberleutnant sah Kleiber leise lächeln und glaubte, daß dieser an zu Hause dachte, vielleicht an ein Mädchen. In Wirklichkeit aber stellte sich Kleiber das deutsche Oberkommando auf der einen und Winston Churchill auf der anderen Seite vor. Nein, da konnte es keine Einigung geben.

Ein Ausguck rief etwas, und er hörte das Quietschen des beschädigten Persikops in seinem Schacht. In der Ferne waren mächtige Wirbel zu erkennen, wo zuerst langsam, dann immer rascher, das große Versorgungsboot die Oberfläche durchbrach. Kleine Gestalten schwärmten vom Kommandoturm an Deck. Kleibers Signalgast schoß das Erkennungssignal. Das große Versorgungsboot drehte bereits, um für sie Lee zu machen und sie längsseits kommen zu lassen.

Das Versorgungsboot war zu früh und zu weit entfernt aufgetaucht, dachte Kleiber, sie würden wertvolle Zeit mit diesem Manöver vergeuden. Warum hatten sie seine Annäherung nicht früher entdeckt? Wahrscheinlich ein unerfahrener Kommandant.

Der Mann mit dem Farbtopf packte die Sicherheitsreling und lehnte sich weit zurück, um seine Arbeit zu begutachten. Schon sechzig solcher Trophäen waren dort aufgemalt, jede von ihnen ein Schiffsverlust für den Feind. Er grinste und wandte sich zu dem anderen U-Boot um. Vielleicht hatten sie wieder diese leckeren Würstchen mitgebracht, die er als Junge in Minden so gern gegessen hatte. Er konnte das Boot nicht sehen, weil es durch den Turm verdeckt war. Aber er sah die weiße Mütze des Kommandanten, hörte ihn mit der Zentrale sprechen; ein Ausguckposten gestikulierte, blickte aber in die falsche Richtung.

Der Mann drehte sich wieder um und starrte hinaus auf die See. Die Sonne brannte dermaßen stark, daß sie dem Himmel sämtliche Farben zu entziehen schien, aber sie vertiefte das Graublau der Wasserfläche. Jetzt blinzelte er. Das war doch unmöglich – er hatte wohl zu lange in das grelle Licht gestarrt. Als hingen dort Glasstücke am Horizont, spiegelte sich die grelle Sonne in einer Schiffsbrücke. Nein, das waren mehr als eine, außerdem bewegten sie sich schneller als jedes Schiff. Er hörte sich selbst laut rufen, hörte das Getrappel auf der Brücke und dann den lauten Ton der Alarmhupe.

Rasch wollte er hinaufklettern zum Turm, hatte aber seine Sorgleine vergessen, die jeder tragen mußte, der draußen arbeitete. Auf der anderen Decksseite hörte er die Männer keuchen, als sie wie wild zur Leiter rannten. Und dann vernahm er zum ersten Mal das ferne Dröhnen von Flugzeugmotoren. Das war doch unmöglich! Er kämpfte mit der Leine, aber sie hatte sich irgendwo verfangen. Kurz sah er hoch und merkte, daß der Kommandant ihn beobachtete. Es war nur ein Blick, nicht mehr, aber dem Seemann war klar, was sich jetzt ereignen würde. Er hörte das Poltern des Lukendeckels, das Donnern der Flutventile, als das Seewasser in die Tanks schoß und das U-Boot zum Alarmtauchen zwang. Der Mann schrie noch, als die ersten Wasserbomben um das aufgetauchte Versorgungsboot detonierten, das mit seiner weitgeöffneten vorderen Luke bereits zum Untergang verdammt war. Dann erstarb sein Schrei unter Wasser, und die kleinen aufgemalten Trophäen waren das letzte, was er im Leben sah.

Kleiber wartete zwanzig Minuten und tauchte dann wieder bis zu Sehrohrtiefe auf. Er wußte, die niedrig fliegenden Doppeldecker mit ihren Wasserbomben konnten nur von einem Flugzeugträger aufgestiegen sein. Er drehte das Periskop in einem Vollkreis und hörte ein letztes, halb ersticktes Dröhnen, das wohl verursacht wurde, als das Versorgungsboot auseinanderbrach.

Nichts war zu sehen, nicht einmal eins der seltsamen Flugzeuge, die er als Swordfish kannte. Auch keinerlei Öl. Es war, als habe sich überhaupt nichts ereignet. Er ließ die Griffe des Periskops los, sie fühlten sich naß an, aber das hatte diesmal nichts mit der lecken Dichtung zu tun. Irgend etwas schrammte am Rumpf entlang, und er sah, wie ein Unteroffizier auf die gekrümmte Bordwand starrte. Das war der ertrunkene Seemann, der draußen noch immer nachgeschleppt wurde und dessen Stiefel am Satteltank kratzten.

Kleiber legte sich Rechenschaft ab: Was bedeutete ein Menschenleben, verglichen mit so vielen? In der Nacht würden sie auftauchen und den Leichnam abschneiden. Er war niemandem Rechenschaft schuldig und brauchte nichts zu erklären. Er war der Kommandant.

Der Lohn der Wachsamkeit hieß Überleben.

»Radar – Brücke. Schiff peilt jetzt drei-drei-null, Entfernung achttausend Meter.«

Howard bückte sich und blickte auf das Radar-Tochtergerät. Wie etwas unter Wasser, dachte er, wenn die schimmernden Gestalten auftauchten, bevor der rotierende Strahl über den schwachen Leuchtpunkt hinwegglitt. »Sonst noch was, Whitelaw?«

»Nein, Sir.« Whitelaw schien überrascht, daß er gefragt wurde. Selbstverständlich hätte er alles andere gemeldet.

»Umdrehungen für zwölf Knoten, Number One.« Er hörte, wie Treherne sich bewegte, und die halb erstickte Antwort aus dem Steuerhaus. »Steuern Sie drei-eins-fünf.« Bald würde es hell werden. Es war sinnlos, die lange Silhouette des Schiffes vor dem leuchtenden Horizont sehen zu lassen.

»Drei-eins-fünf liegt an, Sir.« Trehernes Stimme klang angespannt. Da auch ihr Asdic nicht mehr funktionierte, konnte sich ein U-Boot genau unter ihrem Kiel befinden, ohne daß sie es merkten. Es waren zwei lange Tage gewesen, die sie zur Suche nach dem havarierten Schiff benötigt hatten. Der nächste große Konvoi würde bald hier vorbeikommen, und sie hatten gehört, er sei bereits angegriffen worden und habe drei Schiffe verloren.

Bizley hatte Wache, um die anderen zu entlasten, da er ohne die Leitung durch das Asdic keine Wasserbomben werfen konnte.

Er sagte jetzt zur Brücke im allgemeinen: »Ich denke, unsere Langstreckenbomber können bis hierher kommen?« Niemand antwortete. Gereizt fuhr er fort: »Eine einzige Bombe hätte doch bestimmt für das Wrack genügt?«

Howard sagte über seine Schulter: »Da sind Männer auf diesem Wrack!«

Treherne rief ärgerlich: »Sie haben genug gelitten, denke ich!«

Bizley beugte sich tief über den Kompaß, um sein spöttisches Lächeln zu verbergen. Es war so leicht, den Ersten Offizier zu provozieren. Was zum Teufel kümmerte es ihn? Sie hatten schon so viele Männer sterbend auf See zurückgelassen, eine Handvoll mehr oder weniger machte da nichts aus.

Er sah, wie Treherne und der Kommandant die Köpfe zusammensteckten, während der Navigationsoffizier unter seiner Segeltuchhaube mit dem neuen Midshipman an der Karte arbeitete. Signalgasten und Ausgucksleute blickten gespannt nach vorn, und dicht unter der Brücke bewegte die Geschützbedienung der Örlikon das schlanke Rohr von einer Seite zur anderen, mißtraute jeder schäumenden Welle.

Bizley dachte an das Mädchen, mit dem er telefoniert hatte, bevor sie aus Liverpool ausgelaufen waren. Es war Milvains Schwester Sarah, die zuerst sehr bedrückt gewirkt hatte. Aber nach ein paar Augenblicken wurde sie munterer, als sie begriff, wer Bizley war. Sie hatte ihm von Howards kurzem Besuch erzählt, und er sah im Geiste Milvains Mutter vor sich, wie er sie auf der Fotografie gesehen hatte, die der Junge immer bei sich trug. Es war eine gute Familie. Seltsam, daß sein früherer Kommandant, Milvains Bruder, sich dessen nie gerühmt hatte. Der Vater war ein General, ihre prächtige Villa lag in der besten Gegend Mayfairs – alles Dinge, die Bizley mit seiner kleinbürgerlichen Herkunft sehr hoch bewertete. Er hatte Sarah vorgeschlagen, daß sie sich bei seinem nächsten Urlaub treffen sollten, und zu seiner Überraschung hatte ihre Zusage ausgesprochen freudig geklungen. Als sie sagte, sie müsse erst ihre Mutter fragen, hatte Bizley seine Trumpfkarte ausgespielt. »Es geht mir um meine Ordensverleihung, müssen Sie wissen. Ich habe das Gefühl, daß er mir mehr Ihres Bruders wegen verliehen wurde und nicht für das, was ich getan habe. Ich wollte nur, daß Sie daran teilnehmen.«

Unauffällig sah er sich in der Runde um. Euch werde ich es zeigen!

Der zornige Obergefreite Fernie war noch immer ein Problem, aber nicht so sehr, wie er zuerst befürchtet hatte. Er hatte festgestellt, daß Fernie alle Anstrengungen unternahm, um Unteroffizier zu werden. Deshalb würde er davor zurückschrekken, sich einem Offizier bei einer Kriegsgerichtsverhandlung entgegenzustellen. Aber Bizley war noch wütend wegen der verächtlichen Rüge, die der Kommandant ihm erteilt hatte. Es war so ungerecht! Milvains Tod war ein Unfall gewesen, genauso wie in seinem Bericht beschrieben. Der Junge hatte es möglicherweise mißverstanden, als er den Befehl erhielt, dem erschöpften Deutschen an Bord zu helfen. Bestimmt war es nicht mein Fehler, dachte Bizley, sondern der Übereifer des Jungen, seinem Oberleutnant zu gefallen. Insgeheim lächelte er bei dem Gedanken, daß es eine Art Heldenverehrung gewesen war. Milvains Schwester würde das mit Vergnügen hören.

»Entfernung jetzt viertausend Meter, Schiff hat auf uns zugedreht.«

Treherne murmelte: »Es treibt also noch.«

Howard dachte an sein eigenes Schiff. Seine Männer würden sich fragen, was da auf sie zukam. Bestimmt hatte jeder schon gemerkt, daß alle Rettungsboote klar zum Aussetzen waren, daß Kutter und Motorboot bereits außerbords hingen und ohne die geringste Verzögerung abgefiert werden konnten. Außerdem waren alle Wasserbomben auf sicher geschaltet. Finlays Geschützbedienungen standen bereit, die Munition konnte sofort in die Verschlußstücke gerammt werden, und volle Magazine zum Nachladen standen neben den Vierzentimeter-Bofors und den Örlikons.

»Es wird hell!« Der Ruf kam vom Signalmeister. Der Horizont war jetz klar zu erkennen: ein schmaler Strich wie aus geschmolzenem Zinn, unter dem die See so schwarz wie Tinte wirkte.

»Ist der Torpedomaat instruiert, Number One?«

»Jawohl, Sir. Der Torpedooffizier hat ihm genau erklärt, was von ihm erwartet wird.«

Die beiden Vierlingsrohrsätze der Torpedos waren gegen den Feind noch nicht zum Einsatz gekommen, lediglich zum Versenken eigener Kriegsschiffe, die so schwer beschädigt waren, daß sie nicht mehr geborgen werden konnten, hatten sie gedient. Bei Planung und Aufbau der Marine hatte man sich vor dem Krieg lediglich schnellere Schiffe als früher vorgestellt. Im übrigen blieb in den Köpfen der alten Herren die Schlachtlinie bestehen, bei der die Zerstörer als die Windhunde der Flotte darauf warteten, sich im Schutz einer künstlichen Nebelwand auf den Feind zu stürzen und ihre tödliche Ladung Torpedos abzuschießen. Der Geist der Schlachten im Skagerrak, bei der Doggerbank und den Falklandinseln lebte unverändert fort. Die meisten älteren Offiziere waren ursprünglich aus der Artilleriewaffe hervorgegangen; U-Boot-Fahrer und Offiziere, die daran glaubten, daß eine künftige Flotte um die Flugzeugträger herum gruppiert werden mußte, hatte man als Sonderlinge verlacht. Aber die schrecklichen Verluste sowohl bei der Handelsschiffahrt als auch von so stolzen Namen wie *Hood, Repulse, Royal Oak, Barham* hatte die Torheit dieser Auffassung enthüllt.

Howard dachte nicht zum ersten Mal darüber nach, als er die

Torpedorohre leise quietschen hörte, weil sie nach querab gedreht wurden. Bei dem fieberhaften Schiffbauprogramm, um die hohen Verluste auszugleichen, wurden Torpedorohre eigentlich mehr als sinnlose Hindernisse angesehen und nicht als wirklich gefährliche Waffen. Für die U-Boot-Bekämpfung, die jetzt vor allem Vorrang hatte, brauchte man vorn eher die neuen Wasserbombenwerfer oder leichte Geschütze, hieß es. Wie bei der kürzlich gebildeten Geleitgruppe seines Bruders: alles neue Fregatten, einige fast so groß wie die *Gladiator*, und keine einzige mit Torpedos ausgerüstet.

Aber während er das noch überlegte, wurde ihm klar, daß er als Zerstörerfahrer angefangen hatte und immer bei den Torpedos bleiben würde, wenn man ihm Gelegenheit dazu gab.

»Rauch, Sir!«

Als der Himmel langsam heller wurde, konnten sie den großen, niedrigen Schwaden ausmachen, der langsam mit dem leichten Nordost davontrieb.

Treherne sagte: »Ich wußte gar nicht, daß er auch brennt, Sir.«

Howard antwortete nicht. Es verdoppelte geradezu die Gefahr bei dieser hochexplosiven Ladung. Das Risiko, daß ein U-Boot sie angreifen würde, erschien dagegen zweitrangig. Wahrscheinlich befand sich genügend Sprengstoff an Bord dieses Schiffes, um eine Stadt von der Größe Liverpools auszulöschen.

»Der Arzt erbittet Erlaubnis, auf die Brücke kommen zu dürfen, Sir.« Das war Ayres, seine Stimme klang spröde.

Howard sagte: »Erteilt.« Eines stand fest: Wenn das Feuer wirklich gefährlich war, wäre das Schiff schon vor zwei Tagen in die Luft geflogen. Er hörte den Arzt auf die Brücke kommen, vergaß ihn aber sofort, als er sein Glas in die angegebene Peilung richtete und den Munitionstransporter zum ersten Mal sah.

Der Bug lag tief im Wasser, Qualm drang aus mehreren Stellen zugleich. Flammen waren jedoch nicht zu sehen. Howard merkte, daß er sich auf die Unterlippe biß. Aber zwischen den Decks konnte ein einzelner Funke schon genügen. Selbst auf diese Entfernung würden sie die Explosion spüren.

Er schritt auf die andere Seite der Brücke, undeutliche Gestalten gingen ihm hastig aus dem Weg. Dort beugte er sich über die Brückenreling und sah die vier Torpedorohre unten, die zusammengedrängte Bedienungsmannschaft in ihren Dufflecoats. Finlay stand bei seinen Leuten und sagte über das Artillerietelefon: »Bei diesem Kurs sind wir in sieben Minuten auf Position, Sir.«

»Danke.« Für Finlay war das Ganze lediglich eine Art Übung, bei der er nur den Zuschauer spielen würde.

»Sir!« Der Signalmeister blickte durch sein starkes Glas. »Sie signalisieren!«

Howard ließ sein eigenes Glas auf die Brust sinken, den Morsespruch erkannte er auch so. Es war SOS, langsam, aber deutlich mit einer starken Stablampe gegeben. Sein Mund wurde trocken. Also waren noch immer Überlebende an Bord.

Der Arzt sagte leise: »Vielleicht haben sie noch ein Boot, Sir?« Er beobachtete den Kommandanten, der auf den Qualm starrte, als könne er weder denken noch sich bewegen.

Dann stieg Howard von der Gräting herunter und sagte: »Rufen Sie sie an, Signalmeister, aber langsam, damit sie gut mitlesen können.« Er rieb sich die Augen, sah das andere Schiff, wie es in der Optik der Torpedorohre erscheinen würde. Es wäre so einfach. Wer würde ihn tadeln? Aber er fuhr fort: »Sagen Sie den Leuten, sie sollen ihr Schiff verlassen, wenn sie können. Wir werden sie aufnehmen.«

Die Signallampe klapperte unnatürlich laut in dem gespannten Schweigen auf der Brücke. Alle Gläser richteten sich auf die erwartete Antwort, das Morselicht war ihr einziger, brüchiger Kontakt.

Der Signalmeister bewegte die Lippen, während er den langsam gegebenen Spruch las. »Unfähig – Schiff – zu – verlassen.«

Bizley fluchte. »Was zum Teufel ist los mit ihnen?«

Der Signalmeister senkte sein Glas. »Sie haben sieben Verwundete, zwei davon schwer.«

Howard sah seine Leute an. Verständnis, Mitleid, Sorge, alles drückte sich in ihren Gesichtern aus.

»N.O., nehmen Sie Kurs auf das Schiff. Sagen Sie dem Funkraum, sie sollen den Spruch absetzen: Habe Kontakt mit Munitionstransporter, will versuchen, Überlebende abzubergen.«

Rooke rief: »Drei-fünf-fünf liegt an.«

Howard stieg auf seinen hohen Brückenstuhl. »Gehen Sie auf zwanzig Knoten.«

Schweigend stand Treherne neben ihm. Ihm war klar, daß manche an Bord entsetzt über diese Entscheidung waren und Howard innerlich dafür verdammten.

Schließlich sagte der Kommandant: »Was könnte ich anderes tun?« Er wandte sich Treherne zu. »Was erwarten sie denn von mir, um Gottes willen?«

»Ich habe einen Vorschlag, Sir.« Treherne war klar, daß ein falsches Wort alles verderben konnte. »Ich nehme den Kutter, eine Besatzung von Freiwilligen und pulle hinüber.

»Vergessen Sie's, Number One. Ich weiß, daß Sie's gut meinen, aber . . .« Er fuhr herum, als weiterer Rauch aus dem Havaristen schoß.

Treherne schüttelte den Kopf. »Wenn wir dort längsseits gehen, sind wir wahrscheinlich alle erledigt. Ich habe oft Feuer auf See gesehen und Sie auch. Der brennt bald wie ein Hochofen, und kein einziger von uns hat dann noch eine Überlebenschance.«

Howard senkte den Kopf. Er konnte das Feuer jetzt bereits riechen.

Treherne fuhr fort: »Immerhin kenne ich mich besser auf Handelsschiffen aus als jeder andere hier an Bord.«

Howard hob den Kopf und musterte ihn eingehend. »Sie meinen es ernst, nicht wahr? Es ist nicht nur, um mich zu schonen?«

»Wenn Sie sich in Luv von ihm legen, mache ich schon das Boot klar.«

Moffatt, der Arzt, war hinzugetreten. »Ich würde gern mitkommen, Number One.«

Treherne zwang sich zu einem Grinsen. »Da haben Sie's – zwei Helden!« Dann wurde er wieder ernst. »Wenigstens können wir's versuchen, Sir.«

Howard suchte nach seiner Pfeife, vergaß diese aber wieder und sagte: »Er kann jeden Augenblick in die Luft fliegen – aber auch noch Tage lang brennen, was wir auf alle Fälle verhindern müssen. Außerdem besteht die Möglichkeit, daß sich ein U-Boot an dieses Ziel heranschleicht.« Er ergriff Treherne am Arm. »Also gut. Ich gebe Ihnen aber nicht den Befehl, dort an Bord zu gehen. Sie tun es freiwillig.«

Treherne nickte. »Ich weiß. Aber zufällig ist es eine Aufgabe, von der ich was verstehe.« Distanziert fuhr er fort: »Bitte denken Sie an das Päckchen daheim.« Und zu dem Arzt: »Kommen Sie, Doc, wir müssen uns noch ein paar Freiwillige suchen.«

Am Brückenausgang blieb Treherne noch einen Augenblick stehen und warf einen Blick zurück auf Howard in seinem Stuhl. Er sprach kein Wort, aber seine Augen und sein Blick sagten alles, was nötig war. Dann verschwand er.

Howard befahl: »Beide langsame Fahrt voraus, Steuerbord fünfzehn.« Er sah große Rauchschwaden nach ihnen greifen, durfte aber weder Zweifel noch Besorgnis zeigen. Dafür verließen sich zu viele auf ihn. »Mitschiffs.«

Er blickte auf den tickenden Tochterkompaß, sah aber nur Trehernes Gesicht vor sich. »Recht so.«

»Recht so, Sir. Kurs null-acht-null liegt an, beide Maschinen gehen langsame Fahrt voraus.«

»Behalten Sie diesen Kurs bei, Swain.« Howard beobachtete das treibende Schiff. In Luv waren die Beschädigungen deutlicher zu erkennen, auch die Schlagseite schien hier stärker zu sein. Das Heck war in besserer Verfassung, er konnte sogar den Namen lesen: *Ohio Star.* Der Heimathafen jedoch war durch die Hitze bis zur Unkenntlichkeit versengt.

Er warf einen Blick hinüber zu Ayres. »Gehen Sie hinunter und überwachen Sie das Aussetzen des Bootes, Sub. Schaffen Sie das?«

Verzweifelt sah Ayres ihn an, sein Gesicht schien nur aus Augen zu bestehen. »Jawohl, Sir.«

»Ich rufe, wenn der Kutter geslippt werden soll.«

Der Signalmaat meldete: »Boot ist besetzt, Sir.« Dann sah er seine Signalgasten an. »Ihr wißt, was man bei der Marine über einen Freiwilligen sagt, Jungs? Das ist ein Kerl, der die Frage falsch verstanden hat.«

Howard glitt von seinem hohen Stuhl und stellte sich an die achtere Reling neben den kleinen Suchscheinwerfer. Der Kutter wurde gefiert, deutlich hob er sich von der jetzt hell beleuchteten Bordwand ab. Seine Besatzung wartete auf das Einsetzen der Riemen.

»Schlipp!«

Das Boot scherte ab, und Howard sah, wie der Doktor seine Mütze festzuhalten versuchte. Er wandte sich an Bizley. »Drehen Sie wieder ab, aber bleiben Sie in Luv. Dieselben Umdrehungen. Es hat keinen Sinn, inzwischen über den Ozean zu jagen.«

Der Signalmeister meldete: »Kutter ist im Qualm verschwunden, Sir.«

Howard rammte sich die kalte Pfeife zwischen die Zähne. Wenn der Dampfer in die Luft fliegt, haben wir keine Chance mehr, irgend jemandem davon zu erzählen, dachte er.

Moffatt blickte hinauf zu dem mächtigen, überhängenden Heck der *Ohio Star* und fühlte sich im Kutter selbst wie ein Schiffbrüchiger.

Obergefreiter Fernie, der Bootssteurer, hielt die Pinne fest in seiner behandschuhten Faust; neben ihm saß Treherne, bereits von Kopf bis Fuß durchnäßt, aber unbeugsam entschlossen.

Die Feiwilligen waren einige der härtesten Männer der *Gladiator*: Bully Bishop, der ehemalige Erste Quartermeister, Wally Patch, ein Seemann mit einem Mopsgesicht, der an Land immer in Schlägereien verwickelt war. Auch sein Freund Tim Hardy, ebenfalls Matrose, war kein Unbekannter in den Arrestzellen der Marine. Beide waren hervorragende Seeleute, aber an Land wurden sie zu Schlägern.

Moffatt genoß seine Zwischenstellung auf dem Kreuzer. Er trug zwar eine Offiziersuniform mit rot unterlegten Ärmelstreifen, fühlte sich aber genauso zu Hause in den Mannschaftsdecks. Tatsächlich kannte er einige der Crew besser, als ihnen selbst klar war, da er ihre Briefe zensieren mußte. Er hatte zwar noch keine Geheimnisse entdeckt, aber einige besonders leidenschaftliche Stellen hatten selbst ihn erröten lassen.

Das offene Boot stieg und fiel auf den Wellen, die Männer an den Riemen konzentrierten sich auf Fernies Warnungsrufe und Anweisungen. Moffatt hatte nicht die geringste Idee, wie sie an Bord des schwerbeschädigten Schiffes kommen sollten. Eine falsche Bewegung, und sie würden mit ihm kollidieren oder von einem der treibenden Wrackteile zum Kentern gebracht werden.

Er hörte Treherne rufen: »Dort, Cox'n!« Erleichtert zeigte er auf eine herabhängende Jakobsleiter. Moffatt fragte sich, ob Treherne wirklich so zuversichtlich war, wie sein bärtiges Gesicht glauben ließ.

»Halt Wasser an Backbord!« Geschickt beurteilte Fernie den richtigen Augenblick. »Klar bei Vorleine!«

Teherne sagte: »Das muß die Leiter gewesen sein, über die sie wieder auf das Schiff zurückgestiegen sind, Doc.« Er mußte schreien, denn die See unter dem Heck des Schiffes tobte wie der Gezeitenstrom in einer Höhle. »Gott weiß, was mit ihrem eigenen Rettungsboot passiert ist. Entweder ist es abgetrieben, oder es war zu schwer beschädigt.«

Eine Stimme rief von oben: »Hier rauf, Jungs!«

Bully Bishop lehnte sich zurück und knurrte: »Was denn, keinen Begrüßungsschluck?«

Fernie fauchte: »Halt den Mund!«

Treherne sah einen Mann über die Reling zu ihnen herunterblicken. Er war so schmutzig, daß von seinem Gesicht kaum etwas zu erkennen war.

»Drei Mann bleiben im Boot. Haltet es weit genug ab, aber macht die Vorleine gut fest. Ich möchte nicht, daß das verdammte Ding abtreibt!«

Einer nach dem anderen sprangen sie auf die Leiter und krabbelten hinauf zu dem wartenden Gesicht. Treherne war der letzte. »Los, Doc!« Er packte Moffatt und schob ihn zur Leiter, wobei dessen Mütze herunterfiel und davontrieb. »Ich kauf' Ihnen 'ne neue, wenn wir das hier geschafft haben!«

Der Mann im schmutzigen Overall starrte sie an, als sähe er Gespenster. »Ihr wollt uns holen?«

Fernie sagte heiser: »Sieht so aus, Kamerad.«

»Wenn das U-Boot zurückkommt, sind wir erledigt.« Der Mann rieb sich die rauchgeröteten Augen, als die *Gladiator* kurz durch den schwarzen Qualm glitt und dann wieder verschwand. »Aber euer Skipper kann ja mit seinen Suchgeräten aufpassen, nicht wahr?«

Warnend sah Treherne den Arzt an. Es wäre sinnlos gewesen, den Schiffbrüchigen von ihrem beschädigten Asdic zu erzählen. »Führen Sie uns, wir müssen uns beeilen«, sagte er nur.

Sie folgten dem Mann in einen großen leeren Vorratsraum, in dem vorher wohl der Bootsmann sein Tauwerk und die Reservespieren gelagert hatte. Inzwischen waren sie wohl alle gebraucht worden, um die Schotten abzustützen. Der zweite Torpedo hatte den vordersten Laderaum getroffen, und das Gewicht des Wassers hatte dazu beigetragen, den Rumpf stetig zu halten. Es hatte wohl auch die Munitionskisten überflutet, bevor das Feuer sie erreichen konnte.

Treherne fand die Überlebenden in einer Ecke, zusammen mit den Verwundeten. Das einzige Licht kam durch die Löcher im oberen Deck. Er zählte sie rasch, es waren im ganzen fünfzehn, von denen er einen als den Kapitän erkannte. Er lag gegen einige Tauwerkfender gelehnt und atmete schwer, während ein Junge seine Hand hielt.

Moffatt sagte: »Geh mal beiseite, Junge, laß mich nachsehen.«

Die schlanke Gestalt drehte sich um und sah ihn an. Es war kein Junge, sondern eine zierliche Chinesin. Ihre feinen Gesichtszüge wirkten an diesem schrecklichen Ort völlig fehl am Platz.

Der Kapitän sagte heiser: »Meine Frau Anna.« Dann blickte er auf die Hände des Arztes, die seine schmutzigen Binden wegschnitten. »Eine Kugel oder ein Splitter.« Er stöhnte, als Moffatt die Wunde sondierte. »Meine beiden Offiziere sind gefallen, und was mit den übrigen passiert ist, weiß ich nicht. Ich dachte, er würde stoppen, um uns die genaue Position sowie den Kurs zum Land oder zu den Schiffahrtswegen zu geben. Aber er stand nur da und sah zu, wie seine Maschinengewehre die Rettungsboote beharkten.«

Treherne fragte ruhig: »Ist so etwas schon einmal vorgekommen?«

Der Kapitän warf einen Blick auf die abgewetzten Goldstreifen auf Trehernes Ärmel. Er runzelte die Stirn und dachte nach. »Ich bin bisher zweimal versenkt worden. Der erste U-Boot-Kommandant gab uns Zigaretten und eine Flasche Cognac, bevor er ablegte.« Er keuchte vor Schmerz und preßte zwischen den Zähnen hervor: »Aber das war in den ersten Kriegstagen. Sie wissen . . .«

»Ja, ich weiß.«

Fernie rief: »Der hier ist erledigt, Sir.«

Der Kapitän wandte nur den Kopf in seine Richtung und sagte: »Die Schotten halten. Bis vor kurzem hatten wir noch eine Pumpe laufen, aber jetzt ist nirgends mehr Strom. Die Zeit wird knapp.« Er zuckte zusammen, als Moffatt ihm eine Spritze in den Arm stieß.

»Sie können ihn mitnehmen, Number One.« Moffatt, der gewöhnlich so zurückhaltend war, hatte mit einem Mal das Kommando übernommen. »Für den anderen hier fürchte ich das Schlimmste.« Er sah zu, wie Bully Bishop seinen scharfen Dolch zog und die blutige Hose des Mannes aufschlitzte. »Das Bein muß ab. Vielleicht ist es ohnehin zu spät.« Er warf einen Blick auf die rauchgeschwärzten, kauernden Gestalten. »Hier ist nicht gerade ein Londoner Hospital, nicht wahr?«

Die junge Chinesin stand noch immer neben dem Kapitän. »Es ist alles in Ordnung, Ihr Mann wird wieder ganz gesund, wenn wir ihn hinüberschaffen zu unserem Schiff.«

Sie schüttelte den Kopf, ihr schwarzes Haar glänzte in der rauchgeschwängerten Luft. »Ich bleibe bei Ihnen und helfe. Ich war Krankenschwester in Honkong.«

Treherne sah sie an. Bestimmt konnte sie eine interessante Geschichte erzählen, dachte er. Vielleicht hatte der Kapitän, der mindestens doppelt so alt war wie sie, die junge Frau noch gerade rechtzeitig herausgeholt, bevor die Japaner einrückten.

Keuchend hielt Fernie den Schwerverwundeten fest, als der Arzt seine Handschuhe anzog und die Tasche öffnete, die sein Handwerkszeug enthielt. Er versuchte sich vorzustellen, was wohl Bizley hier gemacht hätte, wenn man ihm das Kommando übertragen hätte. Der Mann starrte ihn mit flackernden Augen an, bis das Betäubungsmittel zu wirken anfing.

»Nicht mein Bein! Um Gottes willen, nur das nicht!« Die junge Frau tupfte seine feuchte Stirn ab, ihr Blick blieb teilnahmslos, als Moffatt den ersten Einschnitt vornahm.

Treherne beobachtete den großen, bärtigen Obergefreiten. Er war wie ein sanfter Bär, wenn er nicht gereizt wurde. Dies war einer der Gründe, warum ihm klar war, daß Bizley gelogen hatte; aber er hatte auch begriffen, warum die Angelegenheit niedergeschlagen worden war. Leise sagte er zu Fernie: »Wenn ich Sie das erste Mal mit gekreuztem Anker auf Ihrem Ärmel sehe, zahle ich sämtliche Getränke.«

Fernie beobachtete, wie die junge Chinesin das amputierte Bein in ein Tuch wickelte und wegtrug. Er murmelte: »Ein Mädchen wie dieses würde einen niemals hintergehen.« Er sprach so heftig, daß Treherne vermutete, es habe auch in Fernies Leben eine Enttäuschung gegeben.

Dann sah er sich um, bemerkte den steiler werdenden Winkel des Decks, hörte das Klatschen des Wassers in den Zwischendecks: ein Schiff, das sich noch weigerte zu sterben, das vielleicht darauf wartete, sie alle mit sich hinunterzunehmen in die Tiefe.

Wally Patch rief: »Die Verwundeten zuerst, Sir!«

Treherne klopfte Fernie auf die Schulter. »Können Sie das schaffen?«

Der Riese stand auf. »Ja, ich schaffe es, Sir.« Dann spreizte er die Hände. »Ich mache so rasch ich kann.«

»Seien Sie unbesorgt. Der Alte wird dichter herankommen, wenn er den Kutter sieht.«

Vorsichtig stieg Fernie das jetzt steile Deck hinauf. Unsicher grinsend sagte er: »Wir sehen uns später, Sir.«

Plötzlich war es ganz ruhig an dem trostlosen Ort. Lediglich das schmerzhafte ständige Husten eines Verletzten war zu hören, der zuviel von dem Qualm eingeatmet hatte. Dr. Moffatt sah das Mädchen an. »Gehen Sie jetzt mit. Und besten Dank!«

Sie lächelte kurz und schloß sich dann Fernie an.

Dr. Moffatt sagte zu Treherne: »Es ist zwecklos, ich kann das Blut nicht stillen. Sein Puls ist nur noch ganz schwach.« Er ließ den Kopf hängen. »Was für eine grauenhafte Art zu sterben!«

Einer der anderen Verwundeten krächzte: »Nehmen Sie es nicht zu tragisch, Doc, Sie haben Ihr Bestes getan. Seine Zeit war abgelaufen, das ist alles.« Damit sank er erschöpft zurück.

Dr. Moffatt schneuzte sich die Nase. »Wie halten sie das bloß aus, wieder und immer wieder?«

»Das habe ich mich auch oft gefragt.«

Es schien eine Ewigkeit zu dauern, bis der Kutter zurückkam und Fernie meldete, daß die baumelnde Leiter von unten fast nicht mehr zu erreichen sei. Dies bedeutete, daß das Schiff sich noch weiter übergelegt hatte und jeden Augenblick zu kentern drohte.

»Es wird eine rauhe Überfahrt werden.« Treherne sah zu, wie Fernie und Patch Wurfleinen um die hilflosen Verwundeten knoteten. »Aber immer noch besser als zu sterben ...« Er brach ab, als ein lautes Krachen genau unter den Sohlen seiner Seestiefel ertönte.

Dr. Moffatt keuchte: »Was war das?«

»Ein Schott.« Er schob ihn mit den Verwundeten zur Tür. »Schnell, der alte Zossen versucht, uns mit sich zu nehmen!«

Ein Mann schrie vor Schmerzen, als er gegen das Dollbord des Kutters stieß, bevor er hineingezogen wurde. Weiterer Qualm schoß ins Freie wie Dampf unter Überdruck. Treherne wurde an die Geysire erinnert, die er auf Island gesehen hatte. Er wandte sich um und sah, daß der Zerstörer drehte. Das Sonnenlicht spiegelte sich im gläsernen Brückenkleid, wo Howard sie beobachtete und sein Schiff jetzt heranführte, um das Unmögliche zu versuchen.

Treherne warf einen letzten Blick auf die beiden Leichen und das blutige Segeltuchbündel daneben. So ist das also, wenn es zu Ende geht, dachte er. Das Deck holte mit einem Ruck noch stärker über; er hörte einen plötzlichen Wassereinbruch und lautes Krachen, als Stahlplatten wie Sperrholz unter dem ungeheuren Druck brachen.

Als er die Leiter hinunterkletterte, mußte er die letzten paar Meter ins Wasser springen, da sie nicht mehr tiefer hinunterreichte. Er klammerte sich ans Dollbord des Kutters, während die Männer von dem sinkenden Schiff abstießen. Treherne sah den Rumpf hoch über sich aufragen und fragte sich, ob er nicht doch zu spät von Bord gegangen war. Über ihm glitzerte die Bronze einer bewegungslosen Schraube, die nie mehr durch das Scheppern des Maschinentelegraphen zum Leben erweckt werden würde.

Fernie wartete, bis ein Seemann dem Ersten einen Palstek um die Brust gelegt hatte, und rief dann: »Ruder an, Steuerbord! Streich an Backbord!« Auch er blickte hinauf zu der turmhohen Wand verbrannten Metalls, die jetzt über den Bug tiefer und tiefer sank. Die inneren Brände waren so heiß, daß der geschwärzte Rumpf an einigen Stellen noch immer glühte.

Manchmal geschehen doch noch Wunder, dachte er. Es gab Öltanker, auf denen kein Feuer ausbrach, wenn sie torpediert oder von einer Bombe getroffen wurden; oder alte Veteranen wie die *Ohio Star*, die ein paar ihrer Leute geschont hatte, damit diese später die Geschichte ihres einsamen Kampfes mit dem Atlantik erzählen konnten. Ein amerikanischer Name, ein Waliser Kapitän und seine chinesische Frau.

Treherne spürte, wie der Bugmann ihn am Arm zog, wollte aber den Augenblick des Untergangs nicht versäumen. »Da geht sie hin!«

Einer der nur leicht Verwundeten beugte sich vor und starrte auf das alte Schiff, das nun plötzlich sein Heck anhob und über den Bug unter Wasser verschwand.

Treherne merkte, daß der unbekannte Seemann weinte, als habe er einen Freund verloren. Vielleicht hatte er das auch.

Der Kutter schwankte in dem Strudel an der Untergangsstelle, und Treherne spürte, daß Wasser an seinen Beinen zog wie etwas Böses, das ihn mitsamt dem Boot hinuntersaugen wollte, dem Schiff nach, Hunderte oder Tausende von Faden tief.

Er erinnerte sich später an sehr wenig, nur an das mühsame Anbordkommen über die ausgebrachten Kletternetze, wozu er seine ganze Kraft einsetzen mußte. Gesichter starrten ihn an, während Männer an den Taljen des Kutters hievten, bis er oben unter den Davitblöcken hing. Im sonst so sauberen Boot schwappten jetzt blutige Verbände im Wasser.

Von der Brücke hörte man das Scheppern der Maschinentelegraphen. Die Schrauben der *Gladiator* wirbelten erneut das Wasser auf, während sie Fahrt aufnahm. Die Männer sahen einander an, grinsten oder pusteten erleichtert die Backen auf: Ihr gutes altes Schiff bewegte sich wieder. Viele Hände berührten anerkennend Trehernes nasses Jackett, als er schwerfällig zur Brücke hinaufstieg. Er sah Howard an den Sprachrohren und neben ihm Vallance mit einem Becher in der Hand. Er konnte sich nicht daran erinnern, den Steward jemals zuvor auf der Brücke gesehen zu haben.

Howard sagte leise: »Es ist purer Rum, Number One. Ich weiß, daß Sie ihn normalerweise nicht mögen, aber es ist das Beste, was ich im Augenblick auftreiben kann.« Er wartete, während Treherne einen großen Schluck nahm. »Ich bin verdammt froh, Sie heil wieder bei mir zu haben!«

Treherne trank den Rest aus. »Der Doktor hat sich tapfer gehalten.«

»Sie aber auch.« Lächelnd fügte Howard hinzu: »Wir haben Ihren Lordschaften sogar die Kosten für einen Torpedo gespart.«

»Ich glaube, dies war einer der lohnendsten Einsätze während dieses verdammten Krieges. Er war wirklich der Mühe wert.«

Dann schwieg er wieder und dachte an den Kapitän, der nun schon dreimal versenkt worden war, aber wieder auf See zurückgehen würde, sobald man ein Schiff für ihn hatte. Er dachte auch an die entzückende Chinesin, die ihn begleiten würde.

Zögernd sagte er: »Ich gehe hinunter und mache mich ein bißchen frisch, Sir.«

Howard reichte ihm seinen eigenen Dufflecoat. »Ziehen Sie den an.« Er hatte die Erschöpfung in Trehernes Gesicht erkannt. Es war wie damals, als dieser ihm geholfen hatte, nur umgekehrt. »Ist schon in Ordnung.«

Aber Treherne bewegte sich noch nicht von der Stelle. Er starrte hinaus auf die See und schien sich etwas zu überlegen. Schließlich sagte er: »In all diesen Jahren habe ich heute zum ersten Mal erfahren, was für ein Gefühl es ist, wenn das Schiff unter einem wegsackt.« Er sah Howard finster an. »Es ist wie Sterben.«

4 *Besondere Verdienste*

Das Hauptquartier für den westlichen Ärmelkanal lag in einem bomben- und gassicheren, festungsartigen Keller in der Innenstadt von Liverpool. Beton und Panzerplatten hatten es 1941 von einem riesigen Souterrain in das Hauptquartier der Marine für die Atlantikschlacht umgewandelt.

Die verschiedenen Abteilungen waren nun nicht mehr entlang der Küste oder in mehreren anderen Häfen untergebracht, sondern alle hier zusammengefaßt. Jede Abteilung enthielt alles Notwendige und war vor allem jederzeit erreichbar für den Befehlshaber, in diesem Fall Admiral Max Horton. Minensucher, Geleiter, Feindabwehr und das Küstenkommando der RAF, sie alle waren ohne jede Verzögerung erreichbar über ein Telefon mit Zerhacker, das nur vom zuständigen Empfänger abgehört werden konnte. Sollte die Verbindung einmal unterbrochen sein, wußte der Oberbefehlshaber sofort, warum dies geschehen und wer dafür verantwortlich war. Zentrum war natürlich das Lagezimmer, dessen eine Wand eine riesige Seekarte des Kampfgebietes einnahm, die stellenweise dreimal so hoch war wie die Wrens, die sie bedienten. Diese kletterten dann auf gleitende Leitern, um die vielen farbigen Nadeln oder Fähnchen zu bewegen, die Konvois, Geleitgruppen oder bekanntgewordene U-Boot-Rudel darstellten oder auch das Gebiet eines Schiffsverlustes. Auf der gegenüberliegenden Wand befand sich eine weitere große Karte der irischen See, auf der die Bewegungen der Küstenkonvois festgehalten wurden. Der Lageraum war rund um die Uhr besetzt. Nicht das, was sich über ihren Köpfen in der Stadt oder deren Umgebung abspielte, zählte hier, sondern nur der große Atlantik und die nicht endenwollende Schlacht zwischen den Feinden und den Alliierten.

Ein jugendlicher Oberleutnant trat zu Kapitän Ernle Vickers. »Kapitän Naish kann Sie jetzt empfangen, Sir.«

Er hielt eine Tür auf mit dem Schild *Stellvertretender Chef des Stabes* und trat ein wenig zur Seite. Der riesige Kapitän, der von seinem Schreibtisch aufstand, um Vickers die Hand zu schütteln, lächelte erfreut. Er und Vickers hatten zusammen als Kadetten gedient und waren im gleichen Alter.

»Schön, dich zu sehen, Ernle.« Er sah den wartenden Oberleutnant an. »Keine Gespräche durchstellen.« Dann bat er seinen Freund, Platz zu nehmen, und holte eine Karaffe und zwei Gläser aus einem Schränkchen mit dem Schild *Unerledigtes.* Er goß die beiden Gläser voll und meinte lachend: »Ich weiß, daß du heute nicht ausläufst, deshalb hier zur Abwechslung ein anständiger Scotch. Den Boss kannst du nicht sprechen, er spielt Golf – kaum zu glauben! Wie Drake und seine Kugeln. Heute abend kommt der Premierminister, nur um ihn zu sehen.«

Vickers probierte den Whisky und sah zu, wie Naish einen Hefter mit Funksprüchen beiseite schob und ein darunterliegendes Schreiben hervorholte.

»Ich habe gerade Howards Bericht über die Bergung der Überlebenden der *Ohio Star* gelesen. Verdammt gute Arbeit.«

»Howard ist mein bester Kommandant.« Vickers wartete. Sie waren beide zu beschäftigt, um Zeit mit beiläufigem Geschwätz zu vergeuden.

»Ja. Seine Führungspapiere sind hervorragend. Ich habe auch gesehen, daß sein Bruder soeben eine eigene Geleitgruppe aufgestellt hat.« Naish kam auf den Kern der Sache zu sprechen. »Ich habe Howard vorgeschlagen für die Verleihung des Distinguished Service Order*, wobei auch für seinen Ersten etwas abfallen sollte. Bei Gott, die gesamte Besatzung sollte ausgezeichnet werden für das Risiko, das sie eingegangen ist.«

Vickers war dabeigewesen, als die Überlebenden an Land gebracht wurden. Die hübsche Chinesin hatte die Jacke eines Unteroffiziers getragen, und die Zuschauer waren in Beifallsrufe ausgebrochen, als sie vorbeikam.

* hohe Tapferkeitsauszeichung

»Das wäre großartig. Howard hat es verdient.«

Naish lächelte vielsagend. »Es ist mir klar, daß du es gern sehen würdest, wenn er zum Fregattenkapitän befördert würde. Er ist noch ein bißchen jung dafür, aber es würde sich gut machen, wenn er ein neues Schiff bekommt.«

Jetzt grinste Vickers breit. »Der Tag, an dem du Howard von seiner geliebten *Gladiator* weglobst, wird für ihn ein Trauertag werden.«

Er beobachtete, wie Naish zögernd eine weitere Akte hervorzog, als wolle er die gute Stimmung nicht verderben.

»Etwas ziemlich Unangenehmes, fürchte ich.« Er klappte sie auf, und Vickers sah den bekannten Stempel der Admiralität sowie die rot gedruckten Worte *Streng geheim*.

Naish fuhr fot: »Ein Gefreiter, der auf einem Motortorpedoboot Dienst tat, ist vor einiger Zeit in der Nordsee gefallen. Sein Name war Hinton, das tut aber nichts zur Sache. Nach seinem Begräbnis erhielt der Oberbefehlshaber einen Brief, den der Gefreite vor etwa einem Jahr geschrieben hatte.« Vickers bemerkte das Unbehagen seines Freundes. »Der Gefreite hatte darum gebeten, daß der Brief im Falle seines Todes der zuständigen Dieststelle ausgehändigt würde.«

»Das hört sich ziemlich seltsam an, Geoffrey.«

Naish sah ihn fest an. »Da ist ein Offizier auf Howards Schiff, der für bewiesenen Mut unter feindlichem Feuer, als sein Motorkanonenboot versenkt wurde, das Distinguished Service Cross erhalten hat.«

»Das ist Oberleutnant Bizley.« Vickers erinnerte sich an dessen Gesicht. »Ein fähiger Offizier, aber ein bißchen zu eifrig bemüht, sich stets in gutes Licht zu setzen.«

»Ja, das ist sein Name ... Es ist möglicherweise alles nur Zeitverschwendung und könnte eine Menge Ungemach und einen Schmutzfleck auf unserem Ehrenschild bedeuten. Der Gefreite hat zu Protokoll gegeben, daß Bizley beim Untergang ihres Bootes nicht den geringsten Versuch machte, die Verwundeten zu retten. Der schwerverwundete Kommandant Milvain stand noch auf der Brücke, als Bizley den Befehl zum Ablegen gab. Ein paar Seeleute waren zu diesem Zeitpunkt sogar noch unter Deck.« Naish goß aus der Karaffe nach. »Ich glaube, jetzt können wir noch einen Schluck brauchen.«

»Wenn sonst niemand Genaueres weiß . . .«

Naish sah ihn ärgerlich an. »Zu viele Leute wissen bereits davon. Der Admiral in Chatham, die Admiralität in London und jetzt die Kerle vom Sonderdienst in Bath.«

»Ach, der Gummisohlentrupp ist auch schon eingeschaltet?«

»Ich fürchte, ja. Es gab noch einen zweiten Überlebenden, der seinerzeit in den Nachrichten erwähnt wurde. Nach dem sucht man jetzt. Wenn er diese schriftliche Zeugenaussage bestätigt, wird die ganze verdammte Angelegenheit in der Öffentlichkeit breitgetreten.«

»Unwahrscheinlich. Der zweite Seemann käme dann in Teufels Küche.«

»Ich habe Howards Bericht über das Ertrinken des jungen Milvain gelesen, der ein Bruder von Bizleys früherem Kommandanten war. Gott allein weiß, was die Familie zu all dem sagen wird. Möglicherweise war es tatsächlich nur ein Unfall. Wir müssen abwarten.«

»Ich wußte natürlich darüber Bescheid.« Vickers runzelte die Stirn. »Meine Besatzungen und ihre Moral sind mir im Augenblick wichtiger als alles andere.«

»Richtig. Aber wenn Bizley gelogen hat, um den Helden zu spielen, sehe ich keine Möglichkeit, die Sache zu vertuschen.«

»Soll ich Howard informieren.?«

»Nein. Dies geht im Augenblick nur uns beide an. Aber du kannst ihm gegenüber die Möglichkeit einer Ordensverleihung erwähnen.«

Beide entspannten sich und tranken genüßlich ihren Whisky. Der Lauf der Dinge war ohnehin nicht mehr aufzuhalten.

»Können wir in nächster Zukunft Neuigkeiten erwarten?« Vickers schien es sauberer, zu den Kriegsereignissen zurückzukehren.

Naish preßte die Fingerspitzen zusammen. »Immer mehr Truppentransporter sind zur Zeit bei den Konvois. Dieses Jahr heißt es alles oder nichts, und zwar sowohl im Atlantik wie im Mittelmeer. Dort müssen die Alliierten jetzt eine Invasion vorbereiten – und dafür brauchen sie Truppen. Die Deutschen wissen das auch, unglücklicherweise – also heißt es *business as usual*, nur noch härter als bisher.«

Nur ein paar Schritte entfernt, in einer Ecke des großen Lageraums, wurde die Zweite Offizierin Celia Lanyon an den Karten von einer anderen Wren eingewiesen. Ihr Name war Evelyn Major, eine unscheinbare Frau, die Lehrerin an einer vornehmen Mädchenschule in Sussex gewesen war.

Celia trat an einen Tisch, auf dem bunte Fähnchen die Position der verschiedenen Kriegsschiffe markierten, vom Schlachtschiff bis zum bewaffneten Fischdampfer. Sie berührte das Fähnchen eines jetzt im Hafen liegenden Schiffes. Es war die *Gladiator*.

Evelyn hatte es bemerkt. »Sie kennen den Kommandanten, nicht wahr?« Lächelnd fuhr sie fort: »Äußerst attraktiv!«

Celia starrte sie an. »Was meinen Sie damit?«

»Nun, er ist ein netter Kerl, und die meisten Mädchen hier werden ganz aufgeregt, wenn er anruft. Wir haben gehört, daß er Sie besucht hat, als es Jane erwischt hat?«

Celia entspannte sich ein wenig. Vielleicht hatte Evelyn recht, und es war besser so. Zuviel Trauer konnte einen verrückt machen.

»Ja, attraktiv ist er.« Trotzig hob sie das Kinn. »Er rief mich an, als sein Schiff einlief. Wir gehen heute abend zusammen essen.«

»Sie wissen, daß Sie in mein Zimmer gelegt worden sind?« Evelyn sah Celia nicken. »Es ist schwer, immer nur allein zu sein. Wenn Sie wollen ...« Verlegen hielt sie inne. »Ich kann jederzeit woanders übernachten.«

»Nein, so ist es nicht.«

»Ich weiß, was Sie durchgemacht haben. Aber ich glaube, Sie sind genau das, was Howard braucht. Es gab einige Gerüchte ...«

»Gerüchte? Worüber?«

»Sie müssen es ja selbst noch von den Marinefliegern kennen. Die Männer sind voller Schwung und Stolz nach außen hin, aber innerlich voller Schiß. Dann drehen sie durch, weil es niemanden gibt, der ihnen zuhört.«

»Guten Tag, meine Damen!« Kapitän Vickers ging vorüber und ließ in seinem Kielwasser Whiskyduft zurück.

Dies gab Celia Zeit zum Überlegen. »Sie meinen, auch Comander Howard ... Sagen Sie's mir – ich muß es wissen.«

Evelyn berührte ihren Arm. »Er war schon mehr als einmal kurz vor dem Zusammenbruch. Werfen Sie doch nur einen Blick auf die Wandkarte. Jedes dieser kleinen Kreuze ist der Versenkungsort eines Schiffes, das jetzt auf dem Meeresgrund liegt. Können Sie sich vorstellen, wie es dort draußen zugeht, Monat für Monat? Durchhalten, übrigbleiben, während die anderen hingeschlachtet werden?«

Celia starrte auf den einsamen Namen *Ohio Star*. Howard hatte ihn am Telefon nur beiläufig erwähnt, aber dann hatte sie die Berichte über die gefährliche Bergung in den Zeitungen gelesen. Auch sein Name hatte in der Zeitung gestanden.

»Vielen Dank, daß Sie mir das erzählt haben. Ich war zu sehr mit meinem Selbstmitleid beschäftigt. Gut, ich nehme Ihr Angebot an.«

Die andere nickte und wandte sich einer zierlichen kleinen Wren zu, die sie unsicher anstarrte. »Was ist los, mein Kind? Erzählen Sie's Tante Evelyn.«

»Wir dachten, Sie sollten es erfahren, Madam: Der Oberbefehlshaber hat soeben den Golfplatz verlassen und ist auf dem Weg hierher.«

»Danke.« Lächelnd schaute sie Celia an. »Und Sie hauen jetzt besser ab, solange noch Zeit ist. Wir sehen uns morgen wieder hier.« Sie sah Celia nach, als diese hinausging und noch einen Blick auf die riesige Wandkarte warf. Dann rief sie lebhaft: »Los, Kinder, frisch an die Arbeit, nur keine Müdigkeit vorschützen!«

Sie selbst aber sank mutlos auf ihren Stuhl, denn alles, woran sie denken konnte, waren diese beiden bald vereinten Menschen und ihre eigene Einsamkeit.

Das kleine Restaurant in dem einst führenden Hotel der Hafenstadt war nicht ganz das, was Howard sich vorgestellt hatte. Der eine Flügel des Gebäudes war nach einem Luftangriff ausgebrannt, und seine leeren, geschwärzten Fenster begrüßten die Neuankömmlinge melancholisch. Früher hatte hier reger Betrieb geherrscht dank der Passagierschiffe, die zwischen England und Amerika verkehrten, aber jetzt war das Hotel voller Soldaten wie seinesgleichen. Doch das Essen war gut, der Fisch besonders frisch und gut zubereitet.

Howard betrachtete die junge Frau, die ihm gegenübersaß, und wünschte, sie wären allein. Aber der Raum war überfüllt, zum größten Teil mit Marineoffizieren und ihren Begleiterinnen. Zwischen Ehefrauen und Freundinnen konnte man leicht unterscheiden, und Howard fragte sich, ob auch Treherne mit seiner Joyce hierherkam.

Celia sagte: »Es gefällt mir sehr gut hier.« Ernsthaft betrachtete sie sein Gesicht. »Es war nett von dir, mich einzuladen.« Dann lächelte sie, und er spürte, wie sein Herz schlug. »Ach, David – wir benehmen uns wie Schulkinder. Ich war so nervös, als du anriefst, daß ich beinahe irgendeine dumme Ausrede gebraucht hätte.«

Howard lachte. »Und ich kam mir vor wie ein junger Kadett!«

Er griff über den Tisch und nahm ihre Hand. Ein paar Köpfe an den nächstgelegenen Tischen drehten sich um, aber das kümmerte ihn nicht.

»Ich habe oft an dich gedacht, Celia.« Er sah, wie ihre Augen sich weiteten, als er so selbstverständlich ihren Vornamen aussprach. »Das hat mich aufrechtgehalten, wenn . . .« Er hob die Schultern. »Nun, wenn die Dinge ein bißchen grimmig wurden.«

»Es war schlimm, nicht wahr?« Im Geiste hörte sie die Stimme ihrer neuen Freundin Evelyn: Weil ihnen niemand zuhört. »Erzähl' es mir. Ich möchte daran teilhaben, dir helfen.«

Seine Stimme klang distanziert. »Man bräuchte manchmal eine Pause – aber man bekommt sie nie. Jeder Monat auf dem Atlantik bringt dir mehr Erfahrung, mehr Verständnis für den Feind, den du kaum jemals siehst . . . Das alles geht dir so unter die Haut, daß du manchmal aufgeben möchtest.« Er hob den Blick und sah ihr direkt in die Augen. »Ich nehme an, du kennst die Wandkarten und alles, was sie zeigen. Aber die kleinen Punkte und Fähnchen sind Schiffe mit Menschen aus Fleisch und Blut, die alles einstecken müssen, was der Feind ihnen entgegenschleudert. Der Kapitän des Munitionstransporters, zum Beispiel . . .«

Sie warf einen Blick hinunter auf seine Hand, die sich jetzt fester um ihre schloß. Ihr war klar, daß er jetzt wieder dort draußen war, alles noch einmal erlebte.

Er sagte: »Er war zäh wie altes Leder. Nur eine Handvoll seiner Männer und seine hübsche chinesische Frau waren noch übrig, während sie auf einem Gebirge aus Sprengstoff saßen. Aber er wird wieder zurückkehren auf See.«

Celia flüsterte: »Wenn ich gewußt hätte, wie schlimm es war! Ihr hättet alle umkommen können!«

Lächelnd erwiderte er: »Wie sich herausstellte, ging das Schiff freundlicherweise von selbst unter. Ich bezweifle, daß der vorbeikommende Konvoi etwas davon gemerkt hat.«

Ein älterer Kellner trat an den Tisch. »Wollen Sie die Nachspeise versuchen, Sir?« Sein müder Blick ging zwischen den beiden hin und her, und er fragte sich, ob er ihnen das Doppelzimmer mit dem brennenden Kamin für eine Stunde anbieten sollte.

Celia schüttelte den Kopf. »Nein, danke. Aber ich hätte gern

Kaffee.« Sie merkte, daß David noch immer ihre Hand hielt, und als sie ihn ansah, war sie überrascht über seinen intensiven Blick. »Was ist es? Sag's mir.«

Leise erwiderte er: »Wir sind jetzt Freunde, Celia. Aber ich möchte, daß es mehr wird als das.«

Er erwartete, daß sie die Hand wegziehen würde, aber sie nickte nur.

»Als du mich das erste Mal besuchen kamst, erinnerst du dich?« fuhr er fort. »Da merkte ich, daß du unglücklich warst. Mein Vater sagte, daß du dir Selbstvorwürfe machtest für das, was geschehen war. Ich verstehe nicht, wie du auf diesen Gedanken kommen konntest. Ich war doch an Ort und Stelle und sah, wie es passierte. Du mußt mit seinem Tod fertigwerden, sonst wäre alles sinnlos.«

Der Kaffee kam, aber sie merkten es nicht. Schließlich sagte sie: »Wir hatten einen riesigen Krach in der letzten Nacht vor Jamies Abreise.« Ihre Lippen bebten. »Weißt du, ich bin immer sehr behütet gewesen. Sagt man das nicht von Mädchen, die nicht mitspielen wollen? Ich ging in eine teure Schule, in der die einzigen Männer, die ich jemals zu sehen bekam, ein Priester und die Gärtner waren.« Ungläubig schüttelte sie den Kopf. »Noch heute begreife ich nicht, wie ich den Nerv aufbrachte, mich zu den Wrens zu melden. Dort gab's Schlafräume voll junger Frauen, die alle versuchten, einander mit den Erzählungen ihrer Abenteuer zu überbieten. Viele von ihnen wußten, daß mein Vater Konteradmiral war, und zogen mich deswegen auf. Ob das alles für mich nur ein Spiel sei, fragten sie häufig. Dabei war es mir wirklich ernst damit. Ich wurde Offizierin und gleichzeitig den Marinefliegern zugeteilt, wo ich dann Jamie traf. Er schien so voller Leben zu sein und sah sich nach jedem Mädchen um. In manchen Fällen war es auch mehr als Umsehen. Weil ich nicht gleich mitging – und vielleicht auch, weil ich eine Admiralstochter war – jedenfalls fand er mich anziehend. Zum ersten Mal wurde ich beneidet, ja sogar bewundert von den anderen. Ich weiß nicht, ob unsere Ehe jemals gutgegangen wäre. Er war sehr deprimiert, als man ihm mitteilte, daß er zum Bodenpersonal versetzt sei. Fliegen bedeutete ihm mehr als ich, das hätte ich früher merken müssen. Fliegen und vor allem die Bewunderung der anderen für die Piloten.«

Der Schatten des Kellners fiel über den Tisch. »Möchten Sie die Rechnung, Sir?« Sie würde jetzt zur Damentoilette gehen, um ihre Nase zu pudern, dann konnte er dem jungen Commander das freie Doppelzimmer anbieten.

Howard sagte jedoch: »Zwei Brandy.« Er merkte, daß Celia protestieren wollte, und fügte hinzu: »Zwei große!« Proteste blieben aus.

Schließlich fuhr sie fort: »Eines Tages traf er sich mit einem Mädchen, das er von seinem alten Fliegerhorst her kannte. Wir hatten einen Mordskrach ihretwegen, und dann erzählte er mir von dem neuen Einsatz, zu dem er sich freiwillig gemeldet hatte. Ich bat ihn, es nicht zu tun. Er hatte sein Leben unzählige Male riskiert, und sein Glück konnte nicht ewig dauern.«

Sie sah zu, wie der Kellner die Gläser mit Brandy vorsichtig auf den Tisch stellte, und fuhr fort: »Er stürmte aus dem Haus und rief mir zu, er werde tun, was er wolle, und keine hochnäsige Nutte könne ihn davon abhalten.« Sie nahm einen Schluck, ihre Augen leuchteten grün in dem reflektierten Licht. »Nachts kam er so betrunken heim, daß er kaum gehen konnte. Er war ein völlig anderer Mann – für mich ein Fremder. Soll ich fortfahren?«

Howard sagte nichts. Sie würde es ihm ohnehin erzählen, auch wenn es ihr schwerfiel.

Sie schüttelte sich. »Er wollte mich haben. Er zerrte mich ins Schlafzimmer und schrie mir ins Gesicht, ich wäre ihn ohnehin bald los. Ich versuchte, ihn zu beruhigen, den Mann wiederzufinden, den ich geheiratet hatte. Und schließlich wehrte ich mich.«

Sie packte sein Handgelenk, bis sich ihre Nägel in seine Haut bohrten. »Da schlug er mir ins Gesicht und warf mich aufs Bett.« Ihr Blick blieb starr und unbeweglich. »Dann vergewaltigte er mich.«

»Großer Gott!« Howard stellte es sich vor: Begierde, Zorn, Verrücktheit. Und sie hatte sich unterwerfen müssen. Die Erinnerung daran quälte sie bis heute.

Sie schloß mit den Worten: »Den Rest kennst du. Kurz danach wurde er getötet.«

Howard sagte leise: »Andernfalls, glaube ich, hätte ich ihn umgebracht.«

Sanft entzog sie ihm ihre Hand, als der Kellner auf einem verbeulten Tablett die Rechnung brachte.

»Alles in Ordnung, Miss?«

Ihre Stimme klang überraschend ruhig. »Ja, das Essen war sehr gut, danke.«

Zu Howard sagte sie: »Bring' mich bitte nach Hause, ja? Ich zeige dir, wo ich wohne.«

Als sie zur Tür gingen, fragte sich Howard, ob sie je wieder körperlich lieben konnte.

Auf ihrem Weg durch die verdunkelten Straßen, über denen die ersten Scheinwerfer den Himmel absuchten, sagte Celia: »Siehst du, David, ich möchte dich auch, sogar sehr. Ich hätte niemals gedacht, daß ich es noch einmal wagen würde. Vielleicht wußte ich selbst nicht, was ich wollte.«

Er nahm sie in seine Arme. »Ich liebe dich, Celia. *Ich* werde mich nicht verändern.« Er hielt sie fest, und sie küßten sich so zart, als träfen sie sich zum ersten Mal. »Ich würde niemals etwas tun oder sagen, was dich verletzen könnte.«

Sie ergriff seine Jackenaufschläge, als wolle sie ihn nie mehr loslassen, und gleichzeitig war ihr klar, daß sie das doch tun mußte. »Ich weiß, David. Und deswegen möchte ich, daß wir es richtig anfangen.«

Sie traten beiseite, als zwei Polizisten vorbeigingen, deren Stahlhelme im schwachen Scheinwerferlicht aufleuchteten.

Leise sagte Howard: »Ich möchte dich wiedersehen, wenn wir zurückkommen.«

»Wenn oder falls?«

»Nun, du wirst es als erste wissen, wenn du deine neue Aufgabe im Lagezimmer wahrnimmst. Wir laufen morgen wieder aus, weil der Werftleiter den Asdicleuten Beine gemacht hat. Sorge dich nicht – diesmal wird das Gerät funktionieren.«

»Ich werde aufpassen und an dich denken.« Sie hob den Kopf und sah ihn in der Dunkelheit an. »Ich bin froh, daß ich dir alles gesagt habe.«

Er küßte sie leicht auf den Mund. »Komm, ich gehe den Rest des Weges mit dir.«

Der schwelende Munitionstransporter, ihre Unfähigkeit, U-Boote zu orten, selbst der nächste Konvoi, all das war jetzt weit entfernt. David Howard war wieder jung.

»Das ist ein Anblick für entzündete Augen, Sir!« Treherne hob sein Glas und betrachtete den Konvoi, der gerade eine Kursänderung vornahm, wobei sich das grelle Sonnenlicht in den langen Reihen der Bullaugen und den hohen Brückenaufbauten des führenden Schiffes spiegelte. Es waren drei Ozeandampfer, in den Vorkriegstagen auf zahlreichen Plakaten zu sehen, und keiner ein Unbekannter auf dem Atlantik für die wenigen Glücklichen, die sich selbst während der Depression eine solche Luxusreise leisten konnten. Die graue Tarnfarbe konnte ihre majestätischen Linien nicht verbergen. Als jetzt die Morselampen zwischen der Gruppe Vickers und dem Geleit des Konvois zu blinken begannen, konnte man sehen, daß die Oberdecks des Führungsschiffes vollgepackt waren mit Soldaten. Es waren wohl zum größten Teil Amerikaner.

Howard knöpfte seinen Dufflecoat auf, denn es war überraschend heiß auf der offenen Brücke. Die Truppen auf den Ozeandampfern waren für England bestimmt, und dann, nach einer weiteren Ausbildung, würden sie dorthin gebracht werden, wo die Invasion stattfinden sollte.

»Backbord fünfzehn.« Er warf einen Blick auf den Tochterkompaß. Genau wie die anderen Kommandanten der Gruppe wußte auch er, was zu tun war. Die Hälfte würde achteraus vom

Konvoi kreuzen, der Rest davor. Die bisherigen Geleitfahrzeuge hatten bestimmt Mühe gehabt, mit den mächtigen Ozeanriesen Schritt zu halten. Ihr Tempo hatte die Dieselübernahme auf See für die Zerstörer doppelt schwierig gemacht, da die großen Schiffe unter keinen Umständen stoppten.

»Mitschiffs! Recht so!«

»Recht so, Sir. Kurs null-vier-null liegt an.«

Howard lächelte. Das war der Kurs nach England. In ein paar Tagen würden sie zurück sein im Hafen, wenn das Wetter sich hielt.

»Flugzeug, Sir. Peilung Grün vier-fünf, Sichtwinkel zwei-null!«

»Nicht beachten!« Treherne ließ sein Glas sinken. Auch das war jetzt anders. Verzweiflung beim Sichten eines Flugzeugs war nicht mehr nötig. Dieses hier war ein großes Sunderland-Flugboot, das über dem Konvoi kreuzte, während die Soldaten zu seinem großen walförmigen Rumpf aufblickten und mit den Mützen winkten.

Howard hörte Tritte auf der Brückenleiter und wußte, daß Bizley heraufkam, um Treherne für den Nachmittag abzulösen. War es wirklich schon Mittag?

Bizley schien sein altes Selbstvertrauen wiedergewonnen zu haben. Er besprach Kurs und Geschwindigkeit sowie die Lufterkennungssignale, als hätte er das schon sein ganzes Leben lang getan. Wenigstens vermieden er und Finlay einen weiteren Zusammenstoß, so daß in der Messe Frieden herrschte.

Howard stieg auf seinen Stuhl und dachte dabei an die junge Frau, die er nach Hause zu ihrem Quartier begleitet hatte, das sie mit der zweiten Wren-Offizierin die sie »Tante Evelyn« nannten, teilte. Er konnte noch immer kaum glauben, was sich ereignet hatte. Sie war sehr scheu gewesen, hatte ihm aber vertraut. Als er sie vor dem dunklen Toreingang in den Armen hielt, hatte er gespürt, wie sie sich an ihn preßte.

Leutnant Rooke rief: »Von *Kinsale*, Sir.« Er hielt ihm das Funksprechgerät hin. Vickers' Stimme klang, als befände er sich auf einem anderen Planeten oder als spräche er durch Wasser.

»Habe einen Funkspruch von der Sunderland erhalten, David. Er meint, ein getauchtes U-Boot achteraus vom Konvoi gesichtet zu haben. Sie wollen sicherstellen, daß es nicht auftaucht und versucht, den Konvoi einzuholen.« Howard hörte ihn lachen. »Dazu hat es ohnehin keine Chance, nicht wahr?«

Howard blickte auf sein kleines Radar-Tochtergerät. Wie groß die Lichtpunkte der Truppentransporter aussahen! Die Geleitfahrzeuge – alles Zerstörer, denn keine Korvette konnte hier Schritt halten – waren ringsum aufgestellt, ein sicherer Schild.

Vickers fügte hinzu: »Ich habe *Ganymede* zur Unterstützung geschickt. Sie bleiben auf Station, für alle Fälle.«

Howard gab die Information an Treherne weiter, der sich noch auf der Brücke befand. »Sie werden das U-Boot unter Wasser halten. Ich nehme an, der deutsche Kommandant hat es gar nicht gemerkt, daß die *Sunderland* ihn aufgespürt hat. Er fühlt sich wie ein Schatten im Wasser, denke ich.«

Der Signalmeister rief: »*Ganymede* dreht ab!«

Howard sah zu, wie ihr Schwesterschiff kehrtmachte und auf Gegenkurs ablief, vorbei an dem Zerstörer, der Tail-end Charlie war und dem Flugboot signalisierte, als dieses ruhig über sie hinwegflog.

Howard dachte an seinen Freund Spike Colwin auf der Brücke der *Ganymede*, der einen jener berühmten grellfarbigen Schals trug, die er schon als Leutnant bevorzugt hatte. Wieder blickte er auf das Radar-Tochtergerät und sah den Blip, den der große moderne Zerstörer namens *Mediator* machte, der über fünf Meilen achteraus stand. Dann erschien *Ganymede*, durch den rotierenden Radarstrahl hastend, als würde sie an einem Draht gezogen.

Ein Wunder, daß Colwin überhaupt Kommandant geworden war, dachte er, denn Spike hatte allerhand Unfug getrieben. So hatte er beispielsweise nach ihrem Artilleriekursus ihre

Klassennummer in riesigen Ziffern mit Unkrautvertilgungsmittel auf den Rasen vor dem Schulgebäude gesprüht. Unerwartet hatte es dann geregnet, und die riesigen Zahlen waren deutlich hervorgetreten, als der Kommandeur die Abschlußparade abnahm. Colvin hatte sich als Übeltäter gemeldet, wie immer. Ein anderes Mal hatte er bei einer Weihnachtsfeier die alte Messingkanone vor der Offiziersmesse von Devonport geladen und abgefeuert. Unglücklicherweise waren durch den Schuß alle Fensterscheiben im Haus des Kommandeurs geplatzt.

Die drei Truppentransporter führten eine weitere Zickzack-Wendung aus. Sonnenreflexe blitzten hinüber zu den Geleitfahrzeugen, als sie genau gleichzeitig drehten. Bei dieser Gruppe hatten die U-Boote keine Chance, dachte Howard.

»Steuerbord zehn. Mitschiffs. Steuern Sie null-acht-null.« Er hob sein Glas, aber es war schwierig, *Ganymede* noch auszumachen, zumal eins der Flügelschiffe seine Optik blokkierte, während es selbst eine rasche Kursänderung ausführte.

Rooke hielt ihm wieder das Funksprechgerät hin und rief: »Von *Kinsale*, Sir! Die Sunderland meldet Torpedos ...«

Aber Howard hatte schon den Blitz gesehen, und dann noch einen. Gegen den grellen, sengenden Sonnenschein waren die Detonationen kaum mehr als ein kurzes Aufblitzen. Die Druckwelle jedoch erschütterte *Gladiator* wie ein Donnerschlag. Howard fühlte die Brücke unter seinen Stiefelsohlen erbeben, als seien sie über eine Sandbank gelaufen.

Treherne rief: »Wo zum Teufel war das?«

Howard beobachtete den Blip am weitesten achteraus. Das mußte die *Mediator* sein, kein anderes Fahrzeug stand so weit hinten.

Die Sunderland schwebte bereits tief über der glitzernden See und hielt Wasserbomben bereit zum Werfen, falls sie den Angreifer sichten sollte. Das war jedoch genau das, womit das zweite U-Booot gerechnet hatte.

Es gab einen Doppelblitz, und durch den Dunst sah Howard zwei riesige Wassersäulen zum Himmel aufsteigen, sofort gefolgt von einer schwarzen Qualmwolke.

»Captain Vickers – für Sie, Sir.«

Es war nicht nötig, viel zu sagen. Der zweite Torpedofächer, aus einer unterschiedlichen Peilung abgefeuert, hatte *Ganymede* getroffen.

»Die Sunderland wirft Flöße ab, David«, sagte Vickers. »Leisten Sie mit Ihrer Gruppe Beistand.«

»Hart Steuerbord! Beide äußerste Kraft voraus! Steuern Sie zwo-fünf-null. Signalmeister, geben Sie an *Blackwall* und *Belle Isle*: Nehmen Sie Suchstationen hinter mir ein.«

Treherne beobachtete ihn und erriet, was Howard dachte: Wenn sie anfangen, die Geleitfahrzeuge statt des Konvois anzugreifen, dann wissen wir, daß wir gewonnen haben.

Eine mächtige Druckwelle krachte über die See, laut genug, um die rasenden Schrauben der *Gladiator* zu übertönen, als sie auf höchste Umdrehung gingen. War da ein Schiff in die Luft geflogen? Die Sunderland würde nicht wagen, Wasserbomben zu werfen, wenn so viele Männer im Wasser um ihr Leben kämpften. Der Feind wußte das auch. Im nächsten Augenblick stieß eine zweite Sunderland zu der ersten, aber die U-Boote waren auf Tiefe gegangen und verließen die Gefahrenzone.

Als *Gladiator* und ihre beiden Begleiter den Schauplatz erreichten, war *Mediator* schon gesunken. Sie war ein großer Zerstörer gewesen, neuer und stärker als die *Kinsale* von Captain Vickers, mit einer Besatzung von zweihundert Mann. Und von ihrem Schwesterschiff schwamm nur noch das Vorschiff. Die Torpedos mußten die *Ganymede* mitschiffs getroffen und in zwei Teile zerrissen haben. Der Maschinenraum war explodiert wie eine ungeheure Bombe.

Zwischen dem Ölschlick und tanzenden Treibgut konnte Howard ein paar im Wasser kämpfende Gestalten ausmachen; nicht viele.

»Gefechtsstationen, Sir?« Bizleys Stimme klang fremd und unwirklich.

»Nein. Aber lassen Sie das Deck freiräumen und die Boote ausschwingen. Ayres soll die Flöße klarmachen und die Kletternetze ausbringen lassen.«

Treherne sagte: »Sie sind schon dabei, Sir.«

Er richtete sein Glas auf das treibende Vorschiff der *Ganymede* und fragte sich, wie viele Leute wohl noch darin gefangen waren. Zwei winzige Gestalten klammerten sich an den Backbordanker, und eine andere versuchte, jemanden in ein Floß zu zerren.

»Beide langsame Fahrt voraus.« Howard hörte den Motor des einen Bootes hustend zum Leben erwachen, als es abgefiert wurde. »Beide Maschinen stopp!« Das war der riskante Augenblick. Ihm wurde plötzlich so übel, daß er fürchtete, sich hier vor allen übergeben zu müssen. »Boote haben abgelegt, Sir!«

Die *Blackwall* hatte bereits ihre beiden Boote an der Untergangsstelle des anderen Zerstörers, während *Belle Isle* weiterhin die Szene umkreiste und mit ihrem Asdic nach einem verräterischen Echo suchte. Aber Howard war klar, daß sie nichts finden würden. Zwei Zerstörer versenkt innerhalb von dreißig Sekunden: Die U-Boote hatten ihr Soll erfüllt.

Als Howard schließlich *Gladiators* Boote zurückrief und ein einsamer Schwimmer keuchend und schluchzend über das Kletternetz heraufgeholt worden war, muße er Vickers berichten, daß sie nur fünfzig Überlebende aufgenommen hatten. Colvin war nicht dabei.

Als auch der Kutter wieder eingesetzt wurde, stieß *Ganymede* einen Schwall schmutziger Blasen aus und verschwand. Die Kutterbesatzung hatte es noch geschafft, die beiden Männer vom Backbordanker zu bergen. Sie hatten Glück gehabt.

»Gehen Sie mit der Fahrt hoch und nehmen Sie unsere Position wieder ein, N. O.« Ausdruckslos blickte Howard Treherne an. »Sieht es so aus, wenn man den Krieg gewinnt, Number One?«

Es dauerte mehrere Stunden, bis sie den Konvoi eingeholt

hatten, und wurde bereits dunkel. Howard sah hinüber zu den mächtigen Ozeanriesen und fragte sich, ob einer von den Soldaten wohl gemerkt hatte, was da passiert war.

Er dachte an ihr anderes Schwesterschiff, die *Garnet*, das drüben in der Gruppe von Captain Vickers fuhr. Ihr Kommandant Tom Woodhouse war mit ihm in Dartmouth gewesen, ebenfalls ein kaum zu überbietender Spaßvogel. Er und Colvin waren eng befreundet gewesen. Ob er jetzt auch an ihn dachte? Und wer würde der nächste sein?

Celia würde jetzt in Liverpool vielleicht den Verlust der beiden Schiffe auf der Karte markieren. *Die nächsten Angehörigen sind benachrichtigt.* Sie mußte all das immer wieder durchmachen. Später, als er auf seinem Stuhl saß und das Aufleuchten der ersten Sterne beobachtete, wurde er fatalistisch. Vielleicht war, wie ihr Kurs auf dem Ozean, auch ihrer aller Geschick schon vorbestimmt.

5 *Niemand hat größere Liebe ...*

Eine weitere Ladung Wasserbomben detonierte um sie herum, dicht genug, um das U-Boot vom Bug bis zum Heck durchzuschütteln. Die Männer auf ihren verschiedenen Stationen starrten mit aufgerissenen Augen die gewölbte Bordwand an; in dem abgeblendeten Licht leuchteten ihre Augen weiß auf. Seit einer Stunde ging es nun schon so, sogar noch länger, wenn man ihren mißglückten Angriff auf den kleinen schnellen Konvoi dazurechnete.

Kapitänleutnant Manfred Kleiber stand am Periskopschacht und ließ den Blick von der Uhr zum Tiefenmesser schweifen. Da oben war jetzt nur noch ein Jäger, eine Korvette aus dem Geleit des Konvois. Vielleicht würde sie bald aufgeben und sich beeilen, wieder zu den anderen aufzuschließen. Er musterte die Leute in seiner Nähe, den Mann am Tiefenruder, den

Navigationsoffizier und den Rudergänger. Ihr Haar und ihre Schultern waren gesprenkelt von Splittern der korkgemischten Farbe, die wie Schneeflocken während der Wasserbombenangriffe auf sie herabgerieselt waren. Ihre Gesichter waren grau und hager, ihre Uniformen schmutzig: die grauen Wölfe, wie eine Zeitung sie genannt hatte.

Diese Schreiberlinge sollten jetzt bei uns sein, dachte er böse.

Er wußte ziemlich genau, was die meisten seiner Männer hofften: daß sie bald ihren Einsatz beenden und zur Basis zurückkehren würden. Die Entscheidung lag bei ihm. Sie hatten schon das letzte Treffen mit dem Versorgungsboot versäumt. Kleiber wußte alles über die neue Taktik der englischen Jagdgruppen, die nach U-Booten suchten wie berufsmäßige Killer. Drei Boote aus seinem eigenen Rudel hatten sich nicht mehr gemeldet, mußten versenkt worden sein. Er dachte an ihre Basis in Frankreich. Dort war jetzt Hochsommer – grüne Felder, gute Verpflegung. Kein Wunder, daß seine Männer so verzweifelt waren. Er hatte über den Bordlautsprecher zu ihnen gesprochen, als er vom Hauptquartier die Mitteilung erhalten hatte, daß die Alliierten nach Rückeroberung Nordafrikas ihre Invasion Siziliens mit Erfolg begonnen hatten. Es war also nicht Griechenland, wie ihr Flottillenchef vorausgesagt hatte, sie würden nun aus Sizilien vertrieben werden. Genau wie aus Kreta.

Verächtlich schürzte er die Lippen. Italien würde als nächstes drankommen – die Italiener waren stets das schwächste Glied in der Kette gewesen. Trotz ihres fanatischen Faschismus hatten sie sich dem Führer gegenüber als Feiglinge erwiesen, als eine Armee, die sich lieber zurückzog als bis zum Tode kämpfte.

Er sah den raschen Blick, den ihm der Mann am Tiefensteuer zuwarf, und gab seine Befehle: Dreißig Meter tiefer gehen, Kursänderung um neunzig Grad. Die Schraube der Korvette dröhnte über ihnen wie ein Schnellzug. Sie hatte gedreht und fuhr jetzt einen neuen Angriff.

Jemand kam auf Zehenspitzen von vorn, hielt sich einen Lappen vor Mund und Nase. Kleiber dachte wieder an den Mann, der gestorben war, nachdem er beim Überwasserangriff auf einen Konvoi von einem Granatsplitter getroffen worden war. Es war ein Zufallstreffer von einem Geleitschiff gewesen, das sie nicht einmal gesehen hatte. Pech für den Jungen. Mit Hilfe eines medizinischen Handbuchs hatte ihm Kleiber selbst den Arm amputiert, als dieser brandig geworden war und der Gestank das ganze Boot erfüllte. Aber der Junge war gestorben, bei voller Betäubung, ohne etwas davon zu merken. Seine Kameraden hatten ihn betrauert, denn er war beliebt gewesen. Jetzt mochten sie ihn allerdings weniger, warteten nur auf eine Gelegenheit, seinen Leichnam loszuwerden, der sie durch seinen Gestank ständig an den Tod erinnerte.

Das Boot schüttelte sich wild, als ein weiteres volles Muster von Wasserbomben ringsum detonierte. Einige Glühbirnen platzten, und ein Mann schrie auf, als sein Gesicht durch fliegende Glassplitter zerschnitten wurde.

Die Maschinengeräusche der Korvette wurden wieder schwächer, aber der Mann am Tiefenruder schüttelte den Kopf. Der feindliche Kommandant ging zwar mit der Fahrt herunter, aber das konnte eine List sein oder eine Pause, in der er auf Unterstützung wartete.

Wieviel würde der Stahlkörper noch aushalten? Kleiber merkte, daß ihn alle fragend ansahen, sie suchten in seinem Gesicht nach Hoffnung, Verzweiflung oder Schwäche. Er ging an den Kartentisch und studierte eingehend das Parallelogramm, das die Operationszone der Versorger zeigte. Es war zwecklos. Ihre »Milchkuh« mußte versenkt worden sein. Seit immer mehr Flugzeuge in dem ehemals so sicheren Gebiet auftauchten, waren sie bevorzugte Ziele, viel zu groß und verwundbar, um einem plötzlichen Angriff rechtzeitig entgehen zu können.

Auf einmal sehnte er sich verzweifelt danach, umzukehren und zurückzufahren zum Stützpunkt, herauszufinden, was sich in der Heimat abspielte. Einige seiner Kameraden waren im

Mittelmeer gegen den Nachschubverkehr für alliierte Invasionen eingesetzt worden. Hatten sie überlebt? Dann dachte er verbittert an den letzten kurzen Brief, den er von seinem Bruder aus Rußland erhalten hatte. Er war ein Narr, so offen zu schreiben, er konnte dafür als Defätist verurteilt werden. Sein Brief hatte ausführlich die entsetzliche Verpflegung und die Medikamentenknappheit beschrieben und darüber geklagt, daß es auch an Munition, ja überhaupt an allem fehle. Kleiber dachte neidisch daran, was die feindlichen Truppen in Sizilien zu essen und trinken bekamen. Er war in den besseren Zeiten zu Anfang des Krieges an Bord britischer Versorgungsschiffe gegangen, bevor er sie versenkte, und wußte ziemlich genau, wie reich sie mit Lebensmitteln beladen waren.

Plötzlich beschloß er, seinen Männern mitzuteilen, daß sie zum Stützpunkt zurückkehren würden. Das würde ihre Moral heben. Ein Mann konnte diese Lebensbedingungen nur eine gewisse Zeit aushalten, und die Alternative durfte er sich gar nicht ausmalen.

Aber zuerst ... Er gab seine Befehle, ohne die Stimme zu heben. Er war nicht etwa herzlos; wenn er so wirkte, dann war es die Schuld des Atlantiks. Er hatte noch zwei Torpedos. Mit lediglich drei Treffern und keiner bestätigten Versenkung war Kleiber enttäuscht und zusätzlich durch den Verlust des Versorgungsbootes frustriert.

Er hörte das Zuschlagen wasserdichter Türen und fragte sich, wie die Verwandten des Toten reagieren würden, wenn sie erfuhren, daß der letzte Weg des Gefallenen dem Wohl des Vaterlandes gedient hatte.

Die Korvette griff wieder an, ihr Schraubengeräusch wurde lauter, als sie eine Kursänderung vornahm. Gleich würde ihr Asdic gegen den U-Boot-Rumpf klopfen, wie ein Blinder mit dem Stock herumtastete. Eine Lampe an der Schalttafel flakkerte auf: alles klar. Der Leichnam befand sich in einem leeren Torpedorohr, zusammen mit allem möglichen Abfall. Der leitende Ingenieur lieferte etwas Diesel dazu, aber nicht sehr viel.

Ohne das Versorgungsboot würde es ein langer, mühsamer Rückweg nach Frankreich werden.

Die Detonationen der Wasserbomben, die gegen den Rumpf dröhnten, waren die schlimmsten bisher. Offenbar hatte die Korvette sie geortet. Kleiber rief einen Befehl und sah das Licht flackern, als das Torpedorohr seinen Inhalt in die See spie. Er spürte kalten Schweiß unter dem Rand seiner schmutzigen weißen Mütze, während er die Sekunden zählte und sich den Leichnam im Ölzeug vorstellte, wie er aufstieg zum Sonnenschein, umgeben von allem möglichen Kram aus ihren Abfalleimern und einer großen Dieselblase. Er verspürte das irrsinnige Verlangen zu lachen. Hoffentlich merkten die Tommies nicht, daß ihr »Opfer« nur einen Arm hatte! Dann brachte er sich mit Mühe wieder unter Kontrolle; solche Hysterie war gefährlich und destruktiv.

Wieder starrten sie gegen die Bordwände und lauschten, jeden Nerv und jeden Muskel angespannt. Langsam und vorsichtig brachte Kleiber sein Boot in weitem Bogen herum. Die Elektromotoren waren so reduziert, daß man sie kaum hörte.

Endlich berichtete der Horcher, daß die Korvette stoppte und keinerlei Unterwassergeräusche mehr zu hören waren. Kleiber runzelte die Stirn und überlegte, wo jetzt die Sonne stand, wenn er auf Sehrohrtiefe ging. Er sah alles so deutlich vor sich, als wäre er bereits oben. Wahrscheinlich war ein Boot ausgesetzt worden, um die Beweisstücke der scheinbaren Versenkung zu prüfen. Nur eines war sicher: Der Kommandant der Korvette wußte nun, daß ein U-Boot hier war. Vielleicht würde er sogar Verstärkung herbeirufen.

Kleiber nickte seinem I. W. O. zu und ging dann am Periskop in die Knie, als die Luft in die Ballasttanks gepreßt wurde und die Tiefenruder sich wie Flossen bewegten, um das Boot langsam nach oben schleichen zu lassen. Bei vierzig Meter Wassertiefe ließ Kleiber das Angriffsperiskop ausfahren, und zwar so langsam, daß er das heftige Atmen des Mechanikers hörte.

Schwaches grünes Licht, dann rötliches Blau, als die Linse die Oberfläche durchbrach. Kleiber sah die Korvette im Fadenkreuz lauern. Ihr Boot war möglicherweise auf der anderen Seite ausgesetzt und mit dem grauenvollen Beweis der Versenkung beschäftigt.

Kleiber wartete nicht lange, er merkte sich nur rasch die Nummer und den Namen der Korvette: HMS *Malva.* Diese kleinen, stämmigen Kriegsschiffe waren möglicherweise ihre größten Feinde.

Der Rumpf legte sich leicht auf die Seite, als seine letzten beiden Torpedos aus den Rohren sprangen. Das Periskop fuhr zischend in seinen Schacht, das Boot nahm tauchend Fahrt auf und drehte ab. Das Wasser donnerte jetzt wieder in seine Tanks, um es immer tiefer zu drücken.

Der Unteroffizier am Koppeltisch hatte beim Abschuß seine Stoppuhr betätigt und schnappte nun trotzdem nach Luft, als die detonierenden Torpedos den Rumpf zur Seite warfen, während das Donnern an ihnen vorbeizog und sich rollend in der ungeheuren Weite des Ozeans verlor.

Sekunden später hörten sie das Kreischen zerreißenden Stahls, als die Korvette auseinanderbrach.

Kleiber trat an die Karte und verschloß sich dem irrsinnigen Gelächter und den Bravorufen, die durch das Boot hallten wie Echos aus einem Tollhaus. Wenn der Großadmiral befahl, auch die Geleitfahrzeuge anzugreifen, dann gehorchte er eben ohne Rückfrage.

Er mußte aufhören, an seinen Bruder und an die verhungernden Kameraden an der russischen Front zu denken. Und er mußte die reichbeladenen Versorgungsschiffe vergessen, die ihm nun aufgrund der neuen Anweisung vielleicht entgingen.

Über ihnen trieben die Überlebenden der Korvette in ihren Schwimmwesten oder kämpften sich durch den Ölteppich auf der Suche nach einem Floß oder einem Stück Treibholz, an dem sie sich festhalten konnten. Es war ihnen keine Zeit geblieben, einen Funkspruch abzusetzen; die meisten von ihnen, wenn nicht alle, würden sterben, bevor irgend jemand nach ihnen suchte.

Zwischen den keuchenden Schwimmern trieb der tote Deutsche dahin, ohne zu wissen, was er bewirkt hatte, sogar ohne die Genugtuung der Rache. Im Atlantik gab es den Luxus der Rache nicht.

Im großen Lagezentrum in Liverpool ging es noch geschäftiger zu als üblich. Die Zweite Offizierin Celia Lanyon teilte sich einen Schreibtisch mit ihrer Zimmergenossin Evelyn Major und sah mit ihr zusammen die letzten Funksprüche durch.

Es war ein später Nachmittag im September, und den ganzen Tag über war das Hauptquartier von Neuigkeiten über die Invasion auf dem italienischen Festland überschwemmt worden. Sofern sich ihnen Gelegenheit dazu bot, legten die Italiener die Waffen nieder und boten den Alliierten ihre Dienste an, obwohl sie noch vor kurzem Feinde gewesen waren. Der Zusammenbruch von Deutschlands Bundesgenossen war besiegelt worden, als das italienische Flaggschiff den Hauptteil der Flotte unter die Geschütze von Malta geführt hatte, jener zerbombten und zerschlagenen Insel, die einst ein Objekt der Begierde Mussolinis gewesen war.

Jeden Tag hatten sie einen Rückschlag erwartet, eine der Enttäuschungen, die sie während der vergangenen Jahre ständig begleitet hatten. Aber abgesehen von dem früheren Eintritt der Regenzeit im südlichen Italien, durch die alle Panzer und Nachschubfahrzeuge stark behindert wurden, gab es keine ernsthaften Schwierigkeiten. Natürlich hatte es am Strand schwere Verluste gegeben, als die alliierten Armeen an Land gestürmt waren, während auf See die Schlachtschiffe und Bombergeschwader mit der neuesten deutschen Geheimwaffe Bekanntschaft machten: der Gleiterbombe, die auf ein schwimmendes Ziel gerichtet werden konnte. Das Flaggschiff *Warspite* war getroffen worden, und mehrere große Kriegsschiffe, darunter der US-Kreuzer *Savannah*, hatten schwere Beschädigungen und hohe Verluste erlitten.

Aber im Lagezimmer in Liverpool wirkten all diese Nachrichten seltsam fern, so fern wie die Stadt über ihren Köpfen. Im Augenblick waren gerade zwei große Konvois auf See, einer ostwärts und einer westwärts fahrend, die sich während der Nacht mit etwa neunzig Meilen Abstand passieren sollten.

Der ostwärts fahrende Konvoi kam von Halifax und bestand aus zwei großen Truppentransportern sowie mehreren Frachtern, die Fahrzeuge und Flugzeuge an Bord hatten. Als Celia die Schiffsnamen mit der Liste des diensthabenden Operationsoffiziers verglich, dachte sie an die *Gladiator*, die jetzt irgendwo dort draußen stand, bei der Geleitgruppe von Captain Vickers. Sie hatte Howard nur mehr dreimal getroffen, seit er sie vom Hotel in ihr Quartier zurückbegleitet hatte. Seine Gruppe hatte die meiste Zeit von Island aus operiert, um sicherzustellen, daß der stete Strom von Truppentransportern unbehelligt England erreichte.

Celia erinnerte sich schaudernd an den Augenblick, als sie die beiden Zerstörer auf der Karte als versenkt hatte markieren müssen. Es waren *Mediator* und *Ganymede*, letztere unter dem Kommando eines Freundes von David. Lediglich fünfzig Überlebende waren gerettet worden. Die feindlichen Angriffe auf Geleitfahrzeuge waren kein Zufall; andere Schiffe desselben Typs waren sowohl durch U-Boote als auch durch Flugzeuge schwer beschädigt worden, auch einige Versenkungen hatten zu neuen Kreuzen auf der Karte geführt.

Der Operationsoffizier kam zu Celia geschlendert. »Machen Sie eine Pause, Mädchen. Ich habe das Gefühl, es wird bald heiß hergehen. Der Boß ist schon hier – ein böses Omen.«

Der kleine Nebenraum, in dem die Offiziere Tee trinken oder sich bei einer Zigarette entspannen konnten, war feucht – der Sommer hatte nicht lange genug gedauert.

Evelyn holte zwei Tassen Tee, warf sich in einen Sessel und streckte die Beine aus wie ein Mann.

Celia dachte daran, wie David sie in den Armen gehalten und wie sie gemerkt hatte, daß er sie begehrte. Darüber konnte sie mit niemandem sprechen . . .

Überrascht blickte sie auf, als ihre Kollegin sagte: »Jetzt ist der richtige Augenblick, Tante Evelyn alles zu erzählen. Sonst wirst du mir noch verrückt. Du hast schon einige Pfund abgenommen – was du überhaupt nicht nötig hattest, im Gegensatz zu mir.« Dann wurde sie wieder ernst. »Was denkt er sich bloß?«

Vielleicht hatte sie recht, daß eine Aussprache hilfreich sein konnte. »Er liebt mich.« Das klang so banal, daß Celia rasch hinzufügte: »Er liebt mich wirklich. Gott weiß, daß ich allen nur Unglück bringe – das habe ich ihm auch gesagt.« Abrupt stand sie auf und ging hin und her. »Er möchte, daß ich ihn liebe.«

»Aber du fürchtest, daß du nicht imstande bist, seine Liebe zu erwidern? Daß er verletzt oder des langen Wartens müde sein könnte?«

Celia setzte sich wieder und lächelte kümmerlich. »Ja, so ähnlich.«

»Ich kenne dich inzwischen ziemlich gut, Celia, und weiß, daß du nicht der Typ bist, der mit jedem gleich ins Bett hüpft. Und nach dem, was du mir über ihn erzählt hast, ist er genausowenig dieser Typ. Andernfalls hättest du nie mit ihm über das gesprochen, was du mit Jamie erlebt hast.«

Celia seufzte. »Mir scheint, ich erzähle dir eine ganze Menge von mir.«

»Ich bin ja auch um einiges älter als du.« Aufmerksam sah Evelyn sie an. »Ich habe einen Vetter, der im Lake Distrikt ein kleines Haus besitzt. Ich könnte es arrangieren, daß er es euch beiden zur Verfügung stellt, wenn ihr Urlaub bekommt.«

Celia starrte sie verblüfft an. »Ich – und ein verruchtes Wochenende? Mit einem kurzen schwarzen Nachthemdchen und etwas Parfüm?«

Evelyn lächelte. »Hat er dir je so etwas vorgeschlagen?«

Celia antwortete nicht. Howard hatte ihr von einem Mädchen erzählt, das er einmal gekannt und, wie sie vermutete, auch geliebt hatte. Damals hatte er gerade sein erstes Schiff kommandiert und war sofort in schwere Kämpfe verwickelt worden; dafür war ihm anscheinend sein erster Orden verliehen worden. Aber das Mädchen hatte nicht auf ihn gewartet. Celia fragte sich jetzt, wie er das überwunden hatte.

»Ich würde mich ihm morgen hingeben«, sagte sie, »wenn ich glauben könnte, daß es ihm hilft. Wenn ich ihm damit etwas gäbe, woran er sich halten kann.« Sie zögerte. »Das würde ich mit keinem andern tun.«

Evelyn sagte mit brüsker Freundlichkeit: »Das klingt mir aber verdächtig nach Liebe.«

Doch Celia hörte sie kaum, denn sie entsann sich der grauen Streifen an seinen Schläfen, der harten Linien um seinen Mund und der Art und Weise, wie er sich an ihre Hand geklammert hatte, als sei sie eine Rettungsleine.

Was sollte sie bloß tun?

Sie kehrten zu ihrem Schreibtisch zurück und sahen, daß der stellvertretende Stabschef gerade eine Konferenz mit den anderen Abteilungsleitern abhielt. Eine Wren im Unteroffiziersrang, die das Abzeichen der Verschlüsselungsgruppe auf ihrem Ärmel trug, beugte sich zu ihnen hinunter. »Der ostwärts gehende Konvoi ist in einer Notsituation, Madam. Der zum Geleit gehörende Flugzeugträger hat Maschinenschaden und kehrt nach Halifax zurück. Der westwärts fahrende Konvoi hat einen anderen Träger, die *Seeker*, die aber erst ab morgen Luftsicherung geben kann.«

»Danke.« Evelyn blätterte flink den Stapel Funksprüche durch und gab einem Boten den entsprechenden Zettel. Dabei murmelte sie: »Der Maschinenschaden des Trägers hat unseren ostgehenden Konvoi aufgehalten.« Sie schielte auf den Koppeltisch und fügte wie beiläufig hinzu: »Die 32. Geleitgruppe ist zurückgerufen worden. Zweihundert Meilen! Aber nach dem Wetterbericht sollte das klargehen.«

Celia betrachtete die Steckschiffchen: die *Kinsale* von Captain Vickers und in etwa zwanzig Meilen Abstand das stellvertretende Führerboot H 38. Dazwischen war diesmal eine Lücke: der Platz der armen *Ganymede.*

So ging es weiter. Funksprüche wurden empfangen und gesendet, höhere Offiziere sprachen mit ihren Untergebenen. Die Wrens balancierten auf den Leitern, versetzten Schiffe, kennzeichneten Verluste, lauschten zusammen mit den Leuten von der RAF den letzten Wetterberichten, von denen der Einsatz ihrer neuen Langstreckenbomber aus Nordirland, Island und Neufundland abhing.

Der diensthabende Operationsoffizier, ein Kapitänleutnant der Reserve, sagte: »Ein Geleitfahrzeug hat Notsignale gegeben, Sir.«

Der stellvertretende Stabschef verschränkte die Arme, während ihn die anderen erwartungsvoll ansahen. Captain Naish warf einen schnellen Blick zum Koppeltisch. »Geben Sie das weiter an die 32. Gruppe, Captain Vickers. Er muß am dichtesten bei dem Havaristen stehen.« Er wartete. »Wie schwer ist er beschädigt?«

»Ein Torpedotreffer am Bug, Sir. Beistand wird erbeten.«

»Ich kann keine weiteren Geleitfahrzeuge entbehren, Tim. Das stellvertretende Führerschiff ist am schnellsten verfügbar, Vickers soll die *Gladiator* hinschicken. Sie hat als letzte vollgetankt.«

Eine Tür ging auf, und ohne hinzusehen wußten die jungen Frauen, daß es der Boss war.

Der Admiral fragte: »Welches Geleitfahrzeug wurde torpediert?«

»Die Korvette *Tacitus*, Sir. Unter Kapitänleutnant Marrack.«

»Halten Sie mich auf dem laufenden.« Die Tür schloß sich wieder.

Die beiden Wrens sahen einander an, und Celia sagte leise: »Warum können sie nicht einen anderen hinschicken?«

Evelyn beobachtete sie unglücklich, sie verstand die Frage nicht.

Celia fuhr fort: »Er hat so oft von Marrack gesprochen. Sie waren Freunde.« Sie biß sich auf die Fingerknöchel und sagte kläglich: »Verstehst du denn nicht? Nach dem Verlust von *Ganymede* und allem anderen . . .«

»Natürlich verstehe ich.« Evelyn starrte auf die Karte, sah aber nur das Markierungsfähnchen, wo ein einsames Geleitfahrzeug stand, der Wut der See und des Feindes preisgegeben. Die *Gladiator* mußte bereits auf dem Weg sein und das torpedierte Fahrzeug bei Anbruch der Morgendämmerung erreichen. »Marracks Schiff sollte, zusammen mit anderen, den Flugzeugträger in Sicherheit geleiten und dann versuchen, zum Konvoi zurückzukehren.« Evelyn warf einen Blick auf die beiden RAF-Offiziere. Selbst bis zu dieser Entfernung sollte die weiträumige Luftsicherung reichen, wenn die beiden Schiffe vom Tageslicht überrascht wurden.

Neben ihr nahm Celia von den Boten das letzte Bündel Funksprüche entgegen und wartete darauf, daß ihre Augen wieder trocken wurden. »Oh, David, ich liebe dich so sehr«, flüsterte sie.

Der diensttuende Offizier gab neue Zahlen heraus, und die Leitern fingen wieder an, sich zu bewegen. »An Kommodore: Jetzt sind mehr als zwanzig U-Boote in Ihrer Gegend.«

Naish klopfte sich auf die Taschen, hatte aber seine Zigaretten vergessen. Er stellte sich seinen hochgewachsenen Freund Vickers vor, wie dieser jetzt seine U-Jagd-Gruppe zu dem ostgehenden Konvoi lenkte. Dann fiel sein Blick auf die neueste weibliche Ergänzung der Operationszentrale: Konteradmiral Lanyons Tochter. Sie würde einen wirklich guten Fang abgeben für einen Burschen. Aber jetzt sah sie blaß und angestrengt aus, und ihm fiel plötzlich ein Gerücht ein, das er im Klub gehört hatte. Und als Celia auf den kleinen, isolierten Markierungspunkt H 38 starrte, wußte Kapitän Naish, daß es nicht nur ein Gerücht war.

Howard schob die Tür zum Kartenraum auf und erblickte Treherne und Rooke, die eifrig mit ihren Berechnungen beschäftigt waren. Draußen war es noch dunkel, mit tiefhängenden Wolken und einer Andeutung von Regen. Er hätte sich nicht erst in seiner Seekabine niederlegen sollen; das plötzliche Schrillen des Telefons war dann immer viel schlimmer.

»Keine weiteren Funksprüche, Number One?«

»Nein, Sir.« Treherne sah den inneren Kampf, den Howard ausfocht.

»Na los, ich bin kein Gedankenleser!«

Rooke zeigte mit dem Stechzirkel auf die Karte. »Fünfundzwanzig Grad West, fünfundfünfzig Grad Nord, Sir.«

»Ich gehe nach oben.« Howard knöpfte seinen Dufflecoat zu. »Bis ich oben bin, möchte ich Kurs und ETA haben. Ich rede dann ein Wort mit dem Chief.«

Er zog die Tür hinter sich zu und lehnte sich einen Augenblick gegen den feuchten Stahl, während er versuchte, sich zu beruhigen.

Auf der anderen Seite der Tür sagte Treherne: »Nehmen Sie's nicht tragisch, N. O. Er wollte Ihnen nicht den Kopf abreißen. Aber der Skipper der *Tacitus* war hier an Bord mein Vorgänger. Ein Freund von ihm, sozusagen ein Familienmitglied.«

Auf der oberen Brücke hängte Howard das Telefon wieder ein und lauschte dem regelmäßigen Stampfen der Maschinen. Er hörte Rooke und Treherne an dem behelfsmäßigen Kartentisch miteinander sprechen, wo sie die Berechnungen des Navigationsoffiziers auf die Karte übertrugen.

Rooke sagte: »Neuer Kurs ist zwo-vier-fünf, Sir.«

Howard blickte auf Trehernes Silhouette. »Dann gehen Sie auf den neuen Kurs. Umdrehungen für zwanzig Knoten. Die See ist zwar ziemlich ruhig, und wir sollten nicht sehr zur Kehr gehen, aber es ist wohl besser, wenn Sie vorher unten in den Decks Bescheid sagen.«

»Jawohl, Sir.« Die Freiwache würde dort unten gerade ihr

Abendbrot essen; wenn die *Gladiator* drehte und mit der Fahrt heraufging, gab das unangenehme Stöße.

Rooke sagte vorsichtig: »Geschätzte Ankunftszeit wird etwa sechs Uhr morgens sein, Sir. Bei guter Sicht also schon Tageslicht.«

»Danke.« Howard spürte Rookes Ärger, aber er berührte ihn nicht. Früher hätte er sich sofort für das unfaire Anknurren eines Untergebenen entschuldigt. Aber diese Zeit war vorbei. Morgen würden sie möglicherweise Jagdschutz bekommen – oder auch nicht. Zwei große Konvois passierten einander, mit wichtigen Nachschubgütern und weiteren Truppen, um die Siege in Italien und sonstwo zu festigen.

Aber in diesem Augenblick gab es nur zwei Schiffe, die Howard interessierten. Marrack war sicherlich verzweifelt. Sein erstes Kommando, was er sich immer gewünscht hatte. Doch die gemeldete Position der Korvette war ziemlich unbestimmt. Man hatte niemals genug Zeit, wenn die Hölle über einen hereinbrach.

Howard beobachtete das Ansteigen der schäumenden Bugsee und den Gischt, der gegen das gläserne Brückenkleid peitschte. Ein Glück, daß sie als letzter von dem Flottentanker Treibstoff übernommen hatten, sonst wäre wahrscheinlich jetzt ein anderer unterwegs zu dem kleinen, im Südwesten auf der Karte eingezeichneten Kreuz.

Treherne trat neben ihn. »Keine weiteren Funksprüche, Sir. Sie halten wohl die Frequenz frei für taktische Anweisungen.« Er sagte das in sachlichem Ton, aber Howard spürte, daß er genauso verbittert darüber war wie er selbst.

Unerwartet wechselte Treherne das Thema. »Ich habe eine private Neuigkeit, Sir. Als wir das letzte Mal im Hafen lagen, erfuhr ich, daß der Mann meiner Verlobten ums Leben gekommen ist.« In der Dunkelheit hörte man ihn lachen. »Er war anscheinend völlig besoffen und wurde von einem Panzer überfahren.«

Howard starrte ihn an. Dieses Lachen über einen Toten –

war sein Erster auf dem Weg, verrückt zu werden? »Werden Sie jetzt heiraten?«

»Bin noch nicht sicher, Sir. Meine erste Frau ist mir ja ausgerückt. Ich muß erst die gesetzliche Lage überprüfen.« Scharf fügte er hinzu: »Wenn dieser Schuft noch einmal die Hand gegen sie erhoben hätte, hätte ich ihn selbst umgebracht!«

Howard legte den Kopf auf die Arme und spürte ein überwältigendes Verlangen nach Schlaf. Aber ihm war klar, daß dann nur schreckliche Alpträume auf ihn warten würden. So sagte er nur: »Sehen Sie zu, daß Sie was Heißes zu trinken auftreiben. Es wird eine lange Nacht.«

Howard knöpfte den Kragen seiner Öljacke zu, als der Regen diagonal über die Brücke fegte. Er war so kalt, als wolle er daran erinnern, daß im Atlantik Herbst und Winter sehr früh kamen. Die Ausgucksleute waren schon wieder ausgewechselt worden, da sie durch das gleichmäßige Stampfen schnell ermüdeten. Das eintönige Ping des Asdic, das gelegentliche Getrappel der Geschützbedienung unter der Brücke, alles zeugte von nervöser Bereitschaft. Jeder Mann auf der *Gladiator* mußte jetzt allmählich bemerkt haben, daß sie sich mit jeder Umdrehung der Schrauben weiter und weiter von möglicher Hilfe entfernten.

Howard starrte auf die vorbeischießende See. Außer ihrer leuchtenden Bugsee konnte er lediglich die vorbeiziehenden Wellenkämme ausmachen.

Er sagte: »Wir bleiben nur mit einer Wache auf Gefechtsstation, Number One, aber ich möchte, daß beide Wachen an Deck sind und die Schotten geschlossen bleiben. Der Artillerieoffizier ist vom Wachegehen befreit – ich möchte, daß er jederzeit eine Leuchtgranate oder etwas Tödlicheres abfeuern kann. Er weiß auch, daß die leichten Maschinenwaffen in Bereitschaft bleiben sollen.« Howard wischte sich das Gesicht mit dem Handtuch, das er um den Hals trug, aber es war schon völlig durchnäßt. »Durch den Gischt wird die Sicht sehr schlecht sein.«

»Ich habe Radar und Asdic informiert, Sir.« Treherne zögerte. »Wir müssen mit dem Schlimmsten rechnen, Sir.«

»Ja.« Howards Stimme klang ruhig, war in dem Prasseln der Gischt kaum zu verstehen. »Ich bin mir darüber klar. Und Marrack wird bestimmt nicht mehr funken. Wenn sich in seiner Nähe noch ein U-Boot aufhält, und damit müssen wir rechnen, könnte es seine Signale auffangen.«

Er hörte Midshipman Ross in ein nervöses Husten ausbrechen, das er nicht unter Kontrolle bekommen konnte. Das war schon öfter passiert, aber seit dem Verlust von *Ganymede* und *Mediator* schlimmer geworden. Howard hatte mit Dr. Moffatt darüber gesprochen, und der Arzt hatte ärgerlich erwidert: »Wenn Sie wollen, rede ich mit Ross, Sir. Irgendein Idiot im Lazarett muß wirklich blind und taub gewesen sein, dieses Kind so kurz nach dem Untergang seines Schiffes schon wieder zur See zu schicken. Er ist nur noch ein nervöses Wrack.«

Howard rief in die Dunkelheit: »Kommen Sie her, Ross!«

Der Midshipman tastete sich über die schlüpfrigen Grätings und wartete stumm in der Dunkelheit.

»Ich brauche jetzt all meine erfahrenen Offiziere. Ich habe Ayres nach achtern geschickt zum Buffer und seinem Wasserbombentrupp. Gehen Sie hinunter und helfen Sie ihm.« Er machte eine Pause. »Ich meine, Ross, Sie sollten nach unserer Rückkehr erst mal ein Landkommando bekommen. Sie haben schließlich Schlimmes hinter sich.«

Treherne schob sich ein Stück Schokolade in den Mund und wunderte sich, daß Howard sich jetzt mit Ross beschäftigen konnte.

Der Midshipman schüttelte im Dunkeln den Kopf. »Ich würde lieber nicht an Land bleiben, Sir.« Bedrückt fügte er hinzu: »Sie wissen, was dann passiert, Sir. Wahrscheinlich werde ich entlassen.«

Howard spürte die Verzweiflung des Jungen. Er hat recht,

das würden sie tun, dachte er. Es liegt an mir, ich muß da aufpassen.

»Gut, wir werden sehen. Jetzt gehen Sie nach achtern und helfen Ayres.«

Er hörte, wie Ross sich die Leiter hinuntertastete und sein Husten sofort zurückkehrte. Wie alt war er – achtzehn? Er wirkte wie einer der jungen Soldaten aus dem Ersten Weltkrieg, die Mr. Mills so oft beschrieben hatte.

Howard fragte sich, wie der Wiederaufbau seines Hauses in Hampshire wohl vorwärtsging. Auf alle Fälle hatte Mr. Mills dadurch etwas zu beaufsichtigen: eine Beschäftigung, die er jetzt bitter nötig hatte, da der Governor nicht mehr lebte. Howards Bruder hatte das Erbe abgelehnt, schließlich besaß er bereits ein eigenes Haus, obwohl Gott allein wußte, wo er das Geld für ein so großes Grundstück aufgetrieben hatte. Aber seine Frau Lilian besaß Geld und wußte genau, was sie für Robert wollte.

Der Regen peitschte sein Gesicht, sein Hals fühlte sich wund und aufgesprungen an. »Uhrzeit?«

Rooke rief sofort: »Fünf Uhr dreißig. Sir.« Das klang ein wenig unglücklich, als befürchte er, dafür getadelt zu werden, daß sie die Korvette noch nicht gefunden hatten.

Treherne schluckte den Rest Schokolade. Normalerweise hob er diese Ration für Joyce auf, aber im Augenblick hatte er das Gefühl, daß er alle Energie brauchte. »Bald wird es heller«, sagte er.

»Davon bin ich noch nicht überzeugt.«

Treherne knöpfte seinen Kragen zu. »Nun, der Wetterbericht ...«

»Radar – Brücke!«

»Hier Brücke!«

»Ich habe ein schwaches Echo in zwo-sechs-null, Entfernung zehntausend Meter.«

Treherne blickte aufs Tochtergerät. »Nichts zu sehen.«

Howard rief ins Sprachrohr: »Was halten Sie davon,

Lyons?« Er schob dem Radargast damit viel Verantwortung zu, aber er wußte, daß der Mann gut war.

»Ein kleines Schiff, Sir. Scheint stillzuliegen.«

Howard ließ das Sprachrohr los, das Blut rauschte in seinen Ohren. »Wir haben ihn gefunden!« Er trat an den Kompaß und rief: »Steuerbord zehn – mitschiffs – recht so!«

»Recht so, Sir.« Sweeny stand schon am Ruder, ohne daß er gerufen worden wäre. »Zwo-sechs-null liegt an, Sir.«

»Steuern Sie zwo-sechs-null.« Howard griff zum Maschinentelefon. »Chief? Hier spricht der Kommandant.« Er starrte in die Dunkelheit, sah aber Price dort unten deutlich vor sich, bei seinen rasenden Maschinen in der dampfenden tropischen Wärme. »Wir haben ihn gefunden. Ich möchte, daß Sie mit der Fahrt heruntergehen. Aber volle Umdrehungen für äußerste Kraft oder zweimal Stopp, sobald ich das befehle, klar?«

Er glaubte, Price unten kichern zu hören. »Ist das nicht genau das, was die Brücke immer erwartet, Sir?«

Treherne beobachtete, wie Howard ruhelos auf und ab ging, bis er zuletzt knurrte: »Sagen Sie dem A. O., was los ist.«

Etwas Ungewöhnliches schien von ihm Besitz ergriffen zu haben, eine Gereiztheit, die er bisher stets hatte verbergen können.

Bizley kam auf die Brücke. »Sir?«

Howard drehte sich nicht um. »Ich will Sie hier oben bei mir haben. Übernehmen Sie die Wache. Der N. O. wird Sie ins Bild setzen.«

Howard wandte sich Treherne zu und sah überrascht, daß er jetzt dessen bärtiges Gesicht erkennen konnte. »Endlich Tageslicht!«

Es war kaum mehr als ein verschwommenes Grau, am Horizont gingen Himmel und See übergangslos ineinander über. Nach längerem Schweigen meinte Howard: »Ich frage mich, ob ihr Radar noch funktioniert.«

Treherne antwortete nicht. Der Punkt auf dem Radarschirm konnte auch etwas anderes sein; oder vielleicht waren alle an Bord der Korvette schon tot.

Leutnant Rooke meldete sich zu Wort: »Ich bin auf Korvetten dieser Klasse gefahren, Sir. Ihre Radargeräte waren immer sehr zuverlässig.«

»Danke.« Aber Howard wußte, daß es bei der Detonation des Torpedos vielleicht beschädigt worden war. Auch sonst konnte sich inzwischen alles mögliche ereignet haben.

Treherne zupfte an seinem Bart, als der Rudergast meldete: »Keine Veränderung, Sir. Entfernung auf achttausend Meter verringert.«

Howard befahl: »Beide Maschinen langsame Fahrt voraus!« Sofort schienen die Bewegungen des Schiffes im Seegang heftiger zu werden, loses Gerät und Metallbecher klapperten.

»Umdrehungen sieben-null, Sir.«

Treherne schlug vor: »Wir könnten eine Leuchtrakete abfeuern, Sir. Dann wüßten wir es genau.« Er fragte sich, warum sie mit der Fahrt heruntergingen. Das verlängerte doch nur die Unsicherheit und erhöhte das Risiko. Howard sah ihn an, und Treherne überraschte die Intensität dieses Blicks. »Was ist, Sir? Kann ich was tun?«

Howard stieß gegen den Rücken eines Ausguckpostens, als er Treherne beiseitezog. »Sie werden denken, ich bin verrückt, Gordon.«

Treherne wartete mit angehaltenem Atem. Howard hatte ihn schon öfter mit Vornamen angesprochen, aber im Augenblick gefiel ihm der Ton nicht. »Sagen Sie's mir, Sir.«

Howard senkte die Stimme und spürte, wie sich seine Magenmuskeln zusammenzogen. Oder lag es an dem kalten Luftzug? »Ich glaube, bei dem Wrack liegt ein verdammtes U-Boot auf der Lauer.«

Treherne spürte sein Rückgrat zu Eis werden. Er wagte nicht zu sprechen.

»Es liegt getaucht, sonst hätte Lyon es im Radar schon aufgefaßt.« In Howards Kopf wirbelten die Gedanken. »Sagen Sie Asdic, er soll sein Gerät abstellen.« Er nahm die Mütze und fuhr sich mit den Fingern durchs Haar. Was war los mit ihm?

War es sein Instinkt, der ihn ein U-Boot ahnen ließ, weil er schon so lange mit dieser Gefahr lebte? Sicher lag es wie ein Hai auf der Lauer und wartete darauf, daß irgendein Schiff der Korvette zur Hilfe kommen würde. Dann konnte es die Zahl seiner Versenkungen auf zwei erhöhen.

»Sagen Sie Ayres, er soll einen vollen Satz Wasserbomben vorbereiten, Number One.« Howards Stimme wurde wieder förmlich. »Auch den Werfer. Ich will den Schuft diesmal erwischen!«

Der Lautsprecher des Artilleriesektors erwachte quietschend zum Leben. »Kein Ziel, Sir.«

»*Schiff*, Sir! Steuerbord voraus!«

Morgenlicht schimmerte durch die dicken Wolken und beleuchtete die Oberfläche der See, wo es sich in kleinen glitzernden Flecken spiegelte. Howard stützte die Ellenbogen auf den nassen Stahl und suchte mit dem Glas in der entsprechenden Peilung.

Treherne rief heiser: »Korvette! Da ist sie!«

Howard hielt sein Glas ruhig und musterte das kleine Fahrzeug, das deutlicher wurde und wieder verblaßte, je nachdem, wie die tiefhängenden Wolken darüber hinwegzogen.

Ihr Bug lag sehr tief im Wasser, und es schien ein Wunder, daß nicht alle Schotten längst gebrochen waren. Kein Qualm, aber das Schiff rollte merklich, wie es da durch die Wellentäler trieb.

Treherne fragte leise: »Was halten Sie davon, Sir?«

»Sie müssen uns schon gesichtet haben.« Im Geist sah er Marrack vor sich: Die Verzweiflung wich langsam der Hoffnung. Sie waren nicht mehr allein, ein Schiff, das sie gut kannten, eilte ihnen zu Hilfe. Aber Howard schüttelte den Kopf, als diskutiere er mit jemandem, den nur er sehen konnte.

»Rufen Sie ihn an, Signalmeister. Morsen Sie unsere Nummer.«

Bizley sagte übellaunig: »Die müssen ja blind sein!« Er hatte sich plötzlich an Marracks Scharfzüngigkeit erinnert.

Die Morselampe klapperte laut, während alle auf der Brücke die Umrisse des kleinen Schiffes anstarrten, als befürchteten sie, etwas zu verpassen.

Der Signalmeister beobachtete das langsame Blinken der Morselampe auf *Tacitus*, dann übersetzte er: »Kontakt in drei-drei-null!« Er schluckte und sah Howard an: »Gott segne Sie!«

Howard sprang nach vorn ans Brückenkleid. »Beide Maschinen äußerste Kraft voraus! Steuerbord fünfzehn! Steuern Sie drei-eins-null!« Er sah Treherne an, als die Alarmglocken wild durchs Schiff schrillten. »Angriff! Sagen Sie dem Asdic . . .«

Das Donnern der Detonation war betäubend. Als Howard auf die Gräting sprang, um bessere Sicht zu bekommen, sah er die mächtigen Wassersäulen wie ein müder Vorhang in sich zusammenfallen, während die dunkle See von fallenden Trümmerstücken übersät war.

»Asdic meldet: kein Kontakt, Sir.«

»Sie sollen weitersuchen!« Howard spürte, wie die See am Rumpf vorbeizischte, aber alles, was er sehen konnte, war der sich rasch vergrößernde Ölteppich und der Strudel mit Treibgut. Marrack hatte gewußt, daß das U-Boot lauerte, und hatte ihn gewarnt, obwohl er den Preis dafür kannte. *Gott segne Sie*! Ihm war, als höre er Marracks Stimme.

Die *Gladiator* fuhr zwei ausgedehnte Kreise, fand aber keinen Kontakt mehr. Der U-Boot-Kommandant mußte wohl sein Eckrohr für den letzten Torpedoschuß benutzt und dann Fersengeld gegeben haben; auf jeden Fall war er nicht mehr da. Als sie zu der Stelle zurückkamen, wo Marracks Schiff gesunken war, fanden sie lediglich zwei Überlebende. Bestimmt hatte Marrack all seine Leute an Deck gehabt, weit weg von dem bereits überfluteten Bug. Dies war nicht Krieg, sondern kaltblütiger Mord! Ein waidwundes Schiff hatte wie eine angebundene Ziege auf den Tiger gewartet.

Mittags erschien eine große viermotorige Liberator und setzte die Suche fort; aber auch sie verlief ergebnislos.

Howard stieg auf seinen Stuhl, als das Schiff mit der Fahrt herunterging. Es war eine Sache, zu sterben, aber eine völlig andere, diese Geste zu machen, von der Marrack genau gewußt hatte, daß sie die Überlebenschance seiner Besatzung verringerte. Doch ohne sie hätte jetzt die *Gladiator* neben ihm auf dem Meeresgrund gelegen.

Er bebte am ganzen Körper und merkte, daß er nicht die Kraft hatte, es zu unterbinden. Treherne trat neben ihn, als der Arzt auf der Brücke erschien. »Nun?« Er bemerkte, daß Dr. Moffat den Kommandanten betrachtete, schüttelte aber ärgerlich den Kopf. »Lassen Sie ihn, Doktor.«

Der Arzt blickte über die jetzt helle See. »Der eine Überlebende ist Signalgast. Fast noch ein Kind.«

Treherne musterte ihre eigenen Signalgasten, die noch völlig unter Schock standen und sich ansahen wie Fremde. »Sind sie das nicht alle?«

Howard schien sich aus seiner Verzweiflung zu lösen. »Ein Signalgast? Hat er was gesagt?« Bestimmt war er oben bei Marrack auf der Brücke gewesen.

Dr. Moffatt erwiderte: »Sie haben versucht, wieder zum Konvoi zu stoßen, nachdem sie dem beschädigten Flugzeugträger Geleit gegeben hatten. Dann, nach der Detonation, ist das U-Boot aufgetaucht und hat Feuer eröffnet. Das Funkgerät der Korvette wurde beschädigt, und sie blieb kaum schwimmfähig. Die Deutschen müssen wohl ihr SOS gehört haben ... Also blieben sie da und warteten. Die *Tacitus* hatte nach dem ersten Torpedotreffer viele Verwundete. Jetzt sind sie alle mit untergegangen.«

Howard drängte: »Was hat er sonst noch gesagt?« Ihm war klar, daß der Junge mehr wissen mußte.

Dr. Moffatt seufzte. »Als der Kommandant Ihren Morsespruch las, rief er: ›Mein altes Schiff. Ich wußte, daß er kommen würde!‹« Er beobachtete Howard unsicher, ob er fortfahren sollte. »Er ließ den Signalgast antworten – der Signalmeister war verwundet – und sagte danach: ›Jetzt habe ich uns alle erledigt.‹ Möglicherweise war es noch mehr, aber der Junge erinnert sich nicht daran. Er lag bereits im Wasser und wurde nach unten gesaugt, als er zu sich kam. Er erinnert sich auch nicht an die Detonation.«

Treherne bemerkte: »So ist es oft, Doc.«

»Kurs und Geschwindigkeit zur Gruppe.« Howard drehte sich in seinem Stuhl um und sagte: »Alles in Ordnung, Doktor, noch brauche ich die Männer in weißen Kitteln nicht.« Angestrengt blickte er noch einmal zurück, aber da war nichts mehr zu sehen. Nicht einmal eine Rauchspur.

»Signalmeister, geben Sie an den Funkraum: An Admiralität, gleichlautend an Oberbefehlshaber Westlicher Kanaleingang: *Tacitus* durch zweiten Torpedo gesunken. Kein Kontakt. Zwei Überlebende. Setzen Sie deren Namen ein, bevor Sie den Zettel abgeben.«

Dr. Moffatt sagte dumpf: »Nur einer, Signalmeister. Der zweite ist gestorben.«

Rooke rief ins Sprachrohr: »Steuern Sie null-neun-null. Umdrehungen eins-eins-null.« Und Sweeneys heisere Stimme: »Eins-eins-null Umdrehungen sind bestätigt, Sir.«

Howard beobachtete den großen Bogen ihres Kielwassers, als die *Gladiator* auf den neuen Kurs drehte. Als er wieder aufsah, war Dr. Moffatt verschwunden. Er sagte zum Ersten: »Lassen Sie die Leute essen, Gordon. Dann gehen Sie bitte selbst durchs Schiff. Sie wissen, was da zu tun ist.«

Treherne war bereits im Begriff zu gehen, aber irgend etwas ließ ihn noch einmal zu dem hohen Stuhl zurückkehren.

Howard starrte ihn an, und seine Augen schimmerten naß, als er flüsterte: »›Jetzt habe ich uns alle erledigt‹. Das werde ich nie vergessen.«

Treherne klopfte ihm auf den Arm und sagte: »Und *Sie* haben uns alle gerettet. Bitte vergessen Sie das ebenfalls nicht, Sir.«

Howard nickte langsam. »Danke.« Ein paar Sekunden sah er Treherne an, als suche er etwas. Schließlich fügte er hinzu:

»Ich werde nachher über den Lautsprecher zur Besatzung sprechen. Aber jetzt brauche ich . . .«

»Ich weiß.« Treherne trat zurück. Noch nie hatte er so zu einem Kommandanten gesprochen. Aber er kam nicht darüber hinweg: Es war wie damals – Howard hatte es wieder gewußt. Die meisten Kommandanten wären dem torpedierten Schiff sofort mit Höchstfahrt zu Hilfe geeilt, ohne etwas anderes zu sehen. Dann wäre es vermutlich auch für sie zu spät gewesen.

Zu Bizley sagte Treherne streng: »Sorgen Sie dafür, daß der Kommandant nicht gestört wird, klar?«

Der Oberleutnant sah ihn fragend an: »Ist was nicht in Ordnung mit ihm, Number One?«

Treherne warf einen Blick auf die sich entfernende Gestalt in Ölzeug und zischte: »Denken Sie daran, mein Junge: Ohne den Kommandanten wäre Ihnen soeben der Arsch abgeblasen worden.« Er bemerkte die plötzliche Angst in Bizleys Augen. »Schreiben Sie sich das gefälligst hinter die Ohren!«

Dr. Moffatt saß am Abend unbeweglich in der Messe, als Treherne eintrat und das Wasser von seinem Ölzeug schüttelte. »Ich habe an unseren Midshipman gedacht, Number One. Er wird vielleicht durchhalten, ohne an Land zu müssen.« Dann sah er von dem alten Magazin auf, in dem er geblättert hatte. »Stimmt was nicht?«

»Vergessen Sie Midshipman Ross, Doktor.« Treherne warf einen Blick auf die Pantryluke. »Jetzt könnte ich einen Drink gebrauchen. Das Schlimme ist nur – ich könnte dann wahrscheinlich nicht mehr aufhören, und es sind noch drei Tage bis Liverpool.« Er blickte zu Boden. »Ich bin durch das ganze Schiff gelaufen, Doc. Ross ist nicht mehr an Bord.« Als er die Überraschung auf Moffatts Gesicht bemerkte, fuhr er fort: »Es wäre sinnlos, umzudrehen und nach ihm suchen zu wollen. Außerdem haben wir Befehl, bei Helligkeit zur Gruppe zu stoßen.«

»Haben Sie's dem Kommandanten schon gemeldet?«

»Ich bin im Begriff.« Treherne starrte nach oben, als könne er die Brücke sehen. »Das kann ihm den Rest geben.«

»Warum hat Ross das getan? Selbstmord?« Im Geist überflog Moffatt die Personalakte. »Hatte er Angst vorm Tod?«

Die See brach über das Achterdeck und strömte auf der Gegenseite mit lautem Gurgeln in den Wassergraben ab.

»Er hat den Willen verloren, ihn noch länger zu bekämpfen, Doc.« Treherne stapfte aus der Messe und dachte plötzlich an Howards Worte: Das werde ich nie vergessen . . .

Die nächsten Angehörigen sind benachrichtigt.

6 *Neun Tage Urlaub*

David Howard schlug den Kragen seines blauen Mantels hoch und schritt unsicher aus der kleinen Bahnstation. Der Zug war ungeheizt gewesen, und ihm kam es so vor, als habe er den ganzen Tag gebraucht, um die achtzig Meilen von Liverpool nach Norden zu reisen.

Es war schon dunkel, und alles wirkte sehr fremd. Ein eigenartiger Geruch lag in der Luft, der seiner Meinung nach von dem großen See herrührte.

Er hatte keinerlei Gefühl für Ort und Richtung, was kaum überraschend war, denn jeder einzelne Muskel und Knochen in seinem Körper protestierte lebhaft. Jetzt, nach seiner Ankunft im Lake District, war er keineswegs mehr sicher, ob es richtig war, was er tat; vielleicht hatte Celia es nur vorgeschlagen, weil sie Mitleid mit ihm hatte.

Er dachte an das Treffen mit Captain Vickers nach ihrem Einlaufen. Ihm war der Ernst in dessen Ton aufgefallen, der ihm völlig neu war.

»Sie dürfen sich nicht alles selbst anlasten, David«, hatte er gesagt. »Das hat Sie natürlich mitgenommen, aber ich kann mir kein schwaches Glied in meiner Gruppe leisten. Sie sind mein bester Kommandant, Ihr Führungstalent ist unübertroffen, und ich mache kein Geheimnis aus der Tatsache, daß ich Sie zur baldigen Beförderung vorgeschlagen habe. David, es kann jeden von uns erwischen, jeder könnte der nächste sein – gerade Sie sollten das am besten wissen!«

Howards Gedanken waren wieder zu Marrack abgeschweift, aber schließlich hatte er geantwortet: »Ich bin in Ordnung, Sir, und werde Sie bestimmt nicht im Stich lassen.«

»Darauf verlasse ich mich.«

Hatte ihn Vickers wirklich verstanden, oder würde er auf einer Versetzung bestehen? Oder, noch schlimmer, auf einer Landstelle, wo er als abgetakelter Veteran grüne Rekruten unterrichten mußte?

Vickers fuhr unbeirrt fort: »Ich wollte Ihnen einen Urlaub vorschlagen und einen anderen Kommandanten an Ihre Stelle setzen.« Er hob die riesige Hand, um Howards Protest zu ersticken. »Natürlich nur vorübergehend. Mir ist klar, daß Sie sich sonst für diese Idee nicht erwärmen können.«

»Die *Gladiator* ist mein Schiff, Sir.« Er war selbst überrascht über die Verzweiflung in seiner Stimme. »Ich möchte sie nicht als Geschlagener verlassen.«

Vickers hatte genickt und seine Pfeife angezündet. »Verstehe. Früher war ich genauso. Aber Tatsache ist, meine *Kinsale* steht heran zur Kesselreinigung und Radarüberholung. Ich habe es schon mit dem Chef des Stabes besprochen.« Seine Augen blitzten durch den dichten Pfeifenqualm. »Würden Sie die *Gladiator* Ihrem eigenen Gruppenchef anvertrauen, sagen wir, für zehn Tage?«

Da war es Howard klar, daß es zu dem Vorschlag keine Alternative gab.

»Außerdem wird es Ihrer Besatzung vielleicht ganz gut tun, eine Zeitlang das Führerschiff zu sein.«

Somit war die Sache geregelt.

Er hatte Celia von der Werft aus angerufen und war überrascht, als sie das Häuschen erwähnte, das dem Vetter ihrer

Freundin gehörte. Ihre Stimme klang atemlos, aber es war ohnehin eine schlechte Telefonverbindung. Sie hatte ihm wenig Zeit zum Überlegen gelassen, weil sie ihm sofort eifrig alle Einzelheiten bezüglich der Verpflegung, der Lage und der Reiseroute erklärte. Dann schloß sie mit den Worten: »Ich möchte dich so gern wiedersehen! Ich bin fast krank vor Sehnsucht nach dir. Und mach dir keine Gedanken über alles – komm so rasch wie möglich in die Kate, ich bin dort und warte auf dich.«

Er hatte protestieren wollen, sie daran erinnern, was die Leute sagen würden. Aber sie mußte seine Gedanken erraten haben. »David, ich kümmere mich nicht um andere Leute. Ich möchte nur, daß wir zusammen sind, fern vom Krieg . . .«

Aber das war damals gewesen. Vielleicht war sie jetzt nicht mehr so sicher.

Zwei abgedunkelte Lichter näherten sich, und ein alter Wagen rollte auf den Parkplatz. Eine Gestalt in weitem Regenmantel kletterte heraus und schüttelte ihm die Hand.

»Mein Name ist Major, Tom Major. Meine Cousine hat mich gebeten, das Haus für Sie ein bißchen herzurichten.« Er hob Howards Gepäck in den Kofferraum und fügte hinzu: »Es ist verdammt kalt für Oktober, aber Sie werden es warm genug haben. Ich nutze das Haus sonst nur im Sommer.« Er drehte sich um und musterte Howards Gesicht im schwachen Licht der verdunkelten Scheinwerfer. »Willkommen in Windermere.«

Howard fragte sich, wie viele Leute wohl sonst noch über ihn und Celia Bescheid wußten. Sicherlich würde es heimliche Rippenstöße und Augenzwinkern geben. Er setzte sich auf den Beifahrersitz und sah das Arztabzeichen an der Windschutzscheibe. Das erklärte, woher Major sein Benzin hatte.

»Es ist nicht weit, nur ein bißchen außerhalb. Wo kommen Sie her, David?«

»Aus Hampshire.«

Der Mann grinste. »Marinefamilie, wie?«

Howard nickte und beobachtete, wie die schwarzen Bäume

vorüberglitten. Es war keine Gegend für einen ungeübten Fahrer.

»Kürzlich auf See gewesen?«

Howard versuchte sich zu entspannen. Seine Cousine hatte Major also nicht viel über ihn erzählt. »Ja. Größtenteils Konvoidienst.«

Er wollte keine Unterhaltung über seine Einsätze, aber ihm war klar, daß der Mann nicht neugierig war, sondern nur versuchte, freundlich zu sein.

Er fragte: »Sie sind Arzt?«

»Im Augenblick der einzige hier. Die anderen sind entweder an der Front oder helfen in den Lazaretten aus. Das ist mir nur recht, läßt mir nicht viel Zeit zum Nachdenken.« Er bremste abrupt und hielt. »Mein Bruder wurde über Deutschland abgeschossen, und mein Sohn kann es gar nicht abwarten, zu den Streitkräften zu stoßen, bevor der Krieg zu Ende ist, wie er es formuliert.« Er wandte sich ihm zu und sah ihn an, aber sein Gesicht blieb im Schatten. »Sagen Sie mir, lohnt es sich wirklich? Werden wir siegen?«

Howard versuchte zu lächeln, dachte aber an den einzigen Überlebenden von Marracks Schiff, dieses halbe Kind. »Wir müssen siegen, sonst war alles vergebens.«

Er kurbelte das Fenster herunter und spürte die feuchte Luft im Gesicht. Es war nicht der bitterkalte Wind des Nordatlantiks mit seinem Geruch nach Salz und Diesel, sondern eine saubere, frische Brise. Kein Wunder, daß der Doktor Windermere liebte. »Sonst wäre hier alles zu Ende. Es wird ohnehin nie mehr dasselbe sein, aber wenigstens gehört es dann immer noch uns.«

Dr. Major legte den Gang ein und fuhr an. Die Straße hier war noch schmaler als die in Hampshire, wo die Bomben heulend eingeschlagen hatten. Den Blick nach vorn gerichtet, sagte er: »Wenn Sie mich brauchen, meine Nummer steht am Telefon. Ich glaube, Sie haben beide schwere Zeiten hinter sich.« Er schüttelte den Kopf. »Ich bin nicht neugierig, aber wenn Sie mich brauchen, komme ich sofort.«

»Besten Dank. Tut mir leid, daß ich ein bißchen zugeknöpft bin.« Howard dachte an Treherne und fragte sich, wie der Erste wohl mit Vickers auskommen würde.

»Hier ist es. Achten Sie auf die Pfützen. Der See ist dort drüben. Bei Tag können Sie ihn sehen.«

Nach dem Ausladen des Gepäcks standen sie einen Augenblick nebeneinander und betrachteten die quadratischen Umrisse der Kate. Howad glaubte, aus dem niedrigen Schornstein Rauch aufsteigen zu sehen.

Schließlich hielt ihm der Doktor die Hand hin. »Ich kann Ihnen leider den Wagen nicht überlassen, aber im Schuppen stehen zwei alte Fahrräder.«

Howard sah ihm nach, als er davonfuhr, dann wandte er sich um und ging langsam auf die Haustür zu. Noch bevor er sie erreichte, wurde sie aufgerissen, und Celia lag in seinen Armen. Ihr Haar streichelte seine Wange, während sie ihn an sich drückte. Dann nahm sie seine Hand und führte ihn ins Haus.

Im Kamin brannte ein mächtiges Holzfeuer, und der ganze Raum machte einen ausgesprochen bewohnten Eindruck. Alles war sauber und ordentlich. Schatten tanzten flackernd über die Wände.

Howad zog seinen Mantel aus und warf seine Mütze auf einen Stuhl.

»Laß dich ansehen!« Sie trug einen weißen Rollkragenpullover und eine dunkle Seemannshose. Er hielt sie von sich ab und betrachtete sie wohlgefällig, dann küßten sie sich zum ersten Mal. »Ich hätte nie geglaubt, daß dies wahr werden kann. Wahrscheinlich werde ich aufwachen und merken, daß alles nur ein Traum ist.«

Sie kniff ihn zart in den Arm. »Siehst du? Ich bin es wirklich!«

Ihre Augen leuchteten, ihre Wangen glühten, und das nicht nur vom Widerschein des Feuers. Er bemerkte, daß sie ihren Trauring trug. Sie sah seinen Blick und nahm ihn ab. Wie ein schuldbewußtes Kind, dachte er, aber in ihrer Stimme war nichts Kindliches, als sie ihm erklärte: »Den hab' ich mir geborgt, es ist nicht seiner. Manche Leute hier herum sind – nun, du weißt ja ...« Sie nahm ihn wieder in die Arme, vermied aber, ihn anzusehen. »Jedenfalls sind wir hier ganz allein. Das ist unser Haus für ...«

»Neun ganze Tage.« Er versuchte, nicht daran zu denken, daß die *Gladiator* ohne ihn auslief und Vickers, der alte Zerstörerfahrer, auf seinem Stuhl saß. Möglicherweise genoß er jede einzelne Minute. Er machte kein Geheimnis aus der Tatsache, daß er die modernen Zerstörer nicht leiden konnte und für völlig übertakelt hielt.

Celia führte ihn zum Tisch, den sie mit buntem Herbstlaub und Farn geschmückt hatte. »Der Champagner liegt auf Eis ...« Sie spürte seinen Unglauben. »Zu *etwas* ist es doch nütze, die Tochter eines Admirals zu sein!«

Sie umarmten sich wieder, ein wenig verlegen, als wüßten sie nicht, was als nächstes geschehen sollte.

Schließlich sagte sie leise: »Du kannst baden – es ist alles ein bißchen vorsintflutlich hier, aber es funktioniert. Zieh' erst mal die Uniform aus, dann werde ich dir ein Essen servieren, an das du dich lange erinnern sollst.« Sie hielt ihn auf Armeslänge von sich ab und lächelte ihn an; seine stumme Dankbarkeit brach ihr beinahe das Herz. »Bitte hör' auf, dich um mich zu sorgen, und denk' endlich mal an dich selbst. Ich hab' dir gesagt, ich bringe allen nur Unglück und daß ich das alles nicht noch einmal durchmachen möchte ... Jetzt bin ich mir nicht sicher ...«

Er legte ihr leicht die Hand auf den Mund. »Nicht, Celia. Ich liebe dich und möchte dich für mich allein haben – was auch kommt. Du sollst nur bei mir sein, mehr nicht.«

»Ich muß neues Holz aufs Feuer legen.« Als sie sich bückte, sagte sie leise: »Weißt du, David, es ist ganz plötzlich über mich gekommen, an dem Tag, als für dich so Schreckliches passierte. Ich *möchte*, daß du mich liebst. Ich glaube auch nicht, daß es verworfen oder wegen des Krieges sinnlos ist. Ich muß es schon seit dem Tag gewußt haben, als ich dir von Jamie und mir erzählte, ohne einen Gedanken daran zu verschwenden, was du selbst gerade durchgemacht hattest.«

Er trat hinter sie und legte ihr die Arme um die Taille, während beide in das flackernde Feuer starrten.

»Ich weiß nicht, was ich gemacht hätte, wenn ich dich nicht gefunden hätte.« Er streichelte sie und spürte, wie sie sich versteifte. »Ich würde dich niemals verletzen.«

Sie richtete sich auf und sah zu, wie er seine Jacke abnahm und sie über einen Stuhl warf. »Sie sind nicht sehr korrekt gekleidet, Commander.«

Ihre Blicke trafen sich, und jeder von ihnen wußte, daß es kein Zurück mehr gab, selbst wenn sie gewollt hätten.

Celia ging ins Nebenzimmer und ließ die Tür angelehnt. Ihre nackten Füße glitten lautlos über den Teppich, vor dem Fenster sah sie die scharfen schwarzen Umrisse der Bäume. Das helle Mondlicht ließ den Himmel im Vergleich dazu beinahe weiß erscheinen.

Langsam ging sie an dem Tisch vorbei, an dem sie gegessen, geplaudert und sich gegenseitig zu finden versucht hatten. Die Champagnerflasche stand leer in ihrem Kübel, das Eis des Doktors war längst zu lauwarmem Wasser geworden. Sie hatten mehr übriggelassen als gegessen, dafür hatte ihre Nervosität gesorgt. Jetzt stand sie ganz still vor dem großen Kamin und streckte die Hände, Wärme suchend, der glühenden Asche entgegen.

Sie hatte David an sich gezogen und versucht, ihn zu beruhigen, als er im Schlaf aufgeschrien hatte. Sie verspürte einen Stich der Eifersucht, bis sie sich daran erinnerte, daß der Name Ross, den er gerufen hatte, der des vermißten Midshipman war und nicht der einer anderen Frau.

War das Jamies Problem gewesen? Daß ihm der Krieg schon zu lange dauerte, daß er ihn beenden wollte, auf die einzige Art, die er kannte? Sie war überrascht, daß sie jetzt an ihn denken konnte, ohne Schuldgefühle, lediglich mit milder Neugier.

Nachdenklich nahm sie einen Schal vom Sofa, legte ihn um und blickte durchs offene Fenster auf die arktisch anmutende Landschaft. Blau glitzerte das Mondlicht auf dem See. Celia erschauerte, als ein Fuchs im Unterholz sein Bellen ertönen ließ, und zog den Schal fester um ihre Schultern.

Dann versuchte sie sich klar zu werden, was mit ihr geschehen war. Jamie war immer so heftig gewesen und mehr darauf aus, sie zu besiegen, als sie zu verführen. Plötzlich dachte sie an ihre tote Freundin Jane, die ihr mehr als einmal gesagt hatte, der Höhepunkt sei das wirkliche Entzücken beim Zusammensein. Das vollständige Ineinander-Aufgehen. Kein Wunder, daß ihr Vater Jane immer für ein Flittchen gehalten hatte.

Celia hatte diesen Höhepunkt noch nie erlebt. Auch nicht in dieser Nacht, als David sie in den Armen gehalten hatte. Er war sanft und vorsichtig, wie sie es auch von ihm erwartet hatte, aber sie hatte einen leichten Schmerz gespürt und über seinen Schultern die Fäuste geballt, damit er nichts merkte oder sich hinterher selbst tadelte. Es war schon so lange her, seit . . .

Sie streichelte ihre Brüste durch das dünne Nachthemd, wie er es getan hatte, strich über ihre Hüften und die glatte Haut, wo sie seine Hände gespürt hatte. Er war unmittelbar danach eingeschlafen, und mehrere Stunden lang hatte sie ihn in den Armen gehalten, ihn beruhigt, wenn seine Alpträume ihn quälten, und gebetet, daß er nichts bedauern möge.

Sie erschauerte, und doch war ihr nicht kalt. Ihr war, als höre sie seine Stimme.

Sie trat an den Tisch und suchte im Dunkeln nach dem Cognac, den sie unberührt gelassen hatten. Er brannte wie Feuer in ihrer Kehle. Da warf sie den Schal beiseite; unsichtbare Hände trieben sie zu ihm zurück.

Der Raum war voller Mondlicht. Jenseits des Bettes sah sie sich selbst in dem altmodischen Garderobenspiegel, neben dem ihre beiden abgelegten Uniformen hingen wie etwas Fremdes. Sie hörte, daß er sich rührte, daß sein Atem sich beschleunigte, hielt aber den Blick auf ihr Spiegelbild gerichtet, während sie langsam das Nachthemd über den Kopf zog und es auf einen Stuhl warf.

In dem kalten Licht schien ihr nackter Körper mit den schönen, aufrechten Brüsten zu glänzen wie eine Marmorstatue. Sie flüsterte: »Du bist mein Mann, David.« Dann kniete sie sich aufs Bett und nahm seine Hand. »Und ich bin dein, solange du willst.«

Sein Gesicht lag im Schatten, als er erwachte, aber sie spürte sofort sein Verlangen nach ihr und zog seine Hand dorthin, wo er sie vorher berührt hatte. Sie blieb passiv, aber ihr Verlangen nach ihm wuchs, bis es alles andere hinwegfegte. Sie lagen sich in den Armen, die Beine verschlungen, während sie einander streichelten und küßten. Plötzlich rief sie: »Nimm mich, David! Nimm dir alles, was du dir so sehr gewünscht hast ...« Die Stimme versagte ihr, als er sie vorsichtig auf den Rücken drehte.

Draußen verhallte das Bellen des Fuchses ungehört.

Viele Meilen entfernt von der einsamen Kate schob Oberleutnant Lionel Bizely zwei Marineinfanteristen beiseite, betrat die Telefonzelle und zog die Tür hinter sich zu.

In einer Stunde sollte die *Gladiator* auslaufen, und wenn der schreckliche Captain Vickers entdeckte, daß er noch an Land war, würde es für ihn unangenehm werden. Es ging aber das Gerücht, daß nach dem nächsten Einsatz Urlaub gewährt werden solle, und zwar mindestens zwei Wochen. Dies wollte er unbedingt Sarah Milvain mitteilen. Wenn er Glück hatte, wurde er vielleicht in ihr Haus nach Mayfair eingeladen.

Ein Haus in Mayfair! Nach Bizleys spießbürgerlicher Meinung war das etwas zwischen High Society und Hollywood. Er hatte bereits versucht, seine eigene Herkunft ein wenig aufzupolieren, um sie für Sarahs Eltern, besonders für den General, wenn er zufällig dasein sollte, ein wenig ansprechender zu machen. Er wollte seinen Vater als Bankier in der City ausgeben. Das war natürlich ein Witz, wenn er an die schäbige kleine Bankfiliale dachte, in der sein Vater den größten Teil seines Lebens als Kassierer gearbeitet hatte. Seine Mutter war unerhört stolz darauf, daß ihr Sohn ein »richtiger« Offizier war, besonders seit er den Orden erhalten hatte. Sie würde staunen, wenn er ihr erzählte, daß er nach Mayfair eingeladen war.

Durchs Glas sah er den Quartermeister, einen leeren Postsack über dem Arm, langsam zur Werft zurückgehen. Dieser Anblick machte Bizley nervös und trieb ihn zur Eile. Er fluchte ungeduldig, als das Telefon unter seinem Griff rasselte und klickte.

Dann hörte er Sarahs Stimme. Er war erleichtert, daß sie es war und nicht ihre Mutter.

»Ich bin es, Lionel!« Er musterte die Schlange vor der Telefonzelle. »Sagen Sie nichts, Sarah, sonst werden wir womöglich unterbrochen.«

Ihre Stimme klang überrascht und weit entfernt. »Ich habe gehofft, daß Sie anrufen würden.«

Bizley betrachtete sich in dem kleinen Spiegel unter der gedruckten Anweisung, die einen darüber informierte, was im Fall eines Fliegeralarms zu tun war. Er sagte: »Ich bekomme demnächst Urlaub und habe mich gefragt . . .« Sie mußte vom Hörer weggetreten sein, um irgendwo eine Tür zu schließen. Er wurde rot bei dem Gedanken, daß jemand mithören könnte.

»Entschuldigen Sie, Lionel, da bin ich wieder.« Sie räusperte sich und fuhr fort: »Urlaub, sagten Sie? Wie schön für Sie.«

Es war nicht ganz das, was er erwartet hatte.

»Ist irgend etwas nicht in Ordnung? Geht es Ihnen gut?«

Sarah antwortete: »Ich habe nur nachgeschaut, ob meine Mutter nicht zuhört. Sie ist ein bißchen aufgeregt.«

»Tut mir leid. Bitte bestellen Sie ihr meine besten Grüße und sagen Sie ihr, ich bin noch heil und unverletzt. Ich freue mich darauf, sie kennenzulernen.«

»Ein Mann hat sie aufgesucht.« Sein Süßholzraspeln war unbeachtet geblieben.

»Was für ein Mann?«

Irgend jemand klopfte mit einem Geldstück ungeduldig gegen das Glas, aber Bizley starrte zurück und schüttelte den Kopf.

Er wiederholte seine Frage, bis Sarah erwiderte: »Sie will es mir nicht sagen, aber es war irgendein Offizieller. Ich habe ihn eingelassen, er kam von der Admiralität. Mutter war hinterher sehr aufgeregt. Anscheinend hat er ihr eine Menge Fragen gestellt über Greg – seinen Tod und andere Dinge.« In ihrer Stimme war jetzt ein Schluchzen. »Warum können sie uns nicht in Ruhe lassen? Er hat sogar den armen Andy erwähnt.«

Irgendwo erklang das traurige Heulen einer Luftschutzsirene. Bizley starrte weiter in den Spiegel und in seine eigenen Augen, die plötzlich in ungläubiger Sorge weit aufgerissen waren. »Vielleicht wollte er nur seine Akten vervollständigen.« Aber innerlich schrie es in ihm: *Sie argwöhnen etwas*! Jemand wollte anscheinend herausfinden, was sich wirklich abgespielt hatte.

Rasch sagte er: »Ich rufe wieder an. Muß jetzt gehen. Seien Sie vorsichtig ...«

»Aber es ist doch alles in Ordnung, Lionel, oder? Diese Leute halten doch nichts vor uns geheim – das würden Sie doch sicherlich wissen?« Sarah redete noch, als er vorsichtig auflegte und hinaustrat ins Dunkel.

Es bestand kein Grund zur Sorge, sagte er sich. Sie hatten seinerzeit seinen Bericht entgegengenommen, ohne die geringsten Zweifel zu äußern. Und die beiden anderen Überlebenden hielten sich bestimmt heraus. Trotzdem, als er die Gangway der *Gladiator* erreichte, schwitzte Bizley so stark, als sei er den ganzen Tag gerannt.

Der wachhabende Unteroffizier und der Posten Gangway lungerten an ihrem Pult herum, und Bizley schnauzte: »Stehen Sie gefälligst auf! Und bringen Sie Ihre Uniform in Ordnung, sonst melde ich Sie dem Ersten Offizier zum Rapport!« Aber auch das verschaffte ihm keine Befriedigung.

Der Unteroffizier rückte seine Mütze zurecht und murmelte: »Und ich hatte gehofft, er würde tot umfallen, Bill.«

Der Posten grinste. »Er hat wohl schnell noch einen weggesteckt. Mir tut bloß die arme Nutte leid!« Nun lachten sie beide.

In seiner Kammer kniete Bizley nieder und zog eine Flasche mit Wodka aus dem Spind. Er mochte das Zeug nicht, hatte aber gehört, daß man es nicht am Atem roch. Er holte sein Zahnputzglas und goß es halb voll.

Es schien zu wirken.

Sei nicht ein solcher Narr, sagte er sich. Niemand weiß es. Du mußt nur die Nerven behalten. Er berührte das blau-weiße Ordensband an seinem Jackett und nahm noch einen Schluck.

Über den Lautsprecher rief die Stimme des Bootsmannsmaaten der Wache: »Seeposten auf Stationen! Backbordwache klar vorn und achtern!«

Bizley stand auf. Das war schon mehr nach seinem Geschmack: forscher Dienst. Er würde es ihnen allen zeigen!

David Howard lag auf dem Rücken und starrte zur Decke. Er roch Holzfeuer und noch etwas anderes – gebratenen Speck. Er hatte gut geschlafen, ohne Alpträume oder Schuldgefühle, und beim Aufwachen lag sie friedlich in seinen Armen. Sie liebten sich erneut, und keiner von ihnen dachte an die letzten vier Tage, die ihnen noch blieben.

Die Tür ging auf, und da stand sie und sah ihn an. Sie trug seine Pyjamajacke und sonst nichts, nicht einmal Pantoffel. So hatte sie das Frühstück bereitet, oder war es schon Lunch?

»Wir machen heute wieder einen schönen langen Spaziergang.« Sie trat ans Bett und betrachtete ihn mit einer Zärtlichkeit, die sie früher nie gekannt hatte. »Aber zuerst sollten wir essen. Es gibt Spiegeleier mit Speck, eine Zuteilung, die wir nicht verfallen lassen dürfen.«

Er rollte sich zur Seite und hielt sie fest, seine Hand schlüpfte unter die Schlafanzugjacke und streichelte sie. »Du bist wirklich schamlos.« Er zog sie hinunter aufs Bett. »Und trotzdem liebe ich dich!«

Sie blickte ihm in die Augen, während er die Jacke aufknöpfte; seine Hand bewegte sich wie ein unabhängiges Wesen, das sie erneut erregte. Er hatte ihr viel vom Krieg erzählt, und je mehr er darüber sprach, wenn sie nach ihren Spaziergängen abends gemütlich am Kaminfeuer saßen, desto ruhiger war er geworden. Sie hatte versucht, nicht an ihre bevorstehende Trennung zu denken. In ein paar Wochen war Weihnachten, und dann war der Atlantik am schlimmsten.

Sie sagte: »Wenn du mich weiter so streichelst, vergesse ich das Frühstück!«

Er hatte ihr von seinen Zweifeln erzählt und von seinen Selbstvorwürfen, daß er nicht begriffen hatte, was Midshipman Ross tun würde. Oder daß er vielleicht anders hätte reagieren sollen beim Opfergang seines Freundes Marrack. Einmal war er in der Nacht hochgefahren und hatte sie angestarrt, war aber dabei nicht aufgewacht. »Er stand dort und wartete auf den Tod, alles nur meinetwegen!« Am nächsten Morgen wußte er nichts mehr davon.

Celia spürte, wie seine Finger über ihren Bauch glitten, und gab allen Widerstand auf. Hinterher lagen sie nebeneinander und beobachteten das kalte Sonnenlicht, das seine Strahlen quer durch den Raum schickte.

Schließlich richtete er sich auf und sagte: »Wir sprechen zwar nicht mehr darüber, Celia, aber es steht noch immer zwischen uns.« Er strich ihr über das Haar. »Ich wüßte gern – du wirst deine Meinung doch hoffentlich nicht ändern?«

Ihre grünen Augen starrten ihn an. »Über uns?«

Er nahm ihre Hand. »Willst du mich noch immer heiraten?«

»Halt' mich fest.« Sie barg das Gesicht an seiner Schulter. »Ist es unrecht, jemanden so sehr zu lieben? An sich selbst zu denken und nicht an diesen verdammten Krieg?«

Sie fuhren beide zusammen, als das Telefon klingelte und den Frieden und die Stille zerriß. Nackt lief sie hinüber zum Tisch und nahm den Hörer, wobei sie die ganze Zeit sein Gesicht beobachtete.

Er hörte sie sagen: »Doch, das habe ich erwartet. Ja, ich werde es ihm sagen. Gott schütze dich.«

Sie legte den Hörer auf und griff nach der Pyjamajacke.

»Wer war das?« Einen Augenblick hatte er die alte Angst vor einem Rückruf verspürt.

»Meine Mutter.« Ernst sah sie ihn an. »Wir sagen uns immer, wo wir sind und wie es uns geht. Man kann in diesen Tagen ja nie wissen . . .«

»Du hast es ihr gesagt?« Er streckte die Hand nach ihr aus und zog sie aufs Bett. »Das mit uns?«

Sie lächelte zu ihm hinunter. »Ich glaube, sie hat es immer gewußt.« Dann trat sie zurück. »Jetzt kommt erst das Frühstück dran.« Mit dem Ärmel wischte sie sich die Augen trocken. »Machen wir heute lieber keinen Spaziergang. Wir wollen ganz für uns bleiben.«

7 *Das Blatt wendet sich*

Trotz der starken Lüfter im riesigen U-Boot-Bunker stank die feuchte Luft nach Dieselabgasen, als die Boote sich klarmachten, über Heck auszulaufen.

Kleiber stand auf seiner Brücke und beobachtete mit beruflichem Interesse, wie der Qualm über die Stege trieb, die die einzelnen Boote trennten, und das Leinenkommando zum Husten brachte. Er kannte den Kommandanten des anderen Bootes, sie waren fast seit Kriegsbeginn zusammen. Weiter ging die Freundschaft jedoch nicht. Korvettenkapitän Otto Schneider war ein Günstling des Propagandaministeriums oder hatte zumindest einige sehr gute Freunde dort.

Sein lachendes, scharf geschnittenes Gesicht war viele Male in den Wochenschauen und auf den Titelblättern der Tagespresse erschienen. Meist sah man ihn mit wichtigen Persönlichkeiten, entweder vom Führungsstab der Marine oder mit Parteigrößen. Die Außenwände seines Turms waren bedeckt mit den Symbolen seiner Versenkungen unter dem Bootswappen, einem grinsenden Hai mit Pickelhaube.

Nach Kleibers Ansicht war Schneider ein Prahlhans, der sich auch noch das unbedeutendste Ziel schnappte, nur um die Gesamtzahl seiner Versenkungen zu erhöhen. Natürlich beneidete er ihn auch, das gestand sich Kleiber unumwunden ein. Schneider war wahrscheinlich der am höchsten dekorierte U-Boot-Kommandant unter den noch lebenden.

Beispielsweise hatte er sich vor dem Auslaufen gebrüstet mit der kürzlichen Versenkung der britischen Korvette *Tacitus.* Wie er erzählte, hatte er das havarierte Schiff umkreist in der Erwartung eines zweiten Opfers, nämlich des Zerstörers, der abgeteilt war, *Tacitus* zu suchen. Schneider kannte Kleibers Interesse an dem britischen Zerstörer *Gladiator* genauso wie alle anderen älteren Kommandanten. Er hatte ihm lachend auf die Schulter geklopft, als er schilderte, wie die torpediert und gestoppt liegende Korvette rechtzeitig einen warnenden Morsespruch an den Zerstörer gegeben hatte.

Schneider winkte ihm jetzt zu, als sein U-Boot langsam über den Achtersteven ins Hafenbecken auslief. Kleiber erwiderte mit einem kurzen Gruß. Immerhin war Schneider sein Vorgesetzter.

Wie anders war es diesmal, dachte er. Nicht einmal der Stab hatte ihm bestätigen können, daß ein Versorgungs-U-Boot auf der vorgesehenen Position liegen würde, wenn er Treibstoff, Torpedos und Lebensmittel ergänzen mußte. Er hatte einige Briefe von zu Hause erhalten, aber mit einer anderen Absenderadresse. Das Haus war bei einem gewaltigen Luftangriff zerstört worden, der die ihm bekannten Straßen in Schutt und Asche gelegt hatte. Seine Eltern lebten zwar noch, aber die Briefe seines Vaters waren knapp und gaben keinerlei Informationen über seine Arbeit. Von seinem Bruder Willi lag keine weitere Nachricht vor, und der Winter an der russischen Front hatte bereits angefangen. Wie sollte er dort überleben?

Ein Sprachrohr schnatterte und wurde sofort von einem Unteroffizier beantwortet.

Kleiber sprach mit der Zentrale und beobachtete, wie die Männer auf dem Vorschiff anfingen, die Strahltrossen einzuholen, als die starken Dieselmotoren hustend zum Leben erwachten.

Im letzten Monat hatte es einen weiteren Rückschlag gegeben, aber die Meldung darüber war erst kürzlich für die Öffentlichkeit freigegeben worden: Das mächtige Schlachtschiff *Tirpitz*, das stärkste Kriegsschiff der Welt, war durch den Angriff eines Zwerg-U-Boots in seinem norwegischen Fjord außer Gefecht gesetzt worden. Niemand wußte oder wollte sagen, wie lange die Reparaturen dauern würden oder wie schwer überhaupt die Beschädigungen waren. Der erfolgreiche Schlachtkreuzer *Scharnhorst* war nun das letzte der noch einsatzfähigen großen Kriegsschiffe. Damit konnten die feindlichen Geleitzüge nach Rußland jetzt ohne Angst vor Angriffen durch große Überwassereinheiten verstärkt werden. Wieder dachte Kleiber an seinen jüngeren Bruder. Die Russen würden von dieser ausländischen Waffenhilfe erheblich profitieren.

Der Dienst auf den U-Booten war der gefährlichste der ganzen Marine, aber wenigstens wurden sie von Admiral Dönitz kommandiert, der seine Männer wirklich kannte und begeistern konnte. Er war im Ersten Weltkrieg selbst erfolgreicher U-Boot-Kommandant gewesen und auch jetzt immer bereit, sich die Berichte seiner von Feindfahrt zurückkehrenden Kommandanten anzuhören.

Einen weiteren Unterschied zu früher hatte Kleiber bei seiner Rückkehr in den französischen Stützpunkt festgestellt, nämlich daß einige Maschinen- und Ersatzteile von schwer beschädigten Booten kamen, die nicht mehr repariert werden konnten.

Kleiber stampfte mit seinen filzgefütterten Seestiefeln aufs Deck, um die Blutzirkulation anzuregen. Es war Oktober, und auf See sollte es angeblich schon schneien. Sie mußten besonders vorsichtig sein, wenn sie aufgetaucht die Biskaya überquerten. Ein mit Radar ausgerüstetes Flugzeug konnte sie auch bei Schneefall orten, der sie selbst erheblich behindern würde.

Wieder dachte er an die *Gladiator* und fragte sich, was sie wohl für einen Kommandanten hatte. Wahrscheinlich waren es mehrere hintereinander gewesen. Es war bekannt, daß die Engländer unvorbereitet in den Krieg gegangen waren und großen Mangel an erfahrenen Kommandaten hatten. Trotzdem hätte er gern mehr über ihn erfahren, ärgerte sich jedoch gleichzeitig über sich selbst, daß er überhaupt so dachte. Der Krieg war kein Spiel oder persönlicher Wettstreit, wie Schneider zu glauben schien, sondern wie eine riesige, synchronisierte Maschine mit nur einer Aufgabe, der sie alle unterworfen waren.

Noch etwas beunruhigte ihn: Diesmal hatte er nicht die lange Reise zu seinen Eltern unternommen, sondern seinen Urlaub mit Ingrid verbracht, einer österreichischen Krankenschwester, die im nahen Lorient am Marinelazarett Dienst tat. Er hatte sie kennengelernt, als er dort einen verwundeten Kameraden besuchte. Sie war ein dunkler Typ und stark gebräunt von der Sommersonne. Ihr Haar war tiefschwarz, und sie hatte ihm erzählt, daß ihre Mutter Belgierin sei. Kleiber hatte Ingrid sehr attraktiv gefunden, obgleich er sich sagte, daß es völlig sinnlos war, sich jetzt zu binden. Er hatte zu oft erlebt, wie es anderen erging: eine Frau in Deutschland, eine Freundin in Frankreich oder in einem der zahlreichen anderen Länder, über denen die Hakenkreuzflagge wehte.

Ingrid wirkte stets nervös, wenn er in ihre Nähe kam. Aber diesmal hatte sich das geändert, und sie waren sehr vertraut miteinander geworden. Jetzt verunsicherte ihn die Tiefe ihrer Zuneigung, ihre sinnliche Hingabe. Es war nicht Liebe, aber was sonst? Konnte sie ihn von seiner anspruchsvollen Aufgabe ablenken? Wenn Schneider von seiner Affäre erfuhr, würde es bald der gesamte Stützpunkt wissen.

Der Kommandoturm vibrierte jetzt nicht mehr so heftig, da die Motoren sich eingelaufen hatten. Seeklarmeldungen trafen von allen Abteilungen bei Kleiber ein. Wenn es nicht zu stark schneite, würde Ingrid wahrscheinlich ihr Auslaufen beobachten, denn vom Lazarett aus konnte man die Bucht überblicken. Bald würde ein anderer in ihrem Bett liegen, es gab hier so viele hungrige Männer. Daß ihn dieser Gedanke störte, beunruhigte ihn. Ingrid hatte schmale Hüften, einen hübschen Busen und eine flinke Zunge, die ihn zu einer Wildheit anstachelte, wie er sie bisher noch nicht kennengelernt hatte.

Der Maschinentelegraf schepperte. Die letzte Leine wurde vom Poller abgehakt, herübergeholt auf das Vorschiff und verstaut bis ... Ja, bis wann? Langsam glitt das Boot achteraus, Dieseldunst trieb über die Brücke, wo die rote Flagge mit dem schwarzen Balkenkreuz und dem kleinen Hakenkreuz in der Ecke bewegungslos am Flaggenstock hing. Wann würden sie zurückkehren?

Am Ende der Pier stand der Flottillenchef und sah mit ernstem Gesicht zu, wie der dunkel glänzende Rumpf davonzog. Kleiber salutierte. Er vermutete, daß der Chef die leeren Liegeplätze betrachtete und sich fragte, ob sie jemals wieder besetzt sein würden.

Sie folgten einem kleinen Motorboot mit abgeblendetem Licht. Kleiber überprüfte noch einmal seine Verbindung mit der Zentrale, warf einen letzten Blick rundum, obwohl es schon fast dunkel war. Er und Schneider würden zusammenbleiben, solange sie aufgetaucht fuhren. Ihre vereinigte Feuerkraft würde möglicherweise ausreichen, eins der langsamen, schwerfälligen Aufklärungsflugzeuge zu vertreiben, obwohl er selbst stärker auf Wachsamkeit setzte als auf einen sinnlosen Zweikampf.

Die Männer, die sich auf dem Vordeck gebückt mit den Stahltrossen und Fendern abmühten, blickten auf, als sich das Motorboot mit einem fröhlichen Hupen verabschiedete. Verächtlich folgten sie seinem rasch schwächer werdenden Schatten mit den Augen. Was bedeutete schon ein Ton mit der Dampfpfeife im Vergleich zu dem, was sie selbst in den nächsten Wochen erwartete?

Kleiber wischte sein mächtiges Zeissglas sauber und hängte es sorgfältig unter seinen Mantel. Männer huschten vorbei und verschwanden im warmen Bootsinnern. Bald schon fühlte er, wie sich das Deck träge anhob, als es endlich der Dünung des Atlantiks begegnete.

Ein Unteroffizier holte die Flagge nieder und verstaute sie, während er einen suchenden Blick zum Land warf. Aber es war nicht mehr zu sehen. Im Stützpunkt hatte er einen französischen Kinderchor beobachtet, der Weihnachtslieder einübte. Die Kinder hatten sofort aufgehört zu singen, als er stehenblieb, um zuzuhören.

Der Unteroffizier warf einen Blick auf den Rücken des Kommandaten. Sie würden nicht rechtzeitig zu Weihnachten zurückkehren, vielleicht sogar niemals mehr. Er erinnerte sich an ein kleines französisches Mädchen in diesem Chor. Es war etwa im gleichen Alter gewesen wie seine eigene Tochter, die er schon ein Jahr lang nicht gesehen hatte. Das Mädchen hatte ihm direkt in die Augen geblickt, und in seinem ganzen Leben war er noch niemals solchem Haß begegnet wie auf diesem Kindergesicht.

Howard steckte Kopf und Schultern unter die wasserdichte Segeltuchhaube und knipste das Licht an. Er spürte, wie der von Graupeln durchsetzte Regen auf sein Ölzeug und seine Beine hämmerte, während er in der Karte Rookes Berechnungen mit den letzten Informationen von der Admiralität verglich.

Als er vom Kartentisch zurücktrat, spürte er den Regen auch auf Kopf und Schultern. Der Schnee war schon schlimm genug gewesen und hatte sie behindert wie dichter Nebel. Aber wenigstens blieb man dabei ziemlich trocken.

Er stellte sich die anderen Schiffe ihrer Gruppe vor, *Blackwell* an Backbord und *Belle Isle* an Steuerbord, die ihre Positionen mit Radarhilfe beibehielten.

Treherne wartete schon auf ihn.

Howard packte eine Deckstütze, als die Brücke absackte und eine mächtige See gegen den Rumpf klatschte.

»Der Konvoi ist anscheinend unbehelligt geblieben«, sagte er. »Aber ein großer Tanker, der schon vorher havariert war, ist in Seenot. Doch Captain Vickers und seine Gruppe werden das in den Griff bekommen. Immerhin gehört auch der Flugzeugträger zu seiner Sektion, und der wird für Luftsicherung sorgen, sobald sich das Wetter bessert.« Er sah alles deutlich vor sich: den großen Konvoi von dreißig schwerbeladenen Frachtern, diesmal mit einem eindrucksvollen Schutz aus amerikanischen und kanadischen Geleitfahrzeugen, der jetzt fünfhundert Meilen von der irischen Küste entfernt stand. Er hatte gleich zu Anfang zwei Schiffe verloren, aber der Tanker, einer der größten im Atlantik, hatte den Torpedotreffer überstanden ohne zu sinken. Der Konvoi konnte natürlich nicht seinetwegen zurückbleiben, gleichgültig, wie wertvoll seine Ladung war. In dieser Situation mußten die unabhängigen U-Boot-Jagdgruppen ihren Wert unter Beweis stellen. Howard fügte hinzu: »Sie schicken den Hochseeschlepper *Tiberius* aus Plymouth. Dieser Brocken könnte den Tanker notfalls auch durch einen Hurrikan bugsieren.«

Er dachte an Vickers' Lob, als er vom Urlaub zurückgekehrt war. »Sie haben mit diesem Schiff wirklich Wunder bewirkt, David! Bei Gott, ich bedaure fast, auf die *Kinsale* zurückgehen zu müssen.«

Die Gruppe war unmittelbar danach aus Liverpool ausgelaufen. Der Nachrichtendienst hatte eine Warnung ausgegeben über ein Rudel U-Boote, das wahrscheinlich den Konvoi wie eine Wolfsmeute angreifen sollte. Wirklich ein Wunder, daß er bisher lediglich zwei Schiffe verloren hatte. Wenn sie auch noch diesen Tanker bergen konnten, dann bekam der Feind etwas zum Nachdenken.

Nördlich vom Konvoi stand eine weitere U-Jagdgruppe, und ein Kreuzergeschwader war eingriffsbereit. Das Nachlassen der Kampftätigkeit im Mittelmeer hatte mehr Kriegsschiffe für den Atlantik freigesetzt, als jemand vorher für möglich gehalten hätte.

»Übernehmen Sie, Number One. Ich gehe hinunter und hole mir ein trockenes Handtuch.«

Treherne sah ihm nach. War das der Mann, der auf der Brücke beinahe zusammengebrochen wäre? Er schien jetzt etwas zu haben, das stärker war als Angst und Verzweiflung.

Er hörte, wie Rooke seine Instruktionen weitergab ans Steuerhaus, sein Ölzeug glänzte unter dem heftigen Regen. Sie hatten jetzt immerhin schon November, ein weiteres Kriegsjahr war bald vorüber. Er vergegenwärtigte sich ihre Gruppe: drei Zerstörer, alles Veteranen, zweihundert Meilen südwestlich von Land's End und etwa genauso weit westlich von Ushant an der bretonischen Küste. Das war immerhin noch im Bereich der deutschen Luftwaffe, aber nicht mehr so kritisch. Die Ankunft des kleinen Geleitträgers hatte alles verändert.

Er dachte an Joyce und an ihre Freude, als er ihr mitgeteilt hatte, daß seine erste Ehe problemlos geschieden werden konnte. Anscheinend wurde böswilliges Verlassen noch immer sehr hoch eingestuft. Joyce war überwältigt gewesen. »Heiraten, Gordon?« Vor Glück hatten Tränen in ihren Augen geschimmert. »Ich verspreche dir, daß du das niemals bereuen wirst!« Zwei wilde Tage in ihrer kleinen Etagenwohnung waren dieser Ankündigung gefolgt.

Treherne freute sich, daß Howard wieder zurück war, denn er hatte halb und halb befürchtet, daß er auf ärztlichen Rat an Land bleiben würde. Viele Kommandanten waren schon mit schlechteren Gründen diesen Weg gegangen. Außerdem war er erleichtert über das Aussteigen von Captain Vickers. Das war ja beinahe so gewesen, als hätte man den lieben Gott auf der Brücke. Selbst in dieser kurzen Zeit hatte sich die Anwesenheit des Flottillenchefs bedrückend bemerkbar gemacht.

Treherne blickte auf seine Uhr. »Gleich Mitternacht, N.O. Haben Sie einen Bootsmannsmaat hinuntergeschickt, um die Steuerbordwache zu wecken?«

»Schon vor fünf Minuten, Number One.« Auch Rooke schien erleichtert über Howards Rückkehr in den Sattel.

»Gut.« Treherne malte sich Howard mit seinem Mädchen aus. Was hatten sie getan, wo waren sie gewesen? Er konnte sich nicht vorstellen, daß sie sich ebenso benommen hatten wie Joyce und er.

Rooke torkelte über die Brücke, als eine riesige Wassermasse über das Eisendeck brach, so daß sich die Aufbauten unter ihrem Gewicht zu schütteln schienen. »Glauben Sie, daß wir bis Weihnachten wieder zurück sind, Number One?«

»Das wäre schön.« Sofort dachte er an Joyce, wie überrascht sie sein würde, wenn er sie zur Weihnachtsparty in die Messe einlud. »Aber es wäre für mich das erste Mal in diesem verdammten Krieg!«

Ein Signalgast tastete sich zu ihnen hin. »Vom Funkraum, Sir: Zwei U-Boote versenkt von Geleitfahrzeugen des Konvois.«

Die Offiziere sahen sich an. »Bei Gott, N.O., das gleicht die Rechnung ein bißchen aus, nicht wahr?«

Howard hatte Marrack nicht wieder erwähnt. Auf den meisten Geleitfahrzeugen und anderen Kleinschiffen war das genauso: Verloren, aber nicht vergessen. Wenn ein grüner Neuling das Schweigen durchbrach, wurde er mit eisigen Blicken angestarrt. Treherne dachte auch an den Midshipman Ross. Wie hatte er es wohl getan? War er einfach vom Schiff hinausgestiegen in die Dunkelheit und noch rechtzeitig wieder aufgetaucht, um das Kielwasser der *Gladiator* zu sehen? Vielleicht aber hatten ihn die mächtigen Schrauben angesaugt, so daß sein Todeskampf nur eine Sekunde dauerte.

Für Ross war bisher noch kein Ersatz eingetroffen. Man konnte hoffen, daß der nächste Midshipman mehr Glück haben würde.

Treherne hörte Bizleys affektierte Stimme auf der Leiter und straffte sich innerlich. Der hatte wohl endgültig durchgedreht. Ewig stellte er Fragen nach den verschiedenen Abteilungen der Admiralität, bis der Chief in seiner trockenen Art rundheraus gefragt hatte: »Denken Sie an eine Landstellung? Sie möchten wohl demnächst Admiral werden, wie?«

Der Läufer Brücke überschrie das Prasseln des Regens: »Funkspruch, Sir!«

Treherne rutschte mit seinen alten Seestiefeln die paar Schritte zum Sprachrohr. »Erster Offizier.«

Es war der Funkmaat selbst, der vorher noch bei Dr. Moffatt über Magenschmerzen geklagt hatte. Er rief: »Von Admiralität, Sir: Zwei U-Boote stehen hundert Meilen nördlich Ihrer Position. Gemeldet vom Küstenkommando der RAF. Boote steuern Nordkurs. Ende.«

Treherne murmelte: »Besten Dank, das reicht.« Dann sah er Rooke an. »Bereite den Plot vor, mein Sohn: zwei U-Boote, hundert Meilen nördlich von uns. Gott weiß, wo sie genau sind. Auf alle Fälle kommen sie zu spät für den Konvoi, schätze ich.« Zögernd nahm er das Telefon neben dem Brückenstuhl auf.

Howard trat in den Kartenraum und sah zu, wie Rooke eifrig mit Stechzirkel und Lineal hantierte.

Er hatte sich Gesicht und Hals mit einem sauberen trockenen Handtuch abgerieben und dabei an Celia und ihre letzten Umarmungen gedacht. In der Erinnerung schien es ihm, als hätten sie beim Abschied von der Kate ein Stück ihrer selbst im Lake District zurückgelassen. Sie hatten kaum mehr miteinander gesprochen, als der Doktor erschienen war, um sie zum Bahnhof zu fahren. Eingehüllt in ihre eigenen Gedanken, waren sie einander so nahe, daß sie der Worte nicht bedurften.

Howard hatte Celia zum letzten Mal bei einer kurzen Einsatzbesprechung im Hauptquartier gesehen. Sie stand an einem lärmenden Fernschreiber und formte lautlos seinen Namen mit den Lippen, dazu die drei Worte *ich liebe dich*, bevor sie beide an ihre jeweilige Arbeit zurückkehren mußten.

Hätte ich sie doch nur noch einmal in den Armen halten können, dachte er, ihren Körper an mich pressen und ihr Haar an meiner Wange spüren können. Aber dann wurde ihm klar, daß ihr Abschied dadurch viel schwieriger geworden wäre.

»Zwei U-Boote also.« Nachdenklich zündete er seine Pfeife an.

Rooke sagte vorsichtig: »Etwa hier, Sir.«

»Ich verstehe nicht, warum die Flugzeuge ihnen nicht Saures gegeben haben, Sir!« Treherne beobachtete erstaunt, wie entspannt Howard seine Pfeife hielt. Selbst seine Augen schienen mehr interessiert als besorgt zu sein, als er die Kurslinien und Peilungen studierte.

Howard erwiderte: »Sehen Sie sich die Uhrzeit an, Number One. Es war nicht mehr hell, als die Flugzeugbesatzungen die Boote sichteten.« Er spürte, wie sie ihn beobachteten, als er sich über die Karte beugte. »Die Deutschen wußten von dem Konvoi. Ihr Oberkommando arbeitet ähnlich wie unsere Admiralität, müssen Sie wissen.« Er blickte von der Karte hoch. »Suchen Sie mir bitte den Funkspruch über den Bergungsschlepper heraus, ja?«

Rooke eilte hinaus, und Treherne fragte: »Sie sind hinter der *Tiberius* her, meinen Sie?«

Howard lächelte über Trehernes Ungläubigkeit. »Warum nicht? Ohne den Schlepper ist der Tanker der See und dem Feind völlig ausgeliefert. Niemand kann erwarten, daß der Konvoikommodore oder der Flugzeugträger ewig dort herumhängen.«

Rooke kehrte zurück und überreichte ihm den Zettel. Howard nickte. »Das muß es sein. Diese beiden Prachtstücke wollen den Tanker für sich allein haben. Er liegt genau auf ihrem Weg, nicht allzu weit entfernt.« Er nahm den Stechzirkel zur Hand und wartete, bis das Deck sich aufrichtete. »Setzen Sie einen Abfangkurs ab, etwa drei-fünf-null. Ich informiere unsere beiden Kameraden.«

Er sah Treherne an, während Rooke zur Brückenleiter eilte. »Es wäre fein, wenn wir uns zur Abwechslung einmal an sie anschleichen!«

Treherne schluckte. »Sehr sogar.« Konnten zehn Tage einen Menschen wirklich so verändern?

Howard hörte jemanden im Steuerhaus husten und dachte einen Augenblick an Midshipman Ross. Wenn doch nur mehr

Zeit gewesen wäre, ihn besser kennenzulernen, ihm vielleicht zu helfen ... Schließlich sagte er: »Ich gehe hinauf. Wenn ich mit *Blackwall* und *Belle Isle* gesprochen habe, mache ich in meinem Kaninchenstall ein Nickerchen. Lassen Sie mich wekken, wenn die Morgenwache aufgezogen ist. Noch scheint es ziemlich ruhig zu sein in diesem Teil der Welt.« Er zögerte einen Augenblick, bevor er die Tür aufschob, und sagte: »Sie haben also zwei weitere U-Boote versenkt, wie?« Seine Augen strahlten beinahe jungenhaft. »Nun, wir werden die Zahl auf drei erhöhen, Number One, mindestens!«

Treherne räusperte sich. »Ich habe ein Gerücht gehört, daß Sie auf der Leiter eine Stufe höher steigen werden, Sir. Wenn das zutrifft, herzlichen Glückwunsch! Ich wüßte niemanden, der es mehr verdient hätte als Sie. Soll das aber bedeuten, daß Sie die *Gladiator* verlassen?«

Howard setzte sich auf den Flaggenspind und sah zu, wie seine Seestiefel im Rhythmus der Schiffsbewegungen schwangen.

»Hier gibt es wohl überhaupt keine Geheimnisse! Und ich war der Meinung, es handle sich lediglich um einen Vorschlag.« Dann wurde er ernst. »Das Schiff verlassen? Nein, keinesfalls. Nicht nach all dem, was wir zusammen erlebt haben.« Er stand auf und klopfte gegen den feuchten grauen Stahl der Bordwand. »Dich verlassen, alter Zossen? Auf keinen Fall!«

Die Tür schloß sich hinter ihm, und Treherne lächelte in sich hinein. Dann warf er einen Blick auf den Tochterkompaß, der träge hin und her tickte. Mit einem Fluch nahm er das Brückentelefon hoch.

Bizley meldete sich. »Wachhabender Offizier?«

»Was zum Teufel ist los mit Ihnen, Mann? Überwachen Sie gefälligst Ihren Rudergänger! Wir torkeln über den Ozean wie eine Hure bei der Hochzeit! Der Skipper ist auf dem Weg nach oben, also beeilen Sie sich, mein Junge!«

Er wartete, bis sein Ärger verflogen war, dann grinste er. Auf den hochgestochenen Mr. Bizley würde er aufpassen müssen. Irgend etwas schien sich kürzlich ereignet zu haben, das ihn jetzt so sorglos machte.

Treherne hörte das ferne Scheppern der Maschinentelegraphen und die sofortige Erwiderung aus dem Maschinenraum. Bei Tageslicht würden die *Gladiator* und ihre beiden Kameraden dicht genug am Kurs des großen Bergungsschleppers stehen. Er beugte sich über die Karte und studierte den voraussichtlichen Treffpunkt. Sein Bart teilte sich zu einem Lächeln. »Also, es geht los! Tally-ho!«

Howard schluckte den Rest des heißen Kaffees und genoß das Gefühl der Wärme in seinem Magen. Es war fünf Uhr fünfzehn, aber abgesehen von einem grauen Streifen an Steuerbord gab es noch keinen Hinweis auf den anbrechenden Tag. Er reichte dem Läufer Brücke den geleerten Becher und setzte sich etwas bequemer in seinem hohen Stuhl zurecht. Dabei spürte er den harten Druck des Metalls selbst durch das Ölzeug, zuerst auf der einen, dann auf der anderen Seite, als die *Gladiator* über die scharfen Wellenkämme stampfte. Es regnete zwar, aber es war unmöglich, Regen und Gischt zu unterscheiden; alles schmeckte nach Salz.

Die Besatzung stand seit einer halben Stunde, seit dem letzten Funkspruch der Admiralität, auf Gefechtstationen. Ein Flugzeug des Küstenkommandos hatte zwei kleine Rauchwölkchen entdeckt, als einen Augenblick lang gute Sicht herrschte. Das war reiner Zufall; in diesem ungeheuer großen Seegebiet hätten sie leicht übersehen werden können. Aber es bedeutete, daß die beiden U-Boote noch auf demselben Kurs lagen wie vorher und gezwungen waren, ihre Batterien unter Wasser aufzuladen. Durch die zunehmende Luftüberwachung und den Einsatz kleiner Geleitträger war es für sie immer schwieriger geworden, aufzutauchen und unter Dieselmotor zu laufen, während sie die Batterien luden. Die meisten U-Boote hatten jetzt Schnorchel, senkrecht wie Sehrohre, die einiges Geschick und große Sorgfalt verlangten. Wenn das Boot mit ausgefahrenem Schnorchel einen delphinartigen Sprung machte, verschloß ihn ein Ventil automatisch gegen einen Wassereinbruch. Wenn dann die Elektromotoren nicht sofort ansprangen, wurde das Bootsinnere zu einem Vakuum, denn die Luft wurde von den Dieselmotoren angesaugt. Die Besatzung würde keuchend ihr Leben aushauchen, während das Boot in die Tiefe sank.

Auch hatte es Berichte gegeben, daß einige der großen »Milchkühe« mit offenen Luken an der Oberfläche überrascht worden waren, als sie sich bereitmachten, ein Kampf-U-Boot zu versorgen. Diese beiden U-Boote hatten wahrscheinlich ihre Batterien vorsorglich aufgeladen für den Fall, daß ihr eigenes Treffen mit einem Versorger sinnlos wurde.

Es war, wie Treherne einmal bemerkt hatte: Das Blatt wendete sich.

Weitere Luftunterstützung war ihnen zugesagt worden, sobald die Sicht sich verbesserte und der Träger *Seeker* nahe genug war, um seine Swordfish-Torpedobomber starten zu lassen.

Howard hob sein Glas, um hinüber zu blicken zur querab fahrenden *Blackwell*; er konnte jedoch nicht mehr sehen als ein gelegentliches Aufwallen von Gischt, wenn ihr Bug in ein Wellental krachte.

Treherne wartete neben seinem Stuhl, wischte sich das Gesicht ab und verfluchte den Regen.

»Sie werden sich möglicherweise aufteilen, wenn sie merken, daß wir hinter ihnen her sind, Sir.«

»Kann sein. *Belle Isle* wird in Anlaufposition zurückbleiben für den Fall, daß dies eintritt.«

Die schwere Bewaffnung war bereits nach beiden Seiten gerichtet, die leichten Waffen waren abgedeckt und klar zum Einsatz. Reservemagazine und die langen Patronengurte schweren Kalibers lagen in uneingeschränkter Menge bereit. Ayres stand achtern bei den Wasserbomben. Howard hatte entschieden, daß Bizley bei ihm auf der Brücke bleiben sollte. Er dachte an den Maschinenraum und sein Bedienungspersonal, das im donnernden Lärm der Lüfter und rasenden Schraubenwellen vom Seegang hin- und hergeworfen wurde. Ein falscher Schritt, und ein Heizer konnte sein Leben verlieren. Und im Mittelpunkt dieser lärmenden, glitzernden Welt würde Taff Price alles beobachten. Dort unten war er Kommandant und Ingenieur, alles in einer Person.

»Verständigen Sie die anderen, Number One. Wir beginnen die Suche. Geschwindigkeit reduzieren auf halbe Fahrt, N.O., geben Sie an Asdic und Radar: Anlauf beginnt!« Er hielt das Leuchtzifferblatt seiner Armbanduhr dicht vor die Augen. »Sagen Sie auch im Steuerhaus Bescheid!«

Er hörte Bizley seine Befehle durchs Sprachrohr nach unten rufen und spürte, wie das schwere Schlagen der Schrauben langsam nachließ, obgleich in der heftigen Bewegung des Schiffes kaum ein Unterschied zu spüren war. Auf seinem Radar-Tochtergerät entfernten sich die beiden Blips der anderen Zerstörer allmählich nach außen, bis ihre Formation wie die Zinke eines riesigen Dreizacks aussah.

Wenn doch nur das Wetter aufklaren oder die finsteren Wolken ein wenig Tageslicht durchlassen würden!

»Asdic – Brücke?«

Howard riß den Hörer hoch. »Kommandant!«

»Kontakt, Sir! Echo peilt null-zwo-null, wandert nach rechts aus.«

Howard starrte Treherne an. »Einer der Halunken zieht sich zurück. Scheint uns spitzgekriegt zu haben. Überprüfen Sie das Asdic, es muß genau stimmen.« Über seine Schulter rief er: »Geben Sie den Kontakt weiter an *Belle Isle*, Wiederholung an *Blackwall*. Aber sie soll bleiben, wo sie ist, für den Fall, daß das andere Boot sich zeigt.« Dann beugte er sich über das Sprachrohr. »Steuerbord zehn!« Er beobachtete, wie der Tochterkompaß sich tickend drehte, als Ruder gelegt wurde; Stiefel rutschten übers nasse Deck, und die Männer packten überall irgendwelche Stützen, um sich festzuhalten. »Mitschiffs – recht so!«

»Recht so, Sir. Null-eins-null.«

Howard lächelte in sich hinein. Den Coxswain konnte man niemals aufschrecken, er war immer bereit.

»Gut. Steuern Sie null-zwo-null.« Er sah, wie sich der Kompaß wieder beruhigte, und dachte an die wachsame kleine Gruppe im Steuerhaus unter seinen Füßen. Bob Sweeney, der Quartermeister, bediente zugleich den Maschinentelegraphen und die Umdrehungskontrolle auf beiden Seiten neben ihm. Der Navigationsgehilfe stand an seinem Platz am Koppeltisch und ein Bootsmannsmaat an den Sprachrohren.

Howard fügte hinzu: »Wir sind übrigens hinter einem U-Boot her.«

Man hörte Sweeny lachen. »Dachte mir das schon, Sir.«

»Asdic – Brücke!« Trehernes Stimme. »Ziel wandert noch immer nach rechts aus, Sir. Sehr langsam.«

Howard rieb sich das Kinn. Angenommen, das Flugzeug hatte doch ein U-Boot mit seinen Wasserbomben beschädigt? Es wäre sonst wie ein Kaninchen verschwunden; sie mußten doch jetzt die Schraubengeräusche zumindest eines Zerstörers aufgefangen haben. War es also wieder mal eine Falle?

Trehernes Stimme klang sehr konzentriert. »Alles wie bisher, Sir. Bewegt sich sehr langsam nach rechts, hat beinahe gestoppt.«

Bizley merkte, daß er selbst hier oben auf der offenen Brücke imstande war zu schwitzen. Er starrte im grauen Licht auf Howards bewegungslose Gestalt, der auf der Stuhlkante saß, von wo aus er gut sehen und alles erreichen konnte.

»Flugzeug, Sir!«

Bizley stieß ein verkrampftes Lachen aus. »Wo denn, Mann?«

Es donnerte direkt über ihre Köpfe hinweg. Im nächsten Augenblick trieb das Muster der leuchtenden Erkennungssignale durch den Regen.

Rooke sagte: »Es wird heller, Sir.«

Howard nickte. Ein schmaler Silberstreifen war voraus unter einigen Wolken aufgetaucht. Er warf einen raschen Blick auf das Radar-Tochtergerät: Die beiden anderen Zerstörer waren auf Station, *Blackwall* lag weiter zurück, klar zum Angriff, wie sie es im Manöver bis zur Ermüdung trainiert hatten.

Er hörte über das Sprechgerät gemurmelte Kommandos und nahm an, daß Finlay seine schweren Geschütze vorbereitete, für alle Fälle.

»Ziel scheint gestoppt zu haben, Sir.«

Wieder blickte Howard aufs Radar. Nichts. Zu der Brücke im allgemeinen sagte er: »Er macht entweder ein Täuschungsmanöver – oder er ist wirklich beschädigt.« Er nahm das Mikrophon von Rooke entgegen und sprach kurz mit den anderen Kommandanten: »Ich greife an. Erweitern Sie Ihren Streifen für die Nummer zwei.« Dann gab er das Mikro zurück und blinzelte, als ein wäßriger Lichtstreifen das salzverkrustete Glas des Brückenkleides aufleuchten ließ. »Captain Vickers würde das gefallen.«

Er hörte das Zuschnappen der Klammern, als der Signalmeister die schwarze Flagge ansteckte und an der Rah hißte.

»Kommen Sie wieder rauf zu mir, Number One.« Howard spürte, wie das Deck bebte: ein Raubtier, das ein verwundetes Wild witterte. »Geben Sie an Admiralität, Wiederholung an Befehlshaber Westlicher Kanaleingang: Habe festen Kontakt mit U-Boot in Position . . .« Er sah, wie Rooke den Funkspruch auf den Block schrieb. »*Ich greife an.*«

Ein riesiger Schatten glitt über sie hinweg, das Donnern der Motoren schien sie erst lange danach zu erreichen. Wenn das zweite U-Boot noch hier herumhing, würde es bestimmt nicht das Risiko eingehen und bis zu Sehrohrtiefe auftauchen. Wenigstens ein Trost. Treherne war zurück, sein Blick blieb auf den Kompaß gerichtet, als die *Gladiator* jetzt Howards Anweisungen folgte.

»Recht so, null-fünf-null, Sir.«

»Asdic – Brücke. Ziel liegt still, Sir. Peilung unverändert.«

Rasch rief Howard: »Er feuert blind!« Er beugte sich vor. »Beide äußerste Kraft voraus! Klar bei Wasserbomben und Werfern!«

Vor ihnen in der Tiefe dröhnten die Detonationen, bis das Schiff sich so heftig vom Kiel bis zum Flaggenknopf schüttelte, als glitte es über eine Reihe von Sandbänken.

»Unverändertes Echo, Sir!«

Sekunden später folgten achteraus und querab wahre Vulkanausbrüche in der See. Die gewaltigen Wassersäulen brachen donnernd in sich zusammen, während die *Gladiator* eine Drehung ausführte, um ihre Wasserbombenwerfer erneut einsetzen zu können. Weitere heftige Detonationen schlugen gegen die Bordwände wie Granatfeuer. Howard bückte sich über den Kompaß und rief: »Zweiter Angriff!«

Bizley sagte: »Wasserbombentrupp hat noch nicht klar gemeldet, Sir.«

Trotz seiner Anspannung fragte sich Howard verwundert, warum Bizley sich die Mühe machte, dies zu melden. Sie hatten ihre Drehung ja noch nicht beendet, und Ayres hatte die beste Bedienungsmannschaft, die man sich wünschen konnte. Bizley hatte das wahrscheinlich nur gemeldet, um darauf hinzuweisen, daß der junge Leutnant nicht so tüchtig war wie er selbst.

Howard blickte weiter auf den tickenden Kompaß und knirschte mit den Zähnen. Ich muß Bizley gegenüber genauso hart werden wie Treherne, sagte er sich.

»Recht so, zwei-zwei-null liegt an, Sir!«

»Gut. Beide halbe Fahrt voraus!« Er blickte gerade rechtzeitig durch das gläserne Brückenkleid, um *Belle Isles* dunkle Umrisse vorbeibrausen zu sehen; oder zumindest wirkte es so, als sie sich auf dem neuen Kurs formierten.

Er merkte, daß Treherne ihn ansah. »Was ist, Number One?«

Treherne hüstelte. »Ich glaubte Sie sagen zu hören: *sachte, sachte.*«

Howard lächelte. »So, sagte ich das?« Er straffte sich, als vom Asdic gemeldet wurde, daß das Ziel sich wieder bewege, aber nur ganz langsam.

»Geben Sie an *Blackwall*: Angriff!«

Der andere Zerstörer schoß durch die Seen, Qualm quoll aus seinen beiden Schornsteinen, als er mit der Fahrt hochging. Die Detonationen seiner Wasserbomben klangen halb erstickt, aber Howard sah, wie die See unter den mächtigen Wassersäulen kochte.

»A.O., klar zum Feuern!«

»Asdic – Brücke: Störung – Ziel taucht möglicherweise auf!«

»Beide Geschütze mit leichten Sprenggranaten laden, Beeilung!«

Treherne stand auf Zehenspitzen, obwohl er der Größte auf der Brücke war. »Wo ist der Hund?«

Das Flugzeug, ein zweimotoriger Hudson-Bomber, donnerte heiser über ihre Mastspitze und wackelte mit den Tragflächen, offensichtlich froh darüber, an einem kombinierten Angriff teilnehmen zu können.

»*U-Boot taucht auf! Steuerbord voraus*!«

Howard riß sein Glas hoch, als der schräge Steven des Bootes anfing, sich über die Kämme zu erheben. »O nein, du verdammter Idiot, laß das!« Er griff zum Telefon. »Feuer eröffnen!«

Die beiden vorderen Geschütze fuhren sofort auf ihren Bettungen zurück, eine Granate detonierte direkt neben dem Bootsrumpf. Die andere warf querab in ziemlicher Entfernung ihre Fontäne auf.

»Ziel aufgefaßt! *Feuer*!«

Das U-Boot hatte sich mühsam an die Oberfläche gequält. Im Glas konnte Howard die tiefen Narben und zerbrochenen Platten am Kommandoturm erkennen, wo eine Wasserbombe ihre Spuren hinterlassen hatte.

Treherne schrie: »Wir haben ihn!«

Howard hielt sein Glas weiterhin auf den Turm gerichtet und spürte, wie es ihn kalt durchrieselte. Der grinsende Hai mit dem Helm auf dem Kopf schien ihn direkt anzustarren. Halb zu sich selbst sagte er: »Das ist Otto Schneiders Boot. Mein Gott, wir haben eines ihrer Asse erlegt!«

Zwei weitere Granaten trafen den schleimbedeckten Rumpf, das Boot holte stark über und fing an, über den Bug zu sinken. Das zigarrenförmige Achterschiff hob sich aus der See und enthüllte die bewegungslosen Schrauben. Kein Mensch war auf dem Turm erschienen, der Zeuge so vieler Versenkungen gewesen war. Bevor die See die Aufbauten überspülte, sah Howard die langen Reihen aufgemalter Symbole. Die unterste war die einer Korvette. Da begriff er, daß dies Marracks Henker gewesen war.

Treherne sagte heiser: »Das war der Schuft, der die Rettungsboote beschossen hat. Einer der Überlebenden hat was von einem Hai mit Pickelhaube auf seinem Turm erzählt. Ich hatte es beinahe vergessen, Sir.«

»Sie hatten damals auch ganz schön zu tun.« Howard empfand weder Triumph noch Mitleid.

Jetzt brach Qualm aus dem Boot hervor, vielleicht hatte es einen Kurzschluß im Innern gegeben. Aus einer tödlichen, gefürchteten und verhaßten Waffe war plötzlich ein Stahlsarg für Schneider und all seine Männer geworden.

Große ölige Blasen, obszön anzusehen, umgaben den sinkenden Rumpf. Das Heck stieg höher und höher, bis es beinahe senkrecht stand wie ein Denkmal für all diejenigen, die von ihm versenkt oder verstümmelt worden waren.

Howard beugte sich über das Sprachrohr: »Beide Maschinen stopp!« Er spürte die plötzliche Verwirrung, als alle Blicke sich von dem sinkenden U-Boot abwandten und ihn anstarrten.

Treherne glaubte den Grund zu wissen. »Sir?«

Der Hudson-Bomber jagte auf seinem ursprünglichen Kurs zurück, seine Morselampe blinkte so rasch, daß selbst der Signalmeister Mühe hatte, die Zeichen zu lesen.

»*Torpedobahn an Steuerbord*!«

Das U-Boot war schon fast unter Wasser, als der Torpedo es traf und detonierte, wobei Stücke des Rumpfes hoch in die Luft geschleudert wurden.

Treherne beobachtete den sich rasch ausbreitenden Ölfleck, die Blasen und die davontreibende Qualmwolke. In der Ferne hörte er die alte Hudson ihre Wasserbomben werfen, wo sich das andere U-Boot befunden hatte, während die *Belle Isle* jetzt Fahrt erhöhte und an der Suche teilnahm.

»Sie haben es gewußt, stimmt's, Sir? Wie damals bei dem anderen U-Boot?«

Howard sah ihn an und fühlte sich plötzlich leer.

»Er war zu weit weg, mußte also einen akustischen Torpedo einsetzen«, erläuterte er. »Ich habe unsere Maschinen gestoppt, damit er kein Ziel fand. Schneiders Boot hat ihn auf sich gelenkt.« Er hob die Schultern, und selbst diese einfache Bewegung schmerzte die verkrampften Muskeln. »Irgend jemand dort oben scheint uns wirklich zu lieben, Number One.« Er drehte sich um, als die *Blackwall* mit dem schrillen Geheul ihrer Sirene den Morgen zerriß. »Beide Maschinen langsame Fahrt voraus. Geben Sie an die anderen: vorige Positionen wieder einnehmen.«

Treherne schüttelte seinem Kommandanten die Hand. »Wenn mir das jemand erzählte, würde ich es niemals glauben!«

Howard sah zu, wie Rooke den neuen Kurs absetzte. Seine Finger arbeiteten geschickt mit Lineal und Bleistift, aber im Geist erlebte er immer noch diesen letzten Triumph. Wahrscheinlich hatte er nicht einmal gemerkt, wie nahe sie selbst daran gewesen waren, Schneiders Sarg auf den Meeresgrund zu folgen.

Schneider war einer der wenigen U-Boot-Kommandanten, die aus ihrer sonst so geheimen, gesichtslosen Schar herausragten. Ihm ging nicht nur der Ruf von Mut und Erfolg voraus, sondern er hatte regelrecht Furcht verbreitet. Er hatte sogar als neutral gekennzeichnete Schiffe versenkt, und es hieß von ihm, daß er seine Aufgabe so fanatisch erfüllte, als wäre sie eine private Rachemission.

Howard trat ans achtere Ende der Brücke und starrte hinunter auf das schmale, glänzende Deck, wo Ayres und seine Männer einander lachend auf den Rücken schlugen, während sie ihre Werfer nachluden. Sie hatten auch allen Grund dazu, dachte er stolz. Schuljungen und Kaufleute gegen eins von Hitlers Assen.

Treherne sah ihm zu, wie er sich seine Pfeife anzündete, und bemerkte, daß seine Hände dabei völlig ruhig blieben.

»Lassen Sie von Gefechtsstationen wegtreten, Number One. Unsere alte Hudson wird noch so lange herumschnüffeln, bis sie abgelöst wird ... Ich denke, selbst dieser verdammte Kraut riskiert jetzt keinen neuen Angriff mehr.«

»Sie glauben, es war derselbe, der uns neulich beinahe erwischt hätte, Sir?«

»Möglich.« Howard rieb sich die Augen. »Sehen Sie mal, ob Sie ein paar Sandwiches auftreiben können.«

Er überdachte Trehernes Frage und begriff, daß er sie absichtlich nicht beantwortet hatte. Solche Zufälle gab es eigentlich nicht im Krieg. Er mußte wieder an Marrack denken und an seine kleine Korvette. Leise sagte er: »Das war für dich, meine alte Number One.«

Wie erwartet kehrte der Zerstörer *Gladiator* nicht rechtzeitig für das Weihnachtsfest nach Liverpool zurück. Danach blieb er auch nicht lange genug in der Gladstone-Werft, um dort das neue Jahr begrüßen zu können. Aber ihre glückliche Rückkehr und das Erreichte gar nicht zu feiern, kam auch nicht in Frage. Also wurde in aller Eile eine Messeparty arrangiert, die genau zwischen die beiden Feste fiel.

Howard hatte keine Ahnung, wie viele Leute eingeladen waren, aber er wußte, daß die Messe der *Gladiator* nicht ausreichen würde. Alle Kommandanten der anderen Schiffe,

Freunde aus dem Hauptquartier und viele andere, die während dieser bitteren Monate mit ihnen zusammengearbeitet hatten, würden mit ihnen feiern.

Der Oberbefehlshaber kam nicht selbst, obwohl er Howard persönlich gratulierte, besonders zur Versenkung von Schneiders U-Boot. Max Horton machte kein Geheimnis aus der Tatsache, daß dies eine Bestätigung seiner Taktik gewesen war, ein Beispiel für hervorragende Zusammenarbeit zwischen Luftwaffe und Seestreitkräften. Howard wußte inzwischen, daß der Bergungsschlepper schließlich den Tanker erreicht hatte und ihn unter dem Schutz des Flugzeugträgers *Seeker* sicher in den Hafen gebracht hatte.

Er bahnte sich einen Weg durch die Menge, schüttelte Hände, sah Gesichter, die er gut kannte und andere, die ihm völlig fremd waren. Captain Vickers überragte alle und stellte jedes geleerte Glas oben in die Öffnung des Lüftungskanals. Es war nur zu hoffen, daß Vallance sie wieder herunterholte, bevor das Schiff auslief.

Dann endlich sah er Celia an der Tür, wo Ayres auf ihn zeigte, um ihr den Weg zu weisen.

Sie keuchte: »Tut mir leid, daß ich so spät komme. Aber wir hatten bis zum letzten Augenblick zu tun.« Sie nahm den Hut ab und schüttelte ihre Locken. »Was für ein Gewühl! Tantchen Evelyn kommt ein wenig später.« Sie nahm ein Glas vom Tablett eines Messestewards und sah ihn an, ihre grünen Augen leuchteten. Ein paar Sekunden gehörte der Raum ganz allein ihnen, der Lärm ringsum versank für sie.

Schließlich sagte Celia: »Du siehst gut aus. Aber ich bin egoistisch, ich möchte dich ganz für mich allein.« Sie musterte die nächststehenden Gäste. »Alle schwärmen von dir, David. Meine Kolleginnen halten dich für den Größten.« Sie lachte und ergriff seinen Arm. »Als dein Funkspruch eintraf, saß ich nur da und betete. Jetzt bin ich so stolz auf dich! Auf euch alle.« Sie berührte die beiden Ordensbänder an seinem Jackett. »Ich liebe dich so sehr, daß es richtig weh tut.«

Sie sahen Treherne sich mit einer hübschen jungen Frau durch die Menge drängen. Howard winkte ihnen zu. »Das ist Joyce. Sie werden in Kürze heiraten.«

»Oh, David.« Celia schlug die Augen nieder. »Ich war in deiner Abwesenheit in Hampshire. Auf einer Dienstreise, aber ich machte einen Abstecher, um dein . . .« Sie zögerte. »Um *unser* Haus anzusehen. Dein alter Freund Mr. Mills arbeitet hervorragend mit den Bauleuten zusammen.« Er spürte, wie ihr Griff an seinem Arm fester wurde, als sie ihm ins Ohr flüsterte: »Wir werden uns dort liebhaben!«

Er führte sie durch die Messe zu Vickers. »Hier ist sie, Sir.«

Vickers bückte sich und küßte Celia auf die Wange. »Sie haben Glück gehabt, David!« Dann warf er einen Blick auf Howards neues Ordensband. »Ich rechne damit, daß die offizielle Verleihung im neuen Jahr stattfinden wird, und zwar durch Seine Majestät selbst.«

Celia fragte: »Wirst du mich danach noch immer haben wollen, David?«

»Natürlich!«

Vickers gab Vallance mit seinem Glas ein Zeichen, hauptsächlich um eine Begegnung mit Oberleutnant Bizley zu vermeiden. Was für ein Unterschied, dachte er. Er hatte kurz vorher mit seinem Freund, dem stellvertretenden Chef des Stabes, den Fall Bizley besprochen. Es würde interessant werden, dessen Ansicht zu hören, wenn er hier auf der Party den Oberleutnant selbst kennenlernte. Bizley sah ein wenig unordentlich aus, dachte er. Sein Gesicht glänzte rot, vermutlich hatte er zuviel getrunken.

Captain Naish hatte ihm die wesentlichen Punkte der Affäre erläutert, soweit sie ihm die Offiziere vom Sonderdienst berichtet hatten. Es war ihnen gelungen, den anderen Überlebenden von Bizleys Motorkanonenboot ausfindig zu machen, und dieser hatte seine Aussage schriftlich zu Protokoll gegeben. Es war genauso, wie Vickers vom ersten Augenblick an vermutet hatte. Der Mann hatte Bizleys eigenen Bericht im Großen und Ganzen bestätigt, aber dabei eines klargestellt: Er hatte nur Bizleys Befehle befolgt und war zu sehr mit dem Zuwasserbringen des Bootes beschäftigt gewesen, um zu sehen, was auf der Brücke passierte.

»Damit ist diese widerliche Angelegenheit endgültig erledigt, Ernle. Tut mir nur leid, daß es so lange gedauert hat«, hatte Naish gesagt und ihn verwundert angestarrt, als er erwiderte: »Warum nicht Bizley selbst fragen? Ich sehe wirklich nicht ein, warum wir erst ein Schlachtschiff bauen müssen, um ein kleines Dingi zu versenken!«

Nun sagte Vickers abrupt: »Vielleicht kann Captain Naish nicht kommen, David. Würden Sie Ihre paar Worte sprechen, bevor die meisten Gäste volltrunken sind? Danach würde uns ein bißchen was zu futtern sehr gut tun.«

Howard warf einen Blick auf die junge Frau neben sich und fragte: »Fertig, Celia? Kannst du's ertragen?«

Sie lächelte nervös. »Ich bin meines Vaters Tochter. Wir waren gemeinsam tapfer, seit ich zur Welt gekommen bin.«

Howard suchte Trehernes Blick, und der bärtige Oberleutnant klopfte laut mit einem Zinnbecher gegen den Metallrahmen der Durchreiche.

Allmählich trat Stille ein, und Treherne sagte: »Ich halte sonst nicht viel von Ansprachen.« Er warf einen Blick in die Runde. »Aber als Erster Offizier dieses Schiffes . . .«

Jemand rief: »Konnten Sie denn keinen besseren finden?«

Treherne ignorierte ihn. »In ein oder zwei Tagen werden wir wieder auf See sein und 1944 auf unsere übliche Weise willkommen heißen. Hoffen wir, daß es uns Gutes bringen wird. Während der letzten zwölf Monate haben wir eine Menge guter Freunde verloren und zusehen müssen, wie so manches schöne Schiff in Stücke gerissen wurde.« Jetzt hatte er ihre volle Aufmerksamkeit, und Howard sah, wie eine junge Wren sich mit dem Taschentuch die Augen trocknete. Sie gehörte offenbar zur Gruppe.

»Ich bin mein ganzes Leben lang zur See gefahren und um

einiges älter als die meisten hier Anwesenden. Ich habe eine Menge Häfen kennengelernt und eine Menge Dinge getan, darunter einige, auf die ich heute nicht mehr allzu stolz bin.«

Er tastete nach Joyces Hand. »Aber ich hatte niemals Angst, nicht wirkliche Angst, bis ich in den Atlantik kam. Mit allem Respekt gegenüber den anwesenden höheren Chargen und ohne Rücksicht darauf, wie sie es formulieren: Ich bin der Ansicht, daß wir das Blatt gewendet haben und nächstes Jahr den Feind vor uns hertreiben werden!«

Er wartete, bis der Beifallssturm ein wenig verebbt war, und fügte dann sachlich hinzu: »Ich für meinen Teil verdanke mein Überleben und meine Gesundheit einem einzigen Mann, und der ist im Augenblick mitten unter uns.« Er hob die Hand. »Ich denke, unser Kommandant möchte jetzt einiges sagen, denn er ist es, den ich meine. Geleitdienst ist der schlimmste Einsatz, den es gibt, und der Atlantik ist ein mörderischer Ozean.« Er hob sein Glas und blickte über alle hinweg Howard an. »Sie sind der tapferste und anständigste Mann, den ich jemals kennengelernt habe.« Dann wandte er sich ab, unfähig weiterzusprechen.

Celia packte Howards Arm. »Oh, David, ich bin so glücklich, daß ich das erleben darf.«

Es folgten Hochrufe und Händeklatschen, als Howard vor den Kamin trat.

»Ich danke Ihnen, Number One. Ich hätte die fast wörtlich gleiche Rede auf Sie halten können.« Beide hoben ihre Gläser und tranken einander zu. »Wir alle wissen selbst, was wir getan haben und was wir möglicherweise 1944 erreichen werden. Ein selbständiges Kommando ist notwendigerweise oft ein einsamer Job, und manchmal verlernt man es, Gefühle mit anderen zu teilen.« Er ergriff Celias Hand und zog sie neben sich. »Deshalb war es ein ganz besonderes Wunder mit uns beiden, und ich bitte Sie alle, die Freude darüber mit uns zu teilen. Was für einen besseren Ort gäbe es wohl, um unsere Verlobung zu verkünden, und welche bessere Besatzung ...« Der Rest seiner

Worte ging unter in Beifallsrufen und Getrampel. Es war so laut, daß nicht einmal Vallance bemerkte, wie Rooke, der Offizier vom Dienst, lauthals von der Eingangstür einen neuen Gast meldete.

Als der Beifall ein wenig abflaute, drehte Captain Vickers sich um und sah seinen Freund Captain Naish sie alle mit ruhiger Genugtuung mustern. Er wurde zum Kamin geleitet, und nachdem er Howard und der jungen Frau gratuliert hatte, wandte er sich um und sah die anderen an. Eigentlich mehr wie ein Richter, der jetzt das Urteil verkünden will, dachte Howard.

Schließlich sagte Naish: »Ich brauche wohl nicht eigens zu betonen, daß ich unserem jungen Kommandanten und seiner reizenden Braut herzlich Glück wünsche. Ich komme leider ein bißchen spät, aber ich wollte die Reden nicht unterbrechen, die ich vom Gang aus gehört habe.« Sein Blick ruhte auf Treherne. »Ich bin der Meinung, daß Sie es besser ausgedrückt haben als irgendein Politiker«, er hüstelte trocken, »und auch besser als ein gewisser höherer Offizier, was das betrifft.«

Er blickte in ihre Gesichter, jung, aber schon gealtert, erschöpft, aber in Hochstimmung.

»Ich kann Ihnen mitteilen, meine Herren, daß wir soeben einen Funkspruch von Admiral Frasers Flaggschiff *Duke of York* erhalten haben. Er meldet, daß er gestern nach hartem Kampf den deutschen Schlachtkreuzer *Scharnhorst* in Höhe des Nordkaps versenkt hat.« Im verdutzten Schweigen der anderen suchte er Trehernes Blick. »Wir haben in der Tat das Blatt gewendet!«

Vickers bemerkte: »Am Nordkap im Winter, die armen Teufel!«

Naish erwiderte kalt: »Von der *Hood* wurden damals lediglich drei Überlebende aufgefischt, erinnern Sie sich?«

Howard hörte den Wortwechsel und wunderte sich. Vickers, der kämpferische Zerstörerkommandant, der seit vier Jahren im dicksten Schlamassel steckte, fand trotzdem Worte des Mitleids für einen tapferen Feind. Naish auf der anderen Seite sah nichts als den hohen Preis, den der Sieg auf See verlangte. War es am Ende vielleicht härter, die anderen in die Schlacht zu schicken, als der Brutalität des Krieges unmittelbar ins Auge zu sehen? Ihm war klar, daß er es niemals verstehen würde, und dann wurde ihm auch bewußt, daß es ihn nicht mehr interessierte.

Es herrschte jetzt ein solcher Lärm, als die Stewards und Messegehilfen große Tabletts mit Wurstbrötchen, Sandwiches und anderen Leckerbissen auftrugen, daß keiner Howards Abgang bemerkte. Zusammen mit Celia schritt er draußen über das leere Deck, während der Lärm der Messeparty noch in ihren Ohren klang.

Der Mond schien und trieb sein altes Versteckspiel mit den rasch ziehenden Wolken. Die Aufbauten der *Gladiator* zeichneten sich schwarz vom helleren Himmel ab, auch die Davits des Kutters und die zusammengerollten Kletternetze, an denen Männer sich festgeklammert hatten, um binnen Sekunden gerettet zu werden oder zu ertrinken. Die Geschütze, die rauchgeschwärzten Mündungen durch Bezüge verborgen, erinnerten ihn an Finlays Kampf gegen das letzte U-Boot.

Unter der Back drang weiterer Lärm hervor, dort versuchte die Besatzung Weihnachten und Neujahr auf einmal zu feiern.

Der Posten an der Gangway richtete sich auf, als er den Kommandanten und seine Lady kommen sah.

Howard blieb stehen. »Sorgt man denn auch richtig für Sie, Glossop?« Aber er hätte nicht zu fragen brauchen, denn den Rum roch man auf vier Schritt Entfernung.

Der Posten nickte eifrig. »Äh, ja – und herzlichen Glückwunsch auch, Sir und Fräulein . . .«

Celia klopfte ihm auf den Arm. »Besten Dank.«

Sie gingen weiter und spürten, wie der Posten ihnen nachstarrte. An der Reling blieben sie stehen, wo, wie Treherne vermutete, Midshipman Ross über Bord gegangen war. Aber auch das schien schon lange her zu sein.

Celia sah ihn an, ihr Gesicht wirkte im Mondlicht sehr blaß.

»Ich kann mir schwer vorstellen, wie es ist, wenn ...« Sie starrte die reglosen Geschütze an, die verhüllten Mündungen.

»Es ist jetzt so still und friedlich. Sogar dort oben.« Sie blickte auf zum quadratischen Umriß der Brücke. »Wo du auf See bist.« Sie zögerte. »Aber ich möchte es genauer wissen. Damit ich im Geist bei dir sein kann, wenn du mich brauchst.«

Zusammen kletterten sie die eiskalten Stahlstufen zur Brücke hinauf und hielten kurz an, um einen Blick in das dämmerige, leere Steuerhaus zu werfen, wo Männer auf See gekämpft und die Angst kennengelernt hatten. Das einzige Geräusch kam aus dem Funkraum, wo ein einsamer Funker in einem Magazin blätterte und ein Rosinenbrötchen aß. Er bemerkte sie nicht einmal.

Celia ergriff seinen Arm. »Ganz hinauf, bitte.«

Es war bitter kalt auf der oberen Brücke und feucht. Sie lagen an zwei anderen Zerstörern, aber genausogut hätten sie völlig allein sein können, so tief war der Mondschatten.

David geleitete sie zu seinem hohen Brückenstuhl und wischte ihn mit einem Tuch trocken, bevor er sie hinaufhob. Dann küßten sie sich und hielten sich längere Zeit umklammert.

Später ließ sie sich wieder hinunterhelfen, stand noch ein paar Augenblicke da und sah sich um, prägte sich alles genau ein, damit sie sich später daran erinnern konnte. Leise sagte sie: »Ich werde hier sein, wenn du mich brauchst. Weil ich jetzt alles kenne.«

Sie stiegen wieder hinab zum Hauptdeck. Ein abgeblendeter Schlepper rauschte vorbei, und die *Gladiator* schwankte ein wenig.

Celia legte die Hand auf die Reling. Es kam ihr vor, als bewege sich das Schiff ungeduldig, als sehne es sich danach, zurückzukehren zu dem einzigen Leben, das es kannte.

Noch nicht, noch nicht, dachte sie. Ich habe ihn ja gerade erst gefunden.

Ein weiteres Jahr würde bald heraufziehen. Niemand konnte

vorhersagen, was es bringen würde, welchen Schmerz und welche Siege. Aber für die beiden einsamen Gestalten, die dicht nebeneinander an der Reling standen, war ihr Beisammensein schon Belohnung genug.

Epilog: 1944

Howard lag schlafend auf seiner schmalen Koje, als das Telefon seinen Traum zerfetzte.

Es war Finlay, der gerade Wache hatte. »Tut mir leid, Sie stören zu müssen, Sir, aber Captain Vickers möchte Ihnen über Funk etwas sagen.«

»Ich komme.« Wie viele hundertmal hatte er das schon gesagt? Er schwang die Beine von der Koje und starrte sekundenlang seine neue Mütze mit dem goldenen Eichenlaub rund um den Schirm an. Sie erinnerte ihn an die jüngsten Ereignisse. Wenn er sich im Spiegel sah, erkannte er sich selbst kaum: ein junges Gesicht mit der Mütze eines Kapitäns. Obwohl er auf See noch sein altes Jackett trug, aber mit den neuen glänzenden Streifen, schien sich alles gewandelt zu haben. Er sah sich in seiner winzigen Seekabine um, und auch das schnitt ihm ins Herz.

Vickers war eisern geblieben. »Alles hat sich verändert, David, es gibt neue Schiffe, neue Ausstattung und Bewaffnung, nur nicht genügend erfahrene Offiziere. Die Marine ist Ihr Beruf, und diese vorzeitige Beförderung kann Ihnen nur nützen. Auf jeden Fall werden Sie eine Bereicherung für Ihr nächstes Kommando sein.«

Er hörte noch immer seine eigene, protestierende Stimme: »Und was wird aus der *Gladiator*, Sir?«

Nur für einen Augenblick war Vickers weich geworden. »Zusammen mit der *Garnet* wird sie in ein Langstrecken-Geleitfahrzeug umgebaut. Sie kennen dieses Konzept, es ist eine zweckmäßige Verwendung für einige ältere Zerstörer. Die *Gladiator* hat eine Menge zu bieten, aber als Zerstörer mit einem Kapitän auf der Brücke – nein, ich fürchte, das ist vorbei, zumindest nach Ihrer nächsten Geleitfahrt.«

Howard stieg auf die obere Brücke und blickte hinüber zum Umriß der *Kinsale.* Hier oben war es kalt, feucht und windig. Sie hatten fast schon August, aber der Atlantik war so grau wie eh und je. Die großen, ungebrochenen Wellen glänzten im Sonnenlicht des Spätnachmittags wie bewegtes Glas. Wo waren die letzten Monate geblieben? Howard dachte zurück an die Feier in der Messe, an Celia mit seinem Ring an der Hand, an die Augenblicke des Glücks und des Friedens.

Dann war der Dienst weitergegangen mit Konvois aus Kanada und den USA, mit Vorbereitungen für den Endkampf, die ihren Höhepunkt erlebt hatten an einem bitterkalten Tag Anfang Juni, als die alliierten Heere in der Normandie gelandet waren. Jetzt breiteten sie sich fächerförmig über ganz Frankreich in Richtung auf die Niederlande aus. Dem deutschen Oberkommando würde keine andere Wahl bleiben, als die U-Boot-Stützpunkte an der Biskaya zu evakuieren und in ihre Heimat zu verlegen. Andernfalls wurden die Stützpunkte und Bunker durch die vorrückenden Alliierten abgeschnitten und überwältigt.

Für die U-Boot-Fahrer würde das eine bittere Pille sein, die sie aber schlucken mußten. Nachdem sie im Atlantik dicht vorm Sieg gestanden hatten, mußten sie sich nun auf ihre alten Stützpunkte in Deutschland zurückziehen und beim Ein- und Auslaufen wieder die gefährliche Nordsee durchfahren.

Howard ergriff das Funksprechgerät und hörte Vickers sagen: »Habe ich Sie aus der Koje geholt, David?«

Howard lächelte. Vickers konnte nichts dafür, er wußte es nicht besser. Aber wie viele Stunden, wie viele stürmische Nächte hatte er hier oben verbracht und hatte Schiffe brennen oder sinken und Seeleute sterben gesehen.

»Was kann ich für Sie tun, Sir?«

»Ich habe einen streng geheimen Funkspruch von der Admiralität erhalten. Zwei Konvois werden einander heute nacht passieren, wie Sie ja wissen; wir sollen uns bereithalten zur besonderen Unterstützung. Die vierzigste Geleitgruppe und ein Flugzeugträger stehen im Norden und halten sich ebenfalls bereit.«

Howard wartete, all dies war ihm bekannt. Übermorgen sollten sie kehrtmachen und nach Liverpool zurückkehren. Er spürte einen Kloß in der Kehle, denn dies bedeutete, daß es die endgültig letzte Fahrt der *Gladiator* war als wirklicher Zerstörer und seine letzte als ihr Kommandant.

Vickers fuhr fort: »Sie kennen die Berichte über die *Burmese Princess.* Irgend etwas scheint bei ihr nicht in Ordnung zu sein. Ihre Maschine ist völlig zusammengebrochen.«

Howard bat Finlay mit einem Zeichen um einen Schreibblock und zog einen Bleistift aus der Tasche, als Vickers ihm die Position des Schiffes mitteilte. Er merkte, daß auch Treherne auf die Brücke gekommen war, als spüre er, daß sich etwas Ungewöhnliches anbahnte.

Vickers seufzte. »Es fällt mir schwer, Sie hinzuschicken, aber ich werde hier gebraucht. Es gibt ihnen ein bißchen Auftrieb, wenn Sie bei ihnen sind. Luftsicherung ist ebenfalls vorgesehen.«

»Bin schon unterwegs, Sir.« Howard drückte Finlay das Sprechgerät in die Hand, und Treherne fragte: »Gibt es Ärger, Sir?« Sein Blick ruhte auf Howards neuer Mütze.

»Tragen Sie diese Position auf der Karte ein, etwa hundert Meilen westlich der irischen Küste. Wir müssen hin, um Beistand zu leisten.«

Trehernes Blick wurde schärfer, als er den Zettel las. »Die *Burmese Princess*! Ich kenne sie gut. Sie war in der Ostasienfahrt von Southampton aus. Ein kombinierter Frachter- und Passagierdampfer – ich mochte diese Zwitter noch nie.«

»Nun, jetzt ist sie es nicht mehr, Number One.« Howard sah ihn ruhig an. »Sondern ein Lazarettschiff. Sie ist vollgepackt mit Verwundeten, einige noch von der Landung in der Normandie, andere, schwerer Verwundete, von den Invasionen auf Sizilien und in Italien letztes Jahr. Ihr Maschinenschaden hat sie erheblich behindert, und obwohl Lazarettschiffe gewöhnlich von U-Booten in Ruhe gelassen werden, außer wenn sie im Geleit fahren, könnte sie jetzt doch einem Angriff ausgesetzt sein.«

Treherne beugte sich über den Kartentisch. »Wir sollten etwa bei Tagesanbruch dort sein, Sir. In dem Gebiet sind keine U-Boote gemeldet. Alle sind wohl hinter den beiden Konvois her, schätze ich.«

»Gut, Number One. Setzen Sie den Kurs zum vermutlichen Treffpunkt ab und geben Sie an *Kinsale*: Bedaure, Sie verlassen zu müssen.«

Die Antwort wurde sofort zurückgeblinkt: »Scheiden tut weh, aber viel Glück!«

Treherne sagte: »Zumindest sind wir dann eher wieder im Hafen als die anderen.«

Howard stieg auf seinen Stuhl und erinnerte sich daran, wie Celia darauf gesessen, wie er sie in den Armen gehalten hatte. Ihre Hochzeit war für Oktober geplant, da Vickers angedeutet hatte, daß dann mit Urlaub zu rechnen sei. Und danach? Er klopfte auf den glatten grauen Stahl. Jedenfalls keine Rückkehr auf die *Gladiator*, niemals mehr.

Er dachte an die Invasion in der Normandie. Bedeutete sie, daß dies der letzte Kriegssommer sein würde? War das möglich?

»Ich habe mir etwas überlegt, Number One.« Ernst sah er Treherne an. »Wenn ich über Captain Vickers eine Eingabe machen würde, wären Sie darauf vorbereitet, das Kommando über die *Gladiator* zu übernehmen?«

Treherne sah den Schmerz in Howards Augen und dachte, er liebt dieses Schiff wirklich. Es bedeutete für ihn noch immer einen Schock, es in Howards Gesicht zu sehen, aus seinen Fragen herauszuhören.

»Nun, Sir, Sie wissen, wie ich über ein eigenes Kommando denke,« sagte er.

»Aber die *Gladiator* ist nicht irgendein Schiff.«

»Das weiß ich, Sir.«

»Dann denken Sie darüber nach, bis wir einlaufen.«

Treherne sah, daß Bizley auf die Brücke gestiegen kam, um den wachhabenden Offizier abzulösen. Er wirkte angestrengt, aber sein Ton war so arrogant wie eh und je.

Vickers hatte Howard vertraulich die Ergebnisse der Untersuchung durch den Sonderdienst mitgeteilt. »Ich hätte es Ihnen schon früher erzählt, aber . . .«

Das Wort *aber* stand in der Marine für vieles, dachte er. Wahr oder falsch, das machte weniger aus. Wenn Bizleys Auszeichnung auf Lügen beruhte, konnte ihn jetzt nichts mehr retten. Er würde immer unerträglicher werden, weil seine Karriere stagnierte. Aber nach den nächsten drei Tagen würde er sowieso in den Verantwortungsbereich eines anderen übergehen.

Howard setzte sich etwas bequemer zurecht, als Finlay von der Brücke ging, nachdem er Bizley einen eiskalten Blick zugeworfen hatte. Sie würden alle bald auseinandergehen, ausgenommen der Chief und der Torpedooffizier. Finlay sollte an einem längeren Artilleriekursus teilnehmen und Ayres nach Portland zur U-Boot-Abwehrschule gehen. Bizley wurde möglicherweise zum I.O. auf einem anderen Geleitfahrzeug befördert, während Treherne . . . Vielleicht würde er doch die *Gladiator* übernehmen. Howard betrachtete die narbenbedeckte Farbe und die glanzlosen Instrumente. Sie brauchte jemanden, der Verständnis für sie hatte.

Die Besatzung trat auf Gefechtsstationen an, um die Geschütze zu überprüfen und für die Nacht vorzubereiten. Dann zog die Steuerbordwache auf Verteidigungsstationen auf, wie es üblich war. Eimerweise wurde Tee und Kakao getrunken, fettige Würstchen und Dosenkartoffeln gegessen. Die Männer kamen und gingen in Ausübung ihrer Tätigkeit, das Radargerät blieb frei von Überraschungen.

Howard döste in seinem Stuhl und wurde nur gelegentlich geweckt, wenn vom Funkraum berichtet wurde, daß in der Gegend Nebel aufziehe. Als sie hindurchfuhren, sah es aus, als klammerten sich zerlumpte, zottige Gespenster an Takelage und Radarantenne.

Kurz vor Tagesanbruch erschien der treibende Dampfer auf dem Radarschirm, und zwar hatte er, wie sie bald feststellen sollten, weder Licht noch sonstige Energie. Normalerweise waren die Lazarettschiffe hell erleuchtet, um ihren weißen Rumpf und das riesige rote Kreuz hervorzuheben, eine Schutzmaßnahme, die größtenteils Erfolg hatte. Die wenigen Fälle, in denen Lazarettschiffe durch Feindeinwirkung, etwa durch Sturzkampfflugzeuge, versenkt worden waren, hatten sich meist dann ereignet, wenn nur wenige Sekunden zum genaueren Erkennen des Schiffes zur Verfügung standen.

Howard nahm seinen Platz im vorderen Teil der Brücke wieder ein. »Beide Maschinen langsame Fahrt voraus, steuern Sie null-sechs-null.« Für den Signalmeister fügte er hinzu: »Halten Sie sich klar, um sie gleich anzurufen.«

Bei Tag sollten sie Luftsicherung bekommen, hatte Vickers gesagt. Aber was dann? Ein Schiff von der Größe der *Burmese Princess* hatte wahrscheinlich mehrere hundert Verwundete an Bord. Da war ein Hochseeschlepper nötig.

Er rief Treherne zu: »Lassen Sie die unteren Decks räumen, Number One. Aber seien Sie unbesorgt – ich schicke Sie diesmal nicht hinüber!«

Treherne wartete darauf, daß der Befehl ausgepfiffen und die Freiwache an Deck gerufen wurde. Howard fügte hinzu: »Wir könnten versuchen, sie in Schlepp zu nehmen. Aber das würde vom Feind als kriegerischer Akt ausgelegt.«

»Schiff, Sir! Backbord voraus!«

»Morsen Sie, Signalmeister!«

Der Signalscheinwerfer klapperte geräuschvoll, das Licht blitzte besonders hell in der dunstigen Dunkelheit. Mit dem Licht einer Taschenlampe wurde ihnen geantwortet, und der

Signalmeister murmelte: »Mein Gott, ihre Elektroanlage ist wirklich total kaputt!«

Howard sah das andere Schiff langsam aus der Dunkelheit auftauchen. Es war ein Linienfrachter, wie Treherne richtig beschrieben hatte. Als sie dichter herankamen, erkannte er den weißen Rumpf, der sich geisterhaft vom dunklen, bewegten Wasser abhob. Er schaltete den Lautsprecher ein, seine Stimme klang metallisch, als sie von der Bordwand des anderen Schiffs zurückgeworfen wurde. »*Burmese Princess* ahoi! Hier ist der Zerstörer *Gladiator*! Was ist los mit Ihnen?«

Die Antwort klang, als sei der Mann meilenweit entfernt; er benutzte wahrscheinlich nur ein Handmegaphon. »Generator zusammengebrochen, Captain! Gut, daß Sie gekommen sind! Die Verwundeten rollen fürchterlich, seit wir keine Fahrt machen.«

»Wie viele sind es?«

»Fünfhundert, Captain. Sollen nach Halifax!« Plötzlich klang seine Stimme zuversichtlicher: »Mein Chief meldet gerade, daß er fast fertig ist und wir gleich Fahrt aufnehmen können!«

Rooke sagte: »Generatoren – in welcher Zeit leben die?«

Treherne erwiderte gereizt: »Sie ist fünfundzwanzig Jahre alt, N.O. Da hätte sie ein bißchen Ruhe verdient.«

Bizley stand auf der Kompaßplattform und dachte an seine vergangenen Sorgen. Aber nichts war passiert, seine Ängste waren völlig unbegründet gewesen. Wenn er hier von Bord ging, würde er Sarah besuchen. Was wußten sie denn schon von ihm? Er fühlte sein altes Selbstvertrauen zurückkehren.

Sie waren jetzt beinahe längsseits, der Dampfer ragte über dem Deck der *Gladiator* auf wie eine hohe Steilklippe. Man hörte schwaches Maschinengeräusch, und irgend jemand auf dem Achterdeck stieß Hochrufe aus. Im nächsten Augenblick würden die Seitenlichter wieder aufleuchten, und die Samaritermission konnte fortgesetzt werden.

»Flugzeug, Sir!«

Drei Leuchtraketen flammten durch die Wolken, und der Signalmeister schoß das Gegensignal. Ein Hudson-Langstrekkenbomber vom Küstenkommando kreiste über ihnen und erweiterte sein Suchgebiet, als er davondröhnte, beruhigt, daß schon Hilfe eingetroffen war.

»Asdic – Brücke!«

Howard beugte sich über das Sprachrohr. »Kommandant!«

»Starker Kontakt in eins-sechs-null, Sir. Kommt rasch näher.«

Treherne keuchte: »Mein Gott, und wir sind eine sitzende Ente!«

Howard schrie: »Beide Maschinen äußerste Kraft voraus!«

Er starrte voraus, wo das andere Schiff langsam vorbeiglitt. »Funkspruch über U-Boot-Kontakt an die Admiralität, gleichlautend an Oberbefehlshaber . . .«

»Beide Maschinen gehen äußerste Kraft voraus, Sir. Null-sechs-null liegt an.«

»An Achterdeck, Number One: klar zum Wasserbombenwurf! Geschütze klar zum Feuern!«

Die *Gladiator* zog jetzt rasch an dem Lazarettschiff vorbei, als das Ruder sich überlegte. Wurde sie von dem größeren Schiff angesaugt, oder war es ein mechanischer Defekt? Wer konnte das sagen? Sie legte sich stark über, genauso wie auf den Fotos bei den ersten Krängungsversuchen. Sie schor der *Burmese Princess* vor den Bug, und zwar so dicht, daß sie von dem größeren Schiff zerschnitten worden wäre, hätte dieses schon Fahrt aufgenommen.

Howard hörte den Torpedo nicht, als er unter der Back einschlug, aber er wurde an Deck geschleudert und von ungeheuren Wassermassen begraben, die nach Sprengstoff stanken. Verzweifelt versuchte er, wieder hochzukommen, schrie aber auf. Der Schmerz nahm ihm den Atem und machte ihn bewegungsunfähig. Benommen sah er ein grelles Aufleuchten und hörte zunehmenden Motorenlärm eines Flugzeugs, das im Sturzflug zum Angriff überging. Weitere Detonationen folgten

– Bomben oder Wasserbomben, das war nicht zu unterscheiden. Es konnte auch ebensogut im eigenen Schiffsrumpf unter ihm sein.

Treherne half ihm auf. Als er ihn gegen den hohen Stuhl lehnte, merkte Howard, daß sich das Deck schon stark übergelegt hatte.

»Der Chief soll den Maschinenraum räumen lassen!«

Er zog sich am Brückenkleid in die Höhe und blickte hinunter zur Back. Aber da war nichts mehr zu sehen, nur zerfetztes Metall, das die Wucht der Detonation auseinandergerissen hatte. Männer rannten schreiend herum, und Howard erinnerte sich daran, daß er die unteren Decks hatte räumen lassen. Hatte er es wieder einmal vorausgeahnt? Oder hatte das Schiff es gewußt und zornig von selbst gedreht, um die Laufbahn des Torpedos zu blockieren?

Irgend jemand rief: »Sie haben das verdammte U-Boot erwischt!« Dann brach er schluchzend ab und schrie: »Ich bin es, Tom – antworte doch, um Gottes willen!«

»Schäden feststellen und melden!«

Treherne blieb bei ihm. »Ich lasse den Arzt holen.«

Howard schüttelte den Kopf und bekämpfte mit aller Kraft den Schmerz. Er durfte jetzt nicht ohnmächtig werden. Jahrelang hatte er sich auf diesen Augenblick vorbereitet, von dem sie alle hofften, daß er niemals eintreten würde. Nun wollte er es nicht wahrhaben, obwohl ihm klar war, daß die *Gladiator* erledigt war.

»Es sind nur die Rippen, Gordon ... Was für ein Chaos!«

Wie das Kreischen einer Todesfee klang es, als der Chief den Druck von den Kesseln abließ. Gott sei Dank war er in Sicherheit. Es war ihm also nicht so ergangen wie so vielen Männern des Maschinenpersonals.

»Die Schotten halten, Sir.« Rooke preßte das Telefon ans Ohr, merkte aber im selben Augenblick, daß sein Arbeitsgerät vom Kartentisch fiel, weil die Schlagseite zunahm, und bückte sich.

»Sorgen Sie dafür, daß die Wasserbomben gesichert werden – lassen Sie die Zünder über Bord werfen!«

Finlay war dazugekommen. »Bereits geschehen, Sir. Aber ich kann Ayres nicht finden.« Er trat beiseite, als der Messesteward auf die Brücke gerannt kam und Howard half, sich auf den Stuhl zu stützen. »Ich habe das Foto Ihres Vaters aus Ihrer Kabine geholt, Sir. Es steckt im Ölzeugbeutel hier.« Vallance bebte am ganzen Körper und sprach so schnell, um seine Angst zu verbergen. »Wird alles gut ausgehen, Sir?«

Treherne fragte: »Soll ich die Geheimpapiere über Bord werfen lassen, Sir?«

Am liebsten hätte er Howard angeschrien: Sie ist erledigt, sehen Sie das nicht? Sie haben alles versucht, mehr können wir nicht tun, jetzt müssen wir uns selbst retten. Statt dessen sagte er nur ruhig: »Es wird Zeit zum Aussteigen.«

Howard sah ihn an. Celia würde ihren Untergang auf der Wandkarte vermerken, neben all den anderen schwarzen Kreuzen dort. Das Sekretariat der Admiralität würde seinen üblichen Funkspruch loslassen: »...bedauert, den Verlust von HMS *Gladiator* bekanntgeben zu müssen. Die nächsten Angehörigen sind benachrichtigt.«

O Gott, doch nicht Celia! Nicht schon wieder!

Durch zusammengebissene Zähne stieß er hervor: »Lassen Sie die Männer antreten.« Er fuhr zusammen, als das Flugzeug wieder über ihre Köpfe donnerte. Es war schon viel heller, aber das Tageslicht verstärkte nur den Eindruck der Zerstörung.

Jetzt erschien auch der Chief, ohne Mütze und mit Schmieröl im Gesicht. Er musterte alles um sich herum, fühlte sich hier oben auf der Brücke unsicher.

»Gut, Chief. Ich bin froh, daß Sie Ihre Leute herausbekommen haben.« Howard stöhnte, als das Schiff sich mit einem Ruck weiter überlegte und etwas Schweres durch die unteren Decks krachte.

Der Chief sagte: »Dieses Schott wird nicht halten, Sir. Ich habe es mir angesehen. Es leckt bereits aus allen Nähten.«

»Also lassen Sie die Brücke räumen, Number One. Übernehmen Sie die Aufsicht unten an Deck.«

Treherne sah ihn grimmig an. »Das kann der A.O. machen. Ich bleibe bei Ihnen, Sir.«

Howard hielt sich an Trehernes Schulter fest und nickte. »Ja, ja, die alte Firma, wie?«

Mittschiffs machten die Leute bereits den Kutter klar zum Aussetzen; das Motorboot auf der gegenüberliegenden Seite war nicht von der Stelle zu bewegen, weil die Davits durch die Wucht der Detonation verbogen waren. Der Buffer schritt übers Deck und wandte sich um, als sein Freund, der Coxswain, mit der Besatzung des Steuerhauses erschien. Grinsend fragte er: »Fertig mit Ruder und Maschinentelegraphen, Swain?«

Sweeny blickte in das dunkle, steigende Wasser und seufzte. »Bin wahrscheinlich schon zu alt für diesen Mist. Danach bleibe ich an Land!«

Dr. Moffatt kniete zwischen hochgebogenen Platten neben Leutnant Ayres. »Bringen Sie diesen Offizier in ein Bott, Buffer!«

Knocker White blickte auf Ayres hinunter. Die Verbände machten es nur noch schlimmer, dachte er. Ayres hatte durch die Detonation einen Arm und ein Bein verloren. Es wäre gnädiger, ihn an Bord zu lassen. Aber er rief: »Dobson und Bully Bishop, hierher!«

Obwohl Ayres Morphium bekommen hatte, schien er zu wissen, was vorging. »Helft mir«, stöhnte er. »Ich spüre überhaupt nichts mehr . . .« Er wimmerte nur noch, als sie ihn wegtrugen.

Bizley war es schlecht geworden, ob vor Angst oder vom Schock, wußte er nicht. Sie würden bald in Sicherheit sein. Das Lazarettschiff lag dicht neben ihnen, zwar noch als hilfloser Zuschauer, aber mit genügend Booten und Helfern. Wenn sie zurückkehrten, würde er den üblichen Erholungsurlaub bekommen und dann . . . Er klopfte mit der Hand auf seine Tasche. *Der Orden*! Sein kostbarer Orden lag noch in seiner Kammer!

»Übernehmen Sie hier, Coxswain!« Bizley rannte über das schrägliegende Deck nach achtern; sein Abgang blieb unbemerkt.

Es war unheimlich unter Deck. Zerschlagenes Geschirr und eine große Kaffeepfütze verschandelten die Pantry, die Vorhänge ragten fast waagrecht in den Raum. Vor seiner Kammertür hielt Bizley rutschend an und starrte den Obergefreiten Fernie an, der mit einer großen Stablampe in der Hand durch den Gang auf ihn zukam.

»Was tun *Sie* denn hier?«

Müde sah ihn Fernie an. »Was glauben Sie wohl?«

»Wenn wir zurückkommen, werden Sie die Frechheit bedauern! Aufsässigkeit gegen einen Offizier!«

Fernie sah, wie Bizley in seine Kammer stolperte und eine Schublade aufzog, um die kleine Schachtel zu suchen, die er höher schätzte als alles andere. Dann hörte er, wie der Torpedomaat durch die Einstiegsluke herunterrief: »Komm rauf, Fernie! Wir steigen aus!« Sofort verschwand sein Kopf wieder.

Fernie spürte plötzlich Zorn durch seine Adern jagen, der ihn wie brennendes Öl verzehrte. Mit einer einzigen schnellen Bewegung schlug er Bizleys Kammertür zu und drehte die Vorreiber fest. Er hörte das wilde Hämmern von drinnen, hörte die Rufe, die sich in Schreie verwandelten, als er die Treppe hinaufstieg und auch diese Luke hinter sich verschloß.

Das Schiff schüttelte sich, und die Männer mit aufgeblasenen Schwimmwesten drängten sich zusammen. Als der zu Wasser gelassene Kutter längsseits kam, hielten sie Riemen und Bootshaken bereit, um ihn vom Schiff abzustoßen.

Auf der Brücke lehnte Finlay am Flaggenspind, dessen gesamter farbiger Inhalt ringsum verstreut war, als hätte ein wildes Fest stattgefunden.

»Boot und Rettungsflöße sind ausgesetzt, Sir. Ich fürchte aber, wir müssen Mr. Ayres zurücklassen.« Seine Stimme klang plötzlich verzweifelt. »Er ist soeben gestorben. Weitere drei Mann sind tot, und Oberleutnant Bizley wird vermißt.«

Wieder schien sich die Brücke zu schütteln. Howard sagte: »Helfen Sie mir, Gordon.«

Treherne sah ihn eindringlich an. »Wenn es Ihnen noch hilft, Sir ... Ich hatte es mir überlegt und hätte Ihr Angebot angenommen – aber jetzt braucht die *Gladiator* wohl keinen von uns beiden mehr.«

Die drei Offiziere folgten Vallance zum Seitendeck hinunter, wo sie kaum noch stehen konnten. Das Heck mußte bereits hoch aus dem Wasser ragen, die Schrauben waren gestoppt.

»Vorsicht, Sir!« Verzweifelt sah Treherne, wie Howard versuchte, sich noch einmal umzudrehen und das Schiff zu betrachten. Jede Sekunde konnte das Schott brechen. Trotzdem blieb er stehen und hörte Howard flüstern: »Sie hatten recht, Number One, als Sie damals von dem Munitionstransporter zurückkamen. Es ist wirklich wie Sterben.«

Der Kutter und die Flöße paddelten sich frei von der Bordwand, während ein Boot vom Lazarettschiff versuchte, Schwimmer vor dem unvermeidlichen Sog in Sicherheit zu bringen.

Howard saß zusammengesunken in einem großen Rettungsfloß, Treherne hielt ihn an den Schultern fest, und der Chief stützte ihn von der anderen Seite. Die alte Firma war wieder zusammen und sah *Gladiators* Untergang zu.

Hochrufe erschallten, immer und immer wieder. Treherne sagte leise: »Das sind die Verwundeten auf dem Lazarettschiff. Sehen Sie doch, sie stehen an der Reling aufgereiht, zumindest soweit sie noch stehen können, die armen Teufel. Sie wissen, daß wir es für sie getan haben.«

Der Chief sagte gepreßt: »O Gott, da geht sie hin!«

Man hörte einen splitternden Krach, dann schickte sich die *Gladiator* an, rasch in den kochenden Strudel hinabzugleiten, den sie so oft bei anderen Schiffen beobachtet hatten.

Dann war sie verschwunden, während die See noch über der Untergangsstelle zu brodeln schien, als könne der Zerstörer jeden Augenblick trotzig wieder auftauchen.

Wie um sein Ende zu bestätigen, gingen auf dem Lazarettschiff alle Lichter an. Nach einer kurzen Verzögerung wurden dort weitere Boote gefiert, um den Schwimmern Beistand zu leisten.

Hatten Schiffe wirklich eine Seele? Hatte die *Gladiator* aus Stolz den tödlichen Torpedo gesucht, um den schändlichen Sägen und Schneidbrennern in der Werft zu entgehen?

Howard ließ den Kopf auf Trehernes Schulter sinken und blickte zu den Wolken auf. Das alles würde er Celia erzählen: Wie sie ihre letzte Schlacht verloren, aber dadurch so viele andere gerettet hatten.

Mit starker Hand, selbst bis zum bitteren Ende.